Les Éditions du Boréal
4447, rue Saint-Denis
Montréal (Québec) H2J 2L2
www.editionsboreal.qc.ca

UASHAT

DU MÊME AUTEUR

ROMANS

Mistouk, Boréal, 2005 ; coll. « Boréal compact », 2009.

Pikauba, Boréal, 2005.

ESSAIS

Le Village immobile. Sennely-en-Sologne au XVIIIe siècle, Plon, 1972.

Les Saguenayens. Introduction à l'histoire des populations du Saguenay, XVIe-XXe siècles (en collaboration), Presses de l'Université du Québec, 1983.

Histoire d'un génôme. Population et génétique dans l'est du Québec (avec Marc de Braekeleer), Presses de l'Université du Québec, 1991.

Pourquoi des maladies héréditaires ? Population et génétique au Saguenay–Lac-Saint-Jean (avec Marc de Braekeleer), Septentrion, 1992.

Quelques Arpents d'Amérique. Population, économie, famille au Saguenay, 1838-1971, Boréal, 1996.

Tous les métiers du monde. Le traitement des données professionnelles en histoire sociale, Presses de l'Université de Laval, 1996.

La Nation québécoise au futur et au passé, VLB éditeur, 1999.

Dialogue sur les pays neufs (avec Michel Lacombe), Boréal, 1999.

Genèse des nations et cultures du Nouveau Monde, Boréal, 2000 ; coll. « Boréal compact », 2001.

Les Deux Chanoines. Contradiction et ambivalence dans la pensée de Lionel Groulx, Boréal, 2003.

Raison et Contradiction. Le mythe au secours de la pensée, Nota Bene/CEFAN, coll. « Les conférences publiques de la CEFAN », 2003.

La Pensée impuissante. Échecs et mythes nationaux canadiens-français (1850-1960), Boréal, 2004.

La culture québécoise est-elle en crise ? (avec Alain Roy), Boréal, 2007.

Gérard Bouchard

UASHAT

roman

Boréal

Les Éditions du Boréal reconnaissent l'aide financière du gouvernement du Canada par l'entremise du Programme d'aide au développement de l'industrie de l'édition (PADIÉ) pour ses activités d'édition et remercient le Conseil des Arts du Canada pour son soutien financier.

Les Éditions du Boréal sont inscrites au Programme d'aide aux entreprises du livre et de l'édition spécialisée de la SODEC et bénéficient du Programme de crédit d'impôt pour l'édition de livres du gouvernement du Québec.

Photo de la couverture : *Mère et Bébé,* Institut culturel et éducatif montagnais.

© Les Éditions du Boréal 2009
Dépôt légal : 3e trimestre 2009
Bibliothèque et Archives nationales du Québec

Diffusion au Canada : Dimedia
Diffusion et distribution en Europe : Volumen

Catalogage avant publication de Bibliothèque et Archives nationales du Québec et Bibliothèque et Archives Canada

Bouchard, Gérard, 1943-

    Uashat

    ISBN 978-2-7646-0659-9

    I. Titre.

PS8553.O764U27   2009   C843'.6   C2009-940861-9
PS9553.O764U27   2009

À la mémoire de Marcel Jourdain, chasseur innu,
« résistant » de Uashat, de Léonard Paul, ami de collège,
ancien Chef de Betsiamites, et de quelques autres dont la pensée,
la parole, ont inspiré ce roman.

Remerciements

J'exprime ma vive gratitude aux nombreux Innus, en particulier les Anciens, qui au cours des dernières années ont généreusement partagé avec moi leur savoir, leurs sentiments, leur mémoire, et m'ont ainsi guidé patiemment dans la reconnaissance de leur passé dont ce roman fait revivre un douloureux épisode.

Je remercie également tous les spécialistes québécois des études autochtones, dont les propos et les travaux (manuscrits ou publiés) m'ont fourni un très riche matériau.

Enfin, j'ai contracté une dette particulière à l'endroit de l'anthropologue Denis Lachance qui, à son insu, m'a inspiré le cadre et le format de ce récit.

G. B.

Avertissement

Je m'appelle Louis-Maurice Laroque, je suis professeur de socio-logie à l'Université Laval à Québec. Le texte qui suit est celui d'un étudiant, Florent Moisan, que j'ai dépêché à Uashat à l'été 1954 pour y faire une étude. La communauté indienne, adossée à la ville de Sept-Îles, vivait alors de très fortes tensions qui mena-çaient de tourner à la crise — ce qui n'a pas manqué de se pro-duire en effet —, et un organisme américain m'avait offert une bourse pour que j'y envoie un observateur. J'ai donc pressenti quelques finissants qui, une fois informés des conditions dans lesquelles ils auraient à œuvrer, se sont désistés.

Je me suis finalement tourné vers Florent, un étudiant de première année, très talentueux, très sérieux, mais à la santé pré-caire et au tempérament instable, plutôt rêveur. J'étais un peu ennuyé, j'aurais préféré quelqu'un de plus aguerri, de moins émotif (et de moins fragile aussi), mais le temps pressait. Je redoutais en effet de perdre la bourse et surtout, je le confesse, l'importante subvention dont, m'assurait-on, elle était le prélude (je ne pouvais le dire à Florent, mais le stage lui-même était d'ordre secondaire). C'était un risque à prendre. Or, il se trouve que, à mon très grand regret, l'affaire ne s'est pas bien déroulée. En fait, elle a très mal tourné, à la fois pour les Indiens et pour le jeune Moisan.

Néanmoins, il a pu rédiger un rapport assez détaillé, ou plus exactement un journal, qui est parvenu entre mes mains. On devine à sa lecture que l'auteur s'était proposé d'y apporter divers compléments et corrections, mais il n'en a rien fait (pour des raisons que le lecteur découvrira). J'ai quand même tenu à ce que le manuscrit soit publié tel quel, avec ses maladresses, ses lacunes, ses redites ; il me semble que Florent y apparaît encore plus vivant dans ses emportements, sa faculté d'émerveillement et toute la naïveté de son âge (mêlée de quelque insolence…). Alors que je m'attendais à un rapport assez convenu, à caractère technique et pour tout dire un peu plat, je me suis retrouvé devant un précieux témoignage, non seulement sur les Indiens que le jeune homme a côtoyés là-bas, mais aussi sur ses impressions du moment, ses souvenirs d'enfance et ses relations avec sa famille, avec les gens du quartier où il a vécu à Lévis, ainsi que, bien sûr, sur tous les événements auxquels il s'est trouvé mêlé bien malgré lui durant ce tragique été de 1954 et dont il a fait le récit minutieux dans ce journal.

Journal de Florent Moisan

(Uashat, avril-octobre 1954)

AVRIL

18 avril (midi)

Mon affaire commence mal. Je suis à peine installé que je regrette déjà d'avoir accepté ce stage. Il était plus de trois heures du matin quand je suis enfin arrivé dans la Réserve. J'étais vraiment à bout. Le bateau qui me transportait depuis Québec a eu un problème de moteur et a dû faire une longue escale à Baie-Comeau. Quand nous sommes repartis, la mer était très forte et j'ai fait pour la première fois l'expérience du mal de mer (j'ai été malade, je me serais jeté à l'eau). Nous avons accosté à Sept-Îles avec dix heures de retard, en pleine nuit. Le temps était couvert et il faisait froid ; je me sentais faible comme une queue de rat.

Un Indien devait m'attendre sur le quai. Quand j'y ai débarqué, il n'y avait personne. Les matelots et les autres passagers ont tous quitté le navire, les lumières se sont éteintes. J'avais l'air fin. J'ai attendu longtemps dans le noir, à grelotter, à guetter le moindre mouvement, à me faire du sang de corneille. Finalement, j'ai pu parler à un gardien qui passait par là ; il m'a indiqué la route à suivre. La pluie a commencé doucement, puis il est tombé une grosse averse ; je n'avais pas d'imperméable (on me l'avait volé à Baie-Comeau pendant que je somnolais dans une salle d'attente). J'ai dû zigzaguer une bonne demi-heure dans la bouette et la neige fondante avec ma valise et mon sac à dos. J'ai traversé péniblement la ville, qui était à peine éclairée. Ensuite, j'ai eu du mal à trouver l'entrée de la Réserve ; il faisait noir comme chez le loup. Je me suis écorché une couple de fois contre une clôture de barbelés. J'ai finalement pénétré dans Uashat.

Il n'y avait aucune lumière dans les ruelles et je me suis perdu évidemment. J'ai commencé à tourner en rond en glissant dans les trous d'eau. J'étais gelé jusqu'aux os. Mon blazer neuf était tout détrempé ; quant à mes souliers, mon pantalon, n'en parlons pas. Ma mère aurait été bien découragée.

Des chiens ont commencé à japper autour de moi et je me suis mis à courir (je ne suis pas à l'aise avec les chiens). Heureusement, ils sont restés à distance. Près d'un coin de rue, je suis passé devant une maison dont une fenêtre était ouverte. Je me suis approché et j'ai appelé. Une femme, pas très contente, est apparue dans la pénombre. Je lui ai parlé, elle m'a indiqué où demeurait Grand-Père (c'est le nom du Montagnais qui a accepté de me prendre en pension et devait m'accueillir au bateau).

Toujours sous la pluie, j'ai longuement frappé à la porte de sa cabane avant qu'il ne vienne ouvrir. Méfiant, il se tenait près du perron, une bougie à la main, et m'examinait en grimaçant. Moi, pas très rassuré non plus, je regardais ses cheveux en broussaille, sa bouche édentée, ses caleçons mal boutonnés. Un homme de soixante-quinze ans environ, peut-être plus. Un grand sec avec le dos courbé, les épaules fortes mais décharnées et les mains tout en os. Le camp n'avait pas l'air chauffé et une drôle d'odeur en sortait. Franchement, j'aurais préféré qu'il me referme la porte au nez.

Le vieux m'a fait entrer, m'a aidé à enlever mon blazer, m'a prêté une serviette pour m'essuyer. Il a voulu me préparer du thé, mais j'étais gêné, j'ai refusé (je n'étais pas certain d'avoir bien compris d'ailleurs, il parle un drôle de français). Il faisait presque noir dans la pièce, j'examinais le plafond à moitié défoncé pour m'assurer qu'il n'y avait pas de chauves-souris (j'ai peur des chauves-souris). Il m'a indiqué mon lit : un divan défoncé, coincé entre la porte de sa chambre et un mur de la cuisine, à côté d'un petit poêle à bois. Trois ou quatre ressorts émergeaient du sofa. J'étais mort de fatigue, je m'y suis allongé tout de suite (entre les ressorts).

Et là, dès en fermant les yeux, comme de raison, j'ai eu une crise. Pas une grosse, mais j'en ai eu tout de même pour une couple d'heures à tousser comme un déchaîné ; j'étais tout en sueur, j'avais de l'urticaire sur les bras. Réveillé, le vieux s'est relevé et s'est approché du sofa ; il était découragé. J'avais pris mes remèdes, mais il a tenu à me frictionner le dos avec une graisse quelconque. Je l'ai remercié, même si ça n'a pas changé grand-chose. Ensuite, il s'est assis sur une petite chaise face au divan et il est resté là à me regarder en marmonnant de temps à autre (en montagnais, je ne comprenais rien). Entre deux quintes, je lui disais de ne pas s'inquiéter, que ça m'arrivait souvent, j'avais l'habitude. Il avait l'air encore plus découragé. J'ai pensé qu'il n'avait jamais vu un asthmatique (un vrai). Le jour se levait quand je me suis endormi. Autant que je me rappelle, l'Indien était toujours là, sur sa petite chaise.

Cet avant-midi, je me suis levé tout à l'envers ; je toussais encore. Mais cette fois, c'était un début de grippe. J'ai vu qu'il manquait deux ou trois vitres aux fenêtres et le poêle n'était même pas allumé ; je grelottais comme un chiot sur une falaise.

Mon stage chez les Sauvages commence bien (merci beaucoup, monsieur Laroque !). Quand je pense que j'en ai pour quelques mois, j'en ai des vapeurs. J'aurais bien dû rester à Lévis. Batince.

19 avril (soir)

Ma première journée a été consacrée à des tâches pas très scientifiques mais bien utiles quand même. Je m'étais fait une longue éraflure à une cuisse en la frottant contre un ressort durant la nuit ; je l'ai lavée avec de l'eau froide (avec toute la pluie qui tombe, c'est pas ce qui manque ici). Puis, à l'aide d'une fourchette, j'ai réussi à replier et à enfoncer les ressorts rebelles à l'intérieur du sofa. Grand-Père m'a donné une toile dont j'ai fait un drap. Il s'est ensuite absenté une demi-heure et est revenu avec une brassée de petites branches d'épinettes dont il m'a fait un matelas. Je me suis recouché une heure ; c'était déjà mieux.

J'ai rangé mes affaires comme j'ai pu. Mes remèdes sous le divan, mon linge sur une tablette, mes timbres, mes livres de sciences sociales, mes romans et mes Cahiers sur une autre (là, j'ai eu encore une déception : je me suis aperçu que j'ai oublié mon dictionnaire, c'est brillant). Entre le divan et le mur, j'ai trouvé une place pour mon atlas que j'ai eu en cadeau à Noël. Ensuite, j'ai convaincu mon hôte de réparer ses fenêtres. Il est reparti et est revenu cette fois avec des morceaux de carton avec lesquels il a bouché quelques ouvertures. Finalement, il est allé derrière le camp chercher des rondins et a refait la provision de bois de poêle. Tout cela sans dire un mot ; il est un peu bizarre, je pense. Au moins, je vais passer la prochaine nuit au chaud.

Mais deux grosses surprises m'attendaient encore. Première-ment, il n'y a pas de toilettes dans la cambuse et pas d'eau au robinet. L'eau potable vient d'une source qui se trouve vers le nord, à l'extérieur de la Réserve (l'Indien dit : la Cascade) et il faut la transporter dans des chaudières sur un demi-mille à peu près. Pour le reste, on fait ses besoins dehors tout simplement (comment font-ils l'hiver ?). En plus, c'est l'autre surprise, il n'y a pas d'électricité. Je vais devoir lire et travailler le soir à la chan-delle. Ça promet.

Je me suis plongé un peu dans mes papiers, ai relu mon livret d'instructions. Il faut que je fasse le recensement des familles de la Réserve avec leur généalogie et tous les liens de parenté, que je relève leurs activités quotidiennes, les loisirs des enfants et la composition des ménages (nucléaires, étendus, tout ça), en indi-quant les relations entre leurs membres (?). Il faut aussi que je dresse le plan des habitations (c'est écrit : le plan « d'urba-nisme »). Enfin, à l'aide d'un long questionnaire, je dois conduire plusieurs entrevues avec les gens de la Réserve sur « leur genre de vie, leurs perceptions, leurs croyances ». Tout cela d'ici la fin de septembre ; ce sera serré. Mais j'ai l'impression que les loisirs sont plutôt rares ici, j'aurai amplement de temps pour le travail et la bourse qu'on m'a remise va sûrement me suffire. En pensant à mes conditions de logement, je me dis que plus tôt j'aurai fini, mieux ça vaudra.

Je me demande bien pourquoi monsieur Laroque était si pressé de m'envoyer dans cette espèce de trou ; je ne vois pas ce qui brûle ici. Il m'a prêté une couple de brochures pour me préparer et, deux jours après, je prenais le bateau. Normalement, je devrais être à l'Université à préparer mes examens de fin de session (la perspective de les reprendre à la fin de mon stage ne m'enchante pas beaucoup). En plus, comme les cours seront commencés quand je reviendrai, je vais devoir mettre les bouchées doubles. Tout ce branle-bas pour une poignée d'Indiens qui s'en seraient bien passés ! Mais je n'ai pas osé refuser. Monsieur Laroque me disait que l'occasion était unique pour moi, que j'allais acquérir une précieuse « expérience de terrain », tout ça. Et puis, je ne voulais pas décevoir ma mère, passer pour un lâcheux.

Je viens de préparer mon premier cahier de notes dans lequel je dois intégrer mes relevés d'enquête. Il me faut aussi rédiger ce « journal de bord », plus confidentiel, où on m'a bien dit de consigner toutes mes impressions, toutes les réflexions qui me viendraient, « comme s'il s'adressait à un étranger » (c'est un drôle d'exercice, mais bon, puisque monsieur Laroque l'a dit).

Vers la fin de l'avant-midi, je me suis amusé un peu avec ma collection de timbres ; j'ai dû expliquer à mon hôte ce que c'était, il est resté bien perplexe. En fait, je n'ai pas apporté toute ma collection, seulement une partie, mais la plus belle, celle qui concerne l'astronomie. Je suis content de l'avoir avec moi. Les heures n'ont pas l'air de couler vite ici (elles s'alignent sur le courant du Golfe ?).

Vers midi, mon Indien a préparé à manger. Des tranches de banique (une sorte de pain traditionnel, à ce que j'ai compris) avec de la truite séchée, de la graisse fondue, du thé. Je me suis attablé, hésitant. Pour le thé, ça allait, mais pour le reste... Comme dit ma mère, je suis un peu difficile à table (« malécœureux », c'est son expression). Mais je n'ai pas voulu froisser Grand-Père et j'ai tout mangé — en me bouchant le nez.

J'ai commencé à l'interroger sur la Réserve (les Montagnais disent : Uashat, c'est par ce mot aussi qu'ils désignent la grande baie de Sept-Îles). Il répondait par des monosyllabes. Je me suis vite aperçu qu'il m'observait étrangement. Il regardait mes cheveux, mon visage, mes mains. Il n'osait pas le dire, mais je savais bien ce qui l'intriguait. J'étais un peu agacé (je m'énerve facilement, c'est à cause de ma maladie). Au bout d'un moment, je lui ai dit : « Mais oui, comme vous voyez, je suis roux ; tout ce qu'il y a de plus roux : comme une carotte, une tomate, une pomme, une fraise, une cerise, un coq, ou tout ce que vous pouvez imaginer de plus rouge encore. » Il a regardé ailleurs. Puis il m'a fait remarquer que, dans la Réserve, je ne risquais pas de passer inaperçu ; tous les Sauvages ont la peau foncée et les cheveux noirs comme du charbon. Il paraît que je vais être une attraction. J'ai fini par rire moi aussi, ça l'a soulagé.

Tout de même, pendant un bout de temps encore, il ne m'a pas quitté des yeux. Je pense qu'il n'a jamais vu de roux, en tout cas, pas aussi roux que moi. J'ai l'habitude ; c'est toujours pareil avec ceux qui me voient la première fois. C'est vrai que je suis particulièrement roux, avec plein de picots, et encore, c'était pire à l'époque où j'avais des boutons ; j'étais une vraie rougeole ambulante. Dans ce temps-là, à l'école, on m'appelait l'Arbre-de-Noël (ou, pour les « amis », les plus familiers : le Sapin). Je dois reconnaître que c'était à peine exagéré (je n'ai jamais clignoté, mais tout juste).

Après le repas, je me suis recouché. Finalement, je ne suis pas sorti de la journée ; je ne me sentais pas bien après la nuit que j'avais passée. De toute façon, cet après-midi, le temps était au vent et à la neige, on n'aurait pas laissé un chien dehors.

20 avril (après-midi)

Je ne suis pas mécontent de rédiger ce Journal, ça va faire passer le temps. Au Collège, à Lévis, la matière que je préférais, c'était la composition française. Je me débrouillais pas mal. L'abbé Tardif (Alzire de son prénom…) s'occupait de moi, me prêtait des livres, m'encourageait. Il m'a emmené trois ou quatre fois à la vieille maison de Louis Fréchette sur le bord du fleuve ; pour me donner la « vocation », je pense. L'année où j'ai gagné un prix de rédaction, j'ai reçu un exemplaire du *Survenant* en cadeau ; je suis content de l'avoir apporté, je vais pouvoir le relire. En sciences sociales, à Laval, c'est de valeur, à part monsieur Falardeau et le père Lévesque, ils sont pas mal moins sévères sur le français. Monsieur Lamy, par exemple, on peut dire qu'il parle comme il marche ; c'est pas un homme qui s'enfarge dans les virgules, disons. Ce qui m'ennuie vraiment, c'est d'avoir oublié mon dictionnaire ; je me trouve innocent.

Je repense à l'abbé Tardif, à la fois où, en cachette, il m'avait prêté *Les Misérables*. C'était risqué de sa part ; des livres à l'index, on n'en voyait pas souvent. J'avais dévoré le roman, je n'en dormais plus (je m'étais déclaré malade pour accélérer ma lecture). J'en garde tout de même un mauvais souvenir à cause de l'abbé, qui a été dénoncé ; j'ai appris plus tard qu'il avait été durement réprimandé par son supérieur.

Un jour, mon professeur de philo m'avait aussi donné de la lecture ; un gros livre de Jean-Paul Sartre, avec sa photo qui couvrait toute la couverture. Sans manquer à la charité, on ne peut pas dire qu'il était bel homme, celui-là. J'avais laissé le livre sur la table de la cuisine à la maison, avec la photo bien en vue. Quand ma mère l'a aperçu, elle a sursauté : « Tu vas pas lire ça ? » Sur le coup, j'ai ri ; finalement, je ne l'ai pas lu. Pas seulement à cause de la photo; le livre avait six cents pages au moins, écrit tout petit. Moi, je comprends que les théories, c'est nécessaire; mais je ne m'en cache pas, j'aime mieux imaginer les choses moi-même. J'ai toujours été comme ça.

(Soir)

Je pense que je me ranime un peu. À la veille de commencer mon enquête, j'ai décidé de me fixer des règles de conduite, comme je fais toujours (quitte à les oublier après, comme toujours aussi) :

— Première règle : me comporter d'une manière égale avec tous les habitants de la Réserve, ne pas montrer de préférence (faire attention aux filles).

— Deuxième règle : me forcer à travailler même les jours où je suis malade.

— Troisième règle : dominer mon caractère (mon « petit caractère », comme dit ma mère), ne pas me fâcher pour des riens et me rendre ridicule devant le monde (rentrer mes « griffes » — ma mère encore).

— Quatrième règle : faire attention à ma naïveté qui me joue souvent des tours, ne pas me mettre les pieds dans les plats en pensant bien faire.

— Cinquième règle : écrire à ma mère et à Marise au moins deux fois par semaine.

— Sixième règle : faire attention à mon argent, économiser le plus possible sur ma bourse pour payer ma prochaine année à l'Université.

— Septième règle : Préparer soigneusement mes examens, que je devrai passer à la rentrée.

Je me relis; ça fait beaucoup de règles, je trouve.

21 avril (soir)

Il a plu toute la nuit dernière, une grosse pluie de printemps, mouilleuse (!), et j'ai gelé encore jusqu'au matin. Je m'étais couché tôt et n'ai pas vu que Grand-Père n'avait pas réalimenté le poêle. Il avait aussi laissé la porte et deux fenêtres ouvertes. Je me suis levé durant la nuit pour fermer tout ça. Au déjeuner, il m'a expliqué qu'un Indien a toujours besoin d'air. J'avais ma réplique mais l'ai gardée pour moi ; je ne voulais pas le blesser. Je crois qu'il est gentil au fond ; il est seulement un peu renfrogné (c'est un Sauvage, après tout).

J'ai jeté un coup d'œil dehors ; tout était gris, comme l'eau qui tombait. Grand-Père s'est retiré pour bretter dans sa chambre, me laissant seul dans la cuisine une bonne partie de l'avant-midi. J'ai varnoussé un peu moi aussi ; puis, tout à coup, je me suis vu : coincé dans cette bicoque, loin des miens, grelottant, perdu dans une Réserve qui ressemble à un camp de concentration avec ses barbelés, au début d'un séjour qui m'apparaissait comme une éternité… Je ne me sentais pas faraud.

Cet après-midi, j'ai écrit à ma mère et à Marise, leur ai raconté mon arrivée, sans trop me plaindre quand même, mais je leur ai dit que l'été allait être long. Grand-Père est allé lui-même poster mes lettres (au dispensaire de la Réserve). Il m'a aussi indiqué où demeure Michel Bellefleur, le Chef de bande, et j'ai décidé de m'y rendre. C'est ce que monsieur Laroque m'a dit avant mon départ : ne pas commencer mon enquête avant de m'être rapporté au Chef. C'est lui qui doit m'introduire auprès des familles.

La cabane où j'habite est située à la limite de la Réserve (coin nord-est), sur la rue Brochu ; il faut passer devant pour sortir de Uashat et aller à Sept-Îles. Elle est un peu isolée (le voisin le plus proche est à trois cents pieds). En partant, j'ai pu l'observer comme il faut. Si c'était à Lévis, les gens diraient que c'est un « shack » (comme il y en a plusieurs dans mon quartier du Bas-de-la-Côte). C'est un assemblage rapiécé de bouts de planche et de madriers, de papier goudronné et de bardeaux posés tout de travers, sans peinture (sauf sur quelques madriers récupérés à Sept-Îles et qui trahissent ainsi leur origine ; de toute beauté !).

Derrière, il y a une étenderie de toiles, de perches, de pièges, de canots troués ; un chien n'y retrouverait pas son os. La façade, qui penche vers l'arrière, n'annonce pas mieux. En avant, c'est tout en fardoche jusqu'à la rue qui est sans trottoir ni égout. Un vrai « nicafeu » (nid-à-feu ?). Ce qui remet les choses, c'est la proximité du Golfe, même si la maison lui tourne le dos — de toute façon, quand je suis sorti, la vue se perdait dans une grosse épaisseur de ouate.

Toujours sous la pluie, j'ai marché vers l'ouest, le long de la rue Brochu (de la terre boueuse recouverte çà et là de gravelle, avec des trous d'eau). Le territoire de la Réserve est tout plat, et il n'y a pas un arbre dans le paysage, sauf en bordure du quadrilatère entourant les habitations (c'est, plus exactement, un rectangle d'un quart de mille par un demi-mille environ). J'ai relevé le nom des rues en en faisant le tour : Lockhead, Arnaud, de la Réserve et Brochu. Il y a aussi une toute petite ruelle (Grégoire) qui coupe la Réserve à peu près en son milieu, dans le sens nord-sud. Les maisons sont plantées au petit bonheur et la plupart sont aussi lugubres que celle de Grand-Père : des lambris de planches tordues, pourries à des places, parfois des panneaux de carton isolant. Quelques-unes sont inhabitées et barricadées. Elles sont dispersées au hasard dans la broussaille ou dans le sable. Un peu de fumée s'échappe des petites cheminées de tôle. Quand on regarde tous ces taudis, on a l'impression d'un paquet d'épaves échouées sur la rive après une grosse tempête dans le Golfe. Je songeais au « plan d'urbanisme » qu'on me demande de reconstituer…

Il y a un peu partout des peaux d'animaux tendues sur des fûts de bois et des perches rassemblées en échafauds (pour fumer la viande ou la faire sécher, je suppose). Et, à travers tout ça, des squelettes de canots abandonnés avec leurs rames noircies. Puis j'ai aperçu, à peu près au centre de la Réserve, le clocher de la petite église (ou de la grosse chapelle ?) à demi voilé par la brume, avec ses petites fenêtres en ogive.

J'ai franchi des rigoles, un ruisseau, et dans la dernière partie de la rue Brochu, au nord-ouest de la Réserve, je suis passé devant une enfilade de tentes basses (grises, tristes, quelques-unes bariolées de bleu ou de rouge délavé). On dirait que l'endroit n'a jamais vu le soleil. Des hommes mal vêtus, entourés d'enfants, s'affairaient dehors (les femmes devaient se tenir à l'intérieur?). Indifférents à la pluie qui redoublait, ils me regardaient passer, la mine sombre; personne ne m'a salué. Je me trompe peut-être, mais il me semble avoir senti de l'hostilité dans la façon dont ils se détournaient après m'avoir aperçu.

J'ai pris à gauche sur Lockhead, d'où l'on voit une longue pointe de sable qui s'étire vers l'ouest jusque dans la mer. Juste à côté, il y a une vieille maison de bois rond abandonnée (un écriteau à moitié décroché annonce : « Vieux Poste »). Ensuite, j'ai tourné à gauche encore, cette fois sur la rue Arnaud, et je suis passé devant l'édifice de la Hudson's Bay (là, il y a une affiche propre, en anglais, sur la façade); c'est une assez belle bâtisse, avec un toit en mansarde (un peu comme les vieilles maisons qu'on voit sur la Côte-de-Beaupré, avant d'arriver à Sainte-Anne).

Une grande fille en sortait, elle s'est arrêtée quand elle m'a vu. Ses cheveux mouillés lui collaient aux joues, elle s'était enveloppée dans une vieille couverture. Moi, je portais mon blazer et mon pantalon gris; elle a paru surprise. Je me suis arrêté moi aussi; je pense que je n'ai jamais vu une aussi belle fille de toute ma vie. Mais je n'ai pas pu la regarder longtemps, elle s'est aussitôt retournée pour rentrer dans le poste. Je suis resté là à regarder la porte un moment, en me demandant si je n'avais pas rêvé : une pareille fille dans ce décor-là, ça paraissait irréel.

J'ai fini par me remettre en marche et, enfin, je suis parvenu chez Michel Bellefleur, à proximité du cimetière. Le Chef habite une maisonnette blanche avec des rideaux carreautés aux fenêtres. J'ai frappé, et sa femme (une petite rondelette dans la cinquantaine avec une touffe de poils au milieu d'une joue, comme pour signaler sa verrue) est venue me répondre tout de suite. Elle m'a dit : « J'ai compris que c'était toi parce que les Indiens ne frappent pas avant d'entrer. » Puis elle m'a informé que son mari avait dû partir l'avant-veille pour Ottawa où on l'avait convoqué d'urgence. Elle ne savait pas quand il reviendrait et il n'avait pas laissé de message pour moi. J'ai remercié quand même (!) et me suis éloigné vers la rue. Là, j'étais vraiment découragé. Franchement. Le Chef avait pourtant été prévenu par mon professeur. Comment faire pour entrer dans les familles ?

J'ai eu l'idée d'aller frapper à la porte du presbytère : pas de réponse. Un voisin, alerté, m'a crié que le Père missionnaire était absent à cette époque de l'année. Je suis revenu chez Grand-Père, tout trempé, congestionné, et je lui ai raconté ce qui m'arrivait. Il n'a pas parlé. Je lui ai demandé s'il ne pourrait pas m'accompagner chez des voisins ou des gens de sa parenté. Il a secoué la tête. Plus tard, il m'a dit que je devrais attendre le retour du Chef.

Je n'avais pas envie de m'enfermer dans son taudis pendant une semaine, peut-être plus. Je suis reparti et j'ai commencé à frapper aux portes des maisons. Aux trois premières, je n'ai même pas eu de réponse. À la suivante, un enfant m'a ouvert et a appelé sa mère ; elle s'est approchée, m'a lancé « Cé qu'tu veux ? ». J'étais gêné, j'ai piétiné un moment, alors elle m'a fermé la porte au nez. Ça a continué comme ça pendant dix minutes. J'ai pensé ensuite essayer quelques tentes, mais j'ai manqué de courage ; je ne me voyais pas entrer là-dedans. Je suis retourné chez Grand-Père. J'en pleurais presque ; je me demandais ce qui se passait.

Vers la fin de l'après-midi (pour me remonter le moral, je suppose ?), un fort vent s'est levé et il s'est mis à neiger ; une tempête quasiment, j'ai été obligé de m'enrouler dans ma couverture. Et quand la bourrasque s'est calmée, c'est la grêle qui est apparue : des gros grains qui dérivaient comme des boules à mites dans les rigoles. De toute beauté, à la veille de l'été (à Uashat, ils n'en sont peut-être pas encore à notre régime des quatre saisons ?).

Avant souper, j'ai brassé un peu dans mes timbres, j'ai classé mes romans dans l'ordre où je veux les lire ou les relire (*Le Survenant*, *Les Raisins de la colère*, *Le Grand Meaulnes* sur le dessus, juste avant *Bonheur d'occasion* et les autres), puis mes étourdissements m'ont repris, avec des saignements de nez. Finalement, tout ce que j'ai appris durant ma journée, c'est que les Indiens tutoient les étrangers. Monsieur Laroque va être content.

Note : J'y pense, je n'ai pas vu d'école dans la Réserve ; je suppose que les enfants vont à Sept-Îles.

22 avril (matin)

C'est probablement à cause de ma tournée d'hier dans la Réserve : j'ai rêvé toute la nuit. C'est toujours pareil avec moi, comme un moyen de défense ; quand la réalité est trop dure, trop déprimante, il faut que je m'évade. C'est peut-être ce qui m'a sauvé, au fond ; on en a tellement arraché chez nous, dans le Bas-de-la-Côte. Tout jeune, déjà, j'enterrais mes jouets derrière la maison, j'en faisais des « trésors » que je déterrais l'année suivante (j'y ajoutais une bouteille de Coke vide avec un message de naufragé). Je les retrouvais tout rouillés, tout pourris, mais c'était pas grave ; entre-temps, je rédigeais le récit de mes découvertes : j'avais déniché plein de coffres d'or et de diamants, pillé cent navires, accumulé des fortunes colossales. Je faisais des cadeaux aux miens (un château tout neuf à ma mère, une douzaine de Cadillac à mon frère Fernand, deux magasins Pollack au complet à mes petites sœurs jumelles...). J'étais lunatique, ça oui. C'est peut-être pour ça que, quand je devais garder le lit à cause de ma maladie, je faisais de l'astronomie... Je scrutais le plafond de la chambre avec le rouleau à pâte ; je décrivais à Fernand les planètes, les grosses lunes que je découvrais (il me disait : « t'es sûr que c'est pas des tartes ? » — c'est pas vraiment un poète, Fernand).

À la petite école, il suffisait que la maîtresse trace un cercle au tableau et c'était parti : je voyais une île mystérieuse, un œuf de tortue géante, un œil de dinosaure… Plus tard, je composais des petites pièces de théâtre (des « sketches ») que je « montais » dans un hangar chez des voisins. J'inventais des histoires pour endormir les jumelles (elles en perdaient le sommeil, maman a dû m'arrêter). J'ai dû lire cinq ou six fois *Le Grand Meaulnes* (on m'a appelé « le p'tit Meaulnes » un bout de temps). Les livres de Jules Verne de la bibliothèque municipale, n'en parlons pas ! Je me suis jeté aussi dans les récits d'alpinisme, j'ai escaladé l'Everest au moins vingt fois ; je partais à la recherche de Malaurie, je le retrouvais souvent, bien vivant là-haut ; si bien qu'à la longue, on s'est mis à se tutoyer (chavirer sur l'Everest quand on est du Bas-de-la-Côte… pas besoin d'être psychologue, là). J'étais distrait, mes amis me jouaient des tours, ça marchait tout le temps. Le jour où, au Collège, je suis tombé sur les récits de Blaise Cendrars, j'en ai perdu les pédales. Ma mère était bien découragée, me ramenait constamment les deux pieds sur terre (« sur la carte »). C'est vrai que j'ai toujours eu un peu de misère avec la réalité.

Juste avant mon départ encore, la semaine dernière, elle s'inquiétait pour l'été qui vient : j'allais devoir me débrouiller tout seul, je n'aurais personne pour me surveiller… C'est une mère, elle exagère ; je suis tout de même rendu à l'âge adulte maintenant.

(Soir)

Cet avant-midi, je me suis rendu à l'hôtel de ville de Sept-Îles (c'est à moins d'une demi-heure de marche). En partant de chez Grand-Père, on prend à droite sur la rue Brochu, on met deux minutes à gagner la sortie de Uashat, puis on file tout droit vers l'est, le long du fleuve. J'ai revu les barbelés qui entourent la Réserve — une clôture de six pieds de haut, si c'est pas plus. On dirait vraiment un camp de prisonniers. Je me demande bien pourquoi c'est là. Par contre, quelques éclaircies m'ont permis de découvrir le Golfe. Je me suis arrêté; depuis le temps que j'en rêvais, c'était la première fois que je le voyais. C'est vraiment quelque chose, quasiment la mer en fait. Je me suis rappelé le jour où j'avais fait du pouce de Lévis à Kamouraska, juste pour le voir. Mais, même là, le fleuve est loin d'atteindre toute sa largeur. J'avais douze ans à l'époque, ma mère avait failli mourir d'angoisse (je ne lui avais rien dit, elle ne m'aurait jamais laissé partir).

En entrant dans la ville, je suis passé devant une Indienne d'une trentaine d'années, mal habillée, nu-pieds, les longs cheveux noirs en broussaille. Assise devant deux paniers, elle offrait quelques articles d'artisanat en vente. Nous nous sommes présentés; elle s'appelle Ghislaine, elle m'a montré ses « handicrafts » (quelques mocassins, un bonnet, deux colliers…). Elle souriait bizarrement, je me demande s'il ne lui manque pas un bardeau (peut-être deux?). Elle m'a décrit son « kiosque » mais je n'ai rien vu, juste ses deux paniers. Elle avait le goût de parler, mais pas moi; je l'ai saluée et j'ai continué mon chemin jusqu'à la rue De Quen et suis entré dans l'hôtel de ville (un édifice tout neuf, en briques brunes). J'ai demandé à voir un dirigeant ou un représentant. On m'a dit que je pourrais peut-être rencontrer l'adjoint du maire, mais pas avant une couple d'heures, il venait d'entrer en réunion. J'en ai profité pour aller reconnaître la ville.

Quand on arrive de Uashat, le contraste est frappant: on dirait que les quartiers ont été alignés avec une règle (c'est pas le même urbaniste qui a œuvré ici, certain…). Les rues sont toutes droites et à peu près de la même longueur, sauf les rues Brochu et Arnaud et deux ou trois autres (comme l'avenue Laure) qui traversent toute la ville dans le sens est-ouest. Elles sont très larges aussi, quasiment comme la Grande-Allée à Québec. Le premier édifice que j'ai remarqué, juste devant l'hôtel de ville, c'est l'Entrepôt maritime, une sorte de hangar qui abrite également la poste et le télégraphe. Plus loin, je suis passé devant une grosse école puis, juste à côté, l'église Saint-Joseph; une belle bâtisse blanche en bois, avec deux clochetons noirs et un grand parvis. Il y a aussi de nombreux magasins dans le voisinage (dont deux grosses quincailleries qui se font face), c'est assez surprenant.

Mais ce qui m'a surtout frappé, ce sont les hôtels (une dizaine, il me semble), disséminés d'un bout à l'autre de la ville, sans compter les maisons de pension. L'hôtel le plus impressionnant, c'est le Manoir des Îles avec sa tourelle et ses deux grosses colonnes ; il y a l'Auberge des Grèves aussi, qui semble très chic. Il y avait beaucoup de monde dans les rues, des hommes surtout, qui viennent chercher du travail (la ville manque de bras). Au coin de la rue Smith, je suis entré dans un salon de barbier où trônaient sept ou huit flâneux ; je me suis fait couper les cheveux, ce qui m'a permis d'en apprendre assez long sur ce qui se passe dans la place.

Puis j'ai poursuivi ma promenade. J'ai repéré un cinéma (le Rio), un centre sportif, la station de radio, quelques restaurants (dont Le Nordique), au moins six banques (les habitants sont ou très riches ou très endettés !). Au coin de la rue Napoléon, deux chevaux étaient arrêtés avec leurs cochers qui vendaient de la morue (le cœur m'a levé). À la hauteur de la rue Monseigneur-Blanche, je suis tombé sur un gros attroupement : une machine bizarre qui crachait des nuages de boucane et une équipe d'hommes aussi barbouillés que les mineurs de Zola procédaient à des travaux d'asphaltage (les premiers dans la ville).

Je suis parvenu aux installations de l'Iron Ore à l'extrémité de la péninsule, là où la Compagnie a construit son quai (le vrai nom, c'est Pointe-aux-Basques, mais les gens disent « le Bout-d'en-Haut). Deux immenses barges s'y trouvaient — l'image m'était familière, ce sont les bateaux qu'on voit passer tous les jours devant chez moi à Lévis. J'ai vu la gare aussi, d'où part à chaque heure un train pour la mine de Schefferville. En chemin, j'ai traversé le « town site », qui est le quartier ouvrier (l'Iron Ore y possède toutes les maisons et les loue à ses employés). Je suis revenu par la rue Arnaud (il y a un trottoir), j'ai repéré la clinique, une couple de bars aussi (on ne sait jamais…). Je m'arrêtais de temps à autre pour regarder les îles au large ; c'était assez joli, même à travers les pans de brume.

De retour à l'hôtel de ville, j'ai pu rencontrer l'adjoint du maire (Émile Gobeil), un petit noir moustachu dont le téléphone n'arrêtait pas de sonner et qui continuait à signer des papiers tout en me parlant. C'est un homme dans la trentaine, énergique, qui semble tout le temps se dépêcher, comme s'il était pris d'un mal de ventre. Il parle vite, écrit vite, cligne tout le temps des yeux et ajuste son nœud de cravate toutes les trente secondes. Une vraie queue de veau. Il regarde l'heure à tout bout de champ, comme s'il était toujours en retard. Il était au courant de mon arrivée, ça m'a un peu surpris.

Il m'a fait asseoir, m'a offert un café, puis il m'a parlé de Sept-Îles. Il a quitté un emploi d'instituteur à Trois-Rivières pour venir s'établir ici avec sa famille (je voyais une photo de lui avec sa femme et ses trois enfants sur le coin de son bureau). Le développement de la Côte-Nord, avec toutes ses ressources, c'est pour lui une grande aventure à laquelle il tient à participer « comme Canadien français ». Il dit qu'il y a un nouveau pays à ouvrir ici, un pays moderne, fait de villes et d'usines, pas une autre région de colonisation « où il n'y a que la misère qui pousse ». D'autres jeunes de Sherbrooke et de Montréal ont fait comme lui. Ils croient tous que le « renouvellement » du Québec commence par ici, que le modèle va ensuite « descendre vers le sud ». Je dois dire que, malgré tous ses tics, il m'était assez sympathique. En fait, j'étais plutôt admiratif.

J'ai commencé à lui raconter mon histoire. Il m'a tout de suite interrompu pour me dire que je devrais retourner chez moi à Lévis. Les bras m'en sont tombés. Il m'a expliqué. La Réserve de Uashat serait en très grosse difficulté, peut-être même à la veille d'une grave crise. Le gouvernement fédéral et le Conseil de ville veulent que tous les Indiens aillent s'établir plus loin, à une dizaine de milles vers l'est, où ils seront plus tranquilles, vivront dans des maisons neuves et disposeront d'un territoire beaucoup plus vaste. Alors que s'ils demeurent là où ils sont présentement, ils risquent d'être « broyés » (c'est le mot qu'il a employé) par le développement trop rapide de Sept-Îles, qui est « une jeune ville promise à un grand avenir industriel ». Quelques familles montagnaises, m'a-t-il dit, se sont montrées raisonnables et se sont déjà installées là-bas dans des maisons ouvertes vers la fin de l'hiver.

Gobeil m'a montré le plan des maisons qui ont déjà été construites dans la nouvelle Réserve (on lui a trouvé un nom : Malioténam ; d'après l'adjoint, ça veut dire « Village de Marie »). Elle sera très « moderne » (il ne prononce pas deux phrases sans glisser ce mot-là), équipée de tous les services : magasin général, centre communautaire avec salle de quilles, aqueduc, égout, électricité, etc. — en fait, tout ce dont Uashat est dépourvue. Il m'a ensuite conduit dans une pièce où j'ai pu voir une maquette du projet. C'est attrayant, bien conçu ; là, c'est vrai, on peut parler d'un plan d'urbanisme. Les autorités ont même prévu la construction d'un pensionnat réservé aux Indiens. Et les pouvoirs publics assument tous les coûts.

J'étais assez impressionné. J'ai interrogé le gars sur cette crise qui s'annonçait. Il m'a raconté que la majorité des Indiens de Uashat s'opposent au projet, ce qui m'a surpris. Il faut les comprendre, m'a-t-il dit, c'est leur premier contact avec le progrès, avec la civilisation, et ils partent de loin. Ils sont inquiets, c'est normal. C'est aux Blancs à mieux faire comprendre les développements « modernes », à bien faire valoir leurs avantages, en particulier le confort dont les Sauvages bénéficieront et l'éducation pour leurs enfants, tout près de chez eux. Je me disais en l'écoutant (il a aligné tout ça d'une traite, en connaisseur) : c'est vrai que les Indiens ne peuvent tout de même pas rester éternellement dans leur misère ; l'évolution, c'est pour tout le monde, pas besoin d'être sociologue pour comprendre ça. Finalement, je trouvais qu'il faisait preuve de bon sens ; je lui ai dit. Il m'a répondu que, malheureusement, ce n'était pas le cas de tous ses collègues à l'hôtel de ville, où plusieurs s'impatientent. Certains commencent à parler d'expropriation.

Il a répondu à deux ou trois coups de téléphone, a rajusté sa cravate en regardant l'heure, puis je lui ai demandé pourquoi il me suggérait de renoncer à mon étude. Selon lui, les choses vont se corser si les Indiens continuent à s'entêter, et alors le climat ne se prêtera sûrement pas à une recherche comme la mienne (là-dessus, il a fait un geste de la main qui laissait entrevoir le pire). Il m'a bien fallu lui donner raison ; je m'étonne seulement que mon professeur ait pu ignorer tout cela. Je ne peux pas croire qu'il m'aurait lancé dans ce guêpier s'il avait su. J'ai aussi demandé au gars pourquoi la Réserve était entourée de barbelés. Il m'a dit que c'est pour mieux contrôler les vendeurs de boisson, pour protéger les Indiens. J'aurais dû y penser.

En revenant, j'ai bien réfléchi à ma situation. Mon parti m'apparaît maintenant assez clair : je dois rentrer à Lévis le plus vite possible et me trouver un emploi pour le reste de l'été. D'abord, ici, je ne peux même pas commencer à travailler. En plus, je vais perdre mon temps de toute façon à cause de cette crise. Et puis je ne me vois pas passer tout l'été dans la baraque crottée de Grand-Père.

Autre chose qui me gêne un peu, mais il faut bien que je sois honnête : j'ai accepté de venir ici pour toutes sortes de raisons, sauf pour les Indiens. En fait, ça ne m'intéresse pas vraiment, les Indiens.

Tout à l'heure, Grand-Père m'a remis une lettre de Marise ; elle me trouve bien chanceux de vivre « cette belle aventure ». Ouais… elle va changer d'idée quand elle aura lu la lettre que je viens de lui écrire ! J'ai écrit à ma mère aussi. Je leur ai expliqué à toutes les deux que mon stage était déjà fini et que, dans huit ou dix jours au plus tard, je serais de retour. J'ai rédigé une troisième lettre pour en informer monsieur Laroque (celle-là avec un petit post-scriptum assez salé…).

23 avril (avant-midi)

Je me suis entendu avec Grand-Père. Je vais lui payer deux semaines de pension (mon séjour sera un peu moins long, mais c'est pour compenser). Je me suis rendu au port hier et ce matin pour me réserver une place sur un bateau ; je n'ai rien trouvé mais j'y retourne demain.

En revenant de la ville, j'ai rencontré la grande fille d'avant-hier, celle qui m'a quasiment transformé en statue de sel devant le magasin de la Hudson's Bay. Cette fois, elle était accompagnée d'un Indien un peu plus vieux qu'elle. Un grand sec avec des petits yeux plissés et une dent toute croche qui lui remontait sous le nez. Je me suis demandé : son mari ? son fiancé ? (Je ne pouvais pas le croire.) Ils discutaient en montagnais, ils ne m'ont pas regardé. Mais moi, je me suis tourné pour voir la fille ; sa chevelure prenait dans le vent, sa silhouette ondulait à chaque pas, on aurait dit une danseuse ; elle parlait en faisant de petits gestes de la main. J'ai remarqué aussi qu'elle a le bas du dos arqué et la taille toute cambrée ; ça lui donne une démarche un peu effrontée, presque provocante. En tout cas, elle a pas l'air achalée. J'en étais tout étourdi ; en me retournant, je me suis enfargé dans un hydrant.

Je me suis mis dans mes romans, depuis mon arrivée. Je viens de finir *Le Survenant* (c'est vrai que c'est bon). Je continue à manger un peu de banique et du poisson ; je ne risque pas d'engraisser (et ma mère qui me trouve déjà trop maigre !). Grand-Père mène son petit train, qui ne va pas bien loin. Il rentre et sort toute la journée dans sa tunique délavée, il refait le tressage de vieilles raquettes, va puiser l'eau à la Cascade avec ses deux chaudières. Il marche lentement en posant délicatement le pied, comme s'il craignait que le sol se dérobe sous ses pas. Il ne me dérange pas beaucoup, sauf le soir quand il s'installe sur le perron de la porte avec son tambour (un vieux gréement tout desséché orné d'osselets de lièvre ou quelque chose du genre) et se met à chanter dans sa langue. D'ailleurs, ce n'est même pas du chant ; plutôt de longues lamentations avec les mêmes mots qui reviennent tout le temps. Le matin, aux petites heures, il recommence. Ça m'énerve. Mais je ne parle pas, je n'en ai plus pour longtemps.

La seule chose que je vais regretter, ce sera de mettre fin à ce Journal ; j'y ai pris goût (j'ai toujours aimé l'écriture, c'est peut-être parce que je suis bègue ?). Je me demande aussi ce que je vais faire une fois rentré. Ça, c'est plus grave. J'ai peur qu'il soit trop tard pour me trouver un emploi d'été à Lévis ou même à Québec. Ma mère ne sera pas contente.

(Après-midi)

Pour la première fois aujourd'hui, le ciel s'est vraiment dégagé. On voit enfin le soleil et la mer. Mais on voit encore mieux aussi les bicoques et l'allure sinistre de la Réserve. Je me demande comment les Indiens font pour vivre là-dedans. C'est sûr qu'ils auraient besoin d'aide. Un peu de « progrès » ne leur ferait pas de mal. Je comprends les gens de Sept-Îles.

C'est vrai que je suis naïf. Avant d'arriver à Uashat, je m'attendais à un grand campement bien ordonné posé dans la verdure, avec des tentes bien propres, un peu comme dans la section du camping chez Pollack ! Et des chefs avec des plumes. Ma mère a raison, je vois tout en rose. À la maison, elle me remet tout le temps les pieds sur terre.

(Soir)

Grand-Père était sorti après souper, il vient de rentrer, tout énervé. Il a appris que cinq Indiens de Uashat se sont fait arrêter sur la rivière Sainte-Marguerite où ils étaient allés pêcher. La rivière appartient à des Américains. Les garde-pêche ont confisqué les rets.

Je n'ai eu aucun malaise aujourd'hui, cette nuit non plus. Seulement un gros rhume qui ne me lâche pas (j'aurais besoin de mon imper, il ne fait vraiment pas chaud ici).

24 avril (soir)

Je suis retourné au port ; toujours pas de bateau. En fait, j'ai bien failli en trouver un, mais au dernier moment il a changé sa destination. Je pense avoir plus de chance demain.

Passant devant l'Entrepôt, en face de l'hôtel de ville, je me suis arrêté pour voir si j'avais du courrier. On m'a remis une autre lettre de Marise. Elle me raconte tout ce qui se passe à Montmagny, ou plus exactement « tout ce qui ne s'y passe pas », comme elle dit. Elle n'a jamais aimé la place même si sa famille a une belle propriété sur la rue principale, tout près de l'église (c'est le coin des riches, son père est notaire). Mais à partir de septembre prochain, elle sera à l'Université elle aussi, en lettres. Elle va demander à son père la permission de louer une chambre au Quartier latin plutôt que de voyager soir et matin. Ce serait plaisant, nous pourrions nous voir plus souvent et nous serions plus tranquilles.

Je réalise tout d'un coup que ça fait plus de deux ans déjà que nous sortons ensemble, même si je n'ai que dix-neuf ans et elle dix-huit. Il y a toutes sortes de souvenirs qui me reviennent, par exemple la façon dont on s'est connus, qui est un peu surprenante (ma mère qui faisait des travaux de couture pour la sienne, Marise qui venait à la maison avec sa grande sœur quand les vêtements étaient prêts, les prétextes qu'elle trouvait pour étirer sa visite…). Sa mère, je l'aime bien, mais son père, je n'arrive pas à le saisir ; je pense qu'on ne s'est pas parlé plus de trois fois au total. Il faut dire que je ne vais pas souvent à Montmagny (j'y vais quand je suis invité…). C'est surtout Marise qui vient à Lévis. Parfois, on se donne rendez-vous à Québec.

C'est sûr que, Marise et moi, c'est un peu difficile. Sa famille est riche, ça crée toutes sortes de situations embêtantes. Je ne vais jamais à ses veillées de famille, même celles du temps des Fêtes. C'est pas juste une question de linge ; bien d'autres affaires aussi. Au restaurant, par exemple : dans notre quartier, une fille serait bien insultée si le gars ne payait pas la facture. Avec Marise, c'est quasiment le contraire ; elle veut toujours payer. On pourrait trouver un milieu peut-être ? C'est compliqué, les filles.

Pour cet été, elle me dit qu'il va y avoir un problème. Elle va partir en juin avec sa famille aux îles de la Madeleine d'où elle ne reviendra qu'à la fin d'août. Je lui ai écrit pour lui dire que je comprenais, mais que j'étais bien déçu. Marise, je l'aime beaucoup (même si c'est loin d'être un pétard, comme on dit). Elle est gaie, on s'entend bien. Elle est fille de notaire, mais pas fière-pette.

Finalement, j'ai décidé de continuer mon Journal, j'ai du plaisir à le rédiger. Je sais que c'est inutile puisque mon enquête est foutue, mais ça me fera un souvenir. Désormais, ce sera un peu comme un confident pour moi (c'est curieux, quasiment tout ce que je vois à Uashat me rappelle des souvenirs de ma famille, de Lévis). Et puis, en attendant, il n'y a pas grand-chose à faire ici. Il est trop tôt pour commencer à préparer mes examens ; tant mieux parce que, franchement, je n'en ai pas le goût.

J'ai joué un peu dans mes timbres. Mes migraines ont repris durant la soirée. Là, j'écris presque à l'aveuglette. Je dois m'arrêter de toute façon, la bougie va s'éteindre.

26 avril (fin d'après-midi)

Je suis drôlement embêté. Embêté puis contrarié comme c'est pas possible. J'ai reçu ce matin un long télégramme de ma mère qui n'est vraiment pas contente. Je m'y attendais un peu, mais elle est encore plus fâchée que je pensais. Elle me dit que ma décision n'est pas raisonnable, que c'est du gaspillage (c'est elle qui a fourni l'argent pour le bateau), qu'étant le plus vieux je dois donner l'exemple.

Je vois bien qu'elle a raison. Si je rentre à Lévis, je vais perdre ma bourse et je ne suis pas certain de pouvoir me trouver un emploi. Je sais aussi que Fernand lui coûte déjà assez cher (il vient d'entrer dans les cadets de l'armée), que mes deux sœurs veulent s'inscrire au terrain de jeux du Patro. En plus, durant l'été, ses travaux de couture rapportent peu parce qu'il y a beaucoup de monde au chalet ou en vacances. Ses travaux de ménage vont au ralenti aussi.

J'ai été déprimé toute la journée. Je n'ai pas cessé de penser à ma famille, à Fernand, aux plus jeunes, aux années tristes que nous avons vécues avec ma mère, à toute la misère qu'elle s'est donnée pour nous « élever comme les autres » (c'est son expression). J'ai beaucoup pensé à mon père aussi, dont elle ne parle jamais (dont on ne parle jamais nous non plus). Tout cela m'a mis à l'envers. Ma mère, je la connais, c'est pas une lamenteuse.

J'ai reçu un télégramme de monsieur Laroque aussi. Il n'est pas content lui non plus. Il est bien embarrassé au sujet de la bourse. Il me rappelle que c'est de l'argent d'un organisme américain, me demande de faire un effort. Batince, j'aurais envie de lui répondre que ses Américains, moi, je m'en fiche pas mal. Mais quand même, je suis mal enfilé, là. Je pense que Grand-Père a deviné que je n'allais pas bien. Il a fait cuire du caribou ce midi (s'il voulait vraiment me faire plaisir, il lâcherait son tambour).

(Soir)

Incapable de travailler ou de lire. Nausées, urticaire puis crise d'asthme, c'est quasiment automatique quand je suis déprimé (ce qui fait que ça va plus mal encore!). J'ai dû faire appel à Grand-Père pour poser mes ventouses; il les maniait du bout des doigts comme s'il avait peur que ça explose. Pour arranger les affaires, tout à l'heure, en me penchant au-dessus du bassin pour me passer de l'eau froide sur le visage, mes lunettes sont tombées à terre : j'ai un verre tout égratigné. La vie était déjà de travers, maintenant je vois tout croche.

Ça va vraiment bien, c'est terrible comme mes affaires vont bien.

27 avril (matin)

Je n'arrête pas de penser à ma mère. Je me revois quand j'ai quitté la maison l'autre jour, avec ma petite valise bleu pâle et mon sac à dos achetés chez Woolworth. Au moment de se laisser, on ne s'est pas dit un mot. Je n'en étais pas capable, elle non plus. C'était la première fois que je partais.

J'ai repensé aussi à la déception que je lui ai causée l'année dernière en choisissant d'aller en sociologie plutôt que de m'inscrire en médecine (j'aurais pu, mes notes étaient assez fortes). Moi, la médecine, ça ne me disait rien et puis j'étais trop gêné, je ne me voyais pas à l'Université avec les fils de riches. La gêne, c'est un de mes problèmes.

Au Collège à Lévis, c'est pas mêlant, j'ai été gêné pendant huit ans. En plus, j'y suis entré plus jeune que les autres à cause de l'année que j'ai sautée à la petite école. Je n'ai jamais été heureux au Collège. Pour moi, le cours classique, c'est huit années au fond de la classe à me faire le plus petit possible. C'était pas seulement parce que j'étais roux (même si je l'étais, ça c'est sûr, j'en ai mangé de la Carotte puis du Rouillé). C'était aussi à cause d'une vilaine carie que j'ai toujours eue du côté gauche et que j'essaie de cacher quand je ris. Dans le Bas-de-la-Côte, ça ne me dérangeait pas trop ; on était plusieurs comme ça, à avoir le sourire croche (de toute façon, on riait pas si souvent). Mais au Collège, c'était différent. Il y avait aussi mes manches de blazer trop courtes, mes pantalons gris rapiécés, ma chemise qui devait me durer trois jours (j'en avais deux pour la semaine ; maman lavait seulement le samedi, elle n'avait pas le temps), et toujours la même cravate carreautée que mon parrain m'avait donnée en cadeau pour mes treize ans. Dans les tons de rouge elle aussi, comme de raison. Maudite cravate, je l'haïssais à mort — puis mon parrain aussi. En plus de tout ça, on dira ce qu'on voudra mais quand on bégaye, on a beau penser vite, ça se voit pas beaucoup.

Jamais d'argent non plus évidemment pour les livres, les films, les soirées à l'Arsenal. Il y avait mes problèmes de santé aussi, mais ça, c'est pas nouveau. Pour me faire un peu d'argent, j'avais commencé à planter des quilles au Bowling Alley's sur la rue Dorval (on prononçait « bôligne-à-l'aise », l'anglais ne nous fatiguait pas) ; j'ai dû arrêter après une semaine à cause de mon asthme, les gens fumaient trop. Je n'ai jamais osé aborder ces sujets avec ma mère : le père absent, presque inconnu, l'adolescence que je n'ai pas eue, pas beaucoup de jeunesse non plus (avec Marise, disons que physiquement ça brasse pas fort — je me comprends). Elle aurait trop de peine. Elle s'est saignée pour nous élever, c'est déjà bien assez.

Si j'étais moins roux, j'aurais les bleus.

Note : À propos des quilles, j'ai deux mauvais souvenirs qui me poursuivent encore aujourd'hui. D'abord, en cachette de ma mère, j'avais utilisé une partie de mon argent pour acheter un Tintin *(Objectif Lune)*. Évidemment, je mourais d'envie de lire la suite ; j'imaginais toutes sortes de scénarios, j'en devenais quasiment fou. J'allais chaque semaine à la Librairie commerciale pour lire une page ou deux du deuxième tome *(On a marché sur la Lune)*. La seule vue de la page couverture m'était un vrai supplice : la fusée rouge et blanche dressée vers l'infini troué d'étoiles, Tintin et le capitaine partis en escalade de parois menaçantes, et la Terre, si loin, perdue dans l'immensité… À la fin, je n'ai pas pu résister, j'ai « emprunté » le livre. Et je me suis fait prendre. C'est le curé qui a arrangé l'affaire, mais ma mère a failli mourir de honte. Et moi donc ! Pendant un mois, je n'ai pas pu la regarder dans les yeux.

(Avant de me coucher)

Je n'ai encore rien fait aujourd'hui, j'ai tourné en rond jusqu'au souper. Je repense sans cesse à ma mère, à l'Université. Malgré tout, elle n'était quand même pas si mécontente que j'aille en sciences sociales. Elle s'est dit que la science, ça me ferait du bien, que ça me mettrait du plomb dans la tête, que ça en chasserait le vent qui m'épivarde (« quand on a les pieds sur terre, on a moins la tête en l'air »). Elle a peut-être raison. Ce qui est sûr en tout cas, c'est que le genre de travaux que nous donne à faire monsieur Corriveau dans ses cours (on compte les troupeaux de vaches et les bottes de foin dans les recensements), ça vous refroidit pas mal l'imagination.

Pour l'instant, je ne songe plus à me trouver un bateau ; la lettre de ma mère me fait hésiter (celle de mon professeur, je m'en fiche). J'essaie de m'occuper, de passer le temps en attendant. Il y a un bingo chaque semaine à Uashat. Je m'étais dit que j'irais jeter un coup d'œil à un moment donné ; finalement, j'y suis allé ce soir. Il se tient dans l'église.

Je me suis présenté après le souper, vers sept heures trente, et me suis placé dans un coin. C'est une toute petite église qui ne paie pas d'allure : un plafond bas, des murs blanchis à la chaux, quelques tableaux de saints (avec la mine basse, comme s'ils regrettaient d'avoir échoué là), plusieurs statues, un chemin de croix sculpté au couteau (par quelqu'un de la place, manifestement), des inscriptions en montagnais de chaque côté de l'autel, un confessionnal tassé dans un coin. Mais c'est propre, bien entretenu. Il y avait déjà beaucoup de monde, peut-être cent personnes. On m'a expliqué que les profits sont conservés depuis quelques années sous la garde du Conseil de bande ; le but est de construire une salle communautaire (les travaux doivent commencer sous peu). Je n'ai pas pu rester aussi longtemps que j'aurais voulu, il y avait trop de fumée.

C'est tout de même surprenant, un bingo dans une église.

Mais les Indiens semblent à l'aise du moment que les objets consacrés ont été déplacés. Et le Père Guinard, qui s'occupe de la Réserve, est d'accord. L'église, c'est la maison du Bon Dieu, mais c'est aussi le lieu de rassemblement des Indiens ; ils semblent y être très attachés. J'ai remarqué que les femmes fumaient autant que les hommes, et surtout la pipe. Plusieurs portaient un bonnet rouge et noir avec toutes sortes de broderies (des hommes portent un bandeau autour de la tête). Un Indien, un grand sec avec une grosse voix, annonçait les numéros à l'avant, du haut de la balustrade. Les prix étaient alignés dans le chœur. Il y avait deux images de sainte Anne (presque grandeur nature), une photo du pape, une paire de rames, une carabine, cinq ou six gallons de peinture Mont-Royal (probablement offerts par un des deux quincailliers de Sept-Îles), des lignes à pêche aussi (gracieuseté de l'autre quincailler ?).

Après une demi-heure, j'ai été obligé de sortir pour prendre l'air. J'ai marché autour de l'église et j'ai entendu des rires provenant de l'arrière. Je me suis approché et suis tombé sur un groupe de jeunes qui buvaient de la bière. Des garçons et des filles, assez éméchés. Il y avait une caisse de douze avec une belle fille assise dessus : celle de l'autre jour justement ; les jambes ont failli me manquer. J'ai tout de suite voulu faire demi-tour, mais ils m'avaient vu et m'ont invité à boire avec eux : « Aie pas peur, le petit Peau-Rouge. » C'est la fille sur la caisse de bière qui avait parlé ; une voix traînante, un peu rauque. Ils ont tous éclaté de rire. J'ai marmonné « Une autre fois » et me suis poussé. Je les ai entendus rire encore.

De retour dans l'église, je me suis senti ridicule. Je suis resté encore un peu, au fond de la salle, et j'allais partir quand le même groupe de jeunes est entré. Ils sont venus s'installer à une table, tout près. Ils disaient n'importe quoi, surtout un gros boutonné qui faisait son jars (j'ai remarqué que le grand maigre à la dent fourchue n'était pas là). En passant, la fille de la caisse m'a regardé droit dans les yeux et m'a dit en riant « Tu serais pas un peu sauvage ? » puis elle est allée rejoindre les autres. Cette fois, je suis resté muet, tout en la suivant des yeux. Une belle fille, assez étrange. Mais une sacrée belle fille.

28 avril (fin d'après-midi)

J'ai voulu interroger Grand-Père sur cette supposée crise que vivrait présentement la Réserve. Il m'a regardé longuement puis m'a encore référé à Michel Bellefleur. J'ai pris mon courage à deux mains et suis retourné chez le Chef. Son automobile était stationnée devant la maison (une petite Meteor bleue avec des pneus blancs, et une antenne de radio avec une queue d'animal attachée au bout). Il m'a fait entrer, m'a présenté sa femme, que j'avais déjà vue, et ses douze enfants qu'il a fait défiler un à un (en hésitant une couple de fois sur les prénoms…). Je voyais qu'il était mal à l'aise. Il m'a offert du thé, s'est excusé de m'avoir fait perdre du temps, a invoqué le voyage d'urgence à Ottawa pour les « problèmes » de la Réserve (il n'a rien dit de plus). Il m'a expliqué qu'il était à cet instant au milieu d'une réunion (il occupe un bureau dans une annexe de sa maison), mais qu'il s'était occupé de mon affaire.

Je suis sorti, ai fait quelques pas. Sur la rue Grégoire, j'ai frappé à une porte au hasard. Une maison à un étage et demi flanquée de deux lucarnes, avec le mur de façade peint en blanc et deux vitres cassées aux fenêtres. On m'a tout de suite accueilli ; le Chef avait fait son travail.

Il y avait, au moment de ma visite, une douzaine d'adultes entassés dans une grande cuisine tout enfumée. J'ai noté que les murs sont recouverts d'un épais carton beige. Pas de peinture mais un crucifix, un calendrier, deux photos épinglées représentant des scènes de chasse, des images de sainte Anne (des prix du bingo ?). Il n'y a pas de cloison au rez-de-chaussée ; au premier étage, je ne sais pas. Cinq ou six enfants étaient assis dans l'escalier — les plus grands vers le bas, les plus petits vers le haut. Des beaux enfants, le regard vif, mal habillés mais propres.

45

Le propriétaire s'appelle Réal Napish (il paraissait assez pompette) et sa femme, Marie-Anne André. Le couple a eu treize enfants, dont quelques-uns ont quitté la maison. Un autre couple, un peu plus jeune, habite avec le précédent, il s'agit de Maurice Paul et de Madeleine André, qui est une cousine de Marie-Anne. Une fille de Réal et Marie-Anne a épousé un fils de Maurice et Madeleine, et ce troisième couple a deux enfants en bas âge (dont l'un dormait dans un hamac). C'est assez compliqué, tout ça, et ce n'est pas tout. Un garçon de Réal et Marie-Anne est marié avec une fille de Maurice et Madeleine. Il y a aussi un frère de Marie-Anne, veuf, qui vit là avec deux enfants. Enfin, Gabrielle, la mère de Marie-Anne, est venue rejoindre la famille il y a trois ou quatre ans, je crois. Elle tricotait dans son coin, la pipe à la bouche. C'est une vieille dame très belle, toute ridée mais très digne, très avenante ; elle m'a souri, je l'ai tout de suite aimée.

J'ai voulu faire leur généalogie et tout le monde s'est mis à parler en même temps, certains en français, les autres en montagnais. Je suis resté là près de trois heures et j'ai accumulé un paquet de notes que je n'arrive pas à démêler. L'arbre que j'ai essayé de dessiner est incompréhensible, on dirait que toutes les lignes ascendantes se prennent en mottons. D'ailleurs, mes hôtes eux-mêmes paraissaient assez mêlés et, à un moment donné, ils se sont mis à rire, pliés en quatre ; ils disaient que leur généalogie, elle ressemble à un paquet de vieux filets de pêche. C'est pas loin de ce que je pense.

Finalement, ils ont retrouvé leur sérieux et j'ai pu recueillir de bonnes informations. Plus tard, j'ai parlé assez longuement avec un gros gars, un dénommé Tshéniu, qui se trouve à être un neveu de Marie-Anne. C'est une espèce de géant, un bon diable, je pense. Il doit avoir une douzaine d'années (et une centaine de livres) de plus que moi.

J'ai remarqué quelqu'un d'autre aussi, assise dans un coin de la maison, juste derrière la chaise de la grand-mère : la belle fille que j'avais revue avant-hier au bingo, celle de la caisse de bière. Mais là, elle était très sérieuse, un peu rétive même, et ne disait pas un mot. Elle me jetait un coup d'œil de temps à autre.

29 avril (après-midi)

Ce matin, je suis allé frapper à une autre porte, et là aussi on m'a bien reçu. L'homme s'appelle Léo Saint-Onge et sa femme Suzanne Moreau. Je leur ai expliqué le but de mon enquête ; ils se sont regardés tous les deux comme si j'étais un Martien. Ils ont quand même bien répondu à mes questions.

La maison n'est presque pas meublée, je suis resté debout assez longtemps ; ils ont fini par me trouver une chaise. J'ai d'abord relevé leurs noms et dates de naissance, puis les noms des enfants ; ils ont trois garçons et quatre filles. Deux des garçons sont montés à la chasse l'automne dernier avec un oncle, deux filles étudient dans un pensionnat à Fort George (baie d'Hudson), les deux autres vivent à la maison (elles dormaient à l'étage). J'ai essayé de dresser leur généalogie, mais encore là je me suis vite égaré ; j'avais l'impression que c'étaient toujours les mêmes noms qui revenaient (des Saint-Onge et des Moreau, mais aussi beaucoup de Jourdain, de Bellefleur) et presque jamais de noms d'Indiens (il y en a toute une liste dans la documentation qu'on m'a remise avant mon départ) ; ils sont pourtant tous Montagnais.

J'ai demandé à Saint-Onge pourquoi il n'était pas à la chasse avec ses garçons, il m'a répondu qu'il était malade. Je n'ai pas pu interroger madame Moreau ; elle se tenait en retrait et faisait comme si ma visite ne la concernait pas. Après une heure et demie, je les ai remerciés. J'ai demandé si je pouvais revenir ; Saint-Onge a dit oui et je suis parti.

Finalement, j'étais soulagé, les Indiens parlent assez bien français ; c'est seulement un peu traînant et l'accent est différent, plus chantant. Pour le reste, je n'étais pas fier de moi. De retour à la maison, j'ai revu mes notes; tout était confus. En plus, je n'avais pas rempli le quart de mon questionnaire. Au moins, je sais que je pourrai y retourner. Il faut dire que ce n'est pas facile, ces « inventaires de parenté ». Ce qui complique la chose, c'est que je suis très intimidé. Des Indiens, c'est quand même la première fois que j'en rencontre. Je sais bien qu'il y en a pas loin de Lévis, à L'Ancienne-Lorette, mais je n'ai jamais eu l'idée d'aller là. Et dans mes cours à l'Université, je n'ai jamais entendu parler des Indiens du Québec (c'est bizarre, non?).

Grand-Père est un peu belette, je pense; il m'a fait raconter mon entrevue. En principe, je ne dois rien divulguer; ces informations sont confidentielles (monsieur Laroque m'a bien averti). Mais j'ai voulu lui faire plaisir.

Quand je l'ai interrogé sur la maladie de Saint-Onge, il m'a dit simplement : « La bouteille… la maladie de la bouteille. » Plus tard, il m'a donné à entendre que ce sont ses garçons qui le font vivre. Je lui ai demandé pourquoi il envoyait ses filles dans un pensionnat de la baie d'Hudson. Là-dessus, il m'a expliqué que les parents n'avaient pas vraiment le choix. Jusqu'à récemment, le « Surintendant » des Réserves passait une fois par année et faisait le tour des familles. Il désignait lui-même les enfants qui seraient recrutés. Les missionnaires s'en mêlaient aussi. Un bateau passait un peu plus tard pour les « ramasser » (c'est ce qu'il a dit). Je lui ai demandé pourquoi les parents laissaient partir leurs enfants aussi jeunes. Il m'a répondu que, quand les Pères avaient parlé, il n'y avait pas à redire. Et les gens craignaient le « Surintendant », quasiment autant que le prêtre.

J'étais heureux qu'il réponde à mes questions. Depuis mon arrivée, je ne l'avais pas entendu prononcer plus de trois mots de suite. Je l'ai informé que j'avais encore changé mes plans, que je resterais un petit peu plus longtemps que prévu. Il n'a pas eu l'air mécontent. Il était assis à un bout de la table avec son vieux chapeau aux rebords tombants qui le fait ressembler à une de mes tantes religieuses dont on n'a jamais vu que la moitié du visage (en se basant sur celle qu'on voyait, on n'a jamais regretté l'autre). Il porte aussi des grosses bretelles de cultivateur qui lui font remonter jusqu'en dessous des bras son pantalon trop grand. Sa chemise (boutonnée en jaloux) se perd là-dedans. Il est tout maigre, tout fripé. Disons qu'il ne ressemble pas à Geronimo ni à Sitting Bull, mon Indien (je ne m'attendais pas à ça, mais quand même).

(Fin de soirée)

Après souper, sans que je l'interroge, Grnad-Père s'est mis à parler tout à coup : des chasseurs qui reviendraient des Territoires en juin avec leurs familles après une absence de dix mois ; du caribou qui se pousse de plus en plus loin vers le nord à cause des mines, des barrages, du bûchage ; du prix des fourrures qui n'arrête pas de baisser ; des jeunes Indiens qui ne vont plus aux Territoires et vivent désœuvrés dans la Réserve, du savoir ancestral qui se perd ; et des Anciens, des grands capitaines de chasse, de vrais héros dont même le souvenir s'efface. Je l'ai encouragé à poursuivre. Ses histoires n'étaient pas spécialement gaies mais c'était mieux que le son du tambour.

Il avait le regard tout allumé et il a parlé encore longtemps mais je m'endormais et, à un moment donné, je suis allé me coucher.

30 avril (avant souper)

Mon Journal avance bien, mes Cahiers de notes un peu moins ; j'ai fait un effort et j'y ai travaillé tout l'avant-midi. Après dîner, je suis retourné chez les Napish, ils m'ont encore bien accueilli. La maison était pleine de monde, comme l'autre fois. La belle grand-mère était toujours là avec sa pipe et son tricot. J'ai dit que je voulais compléter leur généalogie, ils ont recommencé à rire aussitôt. Je les ai interrogés, j'ai pris d'autres notes, tout de travers encore. Mais cette fois-là, c'est surtout parce que j'étais distrait.

La fille était là au fond de la pièce, qui me fixait. J'avais de la misère à me contenir. Je la regardais de temps en temps, aussi souvent que je pouvais en fait, sans que cela ne paraisse trop. À un moment donné, mine de rien, j'ai dit que je recensais tout le monde et pas seulement les conjoints.

Là, j'ai tout noté. Elle s'appelle Sara, elle a vingt-trois ans. Le cœur me débat.

MAI

2 mai (fin de soirée)

Le temps se réchauffe ; j'ai marché assez longuement dans la Réserve après souper. Ça m'a fait du bien, surtout l'air du Golfe. Quand je suis rentré, une surprise m'attendait : Grand-Père avait glissé sous ma couverture un matelas de poil de caribou très épais. Ça m'a touché, je l'ai remercié. Il a fait comme s'il ignorait de quoi je parlais.

Durant la soirée, je me suis senti fatigué et je m'endormais (j'avais hâte d'essayer mon nouveau matelas…). Mais Grand-Père nous a préparé des tisanes à base d'écorce de cerisier (comme à chaque soir depuis une semaine) et il m'a encore parlé du retour des familles de chasseurs, prévu pour bientôt (quelques semaines, je crois), et surtout d'un certain Piétachu, un célèbre chasseur, m'a-t-il dit, connu et admiré de tous les Indiens de la Côte et même des Blancs, un homme « fort comme un pin », dans la lignée « des plus grands » (c'est ce qu'il a dit). Il a parlé longtemps. Toujours de la chasse, du gibier (des ours surtout), des ancêtres, des Territoires. Et de Piétachu encore : sa force, son courage, sa ruse, ses exploits. Je n'avais plus sommeil.

4 mai (soir)

Hier, migraines et étourdissements, je n'ai presque pas travaillé de la journée. Tout ce que j'ai pu faire dans la soirée, c'est de lire et de faire un peu de mise en pages dans mes timbres. Heureusement que je les ai ceux-là. Chaque fois que j'ouvre mon album, j'ai une pensée pour madame Belley, la secrétaire du directeur du Collège. C'est une vieille dame toute ratatinée, veuve depuis toujours. Je passais devant sa maison en me rendant à mes cours. L'hiver, quand une bordée de neige était tombée, je m'arrêtais pour déblayer son entrée. Pour me remercier, elle s'est mise à me donner des timbres (c'est elle qui dépouillait le courrier au Secrétariat). C'est comme cela que j'ai commencé ma collection.

Plus tard dans la soirée, j'ai mis mes timbres de côté et j'ai relu mon Journal pour corriger mes fautes de français. Je sais bien que personne ne va le lire parce que, maintenant, je l'écris pour moi tout seul. Je fais attention aux fautes quand même (c'est l'abbé Tardif qui m'a inculqué ce réflexe). Grand-Père ne me lâchait pas des yeux, il ne s'est toujours pas habitué à mes quintes de toux. Il est aux abois, ne sait plus quoi faire pour me venir en aide. En plus, je ne peux même plus boire ses tisanes, elles me donnent des brûlements d'estomac. Je ne bois pas assez de lait (les roux sont de grands buveurs de lait).

Aujourd'hui, je me suis senti mieux et j'ai pu avoir une longue entrevue avec le Chef Bellefleur (j'ai appris que c'est un cousin par alliance de Réal Napish). Il m'a décrit le fonctionnement du Conseil de bande, sa composition, les élections, tout ça. Il m'a parlé de l'Agence des Affaires indiennes de Sept-Îles, qui représente le gouvernement canadien, et des rapports difficiles qu'il entretient avec elle. Il se plaint de ne pas être écouté, l'Agence prend toutes les décisions. Il m'a expliqué aussi ce qui ne va pas actuellement dans la Réserve. En fait, selon lui, les problèmes viennent de la municipalité et du gouvernement.

(À partir d'ici, je transcris directement à partir de mes notes d'entrevue ce que le Chef m'a dit, en complétant de mémoire).

— L'industrie minière et la coupe forestière ont « volé » la plus grande partie des Territoires (le long de la Sainte-Marguerite et de la Moisie). Les compagnies se sont installées à leur guise en faisant comme si les Indiens n'étaient pas là. Personne n'a pensé à leur demander la moindre autorisation, ils n'ont même pas été informés de ce qui se passait. On les a « chassés de leurs terres ».

— Aujourd'hui, ils ne peuvent plus pêcher dans leurs rivières (elles ont été accaparées par des Américains). S'ils capturent un castor ou tuent un caribou pour leur nourriture, ils doivent en rendre compte au garde-chasse. S'ils se font surprendre, ils sont mis à l'amende ou envoyés en prison.

— Tout cela s'est produit avec la complicité du gouvernement qui avait pourtant pour mission de défendre les Indiens. C'est lui qui a vendu leurs biens, comme s'ils lui appartenaient.

— Maintenant qu'ils les ont réduits à la pauvreté dans les Réserves, les Blancs ont honte des Indiens, ils ne veulent plus les avoir dans leur voisinage. Ils n'aiment pas voir ce qu'ils ont fait d'eux, alors ils veulent les chasser.

— C'est ce qui se passe à Sept-Îles. Les compagnies se développent, les Blancs viennent en masse pour chercher du travail, la ville grossit, elle est riche, mais il y a ces Sauvages à côté. Alors, on voudrait les déplacer, encore une fois.

— Ce coup-ci, les Indiens ne se laisseront pas faire. « Tant que je serai Chef, l'Indien de Uashat va se faire respecter. »

C'est à peu près ce qu'il a dit, Bellefleur. Son objectif, c'est de récupérer les terres, les droits des Indiens, de forcer le gouvernement à les traiter sur le même pied que les Blancs, tout ça. En l'écoutant, je me disais en moi-même : bonne chance ! Vers la fin de l'entrevue, j'avais quasiment peur. Il était très fâché — c'est un homme assez costaud, avec les cheveux coupés en brosse et de petits yeux malins qui n'arrêtent pas de bouger derrière de grosses lunettes noires. Il parlait fort et tapait du poing sur la table qui lui sert de bureau (il est assez surprenant : il fait de longues tirades sans reprendre son souffle et sans jamais cligner des yeux). J'ai attendu une petite pause puis je l'ai remercié poliment et me suis poussé — mais j'ai été obligé de faire demi-tour, j'avais oublié mes notes ; le feu lui sortait encore par les oreilles.

Revenu à la maison, j'ai tout raconté à Grand-Père ; je lui ai parlé de Bellefleur, de sa colère. Il m'a dit que c'était un bon chef, dévoué, honnête, mais qu'il était moins coléreux en présence des Blancs du gouvernement et des compagnies. J'ai bien compris ce qu'il voulait dire.

Plus tard, en me référant à mes entrevues, je lui ai dit que les Indiens semblent vraiment très attachés à leurs traditions, qu'ils n'aiment pas les changements. Il m'a répondu, en se moquant (il est comme ça, je pense), que c'est bien vrai qu'ils ne sont pas changeux : Bellefleur en est à son troisième mandat...

5 mai (après-midi)

Je me suis à nouveau présenté chez Réal Napish. J'ai été déçu, la fille (Sara) n'était pas là. J'ai quand même expliqué qu'il me fallait des détails sur les ascendances, qu'il me manquait toute une lignée en fait. Là, ils ont ri encore, mais je me suis aperçu qu'ils se moquaient de moi (ils se moquent beaucoup, je trouve). Un des gars (le frère de Marie-Anne, je pense) a dit en blaguant : « Ta ligne, coudon, ce serait pas une ligne à pêche ? » Ils ont ri encore plus fort ; moi, j'ai fait voir de rien (de toute façon, je ne comprenais pas trop, ils se parlaient en montagnais par bouts). Un autre a ajouté : « La pêche à la petite truite, peut-être ? » Là, ils ont failli s'étouffer. J'étais terriblement gêné (je pense que j'en ai rougi...). Finalement, quelqu'un a lancé : « Elle s'appellerait pas Sara par hasard ? »

J'avais l'air d'un vrai nono, je me serais caché en dessous de la table. J'ai balbutié, ai failli renverser ma chaise en me levant et je suis sorti vitement, presque sans saluer personne. J'avais fait cinquante pas, je les entendais rire encore.

Je suis rentré depuis une heure, je n'arrête pas de penser à elle. C'est drôle, je suis incapable de me représenter nettement les traits de son visage ; il me semble que je serais incapable de le décrire. Je me souviens seulement de ses yeux ; on dirait qu'ils m'ont aveuglé.

Je n'ai pas pu m'en empêcher, je suis retourné chez les Napish. Sara était là, et il n'y avait pas beaucoup de monde, cette fois. J'ai pu enfin l'observer plus longuement et j'ai compris ce qui m'avait frappé chez elle : elle fait penser parfois à une bête traquée ; il y a quelque chose de trop grave dans ses yeux, alors que tout son visage semblerait fait pour rire. Elle m'est apparue assez différente de ce que j'en avais vu au bingo (il faut dire que ce soir-là, elle était en boisson). Elle a un beau front dégagé, des cils très longs, très fins, des joues qui se creusent un peu sous les pommettes et font de l'ombre tout autour. Elle a aussi de longs cheveux noirs, comme la plupart des gens de Uashat ; mais elle, c'est différent, ils sont illuminés, on dirait. Ses lèvres, c'est un peu comme une petite fille qui boude. Elle a le nez fin, assez drôle, un peu retroussé. Et puis elle a de petits gestes brusques, inattendus, qui font penser à une poupée. J'ai remarqué aussi que, même lorsqu'elle tourne la tête, ses yeux ne bougent pas, elle regarde toujours droit devant elle, un peu par en dessous, comme si elle défiait ; c'est intimidant. Finalement, à travers tout cela, elle a quelque chose d'impénétrable, qui vous tient à distance.

Je viens de me relire. C'est décevant. Il n'y a rien là-dedans qui donne une idée de ce qu'elle est vraiment, de l'effet qu'elle produit sur moi. Je ne suis pas un écrivain, ça se voit (de toute façon, quelqu'un est-il déjà tombé amoureux d'un paragraphe ?). C'est dur à expliquer, il faut la voir. En fait, c'est un peu ridicule, mais le mot qui me reste à l'esprit finalement, c'est « sauvage ». Là, en tout cas, personne ne dira le contraire.

À part ça, elle porte des souliers plats (pas de mocassins) avec une robe assez longue qui ne laisse pas voir grand-chose ; mais je suis déjà étourdi juste à voir son cou, ses mains, le bas de ses jambes. Le reste, il se laisse deviner facilement ; pas besoin d'en dire plus.

Quand je me suis levé pour partir, elle s'est trouvée près de la porte (ce n'était peut-être pas un hasard?). Je me suis arrêté près d'elle. Je me sentais stupide, planté comme un piquet; je n'arrivais pas à détourner mon regard et je ne trouvais rien à dire. Mes mains tremblaient, j'ai dû les mettre dans mes poches. Elle a dû croire que j'avais perdu la boule, que j'avais été frappé par le tonnerre. Il y avait un peu de ça.

(Fin de soirée)

J'ai passé un bout de temps à la fenêtre avant souper; je regardais les Montagnais qui rentraient de leur travail à Sept-Îles. Grand-Père m'a raconté. Plusieurs sont à l'emploi de l'Iron Ore. Tous occupent de petits emplois mal payés que les Blancs refusent (balayeur l'été, pelleteur l'hiver, laveur de plancher, « remplaceur de globes brûlés », des choses comme ça). À l'Iron Ore, ils ne sont pas membres du personnel régulier et ne peuvent pas faire partie du syndicat. Ils sont congédiés après quelques semaines et réembauchés le lendemain. C'est un truc que la Compagnie a mis au point, apparemment avec la complicité des dirigeants syndicaux (il faudra que je vérifie tout ça).

Des enfants revenaient de la classe aussi. Je me suis informé, il n'y a pas d'enseignement qui se donne dans la Réserve. Les jeunes doivent se rendre à Sept-Îles, à l'école des Blancs. Plusieurs sont craintifs et préfèrent ne pas s'instruire. C'est tout de même inacceptable, il faudrait éduquer tout ce monde-là. Comment se débrouiller dans la vie aujourd'hui sans instruction? Même Duplessis a compris ça (quand il veut gagner des votes chez des cultivateurs, il ouvre une école). C'est la vie moderne qui veut ça, on n'a pas le choix (ça y est, je parle comme l'adjoint du maire).

7 mai (matin)

Ça a brassé cette nuit, une sacrée tempête qui a fait beaucoup de dégâts dans la Réserve et dans la ville : des orages, des grosses bourrasques de vent (pléonasme?), des éclairs, du tonnerre. Effrayant, le tonnerre; presque sans arrêt jusqu'à l'aube. On aurait dit qu'il prenait son élan très loin dans le Golfe et qu'il venait s'éventrer sur la côte en hurlant. Des tentes ont été arrachées. Les murs de notre maison en tremblaient. À un moment donné, l'eau s'est mise à couler du plafond, juste à côté de mon lit. Grand-Père ne dormait pas non plus, je l'entendais dans sa chambre qui marmonnait ses incantations. Je pense que les Indiens craignent le tonnerre, ils le prennent pour un esprit qui fait de méchantes colères.

Moi non plus, je n'aime pas le tonnerre, j'ai toujours peur qu'il tombe. Quand j'étais tout jeune, ma mère venait me raconter une histoire et tout s'arrangeait. Elle me disait aussi de penser très fort à des choses plaisantes, à ce que j'aimais. Je m'imaginais alors avec ma famille, un dimanche d'été, dans un beau chalet sur le bord d'un grand lac; j'allais nager pendant des heures devant la visite éblouie. Ou bien je me voyais, enfant, dans une automobile, seul avec mon père. Nous roulions vers les États-Unis, vers Old Orchard; il me faisait rire et me donnait des bonbons avec de la liqueur.

J'y repensais cette nuit durant la tempête, je me suis dit : je pourrais toujours essayer. Et je me suis mis à penser à ce que j'aime. J'ai réalisé que ça brassait pas mal dans ce département-là aussi. Tout ce que je peux dire, c'est que ce n'est pas Marise qui m'est venue à l'esprit en premier. Ni en dernier.

8 mai (après dîner)

En attendant le retour du Père Guinard à la Réserve, les Indiens vont à la messe à Sept-Îles. Je suis allé jeter un coup d'œil ce matin; j'ai été un peu surpris. Ils se tenaient presque tous ensemble au fond de l'église (plusieurs restent debout). Au moment de la communion, quelques-uns seulement se sont avancés jusqu'à la balustrade. Le moins que je puisse dire, c'est qu'ils ne semblaient pas très à l'aise.

En revenant vers Uashat, j'ai engagé la conversation avec un vieux couple (des Basile). Finalement, ils m'ont invité chez eux et j'ai fait une entrevue. Ils m'ont raconté des histoires abracadabrantes. Comme celle du Gouverneur général qui est venu visiter la Réserve l'été dernier. Tous les vieux le saluaient très solennellement en lui donnant du « Monsieur le Gouvernail ». Les dignitaires avaient le sourire un peu crispé. Le Père missionnaire s'est dépêché de remettre les choses à l'ordre. Mon informateur m'a expliqué que dans la langue montagñaise, un gouverneur, ça se dit « téquigan » (celui qui mène, qui dirige). Mais la traduction littérale, c'est « gouvernail ». Les Basile trouvent l'histoire tellement drôle qu'ils me l'ont répétée deux fois. J'ai ri les trois fois mais je commençais à être tanné.

Ensuite, la conversation a dérivé. Basile (il a cessé la chasse depuis quelque temps) a beaucoup parlé de la vie sur les Territoires l'hiver : les mœurs des animaux, l'importance du caribou, le travail des femmes, des enfants, comment il s'y prenait durant ses dernières années pour chasser avec ses deux chiens. Un détail m'a fait rire. Comme je lui demandais comment s'appelaient ses bêtes, il m'a expliqué que ça allait avec le caractère : le premier, très fiable, jappait seulement quand il y avait du gibier (« Franc ») ; l'autre jappait souvent pour rien (« Menteur »).

Puis, pendant que la dame Basile s'était absentée, il m'a raconté une autre histoire pas mal moins drôle qui s'est passée il y a une quinzaine d'années. Leur petite fille cadette avait dû être hospitalisée au sanatorium de Gaspé. À cause de l'éloignement et des contraintes de la chasse, ils sont restés longtemps sans nouvelles d'elle. Un jour, ils ont été informés de son décès, ce qui les a beaucoup attristés, comme de raison. Ils ont ensuite appris qu'il était survenu plus d'un an auparavant…

Après, madame Basile est revenue nous trouver et la conversation a repris lentement. J'ai pris d'autres informations sur les pensionnats et les pressions exercées sur les parents pour qu'ils y envoient leurs enfants. On me dit qu'à Uashat et ailleurs, des agents du gouvernement ont souvent menacé des familles de ne plus leur verser leurs allocations si elles s'opposaient. Malgré tout, il s'en est trouvé qui ont résisté à ce chantage et ont préféré vivre dans une grande misère.

(Soir)

En mangeant, ce soir, j'ai demandé à Grand-Père de m'apprendre quelques mots de montagnais : bonjour, merci, au revoir, comment allez-vous, tout ça. J'ai pensé que cela pourrait me faciliter les choses quand je me présente chez les gens.

Et aussi : vous êtes belle, je vous trouve pas mal d'adon (on ne sait jamais…).

Côté santé, je vais mieux ; plus d'étourdissements, plus de migraines ni de saignements de nez, et pas de crise depuis un bout de temps. C'est l'air du Golfe, peut-être ?

9 mai (fin d'après-midi)

Je me suis levé très tôt ce matin ; il faisait beau et je suis allé marcher sur la rive. Le temps était frisquet. Il n'y avait ni vent ni vagues sur le Golfe, seulement un petit frisouillis qui scintillait sous les lueurs de l'aube. Ça faisait comme une chair de poule à la surface de l'eau. Je me suis assis sur le sable et j'ai regardé la mer. C'est nouveau pour moi, je suis habitué au petit filet de fleuve qui coule à Lévis. Après un moment, j'avais quasiment le vertige ; c'est tellement vaste et il n'y a aucun point de repère. C'est mieux quand il y a des bateaux, je trouve.

J'ai un faible pour les bateaux, même si je n'y connais rien. C'est en les regardant passer devant chez moi que, tout jeune, je me suis fait une idée (très personnelle) du vaste monde et de ses merveilles. Tout me faisait rêver : leurs destinations, leurs provenances, les pavillons qu'ils arboraient, les cargaisons mystérieuses qui gonflaient leurs flancs, les hublots derrière lesquels je percevais mille intrigues, les marins pressés qui couraient sur le pont (je sortais pour leur envoyer la main), et ce long sillage derrière, comme un message secret qui se dissipait dans l'onde...

Revenu chez Grand-Père, j'ai lu un peu (je suis dans *Les Raisins de la colère*), comme tous les matins. Je lis le soir aussi, mais ce n'est pas facile ; j'ai mal aux yeux à cause des bougies. En plus, on dirait que plus les romans sont gros, plus ils sont écrits petit — ça devrait être le contraire, non ? Puis j'ai écrit à ma mère pour lui dire que, finalement, je vais prolonger mon séjour. Elle a raison, je dois me montrer raisonnable. Je suis l'aîné après tout.

J'ai écrit à Marise aussi. Je suis un peu fâché contre elle à cause de son été aux îles de la Madeleine ; j'ai l'impression que sa famille a voulu profiter de mon absence. Je ne me suis pas gêné pour le lui dire.

Plus tard dans l'avant-midi, je suis retourné chez Léo Saint-Onge pour compléter mon questionnaire. Cette fois, deux de ses filles étaient là, Jacinthe et Michèle (dix-huit et seize ans). Elles se sont collées contre leur mère et n'ont pas cessé de me regarder pendant que je parlais avec Saint-Onge. Il est né en forêt et a chassé plusieurs années avec sa famille avant d'abandonner à cause de sa « maladie » (je me suis souvenu de ce que Grand-Père m'en a dit et je n'ai pas poussé plus loin ; d'ailleurs, Saint-Onge sentait la boisson).

J'étais intrigué par les conditions de sa naissance : les femmes accouchaient donc l'hiver sur les Territoires ? Il m'a raconté. C'était fréquent, en fait. Les gens s'organisaient, essayaient de prévoir même si ce n'était pas facile. Après Noël, les familles pourchassaient constamment le caribou pour se nourrir (la fourrure de l'animal ne vaut pas grand-chose sur le marché, c'est sa viande qui est précieuse). Elles le suivaient dans ses migrations, ce qui les obligeait à déplacer constamment les tentes et tout l'équipement. C'était beaucoup de travail. Quand la chasse était bonne, le groupe séjournait un bout de temps au même endroit. Mais il arrivait que les familles soient plusieurs jours en déplacement ; elles dressaient rapidement le campement le soir et repartaient le matin. Si une femme devait accoucher dans ce temps-là, c'était plus compliqué.

En déplacement ou non, les choses se passaient toujours de la même façon. On isolait la mère dans une petite tente avec une autre femme pour l'aider. Après l'accouchement, si tout s'était bien passé, la femme attachait un morceau de tissu à une perche et la plantait à l'entrée de la tente. Alors, tout le monde se réjouissait. Dans les autres cas, la perche ne portait rien. Saint-Onge a évoqué plusieurs exemples de mères qui avaient accouché durant la nuit et étaient reparties avec le groupe le lendemain. Le bébé était emmailloté sur un toboggan ; quand il pleurait, on s'arrêtait, la mère donnait le sein (fallait pas être frileux !), puis le groupe se remettait en marche. Saint-Onge a raconté aussi des cas de femmes ou de bébés qui étaient décédés dans ces circonstances.

Quand il s'est tu, madame Saint-Onge (Suzanne Moreau) s'est approchée et m'a dit que ses deux filles étaient nées comme ça, durant l'hiver, à trois jours de raquettes de Schefferville. Elle a ajouté en riant : « Regardez-les aujourd'hui, vous me direz quand même pas qu'elles sont manquées ? » Il a bien fallu que je dise non même si, franchement, elles m'ont paru pas mal chicotues.

Avant de prendre congé, j'ai demandé à Saint-Onge de me trouver un autre informateur. Il m'a parlé de Georges Timish, son voisin. J'ai voulu qu'il m'introduise auprès de lui, il m'a dit : « Pas nécessaire. Le Chef a fait passer le message ; tu peux y aller. » Je suis retourné à la maison pour dîner, mais je n'ai pas pu me rendre chez Timish l'après-midi ; j'ai dû me reposer deux ou trois heures. Grand-Père était allé pêcher. Il est revenu avec deux truites que nous avons mangées. Après, nous sommes allés remplir les chaudières à la Cascade.

J'ai travaillé un peu dans mon Cahier de notes. Il y a des trous. Je vais devoir retourner chez Réal Napish.

(Fin de soirée)

Nous avons soupé tard (je travaillais à mon Journal). En sortant de table, j'avais commencé à lire mais j'ai dû m'interrompre, Grand-Père avait le goût de jaser. Il m'a parlé longuement des ours, et plus tard, de Piétachu, encore. C'est un personnage vraiment intrigant, celui-là. À la chasse, il lui arrivait de disparaître pendant des semaines, puis il revenait tout bonnement, sans un mot ; personne ne savait ce qu'il faisait. Parfois, il souffrait de blessures qu'il soignait lui-même en cachette.

Les ours sont assez surprenants aussi, je dois dire. D'après Grand-Père, ils sont plus intelligents que plusieurs chasseurs. Au début de l'hiver, par exemple, quand vient le temps de se retirer pour hiberner, ils s'assurent de ne pas être vus au moment de pénétrer dans leur tanière. Ils attendent qu'il ait neigé, passent devant l'entrée de leur abri et s'arrêtent un peu plus loin ; alors, ils font marche arrière sans se retourner en prenant soin de placer leurs pattes dans leurs empreintes (ou bien ils s'arrangent pour marcher sur un arbre mort), puis, revenus à la hauteur de leur tanière, ils font un bond de côté et disparaissent. Un chasseur qui surviendrait peu après suivrait les traces jusqu'à ce qu'elles s'égarent et abandonnerait la partie (mais pas un chasseur comme Piétachu, évidemment…).

Au sujet des ours encore, pour dissimuler l'entrée de leur antre à l'automne, ils y disposent des branches de sapin, mais en prenant la précaution de les casser de bas en haut de façon à ce qu'il n'y ait pas de lacérations blanchâtres sur l'écorce (elles attireraient l'attention des chasseurs). La chose est d'autant plus remarquable que les hommes, eux, lorsqu'ils arrachent des branches, font naturellement le mouvement inverse, de haut en bas, ce qui laisse des traces. Grand-Père m'a expliqué tout ça comme il faut ; il en est bien épaté. Il y a peut-être un ou deux détails que je n'ai pas bien compris mais je n'ai pas osé demander : je craignais d'avoir l'air moins intelligent que l'ours !

Avant de se coucher tout à l'heure, Grand-Père est sorti pour jouer un peu de tambour. C'est un besoin pour lui. Le matin, c'est pareil. Il se lève avec le soleil, va s'asseoir dehors à l'entrée de la maison et commence à jouer. C'est métallique, répétitif, pas beau du tout (du moins à mes oreilles) et ça finit par être bien déprimant, en plus de me réveiller. Mais je vois bien que, pour lui, c'est rempli de significations : il parle aux dieux, aux ancêtres, tout ça. La plupart du temps, il chante dans sa langue ; toujours les mêmes mots que je ne comprends pas. Tout est important là-dedans, jusqu'au moindre détail. Par exemple, il m'a expliqué que le bâton dont il se sert, c'est un os de caribou, et pas n'importe lequel : il faut qu'il provienne d'un jeune animal. À ces conditions, Papakassku (l'esprit maître du caribou) est content. Bon...

11 mai (soir)

Hier, j'ai rédigé toute la journée dans mon Cahier. Je n'ai presque pas vu Grand-Père. Il est parti le matin et n'est revenu qu'au début de la soirée. Je crois qu'il est allé à Sept-Îles, il m'a semblé qu'il sentait un peu la bière — il marchait très lentement aussi, en écartant les pieds, mais ça je l'avais déjà remarqué.

Ce matin, je me suis rendu chez Timish. Tout un personnage ! Il a une soixantaine d'années et vit seul avec sa femme, Louise Basile (je ne l'ai pas vue, elle était chez une de ses sœurs au moment de l'entretien). Nous avons jasé assez longtemps, c'est un homme qui a le sens de l'observation et une bonne mémoire. Il a fréquenté les Territoires lui aussi. Puis, comme la chasse déclinait, il s'est fait guide pour des prospecteurs, et après, bûcheron pour la Clarke City. C'est là qu'il a eu son accident. Une charrette de billots s'est renversée, il se trouvait tout près et il a eu les deux jambes écrasées. Les soins ont beaucoup tardé et l'infection puis la gangrène se sont mises là-dedans. Finalement, il a été transporté à Québec et les docteurs ont dû lui couper les deux jambes, un peu en bas des genoux. Il m'a montré ça, j'ai failli perdre connaissance. Il marche quand même assez bien, avec deux bouts de jambes artificielles. Il en possède même deux modèles car, depuis un an, il fait l'essai de nouvelles prothèses, plus efficaces que ses anciennes. Il les a disposées toutes les quatre sur la table de la cuisine pour bien m'expliquer.

Car malgré tout, c'est un homme gai, assez farceur même. Il m'a raconté tout bonnement qu'il était alcoolique et n'avait pas beaucoup l'intention d'en changer. Sa femme le surveille constamment, c'est ce qui l'embête le plus. Quand elle voit qu'il veut partir sur la brosse, elle lui « vole ses jambes ». « Mais ça ne me dérange pas trop, m'a-t-il dit en riant, dans ce temps-là, je sors ma vieille paire. » (Il la conserve dans une cachette.) Il se moque aussi du Père Guinard (le missionnaire oblat qui dessert Uashat), qui l'incite à la tempérance. Le Père lui dit toujours : « Pour arrêter de boire, Georges, c'est simple, dis-toi qu'au lieu d'en prendre tantôt, tu vas en prendre un peu plus tard. » Et il m'explique en riant encore : « C'est ce que je fais. »

Timish avait le goût de parler, j'en ai profité pour l'interroger sur Ghislaine. C'est bien ce que je pensais, elle est dérangée. Elle est arrivée comme ça à Uashat, un beau matin, il y a une couple d'années ; personne ne sait au juste d'où elle vient (peut-être de La Romaine, peut-être de Mingan ou de Betsiamites). Elle occupe une petite tente près de la Pointe-de-Sable et vit de la charité publique. Elle sourit toujours mais ne parle à personne. Tout le monde la laisse tranquille.

Quand je suis revenu à la maison en fin d'après-midi, Grand-Père était très affairé au poêle. Plus tard, il m'a expliqué : il me préparait une tisane spéciale avec des herbes compliquées qu'il était allé cueillir assez loin. Je m'étais trompé, il n'était pas allé à Sept-Îles hier ; il a passé la journée dans le bois, pour moi. Il m'a servi une grande tasse fumante en me disant : « Goûte, ton mal va s'en aller. » J'ai bu toute la tasse. C'était mauvais, j'ai essayé de ne pas grimacer. Puis je suis allé m'étendre sur mon lit, j'ai cru que j'allais vomir. Pauvre Grand-Père, il s'est donné du mal pour rien. Comme ma mère l'a dit un jour devant le docteur : « On dirait qu'y a pas de remède qui prend sur cet enfant-là, seulement les maladies ! »

12 mai (après-midi)

La cloche de l'église a sonné hier, c'était tout un événement. Le Père Guinard est de retour et les Indiens sont contents ; ils n'auront plus à se déplacer jusqu'à Sept-Îles pour entendre la messe et recevoir les sacrements (c'était dur pour les vieillards surtout). C'est vraiment très important pour eux, j'en suis assez surpris. Plusieurs sont allés voir le missionnaire dès son arrivée au presbytère pour le saluer ou se faire bénir. Quelques-uns amenaient un bébé pour le faire baptiser. D'autres lui apportaient des cadeaux : de la viande séchée, de la graisse, mais surtout des peaux de fourrure (on lui réserve les plus belles, il les revend à la Hudson's Bay). C'est ce qu'on m'a dit. Guinard passe environ les deux tiers de l'année dans la Réserve, mais seulement par intervalles. Le reste du temps, il visite des bandes éloignées qui ne voient pas souvent le prêtre.

Au cours de mes entrevues, on m'a raconté bien des choses à son sujet : les fois où il s'est dressé contre le commis de la Hudson's Bay qui trompait les chasseurs ; le jour où il s'est rendu à Québec pour rencontrer un ministre et dénoncer les compagnies forestières qui envahissent les territoires de chasse sans s'occuper des Indiens ; l'hiver où il s'était perdu en forêt pendant trois jours avec ses chiens ; la façon dont, en pleine réunion du Conseil de ville, il avait apostrophé l'ancien maire de Sept-Îles, celui qui a ordonné l'installation des barbelés autour de la Réserve sous prétexte de protéger les Sauvages (c'est ce que le père a dit). Et bien d'autres histoires du même genre (tout cela ne ressemble pas beaucoup aux curés de nos paroisses, qui sont bien dévoués mais qu'on ne voit pas souvent apostropher les notables ou brasser la cabane…).

Les Indiens le disent aussi pauvre qu'eux, toujours prêt à aider, mais sévère et très malin. J'en ai un peu peur, je vais quand même essayer de le rencontrer.

(Fin de soirée)

En fin d'après-midi, je suis allé marcher. Le temps était frais, il n'y avait aucun vent (c'est rare). Je me dirigeais vers la ville et j'ai rencontré Sara qui en revenait. J'ai fait demi-tour et suis revenu avec elle. J'étais intimidé, je n'en menais pas large. Mais en même temps, j'étais tellement excité que je déparlais. Ça l'a fait sourire, je l'ai trouvée fine. Quand nous nous sommes laissés devant chez Grand-Père, je lui ai demandé la permission d'aller la visiter chez les Napish. Elle n'a rien dit mais elle a encore souri. C'est assez clair, je pense. Quand elle rit, il y a du bonheur qui éclabousse partout ; le temps se met au beau, et même les taudis de la Réserve changent d'allure… en tout cas dans ma tête.

Après souper, je suis allé faire une entrevue dans une famille Bacon. Il m'est arrivé une drôle d'affaire ; en fait, j'ai trouvé le moyen de me mettre les pieds deux fois dans le même plat. J'interrogeais une vieille sur son ascendance, elle me donnait des noms en remontant dans le temps. À un moment donné, elle s'est arrêtée en me disant que son ancêtre le plus lointain s'appelait Upenau. J'ai voulu qu'elle m'en parle un peu, elle m'a répondu : « On n'en sait pas grand-chose, sauf que c'était un mâle. » J'ai insisté, alors elle m'a vanté sa force, sa ruse, m'a expliqué comment il se comportait avec ses petits et avec ses femelles… Et là, j'ai fini par comprendre que l'ancêtre en question était un caribou. Du coup, j'ai cru à une blague et j'ai ri. Puis je me suis aperçu qu'elle était très insultée. Je me suis excusé et, comme elle était toujours fâchée, j'ai dû me retirer.

En arrivant à la maison, j'ai raconté l'affaire à Grand-Père. Il était bien découragé lui aussi et, finalement, nous avons bien ri. Puis il a retrouvé son sérieux et il a laissé tomber : « C'est quand même curieux, cette histoire, tout le monde sait bien que l'ancêtre des Montagnais, c'est l'ours. » Je suis reparti à rire, pour m'apercevoir aussitôt que Grand-Père restait très sérieux. Selon lui, les Indiens descendent vraiment de l'ours…

14 mai (matin)

Grand-Père était déjà à l'ouvrage quand je me suis levé tout à l'heure. Il défaisait de vieux mocassins avec son couteau croche. C'est un outil bien ordinaire dont le bout de la lame est recourbé. Tous les Indiens en ont un apparemment et ils s'en servent pour faire un peu n'importe quoi (la cuisine, le dépeçage, le tissage…). Grand-Père est d'une grande habileté, je ne me tanne pas de le regarder travailler. Même quand nous jasons, il garde son couteau à la main et gesticule avec.

(Fin d'après-midi)

J'ai fait un petit bilan, c'est encourageant. J'ai pu réaliser des entrevues toute la semaine et, chaque soir, j'ai travaillé à rédiger mes notes (j'ai terminé un deuxième Cahier). Par contre, c'est fatigant. Mon Journal me prend beaucoup de temps aussi, mais ça, c'est un vrai plaisir, pas du travail. Je me suis arrêté un peu aujourd'hui pour classer mes papiers. Je réalise qu'après tout, mon enquête avance plutôt bien. En plus, je commence à prendre le tour des généalogies, j'ai l'air moins mêlé devant mes informateurs. Pourtant, je tombe parfois sur des familles vraiment compliquées ; j'ai vu dans une même maison jusqu'à trois ou quatre couples avec une quinzaine d'enfants assez jeunes. Je n'ai pas voulu creuser, mais j'ai bien peur qu'ils ne soient pas tous légitimes (je vais essayer d'en parler au Père). Mon inventaire des habitations va assez bien lui aussi ; il faut dire que je n'ai encore visité aucune tente. Je ne sais pas trop comment m'y présenter ; ce n'est pas comme dans les maisons. Les habitants ont l'air un peu rébarbatif, je trouve.

Finalement, je vais faire plus de travail que je pensais d'ici mon départ en août (j'ai décidé de le retarder encore). Mais en ce moment, là, j'ai un gros mal de tête ; j'y suis allé un peu fort peut-être depuis quelques jours.

Au sujet des accouchements en forêt, je m'étais montré sceptique devant ce qu'on m'a raconté. Mais j'ai entendu pire cet avant-midi. Deux vieilles Indiennes m'ont parlé de femmes qui ont accouché en deux ou trois heures, durant un arrêt de leur famille en déplacement. Juste le temps de dresser une petite tente et d'y étendre des branches de sapin… C'est incroyable, ça. Moi, il paraît que ma mère a mis deux jours à me mettre au monde (quand je me regarde, je me dis qu'elle avait peut-être raison de ne pas se presser).

Je suis retourné au bingo hier. Cette fois, les portes étaient restées ouvertes ; il y avait moins de fumée, j'ai pu rester plus longtemps. D'après ce que j'ai pu voir, c'est moins la valeur des prix qui excite les Indiens que le jeu de hasard. J'ai vu que certains y mêlent un peu de religion aussi, ou de spiritualité, si on veut (la différence ?). Sauf pour une dénommée Colette Charlish qui, elle, ne pense qu'à s'enrichir. Elle était tout près de moi, c'est une sorte d'obèse avec au moins cinq livres de bimbeloterie autour du cou. Elle joue comme une forcenée, avec trois ou quatre cartes à la fois — et deux ou trois cigarettes dans son cendrier. Je la connais un peu, elle demeure pas loin de chez Grand-Père. Elle m'assure que c'est la solution aux problèmes des Indiens : s'enrichir et vivre comme les Blancs. Elle est veuve, sans enfant, et semble avoir un peu d'argent. Elle dit qu'elle veut se lancer dans le commerce : ce qui compte aujourd'hui, c'est le sens des affaires ! Les Territoires, les traditions, très peu pour elle. Colette, comme on dit à Lévis, elle n'a pas l'air « barrée à quarante » (d'où vient cette expression ?).

P.-S. : Au sujet de ma mère qui aurait hésité avant de me mettre au monde, c'est une blague, je ne suis pas si pire que ça. Mais c'est étrange tout de même ; depuis toujours, j'ai un peu le sentiment d'être de trop parmi le monde, en tout cas différent. Cela me met à part et m'incite à observer les autres. C'est comme ça qu'on devient sociologue, je suppose?

(Fin de soirée)

Je réalise que presque tous les Indiens m'appellent maintenant « le p'tit Peau-Rouge » ou « le Picoté ». J'ai entendu aussi, deux ou trois fois, « Nœud-de-Cyprès » (ça, au moins, c'est nouveau). C'est dit sans méchanceté, je pense.

15 mai (soir)

J'ai travaillé tout l'après-midi dans les archives à l'hôtel de ville de Sept-Îles. J'avais besoin, pour mes inventaires, d'informations sur la date de création de la Réserve et de la municipalité, l'organisation des services, les chiffres de population, tout ça.

En fouillant, je suis tombé sur de vieux rapports de voyageurs, de missionnaires, toute une paperasse. C'est beaucoup plus amusant que les chiffres, surtout les chroniques historiques. J'ai lu qu'à l'époque, ce sont les Blancs qui dépendaient des Indiens (pour les guider, leur apprendre à chasser, à se déplacer, à se soigner en forêt). Les Sauvages semblent avoir été en très bons termes avec les pêcheurs, les colons, les bûcherons, les arpenteurs. J'ai appris aussi l'histoire incroyable d'un jeune aristocrate belge (un certain Johan Beetz), un aventurier très riche qui a quitté le château familial pour venir s'établir près de Havre-Saint-Pierre au début du siècle (il paraît que son manoir existe encore). Bien d'autres choses aussi dont j'ai pris note.

Au moment où j'allais partir, j'ai croisé Gobeil, le fonctionnaire que j'avais rencontré il y a trois semaines. Il m'a reparlé de la « crise » de Uashat, m'a mis en garde encore une fois. Là-dessus, deux conseillers — des cadres de l'Iron Ore — sont arrivés. Il m'a présenté et m'a demandé comment allait mon enquête. Les deux autres semblaient au courant. J'ai fait une réponse assez vague, puis j'ai ajouté : « C'est assez compliqué. » Ils ont ri. Là-dessus, un des deux conseillers, un colosse, m'a donné une grande claque dans le dos qui a fait revoler mes lunettes et m'a quasiment flanqué par terre. Il m'a dit : « Tu viens de tout comprendre, le p'tit rouillé. » (Il a vraiment dit ça.) Ensuite, il m'a demandé où je demeurais, m'a offert de me trouver « une pension convenable » . dans la ville ; j'ai décliné. Puis Gobeil m'a fait entrer dans un bureau avec les autres ; ils voulaient connaître mes impressions sur la Réserve. Mais finalement, ce sont eux surtout qui ont parlé.

Les deux conseillers n'aiment pas beaucoup les Sauvages. Ils disent qu'ils sont toujours sur la brosse, qu'ils ne veulent rien apprendre des Blancs, qu'ils ne comprennent rien au « progrès moderne ». Là-dessus, j'ai fait valoir qu'il fallait leur donner une chance, que si la ville nettoyait un peu la Réserve, déjà ça ferait une bonne différence. Le colosse a répliqué : « Un Sauvage, t'as beau le dépeinturer, ça restera toujours un Sauvage. » J'étais un peu découragé. Il pense que les jeunes Indiens sont paresseux, qu'ils ne sont pas intéressés à s'instruire, qu'ils sont d'ailleurs moins éveillés (moins « vites ») que les Blancs. J'ai cru bon de lui faire remarquer qu'il y avait peut-être un problème de langue, que plusieurs comprennent mal le français. Il a laissé tomber : « Qu'ils fassent comme nous autres, baptême, qu'ils l'apprennent, c'est pas du chinois ! »

J'ai suggéré aussi que l'environnement culturel leur était sans doute défavorable (j'ai suivi un cours de monsieur Marc-Adélard Tremblay là-dessus l'hiver dernier). Là, le gros conseiller a éclaté de rire. Je n'étais pas content (j'ai jeté un coup d'œil en direction de Gobeil et de l'autre conseiller ; ils paraissaient un peu mal à l'aise). C'est sûr que, dans la Réserve, c'est pas mal délabré ; mais la pauvreté, c'est rarement beau. Le gros conseiller, il devrait venir voir les rues du Bas-de-la-Côte à Lévis, ou bien les quartiers de la Basse-Ville de Québec ; il verrait que le « progrès », ça marche pas bien fort là non plus.

Il m'a donné une autre grande claque dans le dos en se moquant : « Wô, monsieur… L'environnement culturel ! Coudon, le jeune, tu serais pas en train de devenir un peu sauvage, toi là ? » Je lui ai répliqué comme ça : « Ça se pourrait », et j'ai sacré mon camp. J'étais pas de bonne humeur. Batince.

Gobeil est venu me rejoindre sur le trottoir, m'a dit de ne pas prendre « le Gros » trop au sérieux, qu'il est assez épais sur les bords, tout ça. Ses paroles m'ont rassuré.

16 mai (avant souper)

Deux bonnes entrevues cet après-midi. Je remarque que presque toutes les femmes fument la pipe et tricotent en priant. J'ai appris aussi que, chez les Indiens, il y a six saisons (mais seulement douze mois, quand même…). Une autre chose que j'ai observée, c'est que les parents ne sont pas très démonstratifs avec leurs enfants. Ils les aiment, sûrement, mais on ne voit pas de « grands sparages », comme dit ma mère (qui n'est pas bien forte là-dessus, elle non plus).

C'est vrai, il faut tout le temps la décoder, ma mère. Je me rappelle, quand j'ai sauté mon année à la petite école, j'étais assez fier de moi et, en revenant à la maison, je ne l'ai pas caché, disons. Elle, elle a juste dit : « Perds pas le nord, ça prouve que t'es pas niaiseux, c'est tout. » Mais plus tard dans la soirée, quand je me suis trouvé seul avec elle, j'ai eu droit à toute une exhibition de tendresse ! Comme je passais près de sa chaise pour aller me coucher, elle s'est levée et a pressé sa tête contre la mienne, sans dire un mot. Ça n'a duré qu'une seconde ; elle dure encore.

Il faisait beau avant souper, je suis retourné marcher. Je me suis rendu jusqu'à la grève, à la hauteur du Vieux Poste ; je l'ai regretté. Sara était là, un peu plus loin, avec ses amis. Les mêmes que j'avais vus l'autre soir au bingo, je pense. Ils se passaient un sac brun contenant visiblement une bouteille de boisson. Si j'étais les parents de Sara, je m'inquiéterais. Il y a surtout ce boutonnu qui a l'air vulgaire et parle fort. Il y en a quatre ou cinq autres, pas tellement mieux, tous plus vieux qu'elle. Une couple de filles aussi, l'air dévergondé. Il y en a un qui m'a montré du doigt à un moment donné ; j'ai tourné le dos.

Sara riait avec eux autres ; ça m'a fait mal. Elle paraissait excitée comme au bingo.

(Avant de me coucher)

Ce soir, je m'étais installé sur mon divan et je lisais (j'ai abandonné Steinbeck, j'étais un peu tanné ; me suis mis dans *Le Grand Meaulnes* — une autre fois) quand Grand-Père a commencé à jouer du tambour. Je me suis interrompu pour l'écouter (je n'avais pas vraiment le choix). Il a joué longtemps en chantant, assis sur le perron avec sa vieille tunique. Je le voyais de dos, tout courbé, les cheveux au vent. C'est monotone et triste (je l'ai déjà dit, je pense). Mais peut-être qu'à la longue on s'habitue. Ça dégage une drôle d'impression, même quand on ne comprend pas les paroles. Quand il s'est arrêté, j'ai ressenti comme un vide. Je suis resté là à jongler.

18 mai (après-midi)

J'ai pu rencontrer le Père Guinard hier soir au presbytère. J'étais hésitant, je ne savais pas trop à quoi m'attendre ; il faut dire que la majorité des sociologues à Laval (même le Père Lévesque), ils sont assez durs envers le clergé ; pas dans leurs cours mais quand on les rencontre à leur bureau. Une vieille Studebaker grise, poussiéreuse, était stationnée devant l'entrée. La bâtisse n'a que trois pièces : une chambre, une cuisine et ce qu'il appelle son bureau (une petite annexe de cent pieds carrés avec une vieille table à cartes et trois chaises branlantes). Les murs portent de longues traces de suintement avec des plaques gondolées un peu partout. Il y avait quelques livres de prières sur la table (au moins deux en montagnais), des dossiers jaunis en désordre, trois ou quatre boîtes de carton sur le plancher et deux longs rubans de papier collant entortillés qui pendaient du plafond (je ne sais plus comment on appelle ces rouleaux, c'est pour attraper les mouches l'été ; il y en a encore chez mon grand-père à Kamouraska).

Je me suis assis face à lui, ai expliqué le but de mon stage ; il a souri. Je pense qu'il n'est pas très convaincu de son utilité. C'est un homme bien bâti, assez âgé (je lui ai demandé un peu plus tard : soixante-treize ans), avec des petits yeux vifs, toujours en mouvement sous de gros sourcils tout blancs qui débordent sur ses paupières. J'ai été frappé par sa peau très ridée, très foncée, presque autant que celle des Indiens. Je lui en ai fait la remarque, il a souri encore et m'a dit : « Je suppose que c'est à force de frayer avec eux autres. » Il a une grosse poitrine et souffle fort en parlant (il sent la gomme d'épinette, j'ai vu qu'il en avait une chiquée).

Il parcourt la Côte et les Territoires depuis plus de quarante ans, depuis son ordination chez les Oblats en fait. Il m'a expliqué qu'à la petite école de Maskinongé (il vient de la Mauricie), il voulait déjà être missionnaire. Il a pensé d'abord à l'Afrique, mais il s'est retrouvé chez les Indiens, m'a-t-il dit, parce qu'il s'est trompé de bateau. C'est une anecdote qu'il doit raconter souvent : une histoire assez compliquée, des réservations mal faites, une erreur au port de Québec ; j'ai compris que c'était pour rire.

Je l'ai interrogé sur ses missions. Je pense qu'il doit s'ennuyer, parce qu'il n'a pas fermé la bouche pendant deux heures. Tout de suite, je me suis laissé captiver, au point qu'en cours de route j'ai cessé de prendre des notes ; mais j'étais sûr de ne rien oublier. Il m'a longuement parlé des Montagnais tels qu'il les a connus au début du siècle : des gens adroits, très débrouillards, des communautés ordonnées, accueillantes (j'imagine qu'ils devaient bien avoir quelques défauts aussi, mais hier soir le Père les avait oubliés). Et très, très catholiques — il trouve même cela un peu mystérieux, tant de chrétienté chez ces païens. Mais il ajoute qu'ils sont méconnaissables depuis que la chasse a baissé et qu'ils se retrouvent refoulés dans les Réserves, sous la coupe des fonctionnaires (il ne les aime pas beaucoup). Des enfants ne connaissent que le français, sont incapables de parler avec leurs grands-parents. Les générations sont cloisonnées.

Il a des propos très durs sur les Blancs qui ont envahi les Territoires. Il pense que les industriels sont de connivence avec les politiciens (« Tu peux écrire ça », m'a-t-il dit). Il m'a bien prévenu de ne pas juger trop vite les Indiens ; il a beaucoup insisté sur cette mise en garde : sur le ton de quelqu'un qui a déjà péché, peut-être ?

Quand il était jeune missionnaire, il a exercé quelques années auprès des Cris dans le bout de la baie d'Hudson. Il m'a raconté, presque les larmes aux yeux, la misère qu'il a vue là-bas, encore plus que chez les Montagnais. Il se souvient de deux ou trois années de disette en particulier. Quand il allait faire la mission en août, il voyait revenir des familles de chasseurs dans un état effrayant. Il m'a parlé d'un homme qui avait marché trois jours presque sans manger avec un enfant sur le dos, des femmes qui n'avaient plus que la peau et les os, des jeunes qui s'évanouissaient pendant qu'il « catéchisait » dans les foins au bord de la mer ; lui-même se trouvait souvent « au bout du rouleau ». Et bien d'autres histoires semblables, je n'en revenais pas. Et il paraît que le commis du poste de la Hudson's Bay s'en fichait.

Il m'a raconté ses voyages en forêt, hiver comme été, dans les tempêtes, les moustiques, des centaines de milles à ramer, à portager, à lutter contre le froid, à vivre comme les Indiens (et des fois comme les animaux, quasiment). Il disait tout cela sans se lamenter ; ce sont pour lui des souvenirs précieux. On voit qu'il aime les Indigènes — ou en tout cas sa vocation de missionnaire. Il a évoqué en souriant ses maladresses à ses débuts. Comme lorsqu'il enseignait le carême et le jeûne quotidien à observer. Il insistait sur l'obligation de prendre deux repas. Un Indien avait protesté : comment allaient-ils faire ? Souvent, ils s'estimaient bien chanceux d'en prendre un…

Un autre jour aussi, chez les Montagnais, il expliquait pourquoi le Bon Dieu a créé Ève à partir d'une côte d'Adam plutôt que de sa tête : c'est parce que la femme ne doit pas diriger dans le ménage. Mais le Bon Dieu n'a pas pris le pied non plus, de sorte qu'elle ne doit pas être une esclave de l'homme. Là-dessus, un vieux chasseur avait fait rire tout le monde en disant qu'il venait de comprendre pourquoi sa femme ne valait pas grand-chose « ni du haut ni du bas ».

Plus tard, il m'a parlé d'un camp de prisonniers allemands qui avait été construit aux environs de la baie d'Hudson durant la Deuxième Guerre ; les captifs y étaient emmenés par chemin de fer (j'ignorais tout ça). Les autorités lui avaient demandé de faire la mission là aussi, même si ces Allemands étaient presque tous protestants. Il est devenu ami avec un officier qui avait un chat (ce détail-là a semblé le marquer). Puis, il m'a raconté les marchands de boisson qui, à la fin de la chasse au printemps, couraient après les Indiens en forêt pour leur vendre leur « maudit poison », pour les voler aussi, et comment le revenu de toute une saison pouvait être dilapidé en deux ou trois semaines. Le feu lui sortait des yeux quand il parlait de ces choses-là, il en était épeurant (j'ai compris pourquoi les Indiens le craignent).

Il s'est calmé, a enchaîné avec les « cometiks » (c'est le nom esquimau pour les traîneaux à chiens) qu'il avait appris à diriger. Là, il s'est attendri, il est devenu tout songeur en évoquant les longs déplacements d'un poste à l'autre le long de la baie James, les accidents, les nuits dans la tempête, son amitié avec les bêtes dont il vante le courage et l'intelligence. Il aime beaucoup les chiens, quasiment autant que « ses » Sauvages, on dirait. Il a parlé des moustiques qui le dévoraient, des vraies nuées qui s'abattaient sur l'autel quand il disait la messe et qui en venaient à éteindre les cierges sur lesquels les insectes s'agglutinaient. Il dit : « J'avais l'impression de m'être fourré la tête dans une ruche. »

Il se faisait tard quand je l'ai laissé. J'étais fatigué, un peu étourdi aussi par tout ce que j'avais entendu. Auparavant, les missionnaires, pour moi, c'était en Afrique ou en Asie, en Chine surtout. Mais ici tout proche, sur la Côte-Nord, ou à la baie d'Hudson? J'ai découvert tout un monde qui me bouleverse. J'ai eu de la misère à m'endormir.

Finalement, je me suis assez bien adonné avec le Père. La seule chose, c'est que tout au long de notre entretien, il a gardé au coin des lèvres un vieux cure-dent mâchouillé dont il se servait de temps à autre pour nettoyer une région de sa bouche ou décoller sa chiquée. Ça a pris le tour de m'énerver.

(Fin de soirée)

J'ai rencontré tout un personnage après souper : Johnny Malek. C'est un homme extrêmement corpulent (presque aussi gros que mon oncle Albanel) qui parle fort et d'abondance. La margoulette lui arrête pas mais ses propos sont confus et ses idées encore plus. Il tonne plus qu'il éclaire, si je peux dire. Son idée principale est simple : pour sortir de sa condition, l'Indien doit imiter le Blanc en tout, à commencer par les affaires ; il faut que l'Indien s'enrichisse (comme si tous les Blancs étaient riches !). C'est à cela qu'il se destine lui-même. Il voit grand (et gros), il veut devenir le premier entrepreneur sur la Réserve (il est de la même école que Colette Charlish). Je me suis fait tout de suite mon idée : je pense que Malek, c'est rien qu'un gros péteux de broue, comme mon oncle Albanel (maman est à peine plus polie, elle l'appelle « Plein-de-vent » — c'est du côté de mon père…).

Il m'a tenu en alerte pendant presque deux heures, une histoire n'attendant pas l'autre. J'ai peine en ce moment à démêler la boucane et le feu, à travers tout ce charabia. Malek répète qu'il faut écraser la concurrence (il ne pense tout de même pas à Colette ?). Pour l'instant, tout ce qu'il paraît écraser à coup sûr, c'est son épouse, Maria Napess, une petite personne racornie, aux os saillants, qui me regardait avec des yeux de chienne battue et à qui il a fait au moins une douzaine d'enfants. Il parle beaucoup aussi d'accumulation de capitaux, mais, encore là, tout ce qu'il me semble avoir ramassé jusqu'ici, c'est trois cents livres de graisse et tout un passif de médisances et de mauvais souvenirs dans la communauté (des familles m'ont déjà parlé de lui).

À un moment donné, tout en pérorant, il a sorti de sa poche de chemise un vieux bout de cigare qu'il a tenté de rallumer. Pendant qu'il me parlait de son « équipement industriel », je jetais un coup d'œil par la fenêtre arrière sur son « entrepôt », en réalité un petit hangar branlant auquel il manque un demi-pan de mur et où j'ai pu recenser deux brouettes, trois ou quatre pelles, quelques morceaux de vieilles tôles et tout un bric-à-brac rouillé. Il y a aussi un picope déglingué qui a déjà été jaune (maintenant, il est sale).

C'est Grand-Père qui m'a donné l'heure juste quand je suis revenu à la maison. Malek a d'abord été un mauvais chasseur pendant une dizaine d'années puis il a dû abandonner parce qu'il était trop paresseux — comme mon oncle Albanel encore (lui, mon oncle, c'est un gros homme qui ne s'assoit jamais, pas parce qu'il est travaillant mais parce qu'il est pas assez vaillant pour se relever). Malek s'est ensuite lancé dans le commerce du renard et a tout perdu. Il a enchaîné avec un projet de scierie, pour apprendre qu'il n'y connaissait rien (son apprentissage, apparemment s'est arrêté là); de toute façon, les compagnies s'étaient fait concéder par le gouvernement tous les droits sur la coupe forestière. Après, il a continué d'aller de revers en échecs, entrecoupés de quelques malchances... Comme il n'était pas solvable, il ne lui en a pas coûté grand-chose, sauf son temps (qui ne paraît pas très précieux) et le peu d'estime dont il jouissait auprès des siens.

Tout cela est assez triste. Pour Malek, bien sûr, et pour sa famille, mais aussi pour les Indiens qui ne risquent pas d'attraper le goût des affaires; on les comprend.

Note : Je m'aperçois que je mets beaucoup de temps dans mon Journal. La transcription de mes inventaires prend du retard. Ça m'énerve un peu.

19 mai (soir)

J'ai été alité toute la journée, à lire. J'ai fini *Le Grand Meaulnes* et je suis déçu. Cette fois, l'histoire m'a laissé presque froid, j'ai vu des longueurs partout. Dire que ce roman me mettait l'imagination en feu ! Il faut dire que je pense aussi très fort à Sara. J'ai commencé *Bonheur d'occasion*.

J'aurais voulu pouvoir faire au moins une entrevue cet après-midi, tant pis (on m'entend respirer à deux coins de rue, j'ai les lèvres violettes, je me fais constamment des inhalations de poudre, j'ai l'intérieur du nez ravagé). Il faut que je sois patient ; j'ai l'habitude. Je lis le plus possible en attendant. Vais manquer de livres si ça continue… Je me fais un peu de remords aussi ; je réalise que je n'ai pas encore ouvert un seul livre de sciences sociales. Ça me fait réfléchir sur ma vocation de sociologue.

Je n'ai pas beaucoup vu Grand-Père depuis un bout de temps. Il s'absente toute la journée (j'en ferais autant à sa place, je ne suis pas un compagnon très gai), je n'ai aucune idée de ce qu'il peut faire. Le ciel est gris ; je m'ennuie de Lévis.

Ce n'est pas que ce soit une bien belle ville, Lévis (à part la vue qu'on découvre sur le cap Diamant à partir de la terrasse en haut de chez nous). Surtout le quartier où j'habite, près de la gare des trains dans le Bas-de-la-Côte : des hôtels pour robineux, des trous, des pauvres, des taudis. Ce ne sont pas les touristes ou les visiteurs qui nous achalent. Même le soleil nous fuit ; il se lève sur la Haute-Ville et n'apparaît dans notre rue que dans l'après-midi, avant d'aller se cacher derrière les tourelles du château Frontenac, sur l'autre rive. L'hiver, trois jours sur quatre, le vent nous glace, même dans les maisons. Le soir, les bateaux en cale sèche se dressent comme des fantômes, et les chantiers de la

Davie nous empestent avec leurs senteurs de goudron. Le mouvement des trains aussi, toute la journée, c'est vraiment tannant. Il y aurait bien la croix illuminée, sur son cap, qui met un peu de chaleur ; mais d'en bas, nous autres, on ne la voit pas. Ça fait rien, c'est la ville où je suis né et j'en ai de beaux souvenirs.

L'été, quand on était jeunes, on allait en bande jouer dans la cour à bois des usines Baribeau. On faisait de l'escalade (toujours l'Everest…) sur les piles de madriers, on marchait en équilibre là-haut sur les planches (Fernand, mon jeune frère, était le plus brave, le plus casse-cou), on sautait d'une pile à l'autre, on organisait des Olympiques, on se volait un peu de bois aussi. À partir de décembre, mon frère et moi, on allait tous les soirs jouer au hockey dans l'anse Tibitts, là où se trouvent les industries L'Hoir. C'était une patinoire en plein air, juste au bord du fleuve (il n'y avait même pas de bandes, seulement des falaises de neige ; au printemps, après la fonte, on allait récupérer les rondelles qu'on y avait perdues). Comme on n'avait pas de patins chez nous, les gars nous faisaient garder les buts. On se faisait des jambières avec des vieux journaux, des catalogues. Des fois, j'arbitrais (mais pas Fernand, c'était pas son genre). On s'accrochait des numéros dans le dos (presque toujours le 9), on se donnait des noms anglais. Parfois, des filles assistaient aux matchs. Ces soirs-là, les gars se défonçaient comme dans la Ligue nationale. Moi aussi, même quand j'arbitrais. J'en profitais pour me défouler : les héros, les tombeurs avec des vrais gants de hockey et des patins neufs, je te les envoyais sur la bande assez raide ; j'étirais les punitions, je les refroidissais — c'est le cas de le dire.

Quand il faisait trop froid, on était une dizaine après le souper à rôder dans le quartier : c'était l'heure du « ski-bottines ». On se cachait à un coin de rue. Quand une automobile s'y présentait, on attendait qu'elle reparte pour s'accrocher, accroupis, au pare-chocs arrière et on se laissait tirer jusqu'au coin de rue suivant. On se disputait la meilleure place, juste vis-à-vis le tuyau d'échappement; on aimait respirer la « boucane blanche », on trouvait que ça sentait bon. Nos jeux ne nous coûtaient pas cher.

Même, des fois, ils nous rapportaient un peu. Quand les rues étaient très glacées, on se regroupait au bas de la côte Fréchette. On poussait les automobiles qui avaient de la misère à monter, les chauffeurs nous donnaient des sous. À la fin de la soirée, on ramassait notre butin et on allait prendre un Coke ou un chips (parfois les deux) au restaurant de la gare. On traînait là un bout de temps; on faisait déparler les saoulons, on regardait manœuvrer le traversier. Les plus grands d'entre nous faisaient rougir Soso — c'était la serveuse au comptoir — avec ses petits tetons. J'étais jaloux, c'était l'amour de ma vie. J'avais treize ans.

Le dimanche avant-midi, l'été, c'était tranquille au restaurant. J'apportais à Soso un bouquet de pissenlits cueillis le long de la traque. Ça la faisait rire, elle me donnait cinq sous; j'achetais aussitôt une boîte de Cracker Jack que nous mangions tous les deux. Elle me parlait de ses anciennes amours. Mais, à force de frayer à la gare, elle a fini par prendre le train, Soso. Un jour, elle est partie pour Toronto « pour apprendre l'anglais » — traduction : pour aller finir sa grossesse et accoucher chez les Sœurs. On ne l'a plus revue. Des histoires de Soso, par chez nous, on en connaît plusieurs.

Grand-Jules, le propriétaire du restaurant, c'était quelqu'un de pas ordinaire non plus. Jamais vraiment chaud ni vraiment à jeun, on le disait un peu voleur, un peu bootlegger, de mèche avec la petite pègre de Québec. Il avait brassé à Montréal des affaires qu'il n'évoquait qu'à mi-mots — on imaginait le reste. Il chérissait sa liberté et n'était d'aucun camp, d'aucun clan, ne pactisant ni avec Dieu ni avec diable. Il décollait sur des balounes de huit jours dont il revenait dégrafé, tout poqué. Il nous racontait ses faits, ses méfaits, et surtout ses batailles, mais à la mine qu'il affichait, on devinait qu'il ne les avait pas toutes gagnées. Il prétendait écumer tous les trous de l'est du Québec et se vantait d'avoir « connu » autant de femmes qu'il y a d'églises dans le diocèse. Ses airs louches, sa voix de buveur fatigué et ses traits ravagés nous en imposaient. Avec bien d'autres débarqués du train ou du traversier et qui venaient grossir la faune de la gare, il nous distrayait de notre quotidien crasseux.

20 mai (après-midi)

Le cœur a failli me lâcher quand j'ai ouvert la lettre : pour me remonter le moral, ma mère m'envoie un timbre de collection que je cherchais depuis un bout de temps (celui qui représente le télescope du mont Palomar). Il a été émis aux États-Unis il y a quatre ou cinq ans à l'occasion de l'inauguration du télescope. C'est un moyen beau timbre, il y a seulement deux ou trois personnes qui l'ont au club que je fréquente à Lévis. Quand je pense aux sacrifices que ma mère a dû s'imposer pour l'acheter, ça me met tout à l'envers (la plupart de mes timbres, c'est madame Belley qui me les donne, et aussi madame Roy, l'employée du bureau de poste près de la Traverse).

Elle a eu une sacrée peur, ma pauvre mère ; elle est bien soulagée que je reste à Uashat. Elle m'explique que c'est bon pour moi, que ça va m'endurcir (me « tremper »), que la vie c'est comme ça (je me disais en la lisant : la nôtre en tout cas).

Je lui ai écrit longuement pour la remercier, lui dire qu'elle a le cœur trop grand, que je n'oublierai jamais ce cadeau-là, tout ça. C'est dans ces moments-là que je regrette de ne pas être allé en médecine. Ce serait fini les ménages toutes les fins de semaine puis la maudite couture jusqu'à minuit tous les soirs quasiment, avec les doigts rongés par l'arthrite.

J'ai fixé le timbre sur un carton et l'ai collé au mur au-dessus de mon lit. Il va me soutenir.

(Fin de soirée)

Après souper, Grand-Père m'a encore beaucoup parlé des Territoires, de la vie qu'on y menait (cette fois, j'ai tout noté ; pas
durant la conversation, mais juste après). Il a surtout évoqué les
longs déplacements à la poursuite des hardes de caribous. Les
hommes travaillaient fort, parfois durant trois ou quatre jours,
pour les repérer. Pendant ce temps, les réserves de nourriture
diminuaient et l'angoisse s'installait. Alors, quand ils avaient
enfin trouvé la piste d'un troupeau, ils ne la lâchaient plus, ce qui
obligeait à de longues courses. Les femmes restaient au campement, surtout pour prendre soin des enfants. Les hommes, eux,
emportaient le minimum et, la nuit venue, couchaient sur la
neige derrière un abri de branchages qu'ils confectionnaient. Ils
repartaient très tôt le matin et se hâtaient à nouveau. Le meilleur
chasseur (on l'appelait le « capitaine ») se portait devant et dirigeait l'opération.

À cause des caprices du gibier, l'insécurité était permanente
sur les Territoires. La survie des Indiens dépendait de ce qui se
présentait, au jour le jour ; ils vivaient « au bout de leur fusil »
(Grand-Père). Des tempêtes survenaient parfois, avec des nuits
très froides qui tenaient les chasseurs éveillés. Il arrivait que la
harde ne se laisse pas rattraper. Les hommes finissaient par
renoncer et rentraient à la tente. Ces marches étaient les plus
longues, les plus dures. Elles se faisaient dans le silence. Chacun
s'interrogeait sur le mauvais sort qui leur était jeté, sur ce qui
avait pu indisposer les dieux.

Mais quand ils avaient tué, quel bonheur ! Et quelle besogne
aussi. Pour éviter d'humilier l'esprit du caribou, ils devaient tout
de suite saigner et dépecer les prises, accrocher en haut des arbres
leurs os pour les mettre hors de portée des chiens et des préda-
teurs (autrement, l'esprit du caribou, offensé, se mettait en
colère). Puis les chasseurs dépêchaient quelques-uns des leurs à
l'arrière pour apporter à la famille de la viande et de la graisse, et

aussi pour organiser son déplacement jusqu'au lieu de la chasse. Après quoi ils prenaient tout leur temps pour achever le travail. Ils mangeaient beaucoup, remerciaient les dieux, se faisaient étriver, s'amusaient de rien. Pendant quelques jours, la vie « penchait du bon bord » (Grand-Père).

La « grosse chasse » mettait à l'épreuve l'endurance des hommes, mais c'était pénible aussi pour les femmes, qui restaient derrière au campement à compter les jours, à surveiller la neige et le vent, à prier pour que la chasse soit bonne, à guetter le retour des hommes. Parfois, c'était le drame : un chasseur égaré, blessé, surpris par le froid ou vaincu par la faim, qui ne rentrait pas. On retrouvait son cadavre au printemps ou à l'automne au bout de son parcours de misère, des fois à moitié dévoré par les bêtes.

Grand-Père était lancé ; j'avais le goût de l'interrompre pour lui demander des précisions, mais je ne voulais pas troubler sa mémoire et briser son récit. Je voyais bien qu'il n'avait pas le goût de converser, seulement de raconter, de se confier. Je pénétrais, émerveillé, tout excité, dans un univers insoupçonné, si proche et si loin, plein de vie, plein de mort, tout en légendes et en silences. Je me disais que les Indiens d'aujourd'hui, sous leur pauvreté, leur délabrement, en sont les témoins, les héritiers. C'est encore vague, mais il me semble que je commence à saisir des choses. Comment dire ?… Il y a peut-être de la grandeur, de la beauté sous la crasse de Uashat…

À un moment, le visage de Grand-Père s'est assombri et il a évoqué les mauvaises actions, les disputes qui divisaient parfois les Montagnais : des frères en mauvaise entente à propos de terrains de chasse, des caches de nourriture vidées sans raison, des chasseurs qui refusaient de partager avec des familles en détresse ou de venir en aide à des accidentés, à des malades. Il a mentionné le cas d'un mauvais Indien que, du temps de son père, on avait soupçonné de meurtre : il aurait tué un cousin pour lui voler ses provisions alors qu'une famine sévissait.

La nuit était tombée depuis un bout de temps. Grand-Père s'est arrêté un instant, je pensais qu'il s'apprêtait à se retirer. Puis il a repris. Il est revenu sur la chasse, m'a parlé encore du gibier qu'ils abattaient, du regret et de la crainte qu'ils en éprouvaient parce que l'esprit des animaux pouvait en être fâché (celui de l'ours surtout, apparemment plus capricieux que les autres). Après avoir tué une bête, il fallait donc se faire pardonner, implorer l'esprit de l'animal, lui expliquer les raisons de la chasse. Pour ménager la susceptibilité des esprits, toujours, et prévenir les sanctions, les disettes. C'est pourquoi aussi la plupart des chasseurs ne se vantaient jamais de leurs exploits. Grand-Père en a même connus qui, par respect, pour éviter d'humilier les autres, refusaient à la fin de la saison de divulguer le nombre de bêtes qu'ils avaient tuées. C'était le cas de Piétachu.

Là, brusquement, il s'est de nouveau arrêté, a esquissé un geste de résignation, puis a laissé tomber d'un air triste : « Maintenant, c'est fini tout ça. »

Au moment où j'écris, il est retiré dans sa chambre. Je ne sais pas s'il dort, mais moi, je sens que je vais courir une bonne partie de la nuit derrière les caribous…

23 mai (soir)

Toute la Réserve a été sens dessus dessous pendant trois jours. Monseigneur Latulipe a profité de la présence du Père missionnaire pour effectuer sa visite pastorale. Quelle affaire ! Je n'ai jamais vu pareille extravagance, pas moins de trente-trois ecclésiastiques à nourrir, à héberger et à cajoler pendant tout ce temps. Je me suis dit : c'est pas possible, ils ont vidé deux diocèses, coudon ! D'après une conversation que j'ai eue avec deux jeunes prêtres, le clergé s'inquiète de la situation de la foi dans les Réserves de la Côte (surtout à cause des jeunes) ; il craint aussi l'arrivée de missionnaires protestants. Il a été décidé de mener une grosse offensive (ce n'est pas exceptionnel ; il paraît que, chez les Têtes-de-Boule en Mauricie, on a déjà compté plus de quarante prêtres dans la suite de l'évêque…). Mais maintenant que Monseigneur est retourné à Haute-Rive avec sa suite, je peux témoigner que la foi se porte sûrement mieux que les croyants eux-mêmes, qui sont présentement dans un grand état d'épuisement. Pour tout dire, je suis assez scandalisé. Ou bien ces gens-là ne connaissent rien des Sauvages, ou bien ils ne les respectent pas beaucoup. Uashat, coudon, c'est quand même pas Saint-Pierre de Rome!

D'abord, les Indiens avaient été avisés par le Père de disposer des décorations à l'entrée de la Réserve, le long des ruelles, autour de l'église et du presbytère, devant les tentes et les maisons. Ils ont travaillé dur à couper, transporter, émonder des épinettes, tresser des couronnes, coudre des fanions (ils ont vidé le magasin de la Hudson's Bay de tout ce qu'il y avait de rubans et de mouchoirs). Ils ont même repeint la façade de l'église. Il leur a fallu aussi chasser et pêcher pour nourrir tout ce monde-là qui est arrivé en grand appétit, fouetté par l'air du large. J'ai observé que les Indiens se prêtent quand même de bon cœur à tous ces travaux; ils sont vraiment très croyants et très pieux, surtout les adultes (pour ce qui est des jeunes, l'évêque a peut-être raison de s'inquiéter).

Quelques dizaines d'hommes sont allés accueillir la nombreuse délégation à sa descente du bateau à Sept-Îles et l'ont escortée jusqu'ici (les gens de la ville ont bien dû se demander ce qui arrivait là). Les autres Indiens s'étaient massés à l'entrée de la Réserve et, lorsque les visiteurs s'y sont présentés, tout le monde s'est mis à genoux sur deux rangs. Puis le Chef Bellefleur, au nom de son «peuple», a distribué nombre de cadeaux (mocassins, raquettes, colliers…). Il a fallu ensuite organiser le gîte. L'évêque a été logé chez le Chef, et une couple de chanoines au presbytère; les autres ont été répartis au sein des familles. Certains ont atterri dans des maisonnettes déjà surpeuplées; d'autres, assez contrariés, se sont retrouvés sous une tente (quelques-uns, à ce qu'on dit, sont allés s'en plaindre auprès du Père qui les a renvoyés assez cavalièrement). Mais chacun, au cours des festins qui ont suivi, a eu droit à force rations de lièvre, de caribou, de castor, de morue, de saumon, de carpe, de truite, de palourdes. Un vrai gaspillage, et pour du monde déjà assez gras, à ce qu'il m'a semblé. Quand je pense aux Indiens qui vont devoir se serrer la ceinture pendant quinze jours…

Durant la deuxième journée, l'évêque, toujours avec sa suite, a paradé dans les ruelles de la Réserve en aspergeant les maisons et les tentes (Ghislaine, aux anges, le précédait en gesticulant). Puis il a visité le cimetière, dont les croix avaient été décorées elles aussi, et il a confirmé les enfants à l'église. Les statues de saint Joseph, de la Vierge et du Sacré-Cœur étaient couronnées de quatre-temps et de tiges de foin bleu. Des guirlandes de Noël couraient sur les murs du chœur et, tout au-dessus de l'autel, on avait dressé trois longues banderoles portant des inscriptions latines (sorties du bréviaire de Guinard). Le soir venu, en l'honneur des visiteurs toujours, les Indiens ont organisé un « makusham » (c'est ainsi qu'ils appellent les grandes fêtes communautaires, avec banquet, musique et danse). Après s'être bien empiffrés, cinq ou six vicaires sont allés se brasser le derrière au milieu des danseurs, mais ils sont vite retournés s'asseoir, faute d'encouragements. Après, les Indiens ont pu assister pour la première fois de leur vie à un feu d'artifice, offert par un commerçant de Sept-Îles. Ils avaient pris place en grand nombre le long du talus, près de la plage, d'où les pièces étaient lancées.

L'événement principal a consisté, aujourd'hui, dans une messe très solennelle sur le terrain vague entre l'église et la mer. J'y ai assisté, comme à toutes les autres célébrations (je découvrais les Indiens sous un jour nouveau, les prêtres aussi). Il faisait beau, heureusement. Les trente-deux dignitaires, en surplis, entouraient Monseigneur. Deux jeunes Indiennes, à ses côtés, agitaient des branches de cèdre pour chasser les premiers maringouins de l'année. Presque toute la population de Uashat était là, attentive, recueillie, endimanchée. Les hommes portaient leur tunique brodée et des pantalons de peau (mais pas de plumes ni de veste à franges, ça m'a surpris). Les femmes étaient très chic : bonnet montagnais de couleur rouge, noir et vert orné de piquants de porc-épic et de poils d'orignal, avec des drôles de cache-oreilles (en plein été ?), des robes longues jusqu'à la cheville, des châles et des blouses à carreaux très colorées. Gabrielle portait un collier de vertèbres de poisson. J'ai cherché Sara, ne l'ai pas vue.

Les Indiens se tenaient tantôt debout, tantôt agenouillés dans l'herbe et le sable. Ils semblaient fascinés par l'accoutrement de l'évêque entouré de ses prêtres (tous coiffés de leur barrette pour l'occasion). Arborant sa mitre et ses ornements dorés, parfois brandissant vivement sa crosse, Monseigneur a prononcé un long sermon sur l'évangélisation des « Sauvages » et leur « marche vers la civilisation ». Il les a invités « à fuir l'alcool et à aimer le travail ». Il les a aussi mis en garde contre leurs superstitions et leurs rites païens, surtout à la chasse l'hiver. Pour finir, il a abordé le sujet du déménagement à Maliofénam. Il a fait voir tous les avantages que les Indiens y trouveraient et surtout, il leur a enjoint de s'en remettre « aux autorités éclairées, civiles et religieuses ». Il a aussi évoqué, mais sans préciser, « les conséquences » qu'il leur faudrait « encourir » pour toute forme de désobéissance.

Là-dessus, quelques Indiens, dont Grand-Père, sont sortis des rangs et ont quitté la place. J'en ai fait autant. En partant, j'ai jeté un coup d'œil en direction du Père. Il avait la mine basse ; je pense qu'il rongeait son frein.

C'est tout de même curieux, cette attitude de la part de l'évêque et de sa suite. Et cette soumission des Indiens ? Même les gens des tentes (qui ne sont pourtant pas des enfants de chœur) étaient tout en courbettes.

24 mai (après-midi)

Ce matin, je suis allé faire une entrevue chez un vieux couple. L'homme n'avait pas grand-chose à dire pour mon enquête parce qu'il n'a pas fréquenté longtemps les Territoires. Il a commencé très tôt à travailler comme guide pour les Américains. C'est la femme qui m'a intéressé. Elle m'a raconté comment ils se sont mariés. Depuis son adolescence, elle était secrètement amoureuse, et lui aussi, mais ils étaient trop gênés pour se le dire. Un jour, à la fin de l'été, il s'apprêtait à partir pour un an ; il lui a dit comme ça : « Je vais revenir en juillet, mais ce sera juste pour toi. » Elle lui a répondu par un sourire et après, elle dit qu'elle a souri tout l'hiver. Ils se sont mariés à son retour. Elle dit qu'elle lui sourit encore (ça a l'air vrai).

C'est une histoire qui ne ressemble pas beaucoup à celle de mes parents. Ma mère, disons qu'après son mariage elle n'a pas souri longtemps.

Plus tard, j'ai rendu visite à madame Gertrude au dispensaire. C'est une femme de plus de soixante ans, rondelette, avec les cheveux blancs. Ses petits yeux vifs s'agitent constamment au-dessus de son nez carré ; elle a le cou fort, un peu comme le Père (elle pourrait être sa sœur). Je crois qu'elle est sans famille. Elle est infirmière de profession, et surtout de vocation ; c'est une missionnaire à sa façon. Elle vit dans une cabane à deux pièces dont le plancher est pourri et le plafond menace de s'effondrer. Ça pue le cani, je ne sais pas comment elle fait pour vivre là-dedans.

Elle m'a raconté son histoire. D'abord, elle a longtemps travaillé dans les paroisses de colonisation qui ont été ouvertes dans diverses régions du Québec durant la « Grande Crise ». Infirmière de colonies, c'était son titre. Il n'y avait pas de médecin, c'est elle qui faisait presque tout le travail (« avec le salaire en moins, les privations en plus », a-t-elle précisé en riant). Elle essayait de soulager la misère des colons. Son père lui-même avait été colon bien avant, dans une petite paroisse du nord du Lac-Saint-Jean (« de la terre de Caïn, une vraie vie de chien »). Elle avait bien connu la pauvreté de ces gens-là, elle a voulu leur venir en aide. Elle en a gros à dire sur les gouvernements et les colonisateurs qui, dans les années 1930, ont eu l'idée de déplacer les chômeurs des villes vers les nouvelles paroisses (elle dit : « enlever les ouvriers de la pauvreté pour les garrocher dans la misère »).

Je n'avais pas de difficulté à la suivre. J'ai deux oncles qui sont allés s'établir en Abitibi à l'époque, comme le voulait le plan Vautrain (le plan « Vaurguien », qu'ils l'appelaient, mes oncles). Ils se sont éreintés à défricher des terres de roches avec leur famille, ont mangé de la misère noire, ont perdu le peu qu'ils avaient et, après sept ans, se sont vus contraints de revenir à Lévis, raides pauvres et bien humiliés en plus (la parenté a dû se cotiser pour payer leurs billets de train). Ils en parlent encore chaque fois qu'ils viennent à la maison. Mais les politiciens (les prêtres aussi), ils étaient bien contents. À la Saint-Jean-Baptiste, ils faisaient de grands discours sur les « vaillants artisans de la patrie ». La première fois que j'ai entendu mes oncles raconter leur histoire, j'étais tout jeune, j'étais déjà fâché.

C'est pour ça que j'ai refusé de faire un prêtre ; pour ça, puis autre chose. Mes professeurs au Collège me disaient que j'avais la vocation. J'avais certainement un penchant. J'ai servi la messe longtemps, j'aimais lire les Évangiles (j'aimais l'odeur de l'encens aussi). Les scènes de la Passion m'impressionnaient terriblement ; j'en rêvais la nuit. Quand j'étais tout jeune, les Frères me donnaient à lire des histoires de saints, de martyrs ; j'étais sceptique mais, en même temps, je trouvais ça beau, exaltant. Je voulais me sacrifier, moi aussi, je me préparais à un grand destin, je m'imposais des privations (un jour, j'ai donné toutes mes allées à mon frère Fernand ; il a cru que j'étais dérangé — il les a prises quand même et, plus tard, il a refusé de me les rendre).

Puis il y a eu la longue grève à la Davie ; toute une affaire ! Les familles autour de chez nous, elles se nourrissaient à peine, mais personne ne parlait de reculer. À l'école, je donnais mon lunch à mes amis. Ma mère cousait sans se faire payer. Même Fernand donnait l'argent de son commerce de bouteilles vides (avec les robineux qui rôdaient dans le Bas-de-la-Côte, ses affaires restaient florissantes). Et un jour, l'évêque s'est prononcé en faveur des patrons, il a dit que les ouvriers devaient rentrer au travail (j'ai appris plus tard que le curé de notre paroisse n'était pas du tout d'accord). Finalement, c'est ce qu'ils ont été obligés de faire, la tête basse. Pour moi, c'était trop. Ce jour-là, j'ai perdu la vocation.

Pour revenir à madame Gertrude, entre 1942 et 1945, elle a servi outre-mer comme « oiseau bleu » (référence à la couleur de l'uniforme porté par les infirmières) auprès des soldats. De retour au pays, elle a œuvré en Abitibi, en Gaspésie, puis sur la Côte-Nord ; c'est là qu'elle a découvert les Indiens. Elle a commencé à travailler dans les Réserves, passant tout naturellement « d'une misère à l'autre ». De toute manière, elle aurait été incapable de s'installer en ville ; elle dit : « J'ai trop couru au large de la civilisation. »

J'en ai profité pour l'interroger sur les espèces de cache-oreilles que portaient les Indiennes lors du makusham. D'abord, elle a bien ri, puis elle m'a expliqué que c'est une coiffure : les cheveux sont rassemblés en deux tresses puis enroulés sur deux tiges de bois plaquées sur les oreilles (elle a utilisé un mot indien que j'ai oublié). Plus tard, comme je partais, elle m'a tendu une boîte de sucres à la crème. Ça m'a fait plaisir. J'y ai goûté en revenant à la maison ; ils ne sont pas aussi bons que ceux de ma mère (qui met du sucre d'érable de Charlevoix dans la cassonade), mais ils sont bons quand même. Je les ai offerts à Grand-Père ; il s'est empiffré comme s'il sortait d'une famine de quinze jours. Quand il s'est levé de table, il marchait quasiment comme le docteur Duval, le père de Marise (mais lui, c'est parce qu'il a un gros derrière).

(Soir)

Deux autres Indiens de Uashat se sont fait arrêter en train de pêcher de nuit sur la Moisie. Ils ont été mis à l'amende et emprisonnés à Sept-Îles. Leurs proches n'ont pas pu les voir.

Et il paraît qu'à La Romaine, quatre familles ont péri dans l'incendie de leurs maisons (des maisons toutes neuves). Il n'est question que de cela dans la Réserve.

J'ai travaillé près de deux heures dans mes Cahiers, le travail avance. Mais j'ai dû me coucher tôt, j'étais fatigué. J'étais distrait aussi, je pensais à ma mère; c'est à cause du sucre à la crème, je pense. Quand on était jeunes, le dimanche soir, elle nous en faisait souvent. Le dimanche, chez nous, c'était le jour le plus triste de la semaine, celui où l'absence de notre père se faisait le plus sentir. On n'en parlait jamais, mais maman le voyait bien. Alors, elle essayait de nous distraire, de nous consoler, elle faisait du sucre à la crème. Des grands plats. Des tonnes de sucre à la crème.

Je me suis couché, mais n'arrive pas à dormir. Ça fait trois fois que je me relève. Je pense juste à Sara. Je la saisis mal, ne sais pas comment la prendre. Du sucre à la crème, peut-être?

25 mai *(avant-midi)*

Grand-Père m'a réveillé très tôt ce matin, je croyais qu'il était devenu fou. Je l'entendais s'exclamer dehors, puis il est entré en coup de vent en m'appelant : « Viens ! Viens ! » Je me suis précipité à moitié habillé. C'étaient les outardes qui arrivaient. Pour être bien franc, les oiseaux ne m'intéressent pas beaucoup, encore moins leurs migrations. Mais là, c'était tout de même quelque chose. Le ciel en était rempli : des milliers d'oiseaux, tous en formation, comme une grande toile, comme une dentelle, derrière des meneurs. J'entendais très bien leurs petits cris rauques. Ils volaient assez bas, comme s'ils se préparaient à se poser. Je pouvais voir assez nettement leur long cou, leur tête noire.

Grand-Père me criait : « Surveille bien le groupe de tête ! Surveille bien ! » Et de fait, après un moment, il y a eu des substitutions et toute la toile s'est retissée progressivement, on aurait dit une grande vague dans le ciel. Les oiseaux changeaient de place comme s'ils avaient répété des milliers de fois ce mouvement (ce qui bien est le cas, quand on y pense). Mais il faut être très attentif pour tout voir. Et puis les outardes semblaient si légères. Si frêles aussi. J'avais peine à imaginer qu'elles arrivaient de très loin. Grand-Père, tout pâmé, s'exclamait : « Mashkatas ! Mashkatas ! » (je ne sais pas ce que ça veut dire au juste mais j'ai bien deviné). Peu à peu, moi aussi, je me suis laissé captiver (j'ai lâché deux ou trois « Batince »…). Finalement, Grand-Père était rentré et j'étais encore là à guetter les attardées qui s'échinaient derrière le peloton.

Ensuite, il m'a raconté plein d'histoires d'outardes : comment elles peuvent être coriaces, comment elles s'y prennent pour défendre leur territoire, comment elles essayent de déjouer le chasseur, tout ça. Il s'est rappelé l'émotion de son père à cette époque-ci de l'année alors que, après la grande saison de la chasse, la famille amorçait sa descente vers la Côte. Chaque matin en s'éveillant, il écartait doucement le pan de toile qui tenait lieu de porte et scrutait avidement le ciel. Pendant ce temps, les enfants attendaient derrière, les yeux grands ouverts, le cœur serré. Le matin où enfin il les apercevait, il poussait un cri de joie et toute la famille se précipitait dehors. Et pendant de longs moments, en silence, tous s'extasiaient devant le retour des outardes. Dès le lendemain, il y avait du « pabot » (?) à manger (une manière d'apprêter l'oiseau, à ce que j'ai compris).

Grand-Père m'a dit aussi qu'il était soulagé parce que, cette année, elles sont arrivées assez tard dans la saison. L'année dernière, elles sont apparues trop tôt et une grosse neige est tombée alors qu'elles avaient commencé à couver, ce qui fait que leurs ailes ont gelé (il paraît qu'au sol, l'outarde dégage une chaleur humide) et plusieurs petits ont péri. Grand-Père m'a raconté comment elles se débattaient jusqu'à ce qu'elles s'épuisent et meurent. Il en est encore tout chagriné.

(Fin d'après-midi)

Je suis retourné chez le Père après dîner. Quand je suis arrivé, il astiquait un calice, à petits gestes, la langue de travers entre ses dents d'où émergeait son éternel cure-dent. Il a continué pendant un bout de temps, tout concentré; ça ne m'a pas dérangé, on se connaît assez maintenant. Il m'a expliqué, tout en frottant, qu'il avait reçu le vase en cadeau du pape Pie XI lui-même en reconnaissance pour ses missions dans le Nord (il est monté à Québec dans les années 1930 pour le recevoir des mains du délégué apostolique). Il a continué à frotter un bout de temps.

Quand il a mis son ouvrage de côté, je lui ai remis des exemplaires du *Devoir* que ma mère vient de m'envoyer; il était content. En retour, il m'a lui aussi offert des sucres à la crème (j'ai reconnu le produit de madame Gertrude). Puis nous avons jasé de la grande fête qu'il y avait aujourd'hui sur la rivière Sainte-Marguerite (*L'Avenir,* l'hebdomadaire de Sept-Îles, avait trois pages là-dessus cette semaine). Le gouvernement inaugurait un autre barrage. Il a été construit sur des terrains de chasse de Uashat sans que personne ici n'ait été consulté. Aucun Indien n'est allé à la fête, pas besoin de dire. Le Père non plus; il avait été invité à procéder à la bénédiction avec l'évêque (il a dit : « j'aurais été gêné »).

Plus tard, il m'a parlé de la Réserve et des agents fédéraux de Sept-Îles « qui mènent tout malgré leur incompétence ». Il s'est moqué : « Il y a deux problèmes avec eux. Ils s'absentent assez souvent, ce qui est embêtant. Mais ils sont souvent présents aussi, c'est encore plus embêtant. » Il les dit autoritaires et arrogants. Il m'a raconté à ce sujet des anecdotes qui ne les font pas bien paraître.

Il parle beaucoup et possède un bon répertoire d'histoires

assez amusantes. Comme celle qui met en vedette les premiers missionnaires oblats sur la Côte, les Pères Arnaud et Babel, décédés dans les années 1910 à Pointe-Bleue (Lac-Saint-Jean) où ils s'étaient retirés. En 1948, les Indiens de Betsiamites, où les deux Pères avaient longtemps exercé, ont obtenu que leurs corps soient transportés et inhumés dans le cimetière de leur Réserve. Deux frères oblats de Cap-de-la-Madeleine sont donc allés à Pointe-Bleue avec un camion, ont chargé les cercueils et ont pris la route de Betsiamites. En chemin, ils se sont arrêtés pour manger au presbytère des Escoumins, où le vieux curé s'est mis à remuer des souvenirs. Il avait bien connu Arnaud et Babel et en parlait avec beaucoup d'émotion. Là-dessus, un frère a dit : « Si vous voulez les revoir, on les a dans le troque… »

Guinard a beaucoup ri (moi aussi, je suppose que l'histoire est vraie) puis il est revenu à ses missions. Hier, c'était le récit d'une inondation survenue pendant qu'il naviguait en canot dans la baie d'Hudson. La marée et les glaces avaient failli les emporter, lui et deux Indiens. Ils sont restés près de trois jours sans feu et sans nourriture sur une sorte de banquise, exposés aux vents de l'Arctique. Il est convaincu que c'est la Sainte Vierge qui les a sauvés (c'est un Oblat…). Il m'a encore raconté des épisodes de grande misère dont il a été témoin : des malades non soignés, des vieillards incapables de suivre leur famille à la chasse, des femmes enceintes « qui se menaient comme des hommes », des enfants sous-alimentés, tout ça. Là-dessus, il m'a dit : « Il aurait fallu un cœur de mauvais riche pour ne pas avoir pitié. »

Il m'a parlé aussi d'une autre fois où, voulant faire plaisir à des familles de chasseurs, il s'était rendu vers la fin de mai à un lac où elles se regroupaient chaque année avant d'achever leur descente vers le Golfe. Mais l'affaire avait mal tourné. Des vendeurs de boisson étaient déjà là, et les Indiens leur avaient vendu une grande partie de leurs fourrures. Plusieurs hommes étaient quasiment ivres morts. Il s'était fâché et avait appelé, comme il dit, la colère de Dieu sur les coupables. Il pense que ça en avait dégrisé quelques-uns. Pour ce qui est des vendeurs de boisson, il n'avait pas attendu le Bon Dieu : il les avait lui-même chassés. Il était encore hors de lui en me racontant cette histoire. Il pense que les Indiens sont comme des enfants qui ont besoin d'être guidés. Je suppose qu'il a raison (il dit souvent « mes Indiens », « mes pauvres Indiens », ou bien « les enfants des bois » ; ça a entrepris de m'achaler).

Il a continué à parler d'eux, de leur existence difficile, souvent périlleuse dans les Territoires. Il m'a raconté des anecdotes au sujet des caches de nourriture que les chasseurs laissent à différents endroits l'hiver, au cas où ils se trouveraient en difficulté dans une tempête ou pendant une disette. Il y a une vingtaine d'années, toute une famille de Uashat a péri après avoir marché plusieurs jours en quête de gibier ou de provisions. Les corps ont été retrouvés plus tard, à un mille ou deux seulement d'une cache vers laquelle la famille se dirigeait.

Il m'a expliqué à quel point les Indiens ont le sens de l'observation développé. Ils s'y appliquent dès leur jeune âge. Des années après avoir séjourné ou même être passés à un endroit, ils se rappellent la disposition des lieux, le relief ; ils enregistrent le moindre détail. Le Père en est bien épaté (et moi donc).

Il se montre pas mal moins admiratif au sujet de la religion « païenne » qu'ils continuent de pratiquer, surtout l'hiver quand ils vivent loin de la Réserve. Il a mentionné l'utilisation du tambour et des os de caribou pour deviner l'emplacement du gibier, les feuilles de tabac qu'ils disposent un peu partout, la tente suante (ou la « suerie ») et bien d'autres choses. Au sujet de la tente suante (« metshesen » ou « metashan » ?), j'ai compris qu'un Indien, une sorte de sorcier, s'enferme dans une tente spéciale dans laquelle il a fait chauffer des pierres qui produisent une chaleur étouffante. C'est ce qui permet au sorcier d'entrer en communication avec les esprits (il faudra que je m'informe là-dessus).

Le Père a parlé aussi des incantations des chasseurs qui implorent l'esprit du castor ou de l'ours. Il abhorre ces superstitions (il dit : « ces bouffonneries ») auxquelles les Indiens n'osent pas s'adonner en sa présence car il les reprend durement. Par contre, à d'autres moments, ils savent se montrer très catholiques. Parmi les corps retrouvés près de la cache de nourriture (cf. l'anecdote plus haut), gisait une femme qui, pour se protéger du froid, s'était recouvert le visage avec des pages déchirées des Évangiles — elle en portait toujours un exemplaire sur elle (je n'ai pas pu m'empêcher de faire remarquer que ça ne l'avait pas protégée beaucoup ; le Père m'a regardé de travers).

Il a continué à me parler des « superstitions » et des coutumes « barbares » qu'il devait combattre en permanence. Encore là, je n'ai pas pu me retenir ; je lui ai dit que, pour les Indiens, ces « superstitions » étaient peut-être de vraies croyances. Je n'aurais pas dû ; cette fois, il est devenu tout rouge et m'a remis à ma place en criant quasiment au sacrilège ! Il a le tranchant mince, disons.

Avant de partir, je me suis tout de même risqué à lui dire un mot de la visite pastorale. J'ai fait l'innocent : « Trente-deux prêtres avec l'évêque ? » Là, il a souri puis a glissé : « On a vu pire… »

(Avant de me coucher)

Elle est dure à décoder, Sara. Réal Napish m'avait invité à souper ce soir. J'étais content, je ne l'avais pas vue depuis un bout de temps (elle s'absente parfois de la Réserve, je pense). Comme d'habitude, la maison était pleine, tout le monde parlait en même temps, et il n'y avait rien à comprendre. Sara était assise loin de moi. Après le repas, Gabrielle s'est retirée au fond de la cuisine pour hacher son tabac, les autres ont continué à jaser en montagnais. Ça a duré un bon moment comme ça ; je regrettais un peu d'être venu.

Un peu plus tard durant la soirée, plusieurs se sont absentés, et finalement nous nous sommes retrouvés quelques-uns seulement (Réal, Marie-Anne, Sara, Gabrielle et moi). C'était plaisant, nous interrogions Gabrielle qui nous parlait de sa vie de jeune fille, de ses frères et sœurs, tout ça. Elle nous faisait rire. J'observais Sara ; elle ne parlait pas mais souriait souvent et semblait s'amuser. Elle me regardait de temps à autre aussi. Je me disais : mon affaire a l'air de s'arranger. Puis tout à coup, sans aucun avertissement, elle s'est levée et a déguerpi. J'ai jeté un coup d'œil vers Gabrielle ; elle a bien compris ce que je ressentais.

J'en arrache, c'est clair. Mais une fois qu'on est vraiment amouraché, est-ce qu'il y a un moyen de défaire ça ?

26 mai (midi)

Je suis allé à l'église ce matin ; le Père célébrait une messe pour les victimes de l'incendie de La Romaine (c'est six familles et non quatre qui ont péri). Tous les bancs étaient remplis, il y avait plein de gens debout aussi, jusque sur le parvis. La cérémonie a été longue ; plusieurs Indiens ont tenu à se confesser et à peu près tout le monde s'est présenté à la communion. C'est vrai qu'ils sont très pieux ; chacun a son chapelet et son livre de prières. Il y a eu beaucoup de cantiques aussi (trois fois l'*Ave Maris Stella*).

J'étais venu surtout par curiosité mais je me suis laissé prendre, c'était très émouvant. Plusieurs avaient leur mouchoir à la main — et pas seulement des femmes. Moi aussi, à un moment donné, j'avais la larme à l'œil. C'est à cause de la musique. Je suis sensible à la musique, elle m'incite à la mélancolie. Elle semble toujours venir d'un lieu dont on se sent en exil. Et puis on dirait qu'elle reste chargée de toutes les émotions qu'elle a accompagnées ; surtout les plus tristes.

C'est bien étrange, la musique. Ça évoque plein de souvenirs, souvent des choses qui ne nous sont même pas arrivées ; toutes sortes de présences aussi, mais toujours sur un fond d'absence. Ça fait mal et ça réjouit en même temps ; c'est aigre et doux, tout le temps.

(Après-midi)

J'ai reçu une longue lettre de Marise, elle répond à ma lettre du mois dernier quand je lui ai dit ma façon de penser. Elle n'est pas contente, elle non plus (je la connais, elle boude, sinon elle aurait répondu bien avant). Elle dit que je fais des complexes, que contrairement à ce que je laisse entendre, je suis très bien accepté par sa famille, que si son père ne me parle pas souvent, c'est parce que lui, ce n'est pas un « grand jaseux », que si je ne suis pas heureux en sociologie, ce n'est pas de leur faute. Il y en a trois pages comme ça, je ne sais pas ce qui l'a piquée. Où est-ce qu'elle a pris que je suis malheureux à l'Université ?

Je lui ai répondu assez sèchement. Eille, faut pas être bonasse quand même !

(Avant de me coucher)

Durant la soirée, Grand-Père m'a emmené avec lui sur la rive, vers la Pointe-de-Sable (à l'ouest de la Réserve). C'est là que les Indiens pêchent le capelan. Je n'avais jamais vu ça, le poisson roule littéralement sur la plage où la vague le dépose. La lune était pleine et ça scintillait de partout. Les familles repartaient avec de grandes chaudières remplies à ras bord. Mais pas nous ; Grand-Père n'est pas un pêcheur ; il se sentirait abaissé, on dirait. Lui, il n'en a que pour la chasse.

De retour à la maison, il s'est installé et a abordé son sujet favori : les ours. Toujours les ours. Grand-Père ne se tanne pas d'en parler : du premier qu'il a vu, du premier à qui il s'est adressé, du dernier qu'il a tué et mangé. Ce soir, pour la centième fois, il m'a expliqué qu'il ne faut surtout pas lui manquer de respect, à l'ours. Non pas qu'il soit méchant, bien au contraire, mais il a son quant-à-soi. Et puis c'est tout de même l'animal le plus noble de la forêt.

Après qu'on l'avait tué, il fallait en éloigner les chiens, lui offrir du tabac, déposer ses os sur un échafaud, offrir un repas en son honneur. On pouvait certes le tutoyer, mais comme on tutoie son père ou bien son grand-père. Et justement, c'est comme cela qu'on s'adressait toujours à lui : Grand-Père. Lorsqu'un chasseur découvrait sa tanière, il ne devait pas le brusquer mais lui parler doucement, s'appliquer à le raisonner en lui expliquant pourquoi il était obligé de le tuer : « Je suis épuisé, Grand-Père, et je suis affamé et tous les miens aussi ; sois gentil, sors me rejoindre dehors, prête-moi ta viande et ta graisse. » Alors, l'ours, qui est raisonnable et sensible, comprenait et acceptait de sortir. En maugréant un peu, c'est sûr, mais quand même.

Habituellement, je fais remarquer à Grand-Père que le chasseur tend un piège à l'ours, que ce n'est pas honnête. La réponse, c'est que l'homme et l'animal, depuis le début des temps, ont une entente et que, de toute façon, l'ours ne meurt pas vraiment ; il délaisse son corps au profit des humains, mais il survit dans d'autres corps, dans d'autres lieux, comme tous les esprits des animaux. C'est assez dur à comprendre, mais bon, Grand-Père a l'air de se démêler.

Pour finir, il m'a expliqué pourquoi dans la Réserve on lui a donné le nom de l'ours (« Grand-Père ») : c'est parce que, toute sa vie, il s'est efforcé d'en acquérir les qualités, les vertus. Je n'ai rien dit, mais je sais qu'une autre explication, moins charitable, circule : c'est parce que, Grand-Père, on ne lui connaît pas beaucoup d'autres sujets de conversation…

27 mai (matin)

Aussitôt levé, depuis quelques jours, Grand-Père se précipite à l'extérieur, il continue de guetter ses outardes (les retardataires, je suppose). Quand il est rentré ce matin, il s'est assis près de la fenêtre (celle qui donne sur le sud) et, l'œil vers le large, il m'a encore raconté plein d'histoires d'oiseaux : des couples qui ne se défont plus, des vieilles outardes qui n'arrivent pas à suivre et que des jeunes prennent en charge, et d'autres aussi qui délaissent le groupe pour ne pas le gêner et qui disparaissent.

(Après-midi)

Il ventait de l'est cet avant-midi et il régnait une senteur terrible dans la Réserve. C'est à cause des déchets qui s'accumulent derrière le quartier des tentes. Un camion vient de Sept-Îles deux fois par semaine pour les emporter, mais on dirait que les préposés le font exprès pour en laisser — pour ne pas parler des fois où ils « oublient » tout simplement de venir. Parfois, c'est insupportable. Et moi qui suis sensible aux odeurs !

(Avant de me mettre au lit)

Je vois bien que Gabrielle fait tout son possible pour m'aider avec Sara, qu'elle essaie de la raisonner (elles semblent très bien s'entendre, ces deux-là). Elle comprend tout, la grand-mère, et ce qu'elle ne sait pas, elle le devine. Elle m'aime bien aussi. Elle se dit peut-être que je ne serais pas un mauvais parti pour sa petite-fille (?). Elle m'a parlé d'elle ce soir ; nous étions seuls dans la cuisine. Elle voit bien qu'elle est rude avec moi et me fait de la peine. Elle a peur que je me tanne, elle m'exhorte à la patience, me dit que les choses vont s'arranger. Je lui ai dit de ne pas s'inquiéter.

J'ai entendu des bouts de conversations aussi ; je sais que les Napish sont malheureux de la voir rentrer souvent aux petites heures de la nuit dans un état qui n'est pas convenable. Ils essaient de la raisonner, mais elle fait des scènes ; elle s'enferme dans des bouderies de quatre ou cinq jours. Elle n'est pas facile, Sara.

Gabrielle, par contre, c'est comme une autre mère pour moi. Elle a une voix chaude, caressante, qui me fait du bien, et je la trouve belle avec ses grands yeux doux, intelligents, son sourire et ses cheveux qui lui font comme une couronne. Pourtant, elle ne lâche presque jamais sa pipe, elle pue le tabac et elle a la peau du visage toute plissée — plus ridée que ça, je ne vois guère que ma tante Rosa, qui a la face pognacée comme une vieille blague à tabac. Gabrielle, ça la rend un peu mystérieuse, on dirait qu'elle se cache dans ses replis (des fois, j'ai l'impression que c'est un peu toute la Réserve qui est comme ça).

Réal était saoul ce soir. Il reste bien tranquille, mais c'est de valeur ; un homme si digne, si attachant. Sa femme en prend bien soin, ne songe pas à le gronder. Elle dit que quand il chassait, il ne buvait pas.

Sara. Je sais qu'elle prend de la boisson, d'autres filles de la Réserve aussi. Où est-ce qu'elles prennent leur argent ? Il me semble que les parents devraient se montrer plus sévères, quand même.

Note : Grand-Père me racontait une histoire ce matin et, à un moment donné, il a encore laissé tomber en s'exclamant : « Mashkatas ! » Là, je me suis informé. C'est une expression qui désigne pas mal de choses : l'émerveillement, l'incrédulité, le désarroi, tout ça ; je pense que c'est un peu comme un juron aussi, des fois. Ça résume pas mal tout ce qui m'agite présentement, je trouve.

28 mai (avant-midi)

J'ai manqué de courage ce matin. Je n'avais le goût de rien, j'ai traîné longtemps dans mon lit. Puis j'ai pensé à ma mère ; je n'étais pas fier de moi. Je me suis levé, me suis remis à la besogne. Je trouve le temps bien long parfois. Je me languis et m'inquiète de Sara. Puis je me trouve bien loin de Lévis.

(Fin d'après-midi)

Il y a eu des orages cet après-midi, je ne suis pas sorti. Grand-Père avait le goût de parler, j'étais content. Des Territoires, toujours (il a lâché les outardes ; j'étais content, je commençais à être tanné).

Il est comme ça, je pense : tantôt absent, fermé comme une huître, insaisissable, et tantôt bavard, intarissable. Il est revenu sur les caribous, les douze noms qui servent à les désigner, selon la saison, et il m'a nommé chacun de leurs os : les courts, les longs, les minces... Il m'a parlé de la lumière sur les lacs, il a décrit longuement les paysages, les lieux de la chasse. J'ai remarqué que, pour les désigner, il utilise des mots longs comme ça ; c'est peut-être parce que les rivières, les vallées, les étendues dont il parle sont vraiment immenses ?

Il s'est animé, il y avait de la lumière dans ses yeux aussi. Je crois que c'est le retour prochain des familles qui l'excite (deux chasseurs sont rentrés avant-hier, ils ont dit que les autres arriveront bientôt).

Il m'a encore parlé de Piétachu. C'est un homme vraiment fascinant. J'ai pu apprendre qu'il est dans la quarantaine, un peu guérisseur, un peu shaman aussi et terriblement courageux. Fort et intelligent en plus, et adroit et secret, très secret, si bien que tout le monde le côtoie, mais personne n'en est proche. Sauf Grand-Père, apparemment, qui me dit avoir beaucoup chassé avec lui. Autrement, le gars n'a pas de parenté à Uashat, on pense seulement qu'il vient de Manouane, du côté du lac Saint-Jean, ou de plus haut encore sur la Péribonka. Grand-Père est obnubilé, il en perd un peu les pédales quand il en parle. Il connaît mille anecdotes à son sujet. Je lui ai demandé de me le présenter quand il reviendra des Territoires. Il a dit : « On verra. »

Mais je crois comprendre que ce n'est pas le genre à se faire interviewer par un sociologue.

Les Territoires. J'en suis tellement imprégné que j'en perds quasiment le goût de lire. Ces histoires-là (des histoires vraies !), c'est encore plus fort que mes romans. Je n'ai plus besoin de rêver, je n'ai qu'à écouter Grand-Père. Ma mère serait contente : je me suis enfin réconcilié avec la réalité...

La dernière fois que je me suis senti aussi perturbé par des récits, c'est quand j'étais jeune, à la bibliothèque municipale. Il y avait une *Encyclopédie de la jeunesse* à la disposition du public. J'y aurais passé toutes mes soirées si j'avais pu. Mes deux rubriques préférées, c'étaient « Pays et merveilles » et « Histoires, contes et récits ». À cette époque-là, j'avais quatre ou cinq cents ans, j'achevais ma première pyramide, j'habitais un temple du royaume de Siam et je courtisais les sirènes en compagnie de mes dauphins. Secrètement, de temps à autre, je faisais un saut sur l'Atlantide pour jeter un coup d'œil sur mes trésors. J'en profitais pour vérifier l'état de ma flotte, l'humeur des équipages, la carte de mes royaumes.

29 mai (avant-midi)

Maintenant, chaque fois que je vais à Sept-Îles, j'achète *L'Avenir* et, quand j'en ai fini, je l'apporte à Gabrielle (je l'appelle par son prénom ; ça paraît impoli, mais je fais comme tous les autres, elle insiste). Elle se plonge aussitôt dans la chronique « Le Saint de la semaine », en général une histoire de martyre ; elle en raffole.

Je suis allé lui porter le dernier numéro hier soir. Il y avait peu de monde à la maison, nous étions plus tranquilles. J'aime bien m'entretenir avec elle ; c'est une femme qui a une bonne mémoire et raconte bien, sans détails inutiles. Et quand elle a répondu à une question, elle s'arrête plutôt que de continuer sur un autre sujet pas nécessairement intéressant et qui n'en finit plus, comme font souvent mes informateurs ; il n'y a plus moyen de les arrêter dans ce temps-là (je fais semblant de prendre des notes, mais c'est du temps perdu).

Nous avons jasé assez longtemps. Une chose intéressante qu'elle m'a apprise, c'est qu'à la chasse les femmes travaillaient aussi dur que les hommes, à des tâches différentes. Elles devaient supporter elles aussi toutes les fatigues du voyage. Le terrain de chasse des Napish était situé à plus de quatre cents milles de Uashat et comportait cent cinquante portages (elle se souvient d'avoir transporté jusqu'à cent vingt-cinq livres à l'aide d'une lanière frontale, avec un bébé dans son papuss sur le paqueton du dessus). Il leur fallait deux mois pour s'y rendre ; ils partaient fin août, arrivaient en octobre. Quand ils affrontaient beaucoup de mauvais temps, qu'ils devaient marcher dans de la neige « pourrie », c'était encore plus long. À l'approche de l'hiver, quand l'eau devenait trop « pesante », ils abandonnaient le canot et finissaient le trajet à pied. Une fois qu'ils étaient sur place, la vraie saison de chasse débutait, avec tous ses déplacements.

Gabrielle s'occupait surtout des enfants, mais aussi de la nourriture, du ménage, du chauffage de la tente. Elle préparait les peaux de caribou et de castor pour la fabrication des raquettes et des mocassins (elle m'a montré comment elle tenait la peau entre ses dents — enfin, les deux ou trois « cotons » qui lui restent). Elle faisait la petite chasse, la tournée des collets, tirait le toboggan des journées entières parfois. Elle pêchait aussi sous la glace, souvent à mains nues ; quand le filet se déplaçait, il lui fallait plonger le bras dans l'eau jusqu'à l'épaule. Lorsque les hommes (Réal, les plus vieux des garçons, un beau-frère) étaient partis à la recherche du caribou, elle allait couper le bois de chauffage. C'était très dur. À un moment, elle s'est penchée et m'a glissé que, dans certaines familles, la femme, « c'était l'esclave dans le bois ».

Quand les chasseurs revenaient, souvent après trois ou quatre jours, des fois plus, c'était un grand plaisir et surtout un immense soulagement. Dans ces cas-là, au lieu de pénétrer tout de suite dans la tente, les hommes y jetaient un caribou, c'était un rituel ; ainsi, les femmes et les enfants pouvaient se réjouir, ils savaient qu'il y aurait à manger. Parfois aussi, ils revenaient bien découragés avec les traîneaux vides ou avec des blessures ; c'est elle qui les soignait. D'autres fois, c'était le mal des raquettes (enflure des mollets consécutive à de trop longs déplacements) ou bien le mal des neiges (aveuglement causé par le reflet du soleil sur la neige). Du temps de sa mère, on guérissait ce mal en introduisant dans les yeux du malade quelques poux qui absorbaient le sang qui s'y était répandu.

Moi, parfois, je pose des questions vraiment niaiseuses. Comme là, j'étais intrigué, j'ai demandé sans réfléchir où est-ce qu'ils les prenaient, ces poux. Elle s'est moquée de moi, évidemment. Elle m'a expliqué très sérieusement que les vieux chasseurs s'en gardaient toujours une réserve dans leurs cheveux ou sous leurs vêtements, juste au cas où… Je me serais enterré six pieds sous terre. Heureusement, j'étais seul avec elle à ce moment, sinon c'était la risée générale. Elle a été gentille, elle a continué son récit.

Elle garde toutes sortes de bons souvenirs de cette époque. Elle parle des belles matinées ensoleillées quand ils se déplaçaient en canot sur les rivières : Réal qui ramait derrière, un ou deux de ses garçons devant, et elle, accroupie au milieu avec son dernier-né bien emmailloté entre ses jambes. Le moment qu'elle préférait, c'était le soir dans la tente avec tout son monde en sûreté, à la chaleur, pendant que l'hiver se déchaînait dans la nuit. Ils allumaient une chandelle à la fin du jour et se couchaient quand elle mourait. Elle aimait bien aussi prendre soin de ses petits-enfants : changer la mousse qui leur servait de couche, préparer les chevilles de bois en forme d'épingles, leur apprendre leurs prières. Aux plus grands, elle montrait à chasser l'écureuil, à poser des collets. Elle dit qu'à cette époque les enfants obéissaient, c'était facile de les élever. Ils n'auraient jamais osé répliquer à un plus vieux et ils respectaient les anciens rites de la chasse. Par exemple, quand le père venait de tendre un filet ou de poser un piège, il était bien défendu aux enfants de faire du bruit ; c'était quasiment sacré. En présence des adultes, ils ne parlaient pas non plus sans qu'on leur donne la parole (ce qui était rare). Tandis que maintenant…

Elle m'a raconté les levers du jour. Quand il faisait beau, elle était toujours la première à sortir de la tente. Elle repoussait la neige accumulée à l'entrée, s'assoyait face au soleil, caressait les chiens qui accouraient près d'elle, surveillait le mouvement des écureuils qui sortaient du bois, les volutes de neige formées par le vent, les premiers oiseaux qui survolaient le campement.

Il se faisait tard, je commençais à avoir des étourdissements, j'ai dû l'interrompre. Elle était immergée dans ses souvenirs, un peu triste aussi. Elle m'a paru encore plus ridée que d'habitude ; elle me faisait penser à des photos de mon atlas, des vieilles terres toutes crevassées par la sécheresse, où la vie s'accrochait. J'ai l'impression qu'après mon départ elle a continué l'entrevue toute seule.

Je l'aime bien, Gabrielle. C'est mon amie.

(Après dîner)

J'ai oublié cet avant-midi de mentionner qu'avant de quitter les Napish hier soir, j'ai demandé à Réal s'il était possible d'aller en forêt, peut-être pas sur les vieux Territoires mais assez loin quand même. Il m'a répondu que la chose peut s'organiser. Me voilà tout pâmé.

(Avant souper)

Tout à l'heure, je me suis rendu à une maison près des tentes. J'ai frappé deux ou trois fois, sans réponse. J'allais renoncer quand j'ai entendu un cri de femme, puis un autre, et encore un autre, cette fois comme un long gémissement. Et tout de suite après, une voix d'homme qui criait très fort en jurant. Je suis resté là, mal à l'aise. Puis quelqu'un est venu entrouvrir la porte ; c'était une petite fille presque pas habillée qui me regardait avec de grands yeux effrayés.

Je n'ai pas osé entrer, mais j'ai pu voir à l'intérieur. Au fond du salon, une femme était recroquevillée sur un sofa. Un homme aux yeux fous, complètement saoul, la battait à coups de ceinture. Sur son ventre. Elle essayait de lui présenter le dos, mais l'autre la retournait rudement. Ils se sont mis à hurler tous les deux. L'homme continuait comme s'il ne m'avait pas vu. J'étais paralysé, je ne savais pas quoi faire.

Je me suis trouvé bien lâche, j'aurais voulu être bâti comme Piétachu. J'ai couru chez des voisins, leur ai dit ce qui se passait, mais ils n'ont pas semblé surpris et n'ont rien fait. Je suis allé chez d'autres voisins, avec le même résultat. Alors je suis retourné chez moi, ai raconté la chose à Grand-Père. Il m'a expliqué que cet homme-là est très violent, que son entourage en a très peur. Même le Père n'entre pas chez lui.

(Soir)

L'homme violent de ce matin, c'est Wanish Basile. Il terrorise tout le monde dans la Réserve. Son père (Malcom) habite le quartier des tentes; il a déjà été Chef deux ou trois fois, c'est Michel Bellefleur qui l'a battu.

30 mai (avant-midi)

Hier soir, Sara est venue à la maison, comme ça, sans avertissement. Je veillais avec Grand-Père. Elle était en boisson, titubait, prononçait des paroles incompréhensibles. Elle s'est affalée sur mon lit et a été malade. Elle a vomi partout. Nous en avons eu pour une heure quasiment à tout nettoyer. Il est gentil, Grand-Père, il n'a pas dit un mot. J'ai couché Sara dans mon lit puis j'ai lavé sa veste. Après, je suis venu m'asseoir près d'elle. Je l'ai regardée dormir longtemps, je ne me tannais pas. Elle est tellement belle. Tout à coup, elle s'est retournée, à moitié endormie, et m'a pris la main. On est restés comme ça.

Plus tard, je me suis fait un matelas avec les bouts de toile que Grand-Père accumule près de la maison et j'ai dormi sur le plancher de la cuisine. Quand je me suis réveillé à l'aube, elle était repartie. Ça ne dure jamais longtemps avec Sara.

Je m'aperçois bien que je suis tombé amoureux d'une fille à problèmes.

Cet après-midi, je suis allé remplir les chaudières à la Cascade puis je me suis rendu chez un certain Édouard Lalo qui m'a raconté toute une histoire. Une histoire des Territoires — encore. Il y a quelques années, il était monté à la chasse en septembre avec sa femme et ses trois enfants (en bas âge). Son terrain se trouvait à environ deux cents cinquante milles de Uashat et ils avaient emporté beaucoup de provisions. Il s'est épuisé en les transportant et, à mi-chemin, il est tombé malade ; il leur a fallu redescendre. Mais c'était très compliqué parce que, à la fin de l'automne, les rivières et les lacs sont souvent trop gelés pour qu'on utilise le canot (l'eau « s'épaissit ») et pas assez pour qu'on y marche. En plus, ils n'ont pas pu prendre beaucoup de provisions en descendant parce que Lalo était très affaibli et ne pouvait pas transporter grand-chose dans les portages. Le mauvais temps s'en est mêlé, et ils progressaient si lentement que, bientôt, il ne leur resta presque plus rien à manger. Alors, l'homme s'est résigné à laisser sa femme et ses enfants et il a continué son chemin le long de la Sainte-Marguerite pour aller chercher du secours.

Il a marché pendant trois jours, passant deux nuits dehors. Il devait s'arrêter à tout moment pour se reposer. Avant le barrage de Clarke City, au mille 30 à peu près, il lui a fallu traverser la rivière. Il s'est risqué à s'engager sur la glace mais, vers le milieu, elle a cédé. Comme il était bon nageur, il a continué à avancer en cassant la glace avec ses mains devant lui. Puis il est arrivé à un endroit où elle était plus épaisse, il ne pouvait ni la casser ni monter dessus. Alors, il a plongé dessous en se propulsant vers le bord jusqu'à ce qu'elle redevienne assez mince pour qu'il puisse remonter à la surface. Et il a réussi à gagner la rive, plus mort que vif. À partir de là, il a pu emprunter un chemin de chantier, mais le vent a tourné et une grosse neige s'est mise à tomber ; il lui restait cinq ou six milles à faire. Il a quand même pu se rendre à

Sept-Îles et demander de l'aide; ensuite, il a été hospitalisé, il souffrait d'une double pneumonie. Sans qu'on sache pourquoi (ici Lalo a fait un geste qui en disait long), l'hydravion n'a décollé que le surlendemain. Quand les secours sont parvenus sur place, la femme était encore vivante, les trois enfants étaient morts.

Durant ce récit, je surveillais madame Lalo, qui était là dans son fauteuil, la tête affaissée, silencieuse, avec ses longs cheveux blancs, raides comme du crin, qui lui tombaient de chaque côté du visage. Elle ressemblait à une sorcière. À tout moment, elle prenait un petit crucifix qui pendait au bout de son collier et l'embrassait deux ou trois fois. J'aurais voulu l'interroger, je n'ai pas osé.

En sortant, je n'arrivais pas à croire tout ce que j'avais entendu. Je suis revenu à la maison et j'ai parlé de tout cela à Grand-Père. Il m'a regardé quelques secondes et m'a expliqué que la femme était revenue vivante mais folle. Il m'a aussi demandé si j'avais vu les croix derrière la maison. J'y suis retourné tout de suite et je les ai bien aperçues : trois petites croix blanches disposées en triangle, qui venaient juste d'être repeintes, je crois bien. Avec quelques fleurs sauvages au milieu.

Note : Quand je parle du « mille 30 », je me réfère à la façon dont tout le monde à Sept-Îles (y compris les Indiens) marque les distances entre la Côte et le Nord. Ce sont les arpenteurs qui ont mis cela au point (je pense que c'était au moment de la construction du chemin de fer de l'Iron Ore le long de la rivière Moisie). Ici, dans la Réserve, on entend couramment : un tel est monté au mille 60 ou au 125, au 175, etc.

JUIN

1er juin (avant souper)

Ce matin, j'étais à peine réveillé que Grand-Père, survolté, me tirait hors du lit : « Viens, viens, les chasseurs arrivent. » Nous nous sommes dirigés en hâte vers la mer, à la hauteur de l'église. Une vingtaine de personnes s'y trouvaient déjà. Et nous avons attendu. L'attroupement grossissait, et d'autres Indiens arrivaient encore. Les enfants couraient tout autour, descendaient sur la plage et en remontaient, commençaient des jeux qu'ils abandonnaient aussitôt. Les adultes avaient formé de petits groupes. Certains étaient très animés et d'autres complètement figés. La nervosité se voyait partout. Grand-Père se tenait à l'écart, silencieux. Vers onze heures, Guinard est apparu avec sa chasuble et son goupillon, il s'est mêlé aux autres. La pluie a commencé, mais personne n'a bougé. Nous étions bien deux ou trois cents maintenant sur la rive.

C'est peu après midi que les premiers canots se sont pointés à l'horizon ; ils arrivaient de la rivière Moisie, à l'est. Moi, même avec mes lunettes, je n'avais rien aperçu ; j'ai seulement vu les Indiens s'agiter tout à coup autour de moi. Puis mon voisin m'a indiqué quelques points noirs, très loin sur l'eau. Des hommes sautaient déjà dans leur canot pour se porter au-devant de la flottille. Je gardais un œil sur Grand-Père, il ne bougeait toujours pas. Lorsque les premières embarcations se sont présentées, tous les Indiens ont commencé à crier. Les hommes ont brandi leur fusil et se sont mis à tirer en l'air ; j'ai dû me boucher les oreilles. Des femmes s'embrassaient, s'exclamaient. Quelqu'un avait couru jusqu'à l'église et faisait sonner la cloche. Les arrivants eux-mêmes, dans les canots, y allaient de plusieurs salves. Les autres brandissaient leurs rames auxquelles ils avaient attaché des pièces de vêtement ou des morceaux de toile en guise de fanions. Et pendant ce temps, le Père aspergeait à tout va (traits d'union ?). J'étais impressionné, je me disais que ce rite millénaire allait bientôt disparaître, c'est pour cela sans doute que les Indiens étaient si énervés : ils sont de moins en moins nombreux à passer l'hiver à la chasse.

Tous les canots sont venus se ranger sur le rivage et les cris, les poignées de main, les embrassades se sont prolongés. Seul Grand-Père demeurait immobile ; mais je devinais bien l'émotion qui l'étreignait.

Il y eut ensuite, brusquement, une accalmie ; tout redevint silencieux. Les Indiens s'étaient tous regroupés sur le rivage et, très recueillis cette fois, regardaient à nouveau vers l'est. Et alors, d'autres canots apparurent, un à un, sans démonstration ni fanfare. Et sans fanions. Ils vinrent se ranger près des autres et les passagers en débarquèrent lentement. Sur la rive, rien ne bougeait encore. Puis quelques hommes sont descendus vers les nouvelles embarcations. Avec des gestes prudents et graves, des chasseurs y ont prélevé quatre ou cinq colis tout enrubannés, enveloppés dans plusieurs épaisseurs de toile. Les hommes se les relayèrent sur la plage, puis des femmes en pleurs s'en sont emparées, aussitôt entourées de parents qui leur parlaient à voix basse. J'avais déjà lu quelque chose là-dessus, je savais ce que c'était : les corps des bébés, des jeunes enfants décédés durant l'hiver sur les Territoires. Les Indiens tenaient à les ramener dans leur communauté pour les inhumer auprès des leurs.

Comme les autres, j'étais traversé par la pluie froide mais n'y pensais pas. À ce moment, mon attention s'est portée sur une grande femme à l'air sévère, très digne, toute vêtue de noir. Elle était descendue d'un canot en serrant dans ses bras le corps d'un enfant. En remontant de la plage, elle est passée tout près de moi et j'ai surpris son regard. J'ai cru y voir une grande tristesse, mais aussi quelque chose de froid, de distant, de terriblement résolu aussi ; un sentiment que je n'ai pas su traduire. Je l'ai suivie longtemps des yeux ; elle marchait rapidement, comme si elle était pressée d'aller cacher sa peine. Elle s'est dirigée seule, la tête baissée, vers une ruelle dans laquelle elle s'est engagée. Puis je l'ai perdue de vue. Elle doit habiter du côté des tentes.

Je regardais les chasseurs qui se tenaient sur la grève ; je ne pensais qu'à Piétachu, mais je n'arrivais pas à le reconnaître parmi les autres. J'ai voulu demander à Grand-Père mais ne l'ai pas trouvé. Je suis rentré en vitesse à la maison et l'ai aperçu dans la pénombre de sa chambre. Il était assis sur le bord de son lit, la tête inclinée, les coudes sur les genoux. Il ne m'a pas vu, ou a fait semblant. Je n'ai pas osé l'interroger, je me suis avancé sans faire de bruit et j'ai fermé sa porte doucement.

2 juin (avant dîner)

Ce matin, Grand-Père est sorti très tard de sa chambre. Il avait la mine affaissée quand il est venu s'asseoir près de moi dans la cuisine. Nous avons évoqué l'événement de la veille. En fait, c'est moi surtout qui parlais ; lui, il se contentait de jeter un mot par-ci par-là. Je lui confiais à quel point l'affaire des enfants morts m'avait ébranlé.

À un moment, il m'a dit : « Y a plus que ça. » Je l'ai interrogé du regard. Alors, il m'a signalé que Piétachu n'était pas revenu. Les Indiens ne pensent pas qu'il soit mort, mais il n'est pas rentré. Personne ne sait ce qu'il est devenu. Apparemment, il serait resté sur les Territoires, ce qui est très surprenant en cette période de l'année. Grand-Père a interrogé les chasseurs ; ils disent qu'il avait un comportement étrange cet hiver : il se tenait à distance, chassait en solitaire, s'absentait durant de longues périodes. Ils croient qu'il cache un secret.

Grand-Père ne m'a plus parlé de la journée. J'aurais voulu le réconforter, lui dire les mots qu'il fallait. J'en étais incapable. Trop de choses m'échappent. Mais je commence à en deviner quelques-unes, je pense.

(Soir)

Tout à l'heure, avant que Grand-Père ne se retire dans sa chambre, je me suis risqué à lui reparler du retour de chasseurs. Je l'ai interrogé sur la grande femme sévère qui est passée près de moi avec un enfant mort dans les bras. Il a vu tout de suite de qui il s'agissait : la femme de Piétachu.

3 juin (après-midi)

Tout comme l'an dernier, la chasse a été mauvaise, pire même. C'est pour cette raison que les familles sont rentrées plus tôt que d'habitude. La joie qui avait entouré leur retour s'est vite dissipée. Peu d'Indiens ont pu rembourser leur dette envers la Hudson's Bay qui a encore fait baisser les prix des peaux. Les Indiens se plaignent que le gibier est déplacé par la coupe forestière, par le chemin de fer de l'Iron Ore, par la mine et la ville de Schefferville situées au cœur des meilleurs terrains de chasse. Ils disent aussi que de plus en plus de trappeurs blancs fréquentent les Territoires où ils installent leurs « cabanages » sans aucun contrôle et font beaucoup de dégâts. Il y a eu de gros feux de forêt au cours des quinze ou vingt dernières années, c'était plus rare avant. Les vieux pensent que c'est fini, le beau temps où l'argent coulait à Uashat en juin.

En fait, ce qui coule surtout dans la Réserve ces temps-ci, c'est la boisson. Plusieurs chasseurs sont découragés et dilapident leurs maigres revenus. Ils achètent de la bière dans les épiceries de Sept-Îles et la boivent avant d'entrer dans la Réserve où elle est interdite. Certains en introduisent en cachette ; la police montée surveille mais n'a pas l'air de voir grand-chose.

J'ai tenté hier et aujourd'hui de faire quelques entrevues dans des maisons que je n'avais pas encore visitées. J'ai eu de la misère; les gens montrent peu d'intérêt pour mon enquête ces temps-ci. Je vais attendre. Tant pis pour les familles qui vivent dans les tentes, je n'aurai sûrement pas le temps d'en faire le tour d'ici la fin de mon stage. Une chose me frappe : on ne me parle pas de Piétachu, si bien que je n'ose pas aborder le sujet. Je suppose que cette absence est trop douloureuse pour la communauté. Les conditions de sa disparition semblent assez tragiques. Personne n'évoque son retour. Je n'ai pas revu sa femme non plus.

Ce midi, j'ai demandé à Grand-Père pourquoi tant d'Indiens vivent maintenant à l'année longue dans la Réserve. C'est d'abord parce que les Territoires de chasse sont de plus en plus perturbés par l'industrie et par les trappeurs blancs, ce que j'avais déjà compris. Mais c'est aussi parce que les enfants (et donc leur mère) doivent rester ici pour aller à l'école. Sinon, le gouvernement menace de ne plus rien payer. Tout cela bouscule les anciennes coutumes; les hommes répugnent à partir seuls pour une dizaine de mois.

(Soir)

Dans une maison où j'ai pu m'introduire en fin d'après-midi (chez André Bellefleur et Ghislaine Paul), j'ai appris des choses intéressantes. Une ancienne coutume indienne voulait qu'un fils, pour obtenir son indépendance comme chasseur, doive subir une sorte d'épreuve consistant à abattre un certain nombre d'animaux en quelques jours. S'il y parvenait, il obtenait sa « liberté ». Certains trichaient en « empruntant » des proies à des parents ou à des amis.

On m'a à nouveau rapporté que, à la chasse au caribou, il fallait tout de suite dépecer les bêtes une fois abattues, sans quoi l'esprit de l'animal pouvait se venger. Après quoi, l'homme revenait à sa tente et, en voyant ses vêtements plus ou moins tachés de sang, les siens pouvaient estimer le nombre de bêtes qu'il avait tuées. Les chasseurs modestes faisaient attention de ne pas se salir en dépeçant les bêtes afin de ne pas humilier les autres chasseurs moins chanceux ou moins adroits. Par contre, les menteurs et les vantards s'enduisaient autant qu'ils le pouvaient du sang du gibier. De ceux-là, on disait qu'ils n'avaient pas le « sang fier » et qu'ils seraient punis.

Le beau-père de Bellefleur, qui se trouvait là, m'a raconté très sérieusement que c'est à force d'observer le pas de la perdrix sur la neige que les Anciens avaient eu l'idée de fabriquer des raquettes. Cela se serait passé il y a très longtemps. Je ne sais pas si l'histoire est vraie, mais elle est jolie. À propos des Territoires de chasse les plus éloignés, le même m'a rapporté un propos amusant de son père : ces territoires s'étendent, disait-il, jusque sur le toit du monde, là où se partagent les eaux de la planète — laquelle, en vérité, n'est pas vraiment ronde (le beau-père parle des « deux bords de la Terre »). Je sais bien ce que valent ces anecdotes du point de vue scientifique, mais je crois utile de les noter en passant.

Les maisons que j'ai visitées jusqu'ici sont dans un grand désordre. Les Indiennes ne semblent pas très portées sur le ménage (quand je pense à ma mère qui n'arrête pas de frotter...). J'en ai parlé avec Grand-Père. Il m'a dit que les Indiens ne se sentent pas heureux dans des maisons, qu'ils aiment mieux vivre dans des tentes, que c'est l'hiver dans les Territoires qu'on peut les découvrir sous leur vrai jour.

Dans ce cas, je risque de ne jamais les connaître vraiment.

4 juin (avant dîner)

Je suis passé au presbytère ce matin pour faire des relevés dans le registre des naissances. Puis j'ai jasé un peu avec le Père. Il a recommencé à me parler de ses missions, de ses voyages au Labrador, là où, selon lui, « la création n'est pas finie ». Il m'a décrit le climat hostile, les rivières escarpées, les lacs et les rochers

« jetés pêle-mêle », les paysages désertiques traversés de murailles râpées. (Il dit : « Le Bon Dieu ne s'est pas forcé dans ces coins-là, il savait qu'ils seraient peu fréquentés. ») Il m'a raconté la fois où, un été, il a marché cent kilomètres pour aller voir un malade, puis l'année où, en revenant d'un long séjour en forêt, il a appris la mort de sa mère en Mauricie, trois mois après le fait. C'était assez triste ; j'étais surpris qu'il me raconte tout cela.

J'ai essayé de détourner la conversation. Je lui ai parlé des Napish, de Gabrielle, de Sara, lui ai fait remarquer à quel point ces deux-là semblent très proches. Il m'a dit : « Encore plus que tu crois. » Et il m'a raconté une histoire assez étrange, pas bien gaie non plus.

En réalité, Sara n'est pas la fille des Napish, mais d'une autre fille de Gabrielle, décédée en même temps que son mari il y a quinze-vingt ans. Ils descendaient des Territoires, leur canot était très chargé et s'est renversé dans un rapide. Sara s'est retrouvée comme par miracle sur la berge, mais ses parents se sont noyés. Gabrielle et son mari sont passés par là trois ou quatre heures après ; c'est la grand-mère qui a recueilli l'enfant qui pleurait comme une déchaînée. Elle l'a adoptée et, quand elle est devenue veuve il y a quatre ans, elle est venue vivre chez les Napish avec Sara.

Décidément, ce ne sont pas les histoires déprimantes qui manquent par ici (et je vais devoir encore retoucher mes généalogies…). En revenant à la maison, je me disais que tout cela explique évidemment le caractère difficile de Sara, son comportement bizarre avec moi et avec son entourage. C'est sûrement ça. Le Père me dit qu'elle a besoin de douceur, de tendresse. Ça tombe bien, j'en ai des tonnes en réserve.

(Fin de soirée)

J'ai veillé chez les Napish et me suis encore rendu ridicule. Toujours à cause de mon « petit caractère ». Sara n'était pas là et j'étais déçu. On s'est mis à jouer aux cartes (au « mistick », un petit jeu niaiseux) et je perdais tout le temps. À la fin, je me suis fâché, je suis sorti de table et j'ai lancé mes cartes sur le plancher de la cuisine. Évidemment, j'ai dû ensuite les ramasser. Gabrielle évitait de me regarder. Je suis parti en m'excusant, mort de honte. Des fois, je me conduis comme un enfant.

5 juin (midi)

Je n'ai pas pu sortir ce matin, j'étouffais. On aurait dit que le vent soufflait de tous les côtés à la fois sans se fixer nulle part (ça arrive assez souvent ici). J'ai peur du vent ; c'est à cause de mon asthme.

(Avant souper)

J'étais occupé à retoucher mon questionnaire cet après-midi quand j'ai entendu frapper à la porte ; j'ai su tout de suite que ce n'était sûrement pas un Indien. Je suis allé ouvrir, il y avait là deux gars et deux filles évaporées, les cuisses à l'air (des « filles de catalogue » — ma mère). L'un des garçons est un étudiant de ma classe (c'est le fils d'un industriel de Québec ; je sais qu'il aurait voulu aller en droit, mais ses notes ne le lui permettaient pas). Il m'a présenté les trois autres, qui m'étaient inconnus (ils étudient en commerce), et m'a expliqué qu'ils étaient en croisière sur son voilier ; ils faisaient escale à Sept-Îles. Je les ai fait entrer, mais je n'avais rien à leur offrir. Ils se sont mis à regarder partout. Grand-Père n'était pas là, ils ont pénétré dans sa chambre et en ont fait le tour en s'exclamant et en faisant des commentaires désobligeants.

Puis nous nous sommes assis autour de la table, et j'ai évoqué les problèmes qu'il y a ici, les derniers épisodes de la crise, les conditions dans lesquelles je dois travailler. Ils ne semblaient pas très intéressés. Celui que je connais a dit qu'il ne m'enviait pas et qu'il était bien content d'avoir refusé la bourse de monsieur Laroque. J'ai cru qu'il s'agissait d'une autre bourse ; il m'a dit qu'il s'agissait bien de la mienne. Je l'ai fait parler et j'ai appris que cinq ou six étudiants l'avaient refusée avant qu'on me l'offre. J'ai bien compris qu'ils avaient été informés de ce qui les attendait, alors qu'à moi on n'a rien dit. Je n'étais pas content.

Je leur ai quand même offert de visiter la Réserve ; ils n'avaient pas le temps. Ils m'ont invité à voir leur bateau amarré au Yacht Club, j'ai dit que j'étais trop occupé… Nous nous sommes quittés là-dessus, assez froidement. Quand je serai de retour à Québec, je me promets bien d'avoir une conversation avec mon professeur.

Ça m'est revenu à l'esprit en les regardant partir tout bronzés dans leurs petites sandales blanches ; c'est vrai qu'à Laval je ne me suis pas fait beaucoup d'amis. Je ne suis pas très à l'aise dans ce milieu-là. Moi, je suis un gars du Bas-de-la-Côte ; ce ne sera pas facile de m'en faire remonter. Les étudiants avec qui j'aurais pu me lier à l'Université, ils ne sont pas plus avenants que moi ; je suppose qu'ils ont leur bas-de-la-côte eux autres aussi.

(Soir)

J'avais le cœur lourd et je suis allé marcher près du fleuve après souper. Les vagues venaient de loin, s'étiraient longuement sur la rive. J'avançais en zigzag pour garder les pieds au sec. Le temps était gris, à la pluie, à la brume ; je faisais très bien dans le décor. Je n'ai pas vu Sara depuis quelque temps, ça m'affecte. Il y a aussi que, durant les dix derniers jours, j'ai reçu trois autres lettres de Marise. Je n'ai pas le cœur de lui répondre ; tant pis. Je suis rentré à la maison, ai commencé à feuilleter *Bonheur d'occasion*. Mais j'avais la tête ailleurs.

C'est mêlant, la vie, je trouve.

7 juin (fin de soirée)

Je suis retourné au bingo ce soir et suis tombé sur Réal Napish ; je lui ai rappelé notre projet d'excursion aux Territoires, il m'a répété qu'il s'en occupe. J'ai revu Sara aussi — sans ses amis. Pour la première fois, je pense, elle a été très gentille avec moi. Je me suis assis à la même table qu'elle et nous avons longuement parlé. Pas de choses importantes là, mais toutes sortes de sujets, pour le plaisir de jaser. Je l'ai trouvée vive, posée, pas vraiment rieuse mais plaisante. Et puis, elle est belle, elle a des yeux tellement intelligents, elle n'a pas besoin de dire grand-chose. Elle avait passé un petit ruban jaune dans ses cheveux, un bracelet de cuir à son poignet. Par moments, je ne trouvais rien à dire ; j'avais trop à voir.

Je l'ai raccompagnée après la soirée. Ça me faisait drôle parce qu'elle est plus grande que moi, mais ça ne me gênait pas (Sara, il n'y en aura jamais assez à mon goût). Je ne suis pas entré chez elle, il était trop tard. Avant de la quitter, j'ai pris mon courage à deux mains et lui ai proposé de m'accompagner au cinéma cette semaine ; elle a dit oui. Je l'ai laissée sur le perron de la porte. La dernière chose que j'ai vue d'elle, c'est son sourire dans le noir.

J'ai fait des détours en rentrant à la maison, j'étais tout excité. Le ciel était chargé d'étoiles, il y en avait bien deux ou trois couches, tout emmêlées. Le diable était aux vaches dans la Voie lactée : la Petite Ourse grimpée sur la Grande, Cassiopée en goguette au large de la galaxie, des comètes égarouillées un peu partout… J'ai mis du temps à m'endormir, je pensais à Sara ; elle m'a souri toute la nuit. Mashkatas…

8 juin (avant-midi)

Pas besoin d'inhalation ce matin, j'avais les poumons frais comme un nouveau-né. Je suis allé faire une course au presbytère (une vérification dans les registres). L'air était léger et le ciel étrangement clair au-dessus du Golfe, comme si ma mère l'avait frotté. On voyait jusqu'en Europe. Je me suis attardé sur la rive. La mer respirait doucement, les couleurs étaient vives ; j'ai pensé : comme au début du monde.

Après, je suis allé à Sept-Îles pour acheter des bougies (j'ai salué Ghislaine en passant, toujours au poste avec ses « handicrafts » ; elle tricotait avec deux aiguilles, mais je n'ai vu aucune balle de laine…). Je me sentais bien, je suis revenu presque en courant, juste pour voir ; aucune congestion, pas de toux, rien. Je vais aller aux Olympiques peut-être ?

(Avant souper)

D'autres familles sont arrivées des Territoires au cours des derniers jours et, tous les matins maintenant, je vois des chasseurs (surtout parmi les plus âgés) qui se rendent au cimetière pour déposer du tabac et quelques provisions sur la tombe de leurs parents.

J'y vais de temps à autre aussi. Sur les croix plus récentes, on peut lire des indications sur l'identité des défunts, leur âge, tout ça (c'est écrit souvent sur des bouts de planche) ; c'est bien utile pour mes inventaires de parenté. Mais j'y vais aussi pour d'autres raisons. J'aime m'arrêter devant les sépultures d'enfants, j'essaie d'imaginer ce qu'ils sont devenus, l'existence qu'ils n'ont pas eue ; je m'interroge sur le sens de ces petites vies à peine esquissées. Je m'arrête devant des sépultures d'Anciens aussi, dont plusieurs jeunes de la Réserve ne semblent pas vouloir se souvenir. Je me dis qu'il doit y avoir là de très grands chasseurs qui dorment avec leur secret. Des Piétachu… des Grand-Père aussi ?

Je pense à la coupure en train de se faire entre l'univers des Territoires avec toute leurs histoires, leurs lieux sacrés, leurs grandes pistes parcourues en tout sens, pleines de drames et d'exploits (on peut les imaginer comme ça, je pense), et la petite vie désordonnée, sans dessein, dans laquelle sont projetés les adolescents que je rencontre dans la Réserve. Et les vieux qui sont jetés là, avec tout leur passé qui meurt derrière et pas grand-chose qui naît devant…

Je sais, bien des choses peuvent encore arriver, mais il me

semble que c'est l'ensemble des anciens terrains de chasse qui menacent de se transformer en cimetière. Je réalise que tout cela m'attriste beaucoup et je ne suis même pas Indien.

9 juin (avant de me mettre au lit)

Je suis allé au cinéma avec Sara ce soir. Encore une histoire qui me ressemble, une histoire qui finit en pelure de banane ! La salle du Rio était pleine, c'était un programme en couleurs. Deux films de Tarzan avec Johnny Weissmuller. En fait, j'aurais dû remettre la chose à plus tard, ce n'était pas le genre de films qu'il me fallait. Sara n'en avait que pour l'acteur principal, qui est drôlement bâti, c'est vrai. En tout cas plus que moi. J'aurais eu plus de chance avec des films français, les acteurs sont moins costauds. Puis ça s'embrasse plus, j'ai remarqué. Le moins que je puisse dire, c'est que Sara n'a pas perdu beaucoup de temps avec moi ; après cinq minutes, elle était perdue dans la jungle, je n'existais plus. Elle se rongeait les ongles, criait avec Tarzan ; elle a même pleuré une couple de fois.

Je sentais sa présence tout près de moi dans le noir, j'étais tout énervé. Je me disais, c'est ma chance, il faut que je tente quelque chose. J'ai pensé lui prendre la main. Comme j'amorçais la manœuvre, l'autre, sur l'écran, a poussé son grand cri qui n'en finissait plus. Du coup, Sara a porté ses deux mains au visage, c'était raté. J'ai attendu un peu puis me suis essayé encore deux ou trois fois. À chaque coup, l'innocent poussait son rugissement, comme s'il me surveillait. Je commençais à être tanné de sa grande face, Johnny Weissmuller. Je me demandais s'il ne viendrait pas atterrir dans notre rangée au bout de sa liane.

Avec tout ça, le film avançait mais pas moi. Tout à coup, Sara s'est déplacée sur son banc et sa jupe s'est relevée un peu. Là, j'ai repris courage et j'ai décidé de jouer le tout pour le tout. Lentement, j'ai entrepris de poser ma main sur son genou et, juste au moment où j'atteignais la cible, une sirène s'est mise à hurler dans la salle. Tout le monde a sursauté, il y a eu un moment de frayeur, des cris s'élevaient un peu partout. Finalement, c'était sans gravité. Des jeunes qui fumaient en cachette à l'avant avaient mis le feu à des papiers; un préposé avait paniqué. Cette fois-là, je crois bien que Tarzan n'y était pour rien, mais mon affaire s'est arrêtée là, il a fallu évacuer l'édifice.

C'est ce qui s'appelle être malchanceux. En plus, l'opération m'a coûté pas loin d'une piastre (Sara est une grosse mangeuse de patates chips, c'est une autre affaire qui m'est tombée sur les nerfs). Quand nous sommes revenus vers la Réserve, les choses ne se sont pas arrangées. J'étais un peu frustré et mon caractère a pris le dessus; je me suis mis à bouder. Sara, ça ne lui a pas plu, elle a commencé à bourrasser. Bref, quand nous sommes arrivés dans Uashat, elle était carrément fâchée et elle m'a quitté sans me saluer. Gabrielle va avoir un peu de raccommodage à faire, là.

Maudits films américains insignifiants.

10 juin (fin d'après-midi)

Pas d'entrevue aujourd'hui. Étourdissements, saignements de nez. Je suis sorti seulement ce matin pour accompagner Grand-Père à la messe. C'est surprenant, les enfants courent sans arrêt dans les allées durant l'office (il y en a même deux ou trois qui ont enjambé la balustrade). Ils entrent et sortent, jouent sous les bancs, les parents laissent faire, le Père aussi. Il faut dire que c'est à peu près tout ce qui bouge. Les Indiens sont figés comme des statues et n'émettent pas un son, sauf pour les cantiques (dont ils raffolent). Je l'ai déjà dit, ils prennent la religion très au sérieux.

(Soir)

J'ai une misère du diable à démêler toutes mes familles. La généalogie n'est pas une invention montagnaise, certain. Je découvre que plusieurs enfants ont été adoptés (les Sauvages aiment beaucoup les enfants). Les fils aînés sont souvent élevés par leur grand-père paternel. Le missionnaire, sous prétexte qu'ils sont trop longs et d'origine païenne, change les prénoms et même parfois les noms au moment du baptême (lequel, auparavant, pouvait survenir jusqu'à un an après la naissance). Et puis la plupart des gens ont des surnoms qui finissent par éclipser leur vrai nom. Pour compliquer encore les choses, on donne souvent comme nom de famille aux garçons non pas leur vrai patronyme mais le prénom de leur père. C'est peut-être en train de changer, mais la pratique était courante. Pour couronner le tout, les garçons ont en plus un vrai prénom !

C'est vraiment embêtant. Hier, je suis tombé sur un homme qui s'appelle Étienne Étienne et même, l'autre jour, sur un autre qui m'a dit s'appeler Jacques Jacques à Jacques (là, on peut dire : bonjour, Jacques…). Et c'est sans compter les vrais, les vieux prénoms indiens qui n'ont pas tous disparu.

Il y a aussi les surnoms (les « sobriquets », comme disent mes vieux oncles). J'ai rencontré un chasseur assez âgé qui s'appelait Ashkuatshikunnu. Il m'a fallu mobiliser toute sa famille pendant dix minutes pour tirer l'affaire au clair. Tout le monde riait, comme de raison. Je me suis contenté de l'appeler monsieur, pas besoin de dire. Quant à ce que ça signifie en français, j'ai renoncé, chacun avait sa traduction. Mais il semblerait que le mot a quelque chose à voir avec sa façon de manger (qui doit être bien compliquée ?).

Au sujet des missionnaires qui changent les prénoms, quelques Indiens me disent tout bas qu'ils n'en sont pas très contents (« c'est comme si on voulait changer la peau d'un animal »). Mais ils n'oseraient pas se plaindre au Père.

P.-S. : En fouillant dans mes Cahiers, j'ai relevé un autre prénom à ressort (comme je les appelle) : Apitatshishikuapeu.

11 juin (midi)

J'arrive du Poste de traite où j'ai essayé d'interviewer le commis de la Hudson's Bay (Maurice Dallaire). Des Indiens m'avaient prévenu qu'il est assez revêche, j'ai bien compris ce qu'ils veulent dire. C'est un tout petit maigre entre deux âges (entre deux vins aussi, il m'a semblé) qui trouve le moyen de regarder les gens de haut. Un vrai pète-sec. On m'avait dit que c'était un Blanc ; moi, je l'ai trouvé plutôt vert, on dirait qu'il est affligé d'une diarrhée permanente. Ou bien il a des clous qui dépassent dans ses bottines. Je ne m'explique pas autrement son air crispé, tout en grimaces. En tout cas, il m'a bien fait sentir que j'étais de trop dans le bureau. Il est resté plongé dans ses livres de comptes, m'a à peine regardé deux ou trois fois. En plus, il jappe au lieu de parler. Et il a une énorme pomme d'Adam, presque aussi grosse que son nez (à en juger seulement par ça, on s'attendrait à un gars de trois ou quatre cents livres).

Tout ce que j'ai retenu des quinze minutes passées là, c'est que les fourrures rentrent de moins en moins et les affaires baissent parce que les Indiens sont de plus en plus paresseux (il a employé un autre mot...). J'ai filé dès que j'ai pu et il n'a pas cherché à me retenir. C'était aussi bien.

J'y ai repensé après : tout est écrit en anglais là-dedans, on se croirait dans un autre pays. Dallaire lui-même ne dit pas deux phrases sans glisser un mot en anglais. Pour montrer qu'il est déniaisé probablement. Petit baveux. Il est chanceux que je sois encore plus petit que lui.

Je suis déjà entré dans un bureau de la Davie à Lévis, c'était pareil, tout en anglais. Ça va bien notre affaire, nous autres, les Canadiens français : agenouillés devant les évêques, écrasés devant les politiciens, à quatre pattes devant les Anglais ! L'année dernière, dans un éditorial de *L'Action catholique*, le directeur expliquait que notre société était bien chanceuse parce que la Providence lui évitait les grands bouleversements sociaux, les égarements qui entraînent les peuples au déclin. C'est sûr qu'emmanchés comme on est, le ventre à ras terre ou à peu près, on risque pas de tomber bien bas, nous autres. Juste à y penser, ça me donne des boutons. Qu'est-ce qu'on attend pour se redresser ? Batince. Ce jour-là, quand j'ai lu ça, j'ai convaincu ma mère de laisser tomber *L'Action catholique* pour nous abonner au *Devoir*. C'est pas exactement le jour et la nuit, mais en tout cas, c'est pas mal moins pire.

Un jeune professeur est arrivé cette année à la faculté (monsieur Guy Rocher, il vient de Montréal). Des étudiants m'ont dit qu'il parlait de ces choses-là dans ses cours (certains pensent même qu'il serait gauchiste). Je vais essayer de les suivre l'an prochain. Gauchiste, ça doit pas manger le monde, quand même ? J'ai eu le Père Lévesque dans un cours l'automne dernier. C'est un homme honnête et généreux, je l'ai aimé, mais il est loin d'être aussi contestataire qu'on le dit (à Québec, avec Duplessis au pouvoir, les gens sont frileux — celui-là, quand je pense qu'il a coupé les bourses d'étude, j'aurais envie de virer communiste).

À la faculté, on entend beaucoup parler aussi d'un autre jeune (un nommé Dumont) qu'ils ont envoyé étudier en France. Il est supposé revenir comme professeur dans un an ou deux ; tout le monde en parle comme d'une sorte de génie (est-ce que je vais être capable de le comprendre ?).

Pour en revenir à Duplessis, il a l'air installé au pouvoir pour vingt ans encore, l'animal. C'est en lisant *Cité libre,* l'année dernière, que j'ai compris tout le mal qu'il nous fait, sous des airs de bon père de famille. C'est vrai, il est rusé, hypocrite, il fait manger tout le monde dans sa main. Au Québec, moi je me dis que c'est le temps que ça change. Si je me lançais en politique, ce serait mon slogan. À bien y penser, je pense que celui qui va vraiment sauver le Québec un jour, c'est Pierre Trudeau, le gars de *Cité libre.* En voilà un en qui on peut avoir confiance pour faire avancer le Québec ; on voit qu'il prend vraiment nos intérêts à cœur.

J'oubliais un nom : Léon-Georges Beausoleil, un collaborateur de *Cité libre* qui est venu nous donner une conférence sur les mouvements sociaux cet hiver. Il va aller très loin aussi, celui-là, on va entendre parler de lui, certain.

(Après-midi)

Je suis allé visiter une famille (Matsapeu) où on m'a raconté une histoire horrible (c'est la deuxième fois qu'on me fait ce récit ; la première fois, je n'y avais pas trop cru). Ça s'est passé dans les années 1915-1920. Une vingtaine d'Indiens dans la misère, adultes et enfants, qui sont partis de Fort Chimo (baie d'Ungava !) et ont fait tout le trajet (près de huit cents milles) à pied jusqu'à Uashat. Ils y ont mis tout un été et sont arrivés dans un état que mes informateurs avaient peine à décrire. Matsapeu lui-même (alors un enfant) était du groupe, avec ses père et mère qui sont décédés d'épuisement peu après.

(Soir)

Je suis très incommodé. Ça puait le diable dans la Réserve aujourd'hui. C'est toujours pareil quand le vent vient de l'ouest, il répand l'odeur des ordures. À l'heure du souper, il nous apportait aussi toutes les senteurs de cuisson du quartier des tentes. Grand-Père n'est pas chanceux, c'est le moment qu'il avait choisi pour nous faire « un beau repas ». Il avait fait cuire de la banique (il avait bien réussi, les galettes étaient dorées, pas trop dures). Il avait préparé aussi de la « sagamite » (?), qui est une espèce de soupe où on met à peu près tout ce qu'on veut ou tout ce qu'on peut (des arêtes de poisson, des os, de la viande…), et par-dessus tout ça, du castor qu'il avait fait cuire à la ficelle au-dessus du feu. Je le regardais faire avec son couteau croche, c'est surprenant comme il est habile.

Mais à cause de toutes les senteurs qui venaient du dehors, j'ai dû manger de force, du bout de la fourchette. Grand-Père s'en est bien aperçu, ça l'a froissé. Il s'est vite retiré dans sa chambre. Je vais m'excuser demain.

12 juin (fin d'après-midi)

Des familles montagnaises de Schefferville sont arrivées à Uashat aujourd'hui ; elles sont venues par le train de l'Iron Ore. Elles vivaient toutes ici avant l'ouverture de la mine, elles sont descendues chez des parents. La nouvelle ville, où les Blancs se trouvent en majorité, a été érigée sur les Territoires de chasse de Uashat. Plusieurs Indiens ont choisi de rester là-bas pour trouver de l'emploi. Ils le regrettent.

J'ai pu assister à une grande réunion de famille chez Léo Saint-Onge. J'ai peine à croire tout ce qu'on y a raconté : des policiers qui arrêtent et emprisonnent arbitrairement des Indiens, qui les battent dans leur cellule, les passent au boyau d'arrosage, les obligent à faire de faux témoignages, et bien d'autres choses dont j'ai entendu parler à l'Université à propos de pays de l'Amérique latine — mais ici, au Québec ? Comment se fait-il que la radio, les journaux, les politiciens ignorent tout cela ? Et nos professeurs ? Il me semble qu'ils pourraient lâcher un peu les encycliques, des fois ?

Les Indiens parlent aussi de quartiers où ils ne peuvent pas résider, d'emplois qui leur sont refusés. Un homme m'a raconté qu'une sorte de village montagnais avait pris forme sur le bord d'un lac, « à un cri d'oiseau » de la ville. Des Blancs s'en sont plaints et la municipalité a commencé à déplacer les tentes et à démolir les baraques avec des bulldozers pour repousser leurs occupants quelques milles plus loin. Les Indiens s'inquiètent surtout pour les jeunes. Ils ne peuvent plus faire la chasse et ils n'ont pas de métier. Ils se découragent, plusieurs tournent mal. Comme à Uashat.

Il paraît que, le mois dernier, un vieux chasseur de là-bas (un peu déséquilibré, à ce que j'ai compris) a pris le train jusqu'à Sept-Îles puis le bateau pour Québec avec l'intention de rencontrer le premier ministre et plaider la cause des Indiens. Ils n'en ont pas eu de nouvelles depuis. À mon avis, ils n'en auront pas de sitôt.

Je pensais à tout cela en soupant avec Grand-Père (je me suis excusé pour hier, ça va mieux). J'essayais d'imaginer ses sentiments. Je ne voudrais pas être à sa place.

(Soir)

J'ai reparlé de Schefferville avec Grand-Père. Les terrains de chasse de sa famille se trouvaient exactement à l'emplacement de la ville et de la mine. Tous les siens ont été dispersés. Lui seul vit à Uashat.

13 juin (avant-midi)

Les amis de Sara m'ont entrepris, surtout depuis que je l'ai emmenée au Rio. En plus de m'appeler Peau-Rouge, ils me traitent de « kaoksbess » (ou quelques chose comme ça) à chaque fois qu'ils me voient. Au début, je n'ai pas compris, mais j'ai bien vu que ce n'était pas un compliment. J'ai demandé à Grand-Père, il ne voyait pas bien ce que ça voulait dire ; il n'était pas sûr du mot, me demandait des précisions. Je me suis emporté un peu, lui ai dit que je ne pouvais quand même pas leur demander de me l'écrire. Ou de me l'épeler peut-être ?

Les fois d'après, j'ai été plus attentif, et Grand-Père a fini par comprendre. C'est une expression qui désigne les organes sexuels mâles. Chez les Blancs, c'est un peu comme dire à quelqu'un qu'il n'a pas de « gosses », et même pire. Il semble que c'est l'injure suprême pour les Montagnais ; ils la réservent à ceux qu'ils tiennent pour des peureux, des feluettes, des vraies meméres.

C'est flatteur pour moi, je suis vraiment content d'avoir appris un nouveau mot.

(Après-midi)

J'arrive de Sept-Îles où je suis allé prendre un colis. J'ai vu enfin la fameuse fanfare qui défilait sur l'avenue Laure (c'était une sortie d'exercice). Je dis « fameuse », car il ne se passe pas une semaine sans que *L'Avenir* y consacre une chronique. C'est la fierté de la ville et j'ai bien compris pourquoi. On se serait cru sur la Grande-Allée à Québec un 24 juin : des oriflammes, des costumes flamboyants, des grands casques de poil, des glands, des pompons, des paillettes, un tambour-major géant, et une espèce de colonel qui donnait ses ordres rien qu'en anglais. Quant aux clairons, aux trompettes, aux tambours, n'en parlons pas : accordés, astiqués, presque aveuglants. Et plein de monde des deux côtés du boulevard. Le défilé s'étendait sur trois rues, on avait dû vider l'Iron Ore, certain. Plus « moderne » que ça, je ne vois que les States !

En revenant, je suis tombé sur Ghislaine, installée à son poste comme d'habitude, avec un long foulard vert autour du cou. Elle souriait à pleines dents, m'a dit que c'était aujourd'hui sa fête (« trois cents ans »), qu'elle était bien contente, mais elle a hâte d'« être grande ». Elle a déparlé un bout de temps, elle était tout excitée, folle comme un foin. Elle croit que la fanfare est sortie pour elle (c'est peut-être vrai ?).

(Soir)

Grogne dans Uashat. Des jeunes de Sept-Îles qui jouaient dans une coulée ont trouvé une boîte dans laquelle se trouvaient deux crânes et des ossements ; ils les ont emportés au bureau de *L'Avenir* où on a d'abord pensé à les jeter. La nouvelle s'est répandue cet après-midi. Des vieux disent que les os proviennent d'un ancien cimetière indien qui a été détruit avec l'expansion de la ville. Les Montagnais ne sont vraiment pas contents (et, pour cette fois, les Tentes sont d'accord avec les Maisons).

Pour en revenir à Sept-Îles, je repense souvent ces temps-ci à une chose que mes professeurs enseignent dans leurs cours : ils insistent tous sur le clivage ou le « diptyque » (monsieur Falardeau) ville-campagne. Selon eux, le Québec vivrait présentement une profonde transition, passant de société rurale à société urbaine. Il paraît que c'est sans précédent dans notre histoire et que rien ne sera plus jamais comme avant. Ils disent que l'avenir est à la ville. Je serais assez d'accord. La seule chose qui me chicote, c'est que Lévis et Québec, ce sont des villes qui existent tout de même depuis longtemps, non ? C'est comme si les sociologues ne s'en étaient pas aperçus. En plus, moi, le clivage (le « diptyque ») qui me frappe le plus, c'est plutôt celui du Bas et du Haut-de-la-Côte à Lévis, ou celui de la Basse et de la Haute-Ville à Québec. On pourrait peut-être faire de la place à une autre transition qui ferait passer les gens d'en-bas vers le haut ? Il me semble qu'il pourrait y avoir un peu d'avenir là aussi, non ?

14 juin (midi)

L'Avenir de ce matin raconte l'histoire du vieux chasseur un peu timbré de Schefferville qui voulait rencontrer le premier ministre. Il s'est effectivement rendu à Québec, où il s'est mis à raconter son histoire à tout le monde. Et sur la promenade Dufferin, près du château Frontenac, il est tombé sur un journaliste qui l'a interviewé très sérieusement. L'article serait paru dans *Le Soleil*.

J'ai fait une assez longue entrevue avec un vieux (Antoine Petshika). Un bon informateur qui m'a bien décliné toute sa parenté, les mariages, les naissances, tout ça. Mais ce qui m'a le plus intéressé, c'est une intervention de sa femme. Elle déplorait que la chasse disparaisse, que les jeunes se désintéressent de la forêt et s'éloignent de leurs familles. Elle a dit : « C'est terrible de penser que nos enfants sauront jamais rien de ce que nous savons. » Ça m'a frappé ; j'y ai pensé longtemps après.

Je suis allé porter ma copie de *L'Avenir* chez les Napish. Gabrielle m'a retenu un peu, m'a dit qu'elle a eu une longue conversation avec Sara, qu'elle s'est montrée « compréhensive ». Ses paroles m'ont rassuré. Après tout, l'incident du Rio, c'est juste une affaire insignifiante. Quoique, avec Sara, on ne sait jamais.

(Avant de me coucher)

Dans le « couple » que nous formons, Grand-Père prépare les repas, et moi je fais la vaisselle — ordinairement deux assiettes et autant de fourchettes à rincer. Nous nous séparons les courses et, en général, nous allons chercher l'eau ensemble à la Cascade. Quant au ménage du camp, personne ne parle de ça.

Il n'est pas rancunier, Grand-Père (et pas assez méfiant, il me semble) : il a encore voulu me faire plaisir ce soir, et peut-être aussi se racheter pour l'autre jour. Il avait préparé deux plats de viande, un pour moi, l'autre pour lui (du lièvre). Du coin de l'œil, je le regardais manger. Il avait fait griller la bête au complet et l'attaquait par la tête. Il est passé ensuite à l'estomac puis… aux entrailles. Moi, j'avais avalé quatre ou cinq bouchées, je me suis arrêté net et me suis exclamé : « Vous ne mangez quand même pas les intestins ? » Il m'a expliqué, la bouche pleine, que tout est bon dans le lièvre, car il se nourrit de feuilles et de branchages. Ah bon…

Au moment même où je me félicitais qu'il m'ait préparé autre chose, il m'a dit sans rire : « Je me doutais que ce serait pas à ton goût, c'est pour ça que je t'ai préparé de la mouffette. » J'ai eu juste le temps de me précipiter dehors pour vomir. Quand je suis rentré, j'étais un peu honteux, je lui ai demandé pardon. Je sais que les Indiens ont toujours mangé de la mouffette et, franchement, je dois avouer que ce n'est pas mauvais. Mais, pour quelqu'un comme moi, l'idée de l'odeur est dure à chasser ; encore plus que l'odeur elle-même.

Cette fois, Grand-Père a mieux réagi. En se levant de table, il a pris un air faussement sérieux et m'a dit : « Bon, c'est promis, demain pas de lièvre ni de mouffette… Des yeux de corneille peut-être ? » Il a ri, puis a ajouté : « En vieillissant, tu vas apprendre que les choses goûtent pas toujours ce qu'elles sentent. »

Il a souvent des phrases comme ça ; on pourrait quasiment les mettre dans des livres (après les avoir fait bouillir un peu…).

Il y avait longtemps que je voulais visiter l'école de Sept-Îles. Le Chef Bellefleur a fait les approches, j'ai pu y aller cet après-midi. J'ai passé une couple d'heures avec des élèves de quatrième année (des garçons). J'étais assis à l'écart pendant que l'instituteur donnait sa leçon. Ce que j'ai vu m'a pas mal étonné.

D'abord, les Indiens sont presque tous regroupés au fond de la salle (les Blancs se tiennent à l'avant) et ne posent jamais de questions. Ils ne répondent pas non plus quand l'instituteur interroge la classe sur la matière du cours. On comprend qu'ils ne soient pas à l'aise. C'était un cours d'histoire qui portait sur « les débuts glorieux » de la Nouvelle-France et « la résistance héroïque des valeureux colons » au scorbut, à l'hiver et « aux attaques vicieuses des Sauvages ». Le manuel utilisé parlait aussi de « l'intrépide découverte » du fleuve Saint-Laurent et de toutes les « terres inhabitées » du continent. J'ai pu lire aussi sur le tableau les noms de Bossuet, de Chateaubriand, de Racine (vestiges d'un cours précédent). Sur un autre tableau, il y avait, écrit à la main : *le* ou *la* marquise ? Moi, j'étais gêné à m'en cacher ; j'aurais été un Indien, je me serais levé d'un coup sec et j'aurais sacré mon camp. Pas besoin d'être sociologue, il me semble, pour voir qu'il y a un problème là.

Lorsque le moment de la récréation a sonné, j'ai noté que pas un seul Blanc ne s'est approché des Indiens. Les deux groupes sont sortis l'un derrière l'autre sans se parler ni se regarder.

J'en ai discuté avec l'enseignant, Jacques Bérubé. C'est un homme sensé. Au sujet des matières au programme, il m'a expliqué qu'il suivait les directives ; il doit s'en tenir au manuel (il pourrait tout de même faire quelques « adaptations » quand même ; mais je crois qu'il ne veut pas trop se compliquer la vie). J'ai demandé : « Bossuet, Racine, ça va leur être utile ? » Il m'a répondu en haussant les épaules : « Autant qu'aux autres élèves, je suppose » (il y avait de l'ironie dans sa voix). Il m'a dit aussi que, de toute manière, les Indiens ne savent pas écrire et n'aiment pas l'école — ils étaient vingt-trois dans sa classe l'automne dernier, il en reste huit.

Nous sommes sortis ensemble et, en marchant dans le corridor, nous sommes passés devant une classe où il n'y avait que des Indiens, une quinzaine. Bérubé m'a expliqué que c'était une classe spéciale, les « Attardés », comme ils les appellent. J'ai cru comprendre qu'ils ne s'intéressent pas beaucoup à Bossuet (ni aux marquises). Une fois dehors, nous avons observé un moment la cour de récréation. Les deux groupes se tenaient là encore à distance. J'ai lancé : « Les élèves ne se mêlent jamais ? » Il m'a dit que non et que c'est aussi bien comme cela ; quand les Blancs se rapprochent, c'est pour dire des injures aux Indiens, et il y a des accrochages.

Je suis revenu un peu déprimé.

(Soir)

J'ai croisé Sara tout à l'heure sur la rue Arnaud. Elle était seule et j'ai pu échanger quelques mots avec elle. Pas grand-chose, mais quand même. Elle a pris des nouvelles de mon enquête. Et elle a souri quand elle m'a quitté. J'aimerais la voir plus souvent, mais j'ai appris que des familles (surtout du côté des tentes) sont jalouses parce que je suis proche des Napish. Je dois faire attention.

16 juin (avant de me coucher)

Grand-Père m'a bien fait plaisir aujourd'hui. Nous sommes partis tôt ce matin pour une petite excursion. À la sortie de la Réserve, nous avons pris directement vers le nord. Il accuse son âge, Grand-Père, il avance régulièrement mais bien lentement, en faisant une pause de temps à autre. En cours de route, il me montrait des traces de lièvres, me désignait des nids d'oiseaux, des repères de rats musqués — un très vieux piège à martres aussi, à moitié défait, dont il m'a expliqué le mécanisme (compliqué, très astucieux). En traversant une clairière, il s'est arrêté près d'une petite construction écroulée depuis longtemps. Il m'a dit que c'était une ancienne chapelle. Quand il était jeune, il y passait avec ses parents et ils pouvaient y voir encore les ornements, les chasubles et les aubes qui pourrissaient dans des boîtes parmi les vers et les couleuvres. Ce souvenir l'a toujours intrigué. Certains croyaient que le Dieu du missionnaire s'était retiré de cet endroit pour punir les mauvais Indiens qui abusaient de la chasse par esprit de profit.

Plus loin, nous avons croisé un chemin de chantier ; il y avait une virée pour permettre aux « grédeurs » (mot français ?) de manœuvrer. Grand-Père s'est arrêté un moment, puis il m'a expliqué que ce lieu était auparavant un cimetière indien. Il m'a aussi montré, juste à côté, un petit monticule embroussaillé : un ancien tentement (les branches qui avaient servi de litière ont nourri et gonflé la végétation).

Il ventait, les maringouins ne nous achalaient pas trop. Après une heure, nous avons atteint un lac dans lequel s'allonge une presqu'île. Elle est dominée par un rocher bizarre. Nous nous sommes assis pour souffler un peu, et Grand-Père m'a raconté que l'endroit était une sorte de sanctuaire. Les chasseurs qui passaient par là jadis avaient l'habitude de se recueillir afin de faire une bonne chasse. Il a marmonné une prière et nous sommes repartis. Moi, je me suis retourné deux ou trois fois. Je réalisais que, pour l'Indien, la forêt n'est jamais vide ; elle est remplie de présences, de murmures, de légendes. Elle est pleine de traces. Finalement, on n'est jamais seul.

Il s'est mis à pleuvoir assez fort. Je me suis hâté vers une talle de bouleaux pour m'abriter. Grand-Père m'a suivi en se dépêchant lui aussi. Mais je me suis aperçu qu'il grimaçait. Il m'a rejoint et je lui ai demandé s'il s'était blessé. Alors, il m'a raconté que la dernière année qu'il était monté aux Territoires, il avait chassé tout l'hiver avec Piétachu, qui était à cette époque un tout jeune homme. Mais à cause de ses qualités exceptionnelles, il était déjà capitaine de chasse, tout comme Grand-Père (ça faisait donc deux capitaines!). Un jour, ils avaient fait une longue sortie, tous les deux, à la poursuite d'une harde de caribous, et ils avaient été surpris par une tempête qui les avait immobilisés pendant deux jours dans un abri de fortune sous la neige. Grand-Père a été chanceux d'en sortir vivant, car lorsqu'ils ont voulu reprendre leur marche, il s'est aperçu qu'il avait les jambes paralysées. C'est Piétachu qui l'a transporté sur son dos jusqu'au campement, y mettant une journée et une nuit. Grand-Père s'en est tiré mais avec de graves engelures aux pieds, on a bien failli l'amputer. Il est handicapé depuis ce temps.

Je commençais à mieux comprendre ses sentiments envers Piétachu. Alors, il a ajouté: «Avec ça, nous étions quittes.» Comme je ne saisissais pas, il a enchaîné avec un autre épisode qui m'a encore davantage bouleversé. Trois ans auparavant, au printemps, les deux hommes descendaient une rivière en furie à bord d'un canot qui a chaviré. Piétachu, à l'avant, a heurté de la tête un récif et a été emporté, inconscient, par le courant; Grand-Père l'a rattrapé et est parvenu à le ramener sur la rive. Je suis resté longtemps silencieux. Je pensais aux rêveries dont je m'étais nourri auparavant; elles me paraissaient tout à coup bien tièdes.

Nous sommes revenus lentement sur notre chemin. Tout en marchant, Grand-Père me parlait des ours, comme il le fait souvent. Un animal extrêmement puissant mais qui n'abuse jamais de sa force; très intelligent mais jamais arrogant, contrairement au renard ou au porc-épic. Il a l'air froid au premier regard mais il aime bien les humains, et surtout les Montagnais. Et puis il est bourru dans ses manières mais très doux et très noble dans ses pensées — d'ailleurs, selon Grand-Père, tous les Montagnais lui ressemblent, c'est de là que vient leur distinction. L'ours, m'a-t-il assuré, est le Maître de la Vie.

Nous sommes passés à nouveau devant le rocher au bout de la presqu'île. Grand-Père s'est arrêté à nouveau sous la pluie. Il est resté comme ça un bout de temps, à regarder la falaise, sans rien dire. Il avait l'air triste, je lui ai demandé ce qu'il avait. Alors, il m'a dit que son père reposait au pied du rocher. Mais l'an prochain, la compagnie Clarke va y faire chantier et la presqu'île sera rasée.

Nous descendions une colline à l'approche de la Réserve. Il avait cessé de pleuvoir, le soleil revenait, la vue était belle sur le Golfe. Grand-Père s'est arrêté et a désigné du doigt le Manoir au centre de Sept-Îles. Au temps de son enfance, l'endroit s'appelait Kawipushkat. C'est là qu'avec sa famille il allait cueillir des bleuets et des « graines rouges ». Plus tard, il s'est encore arrêté ; un minéralier chargé à ras bord quittait le port. Il a dit, en faisant allusion à la mine de Schefferville : « Tu vois, ils nous prennent même nos montagnes. » Il était sombre. J'ai voulu changer de sujet, lui ai demandé de me nommer les sept îles qui ont donné son nom à la ville. Il a commencé (Menaouanis, Kaistepeu…) puis, après la quatrième ou la cinquième, il s'est arrêté : « Bah, ça n'a plus d'importance tout ça. »

Ce soir, à la maison, je l'ai observé discrètement quand il s'est déchaussé et j'ai pu voir la plante de ses pieds ravagés, le mélange de chair et de corne noircies, striées de longues crevasses violacées, sanguinolentes. Sa démarche hésitante me surprenait, maintenant je comprends. Il s'est aperçu que je le regardais et s'est aussitôt retourné.

Je me doute bien à quoi je vais rêver cette nuit : je vais transporter Grand-Père sur mon dos à travers la poudrerie furieuse, enjambant les crevasses, les monticules de glace, me repérant par miracle dans la tourmente, me reposant par instants dans des petites grottes dont moi seul connais l'emplacement… Et, quand je serai parvenu à l'épuisement, Piétachu se pointera pour me relayer.

17 juin (midi)

Ce matin, je suis allé à la pharmacie de Sept-Îles et j'ai acheté de l'onguent, du peroxyde et de la ouate. Revenu à la maison, j'ai attendu le retour de Grand-Père et ne lui ai pas laissé le choix : je l'ai fait asseoir, lui ai enlevé ses mocassins, et j'ai nettoyé ses plaies comme il faut. Après, j'ai fait tremper longuement ses pieds dans un bassin d'eau tiède, les ai essuyés, puis j'ai étendu dessus une bonne couche d'onguent, ai mis de la ouate et les ai bien enveloppés avec un bandage.

Il n'est pas habitué à se faire dorloter ; il trouvait que c'était du gaspillage, que je le traitais comme une femmelette, tout ça. Mais il se laissait faire, surtout quand j'ai étendu l'onguent ; j'ai vu que ça lui faisait du bien. Je vais recommencer demain.

Pour faire le pansement, j'ai dû relever le bas de son pantalon jusqu'à mi-jambes. J'ai été surpris de sa maigreur : des vraies pattes de lièvre, décharnées, jaunâtres. Il a bien vu ma réaction, il était gêné ; moi aussi.

(Soir)

Je me suis arrêté brièvement chez le Père après souper, le Chef en sortait. Il m'a à peine salué, il n'avait pas l'air de bonne humeur. Guinard m'a raconté que les gens des tentes sont mécontents. Une dizaine d'entre eux sont allés perturber une réunion du Conseil de bande cet après-midi. Ottawa a donné à la Ville un peu d'argent pour faire des travaux dans les rues de Uashat (qui en ont bien besoin). Le Chef Bellefleur a embauché huit membres de sa parenté. Ce sont les familles Basile qui grondent surtout ; ces gens-là n'ont jamais aimé les Bellefleur.

Je me suis montré surpris. Le Père m'a dit : « Attends, tu vas voir que, pour la chicane, les Indiens valent bien les Blancs. »

En sortant, j'ai marché dans la Réserve. Le temps était humide, il y avait beaucoup de maringouins et, pour les chasser, les Indiens avaient allumé des feux devant leur maison ou leur tente. Vu de loin, c'était assez beau, ces flammes et cette fumée qui montaient dans la nuit.

Nous avons eu droit à une édition spéciale de *L'Avenir* pour souligner le premier anniversaire de l'inauguration du chemin de fer de l'Iron Ore. Presque toutes les pages contiennent des annonces payées par la Compagnie. Il y a des photos de convois de minerai, des entrevues avec le Surintendant et avec des cadres, d'autres photos représentant le maire Morgan souriant à la fenêtre d'une locomotive (il est gérant du personnel à l'Iron Ore). En bas, sur le quai, les conseillers municipaux (presque tous à l'emploi de la Compagnie eux aussi) applaudissent. La photo est flanquée d'une légende qui présente le chemin de fer comme « la locomotive qui va mettre sur ses rails l'économie de Sept-Îles et de sa belle grande région »…

J'ai commencé à lire les articles, mais me suis vite arrêté ; ils disent tous la même chose : le puissant élan qui va propulser la ville vers son grand avenir et en faire la Reine du Nord, la jeune population dynamique qui va prospérer grâce à l'industrie soutenue par les capitaux américains, la grande amitié qui se développe entre des Canadiens français tournés vers le progrès et de grands entrepreneurs clairvoyants qui ont à cœur nos intérêts, et tout le profit qu'en retireront la jeune génération et celles qui suivront.

Ces perspectives, explique-t-on, sont cependant fragiles. Nos « voisins et amis montagnais » doivent comprendre la chance qui s'offre à tous et emboîter le pas au lieu de s'attacher à « des traditions dépassées ». Il faut d'ailleurs les aider à se moderniser, et la population de Sept-Îles est disposée à faire sa part en soutenant financièrement le pensionnat de Malioténam (en construction). Là, il sera plus facile de « former les jeunes Sauvages à la civilisation ». En retour, les Indiens pourraient manifester leur bonne volonté en cessant de paralyser l'expansion de la ville et en allant s'installer sur le territoire spacieux de la nouvelle Réserve.

Il y a aussi un message d'un ministre fédéral qui félicite « les dirigeants éclairés de la jeune ville » et exprime le souhait très sincère de voir les Indiens s'extirper enfin de la misère qui les accable présentement à Uashat et découvrir « le confort moderne qui les attend à Malioténam ». Leur condition actuelle, déclare-t-il, lui fend le cœur.

Le journal reproduit aussi des extraits d'un discours prononcé par un aumônier quelconque. Je croyais entendre le chanoine Groulx quand il est venu au Collège il y a trois ou quatre ans pour la fête de Dollard. Il m'avait tout de même beaucoup impressionné (c'est un vieux monsieur très énergique, très convaincant, il a parlé pendant une heure et demie sans texte, rien), mais j'avais le sentiment qu'il s'était trompé de siècle. En fait, ce qu'il leur faudrait, les Canadiens français, c'est un gars fâché qui prendrait le pouvoir et ferait un grand ménage. Il commencerait par libérer la place en mettant les Anglais dehors. Après, il s'occuperait des voleurs qui salissent la politique. Et un coup lancé, pourquoi est-ce qu'on se gouvernerait pas tout seuls ? On serait pas pires que les autres, il me semble. Mais avec la pâte molle à Saint-Laurent à Ottawa, puis l'hypocrite à Duplessis à Québec, c'est clair qu'on n'est pas partis pour ça.

(Soir)

Jusqu'ici, la pensée de Sara occupait quasiment toutes mes journées ; maintenant, elle envahit mes nuits. À tout moment, au beau milieu d'un petit rêve insignifiant, la voilà qui m'apparaît flambant nue. Moi, je ne me comparerais jamais à Tarzan, mais disons que je n'ai pas de grosses infirmités non plus. Quand elle m'arrive dans cet état, j'ai des réactions physiques terribles. Et aussitôt que je veux m'approcher d'elle, faire le moindre geste, elle disparaît et je me réveille tout en sueur. Je dois aller marcher dehors pour reprendre mes sens. Ça devient achalant. La nuit dernière encore, j'ai dû faire quasiment trois tours de la Réserve. Je commence à avoir du millage dans le corps, je suis en train de devenir fou, là.

19 juin (après-midi)

Je suis un peu triste aujourd'hui. Il y a un petit peuplier tout près de la maison de Grand-Père et, ce midi, j'ai vu deux ou trois enfants grimper dedans pour jouer. Ça m'a fait penser à chez nous à Lévis, au saule pleureur près de la porte de la cuisine. C'est mon père qui l'a planté quand j'avais six ou sept ans. Un saule pleureur, c'était bien choisi, franchement. Il a poussé tout croche en plus et maman a toujours voulu le faire couper. Moi, je n'ai jamais voulu. J'avais aidé mon père à le planter, c'est à peu près la seule chose plaisante que nous ayons faite ensemble. Il travaillait aux Scies Mercier, tout près de chez nous, à l'époque. Il avait choisi un saule parce que ça pousse vite. C'est bien ce qui est arrivé. Mais mon père, il s'est poussé encore plus vite.

C'est bien vrai que l'arbre est tout croche. Aussitôt planté, il a tout de suite penché du côté du voisin un peu plus haut, sur la côte Labadie. Ou plus exactement : du côté de la voisine. C'est avec elle que mon père a sacré le camp. Elle, elle est revenue plus tard, a repris ses enfants, tout ça. Mais pas lui. Dans les premières années, ma mère recevait un peu d'argent de temps en temps par la poste, rarement de la même place. Pas un mot avec ça, jamais ; même à Noël ou le jour de nos fêtes.

Les Moisan (c'est le nom de famille de mon père), ils sont presque tous comme ça ; c'est du monde sans cœur. Moi, quand on me demande comment je m'appelle, je dis : Florent. Il faut vraiment qu'on me torde le bras pour que j'en dise plus.

Bon, je vais m'arrêter ; ça commence à ressembler à la petite Aurore, mon affaire.

(Soir)

Je suis allé marcher sur la rive en fin d'après-midi. Le ciel était couvert et tout plissé comme une vieille face d'Indienne. Le jour penchait déjà vers l'ouest. C'est curieux, quand j'ai les bleus, le temps est gris.

20 juin (avant de me coucher)

Grosse journée aujourd'hui… Crise d'asthme, étourdissements, saignements de nez. En plus, Grand-Père est pas de bonne humeur. Moi non plus. J'ai bourrassé sans arrêt, m'en suis voulu. Faudrait bien que j'apprenne à « rentrer mes petites griffes », comme dit ma mère.

Je suis malheureux quand je ne peux pas écrire à mon goût dans mon Journal. J'ai essayé de lire un peu dans la soirée, mais mon roman me tombait des mains. De toute façon, la bougie est morte et je n'en ai pas trouvé d'autres. Quand ça va bien…

21 juin (midi)

Je continue à apprendre un peu de montagnais, mais il m'est arrivé une chose tellement ridicule que j'hésite même à l'insérer dans ce Journal. Hier, j'ai voulu profiter de ma maladie pour maîtriser de nouveaux mots (j'en arrache, comme de raison : expressions trop longues, phrases trop courtes…). J'ai demandé à Grand-Père comment on dit : « T'es fine. » Il m'est arrivé avec un charabia invraisemblable, long comme le bras. Je lui ai fait remarquer qu'avec une langue comme ça les Indiens ne devaient pas se faire beaucoup de compliments.

Ce matin, j'allais mieux. J'ai mémorisé l'expression, me suis pratiqué comme il faut puis j'ai filé chez les Napish. Sara était là. Aussitôt que je me suis trouvé un peu à l'écart avec elle, je me suis arrangé pour lui faire ma petite déclaration, tout fier, tout content de mon accent. D'abord, elle est restée figée, puis elle a éclaté de rire comme une folle et, finalement, toute la famille a su ce qui arrivait. Ils en ont tous eu pour un quart d'heure à se tordre.

Sans le vouloir, Grand-Père s'était fourvoyé. Au lieu de traduire « gentille » (c'est bien ce que je voulais dire), il a compris « étroite ». Les Napish m'ont fait comprendre que le mot que j'avais utilisé prend souvent un autre sens qui le rend peu convenable dans une réunion de famille. J'avais honte à m'en confesser.

Dans le domaine sentimental, Grand-Père me semble un peu rouillé. Je songe aux autres déclarations du même genre qu'il m'a déjà apprises ; je pense que je vais laisser faire.

(Soir)

La nouvelle a circulé cet après-midi ; tout le Conseil de bande est allé en délégation chez le maire Morgan hier pour exiger l'enlèvement des barbelés autour de Uashat. On n'en sait pas plus pour l'instant.

J'ai travaillé dans mon Journal, comme à tous les soirs. J'y consacre beaucoup de temps durant le jour aussi. Ce sont des heures que je vole à mes inventaires, c'est sûr. J'en éprouve du remords, mais je prends tellement de plaisir à ce genre de rédaction, c'est plus fort que moi. Et puis après tout, je me dis que le récit de mes impressions vaut bien les platitudes qu'on me fait relever (comme la disposition du mobilier dans les maisons, les endroits où s'assoient habituellement les membres de la famille, l'heure où chacun prend ses repas…). Franchement !

22 juin (fin d'après-midi)

J'arrive de l'église avec Grand-Père. Le Conseil de bande avait convoqué les Indiens en assemblée sur la question du déménagement dans la nouvelle Réserve à Malioténam. Des maisons sont déjà prêtes et ont accueilli quelques familles, plusieurs constructions sont très avancées. J'ai hésité avant de me rendre à la réunion, j'avais peur que ma présence indispose ; mais on me fait visiblement confiance.

J'ai d'abord causé un peu avec Réal Napish, me suis fait identifier des gens que je n'avais jamais vus, ai encore pris des nouvelles de notre projet d'excursion aux Territoires (« ça s'en vient »…). Puis la réunion a commencé et, là, il n'était plus question de jaser parce que j'ai tout de suite observé beaucoup de nervosité et même de l'agressivité dans l'assistance (peu de femmes, mais presque tous les hommes étaient là). Il est clair que les esprits commencent à s'échauffer. Plusieurs opposants au déménagement (ce sont surtout des gens des maisons) en font une question de fierté. Ils s'insurgent à l'idée que les Blancs veuillent les forcer à quitter un lieu qui leur appartient et qu'ils habitent depuis longtemps. Ils voudraient aussi qu'on les respecte, ils se disent capables de décider tout seuls de leurs affaires, comme les Anciens l'ont toujours fait. C'est aussi l'opinion de Grand-Père (il m'en a parlé ce matin). Par contre, les gens des Tentes, qui sont favorables à Malioténam, s'impatientent ; ils assurent que le projet sera tout simplement abandonné si la vieille Réserve ne peut pas être fermée. Mais personne ne connaît la source de cette information (certains pensent qu'ils sont manipulés par la Ville). J'ai vu que la plupart des Basile sont pour le déménagement, et que la plupart des Bellefleur sont contre.

Pour ce que j'en sais, je l'ai peut-être déjà écrit (?), les Montagnais me semblent d'un naturel plutôt réservé et prudent. Ils essaient aussi d'éviter les affrontements (on me l'avait dit et j'ai pu le vérifier dans mes entrevues). Mais là, tout d'un coup, les manières ont pris le bord. Les insultes, ça revolait. À la fin, plusieurs étaient debout et criaient. J'ai eu vraiment peur que la bagarre éclate (à l'église en plus ! mais le Père n'était pas là). C'est surtout Wanish Basile, la brute des Tentes (celui que j'ai surpris à battre sa femme), qui faisait le matamore. C'est pas du bois de crucifix, celui-là. Le gros cousin de Sara (Tshéniu) a voulu l'affronter, mais les siens l'ont retenu. Les plus vieux étaient scandalisés.

Je trouve que le Chef a été bon. Je veux dire, au lieu d'attiser la colère des uns ou des autres, il a réussi à en calmer quelques-uns. Il suggère un compromis : qu'on laisse les familles faire ce qu'elles préfèrent, aller à Malioténam ou rester à Uashat. Après la réunion, les gens ont quitté l'église sans se regarder. Les Maisons contre les Tentes… Comment ça va se terminer cette affaire-là ? En tout cas, aujourd'hui, ils n'avaient pas tous l'air bonasse les Indiens. Par contre, tant qu'ils se fâchent entre eux, leur affaire n'avance pas beaucoup, je trouve.

En revenant, je me suis demandé pourquoi le Père Guinard était absent. Est-ce qu'il aurait peur de prendre parti ? Ce ne serait pas son genre.

24 juin (midi)

Je m'en veux, je me suis encore fait prendre. Toujours ma naïveté. Johnny Malek, le péteux de broue, prend vraiment au sérieux le message de la Chambre de commerce. Ayant décidé de faire comme les Blancs, il poursuit ses tentatives dans les affaires. Sa dernière trouvaille : l'élevage. Et pas n'importe lequel : le cochon. L'idée lui est venue de son beau-frère, un Barrette, qui demeure à dix milles au nord de Sept-Îles ; il est gardien d'écluse pour la compagnie Clarke. Le gars a épousé une sœur de Malek il y a une douzaine d'années, mais parce qu'il est un Blanc, la loi lui interdisait de s'établir sur la Réserve ; sa femme l'a donc suivi (et du coup, elle a perdu son statut d'Indienne et les droits qui y étaient rattachés, c'est ce qui m'a été raconté).

Toujours est-il que Barrette a fait savoir qu'il avait trois cochons à vendre et le marché a été conclu. Il est passé à Uashat hier matin avec son picope Ford (la voiture de Malek était en panne…). J'étais là quand il est arrivé. Ils m'ont offert de monter avec eux pour « aller aux cochons » ; je me suis dit, pourquoi pas ? Un cousin de Malek, un Indien complètement chauve (c'est la première fois que j'en voyais un — mais il avait les oreilles toutes poilues) est venu aussi, de sorte que nous étions quatre entassés dans la cabine ; Malek, à lui seul, en occupait la moitié. Au dernier moment, trois enfants de huit-dix ans se sont joints à nous, deux garçons et une petite fille ; ils sont montés en arrière dans la boîte.

Nous avons pris la route dans un bruit d'enfer (silencieux défoncé). Dix minutes plus tard, je regrettais déjà. Le cousin et le beau-frère avaient allumé des cigarettes, Malek tirait sur son cigare et la poussière de la route montait à travers le plancher rouillé du camion, sans parler des vapeurs d'essence. Je toussais comme un déchaîné. Malek y allait de ses histoires, dont chacune le mettait en vedette ; on aurait dit Rockefeller (en plus gros).

En passant dans Sept-Îles, ils se sont arrêtés à une épicerie pour acheter de la bière. Moi, j'ai acheté des liqueurs et j'en ai profité pour rejoindre les enfants dans la boîte. La journée était chaude et le vent faisait du bien, mais je devais m'abriter derrière la cabine du camion pour respirer à mon aise, à cause de mon asthme.

Nous avons ensuite pris un chemin de bois tortueux, plein de trous et de bosses ; c'était gai dans la boîte ! En avant, dans la cabine, une bière n'attendait pas l'autre. À un moment donné, nous nous sommes arrêtés près d'un petit lac et les trois gars ont continué à boire. Moi, j'avais fini mon Coke depuis longtemps, les enfants aussi. J'ai essayé de leur parler, de les amuser, rien à faire. Ils me regardaient par en dessous comme si j'allais les manger.

En arrivant chez Barrette, mes compagnons étaient pompettes. Le beau-frère demeure dans un vieux camp de bois rond recouvert de feuilles de tôle, juché sur un rocher qui penche. Un bout de tuyau de poêle rouillé, en forme de cheminée, sortait d'un mur. Il y avait trois chiens maigres qui jappaient, des poules toutes crottées un peu partout, une petite remorque avec un pneu crevé, une bécosse dont la porte battait au vent. La femme de Barrette est sortie avec cinq ou six enfants mal habillés qui s'accrochaient à sa jupe, les fesses à l'air quasiment (la mère aussi, d'ailleurs). Quand elle a vu l'état de son homme, elle l'a regardé de travers puis est rentrée dans le camp en claquant le moustiquaire. Nous nous sommes dépêchés d'embarquer les trois cochons (Barrette en élève une douzaine dans un enclos de broche parmi les aulnes) et nous avons filé.

C'étaient des jeunes bêtes, pas mal gigoteuses. En repassant près du petit lac, nous nous sommes de nouveau arrêtés et mes trois « commerçants » ont enfilé encore deux ou trois bières. Les maringouins ne semblaient pas les déranger. Pendant ce temps-là, je surveillais les cochons. Ils avaient déjà équipé le plancher de la boîte et ça puait à cinq milles à la ronde. Les enfants restaient là, figés, au milieu de tout ça. Ils n'ont même pas eu l'idée d'aller courir aux alentours ou jouer au bord de l'eau.

. Quand nous sommes repartis, les gars étaient chauds ; ils avaient passé à travers leur provision de bière et Barrette faisait circuler un vingt-six-onces de je ne sais quoi (mais c'était pas de l'eau bénite). Ils parlaient fort, tous les trois en même temps, et riaient en se frappant les cuisses. Malek, le regard avachi, soufflait comme un bœuf. Nous zigzaguions dangereusement dans le petit chemin et je me suis mis à surveiller le beau-frère au volant. Tout à coup, un enfant a crié ; je me suis retourné et j'ai vu qu'il manquait un cochon. Il avait sauté en bas de la camionnette (c'est pas si fou, un cochon).

Nous l'avons cherché pendant une bonne demi-heure. Les moustiques nous dévoraient. Finalement, c'est moi qui l'ai retrouvé dans le bois, à trois cents pieds du chemin, embourbé dans un étang. Il essayait de nager là-dedans en grognant. J'ai vu qu'il se lacérait la gorge avec ses pattes avant ; il était tout en sang. Le cousin a proposé de le tirer de là avec un lasso. Ils m'ont donné une corde pour que j'aille la passer autour de l'animal. Une idée de gars chaud. Je me suis quand même avancé dans l'étang et me suis mis à caler moi aussi. J'ai dû abandonner. De toute manière, le cochon était rendu au bout de son sang. On l'a laissé là, il se trémoussait encore.

Je suis remonté dans la boîte, les chaussures et le pantalon tout beurrés ; je puais le fond de marécage. Barrette, lui, conti-nuait à rouler comme un cow-boy à travers les bosses. Dans un détour, tout à coup, il y en avait une plus grosse qu'il n'a pas pu éviter. La camionnette a rebondi et, sous le choc, un des deux cochons a été carrément éjecté hors de la boîte. Il a atterri une douzaine de pieds plus loin, la tête contre un rocher. Il est mort raide là. Les trois gars riaient comme des fous, même quand ils ont découvert que le pneu était crevé sur la roue qui avait absorbé le choc. Barrette a cherché le cric, ne l'a pas trouvé. Il s'est écoulé une heure, toujours dans les maringouins, avant qu'un véhicule ne se pointe (à ce moment-là, Malek et les deux autres avaient fini le vingt-six-onces). C'était un camion de la Clarke avec deux gars à bord. Finalement, ils ont dû poser eux-mêmes la roue de rechange. Ensuite, les hommes se sont tous mis à jaser et, cette fois, un quarante-onces s'est mis à circuler. Barrette, qui l'avait ouvert, avait tout de suite jeté le bouchon en me disant : « Tu vois, le jeune, un quarante-onces, c'est comme ça que ça se boit ; une fois qu'il est ouvert, t'as pus besoin du bouchon. »

En repartant, mes « équipiers » m'ont dit de surveiller le dernier cochon. C'était plein de pisse et de merde partout ; les enfants pataugeaient là-dedans. Je n'ai rien dit, me suis installé comme j'ai pu avec la bête emprisonnée entre mes jambes. En repassant à Sept-Îles, nouvel arrêt. Cette fois, le trio est entré au Royal. Je suis resté dans la boîte de la camionnette avec les enfants et le cochon.

Nous avons attendu longtemps encore devant la taverne, jusque vers minuit. Je suis resté dans la boîte tout ce temps-là, avec l'animal. Je ne voulais pas laisser les enfants (ils étaient toujours aussi renfrognés, n'avaient rien mangé depuis le matin). Une petite pluie s'est mise à tomber. Quand les trois gars sont finalement réapparus, Malek avait un œil poché et les bretelles qui lui pendaient aux fesses ; il ne pouvait quasiment plus marcher. Les deux autres, pas beaucoup plus solides, le soutenaient tant bien que mal. Là-dessus, une voiture de la police municipale est passée et deux agents en sont sortis. Quand ils se sont avancés, Malek les a insultés et un policier l'a frappé au visage (ça lui faisait deux yeux au beurre noir). L'autre agent l'a empoigné solidement en sacrant et l'a projeté dans la voiture. Sa tête a heurté le cadre de la porte et il s'est mis à saigner du front. Les enfants regardaient tout ça, sans rien dire. Toujours dans la boîte du picope, nous avons suivi les policiers jusqu'au poste. Là, le beau-frère et le cousin sont descendus et tout le monde est entré, sauf les enfants qui sont restés avec moi.

Ça a duré longtemps, je ne sais pas ce qui s'est passé. La pluie s'est arrêtée. J'étais fatigué, je grelottais, je mourais de faim ; et j'avais mal partout à force de me faire brasser en tenant mon cochon. Là, je me suis tanné et j'ai débarqué. Je me trouvais un peu lâche d'abandonner les enfants ; ils s'étaient endormis, appuyés contre la paroi de la cabine, le cochon aussi. Je suis rentré à pied à la Réserve, au milieu de la nuit.

Je puais comme trois tas de fumier, sans compter la vase du marais. J'ai brassé un peu dans la cuisine pour me trouver à manger. Grand-Père s'est réveillé, est venu me préparer quelque chose. J'avalais de force tellement ça sentait le diable. L'autre me regardait en se pinçant le nez. Il a seulement dit : « Tu peux bien lever le nez sur mes mouffettes… »

Ce midi, je suis passé chez Malek pour prendre des nouvelles. Il n'était pas revenu du poste de police. Son cochon n'était pas là non plus, il s'était sauvé durant la nuit. Sa femme n'était pas contente. J'ai l'impression que l'élevage, ça va s'arrêter là.

(Après souper)

Je me suis couché après dîner (mon excursion aux cochons m'a pas mal magané). Quand je me suis levé, j'ai filé à Sept-Îles où on célébrait la Saint-Jean-Baptiste. Mais la parade était déjà terminée, les rues se vidaient, tout le monde se préparait pour un grand souper en plein air sur le port, suivi d'un pageant « patriotique » commandité par l'Iron Ore. Je n'ai pas eu le courage d'attendre. Trop fatigué. En plus, le temps était à l'orage. Tant pis.

25 juin (midi)

J'ai bien fait de m'en revenir à la maison hier. Il a plu et tonné toute la soirée, la plupart des banderoles ont été arrachées dans la ville. Finalement, le pageant « patriotique » a été annulé. Les boss de l'Iron Ore ont dû avoir de la grosse peine.

(Fin d'après-midi)

Je suis retourné au presbytère pour parler avec le Père. Mine de rien, je l'ai d'abord questionné sur ses missions — ses « chères missions », comme il dit tout le temps. Je n'étais pas là pour cela, mais c'est tout de même intéressant ce qu'il raconte. Il est revenu sur la contrebande d'alcool, m'a décrit le manège des vendeurs qui arrivaient parfois en canot et qui, parvenus devant un campement d'Indiens, se mettaient à faire des cercles sur le lac ou la rivière, évoquant de cette façon la démarche de l'homme en boisson ; c'était leur manière de signaler leur arrivée (au cas où les Indiens seraient surveillés). Ils s'en allaient ensuite se cacher dans un boisé des environs. J'ai souri un peu, mais le Père pas du tout.

Ce dont je voulais surtout lui parler, c'est de la dernière assemblée à l'église ; j'étais curieux de savoir pourquoi il n'y avait pas assisté. Mais je ne pouvais plus l'arrêter, il avait déjà enchaîné sur la piété, la dévotion des Montagnais qui, selon lui, étaient beaucoup plus catholiques que les Blancs : ils marquaient leurs plus belles peaux pour les donner au missionnaire (ils le font encore), ils ne chassaient jamais le dimanche en Territoires, ils y apportaient de l'eau bénite en la mélangeant avec du sel pour l'empêcher de geler, ils accrochaient toujours un crucifix dans leur tente, ils marchaient des journées entières pour recevoir les sacrements, tout ça. J'ai pensé qu'il le faisait exprès pour étirer la conversation, alors je me suis impatienté et, l'air de rien, je me suis mis à l'interroger sur la tente suante que les Indiens continuent de pratiquer dès que le prêtre a le dos tourné, sur les esprits des animaux et aussi sur les deux ou trois vieillards de la Réserve qui m'ont parlé de Meiatshi, le Grand Esprit maître de la merde… Ça l'a un peu ralenti, le Père, et finalement, j'ai pu en venir à mon sujet.

Mais j'ai été obligé de lui poser directement la question au sujet de l'assemblée. Il a commencé par me faire une réponse évasive. Alors, j'ai insisté et nous avons parlé du projet de déménagement. Encore là, j'ai trouvé ses remarques assez entortillées ; j'ai quand même pu comprendre qu'il est du même avis que le Chef Bellefleur. Je me demande bien pourquoi il n'est pas venu l'appuyer. Il a peut-être reçu des instructions de l'évêque ?

Nous avons continué à jaser un peu, mais ça a mal fini. Quand il parle des gens de Uashat, c'est toujours « mes bons Indiens » par-ci, « mes pauvres Indiens » par-là, comme s'ils étaient tous des enfants ou des incapables. À un moment donné, il est revenu sur leurs « superstitions », a dénoncé leur naïveté, leur égarement. J'ai trouvé qu'il exagérait (c'est la première chose qu'on apprend dans les manuels de sociologie : une religion en vaut une autre, non ?), je le lui ai dit un peu sec. Il s'est fâché noir. En tout cas, il est devenu tout rouge et s'est mis à gesticuler comme pour chasser un nuage de mouches (je me demande même s'il n'a pas avalé son cure-dent). Finalement, il m'a quasiment mis à la porte ; je n'en menais pas large. C'est la deuxième fois qu'on se chicane sur ce sujet.

Après, j'ai repensé à cette affaire de religion (je m'aperçois que j'y repense souvent depuis quelque temps). Je fais un peu le jars avec le Père parce que je le trouve trop sûr de lui. Mais au fond, je suis pas mal mêlé dans ce département-là (comme dans quelques autres). C'est la faute aux sciences sociales peut-être ?

(Fin de soirée)

Ce soir, je suis passé rapidement chez les Napish. J'ai demandé à Réal où en était notre projet d'excursion, il m'a encore dit qu'il s'en occupait (mais il était en boisson, je ne me fie pas trop). Je suis allé ensuite faire une entrevue chez un Saint-Onge (un frère de Léo). Quand je m'y suis présenté, toute la famille et quelques voisins étaient penchés autour de la table et souriaient. J'ai pensé que c'était un enfant. Je me trompais (mais à peine) : c'était un bébé porc-épic à qui une femme donnait le biberon. Des jeunes l'avaient recueilli en forêt, pas très loin. On m'a expliqué que c'est assez fréquent que les Indiens recueillent des petits animaux orphelins. Ils les relâchent plus tard.

Ce qui est intéressant, c'est la question que m'a posée un vieux durant la veillée. Il m'a demandé comment il se faisait, étant donné que seul Noé a survécu au Déluge, qu'il se trouvait tout de même des Indiens à Gaspé quand Jacques Cartier y est arrivé. D'abord, j'ai mis du temps à bien comprendre sa question, puis encore plus à lui répondre ; j'étais franchement embêté. Finalement, je lui ai expliqué que les Indiens chassaient au bout de leurs Territoires au moment du Déluge, là où se trouve justement le « toit du monde » (comme ils disent), c'est ce qui les a sauvés. Je croyais en avoir terminé, mais il est revenu à la charge en me faisant remarquer que les Indiens ne descendaient donc pas de Noé ? Là, j'étais vraiment mal pris. Tout ce que j'ai trouvé à dire, c'est qu'il avait probablement raison, que cela prouvait donc que les Indiens sont une race à part. L'idée l'a d'abord déconcerté, puis il a souri, ça lui a plu. Je pense qu'il m'a pris pour un grand savant.

Après tout, je suis sociologue, non ?

26 juin (avant-midi)

Je reviens de faire deux entrevues. C'est surprenant comme les Montagnais ne sont pas agressifs. Je continue à penser que ce sont des doux, peut-être un peu bonasses même. Ils auraient pourtant bien des raisons d'être de mauvaise humeur, mais ils restent généralement souriants et font des blagues en masse. Ils me font parfois penser à mes oncles cultivateurs ; ils sont un peu comme ça, eux autres aussi : pauvres comme du sel, trompés par les politiciens, humiliés par les notables (je me répète mais c'est pas grave), mais de bonne humeur quand même — on se demande bien pourquoi. Les Montagnais, c'est peut-être dans leurs « superstitions », mais nous autres ?

J'en ai parlé un peu à Grand-Père en lui refaisant ses pansements. Je lui ai dit que, selon moi, les Montagnais devraient être plus malins. Il m'a jeté un coup d'œil qui m'a fait regretter ma remarque. J'ai bien vu que je touchais quelque chose de sensible, de compliqué ; je n'aurais pas dû.

(Après-midi)

J'ai écrit bonasses ? Pas tous quand même. Tout à l'heure, le vieux Tshénish, un voisin, est arrivé fâché noir, les masses en l'air. Il voulait que j'écrive une lettre à un fonctionnaire d'Ottawa au sujet d'un nouveau règlement qui lui interdit je ne sais plus quoi, une affaire compliquée. J'ai sorti ma plume, mon encrier et lui ai demandé par quoi je devais commencer. Toujours aussi enragé, il m'a crié : « Ça commence comme ça fenit : dis-y qu'y mange de la marde. » Grand-Père et moi avons éclaté de rire, mais pas Tshénish ; il était tellement furieux, c'est tout juste s'il ne faisait pas de boucane. J'ai quand même rédigé quelques phrases. Finalement, ça revenait pas mal à ce qu'il m'avait dit.

Tshénish est reparti satisfait. Presque de bonne humeur…

(Soir)

C'est effrayant, les maringouins à Uashat, on dirait qu'eux autres aussi ont déserté les Territoires. Je pense qu'ils m'ont adopté. Je suis piqué de pied en cap et je passe le plus clair de mon temps à me gratter, ce qui me cause partout des rougeurs (ça m'en fait une couche de plus, disons). Les Indiens se protègent en faisant brûler des feux près de leur maison ou de leur tente, mais la fumée me fait tousser continuellement. Je sors le moins possible le soir. ̆

27 juin (après-midi)

Je feuilletais mes Cahiers ce matin et je réfléchissais à tout ce que j'y ai consigné. Je suis vraiment surpris de voir à quel point les Montagnais, finalement, ils ressemblent aux Canadiens français. Ils ont beaucoup d'enfants, prient beaucoup, sont très attachés à la parenté. En plus d'être rieurs, ils aiment se moquer d'eux-mêmes (et des autres aussi, j'en sais quelque chose…), ils aiment jaser et, à part le Chef Bellefleur et quelques autres, ils sont plutôt doux (je maintiens mon idée). Ils sont patients aussi, peut-être un peu trop ; ça aide à comprendre tout ce qui leur est arrivé. Ils ont pris le même pli que nous autres, je trouve.

La religion, c'est plus fort que tout, ça fait prendre des drôles de décisions parfois. Je l'ai bien vu cet hiver dans le cours de monsieur Laroque, et surtout en rédigeant mon essai sur Émile Durkheim (drôle de nom pour un Français). J'ai noté aussi des références à des travaux d'anthropologues américains qui auraient dit la même chose. Les sociétés « évoluées » comme les nôtres, finalement, elles auraient donc gardé quelque chose de « primitif » ? Je m'aperçois que je suis un peu mêlé, là.

Je me dis aussi que les Canadiens français auraient pu se rapprocher davantage des Indiens. Pour quoi faire ? Ça, je n'en sais rien. Après tout, deux roues branlantes, c'est pas tellement mieux qu'une ; j'imagine que tous les chariots seraient d'accord là-dessus.

(Soir)

Gros émoi dans la Réserve. Des gens des Tentes ont abattu un orignal qui s'était pointé hors du boisé, pas loin du dépôt d'ordures. Ils l'ont transporté sur la place devant l'église et sont en train d'en partager la viande avec d'autres familles. J'en arrive. C'était intéressant de les voir tous ensemble (Tentes et Maisons confondues…). Ils étaient souriants, chacun avait apporté son couteau croche. J'étais impressionné de les voir travailler ; l'orignal s'est retrouvé en morceaux, ça n'a pas traîné. Grand-Père se tenait au milieu de l'attroupement, tout content. J'ai dû rentrer ; en voyant le sang, je me suis senti mal.

Avant souper, j'avais affaire à Sept-Îles. J'en ai profité pour acheter un petit cadeau au Père, pour me faire pardonner. Je suis allé lui porter tout à l'heure une boîte de trois ou quatre cents cure-dents (de quoi finir son « règne »…). Nous avons fait la paix.

28 juin (soir)

La Chambre de commerce de Sept-Îles semble réellement préoccupée par la misère qui règne dans la Réserve. De concert avec le Conseil de ville, elle a décidé de passer à l'action et de faire quelque chose pour les Indiens. Il y en avait à pleines pages là-dessus la semaine dernière dans *L'Avenir*. Le journal annonçait aussi la tenue d'une grande assemblée à la salle de l'hôtel de ville et il invitait toute la population de Sept-Îles et de Uashat à y assister. L'événement a eu lieu cet après-midi et j'ai eu la curiosité d'aller voir.

Il y avait une centaine de contribuables, dont plusieurs membres de la Chambre de commerce. Pour ce qui est des Indiens, je n'ai vu que Colette Charlish (celle qui veut s'enrichir) et Johnny Malek (l'« entrepreneur »). Ils avaient l'air un peu perdus. Les dirigeants ont tenu la réunion quand même parce que la radio était là qui diffusait en direct.

Colette, on peut dire qu'elle fait bien la paire avec Malek. Elle est dans la quarantaine et pèse au moins deux cents livres, sans compter l'attirail de bracelets et de colliers dont elle s'affuble. Elle se tient la tête très droite, par fierté sans doute, mais aussi à cause de la cascade de bourrelets qui lui poussent sous le menton. Elle a aussi des grosses pattes courtes qu'elle tient toujours croisées, j'ignore comment elle fait. Elle parle haut et fort (même Malek avait peine à placer un mot) en dépit de sa cigarette dont elle ne se sépare jamais. Elle n'a pas l'air « achalée », comme on dit chez nous.

Le maire et le curé (Jean-Charles Gamache) ont prononcé quelques mots de bienvenue, prenant soin de souligner « le caractère historique de la rencontre ». Le curé avait l'air très sincère. Puis le président de la Chambre, un certain Laval Blanchette, a prononcé le discours principal. C'est un grand blond assez sympathique et très dynamique qui possède une entreprise de camionnage. L'Iron Ore et la compagnie Clarke sont ses principaux clients. Je sais tout cela parce qu'il a rappelé brièvement son histoire depuis son arrivée dans la ville : ses débuts comme aide-mécanicien, l'achat de son premier camion, ses premiers contrats avec la Clarke, son expansion, tout ça. C'est un débrouillard. Son argument : tout le monde peut faire comme moi, il suffit de vouloir, de savoir entreprendre, de travailler fort. On voit qu'il est bien disposé ; il voudrait vraiment aider. Il y en a d'autres dans la Chambre de commerce qui pensent comme lui, des gars honnêtes, de bon sens, dont j'entendais les commentaires autour de moi. Reste à savoir comment cela marcherait, cette idée de « blanchir » les Indiens.

Le maire Morgan a ensuite repris la parole. Il a enjoint les Montagnais de se fondre dans la société des Blancs de façon à « apprendre plus vite ». Pour les aider, il préconise de fermer la Réserve, dont l'emplacement pourrait devenir « l'un des plus beaux quartiers » de Sept-Îles, pendant que Malioténam serait une Réserve modèle, « ouverte sur le progrès ». Il a invité toute la population « à travailler sur un même pied, main dans la main » (c'est ce qu'il a dit), sans considération de race ; l'heure est enfin venue de « remplacer l'hostilité par la solidarité ». Il a été très applaudi par tout le monde, y compris Colette et Malek. Plus tard, des gens sont d'ailleurs venus les saluer tous les deux, dont Blanchette lui-même, qui a engagé avec eux une longue conversation.

J'étais tout près, je l'ai entendu qui parlait de capitaux, de main-d'œuvre, de syndicat. Colette ouvrait de grands yeux, Malek, lui, prenait des airs entendus, faisait des signes de tête approbateurs en tirant sur son cigare (le même que l'autre jour ?). Plus tard, le gars du poste de radio est venu l'interroger ; il lui a parlé de ses « entreprises » : la construction, les « travaux publics », le commerce. Un peu d'élevage aussi…

L'assemblée s'est étirée jusqu'à l'heure du souper. En sortant, j'ai eu l'idée d'aller manger à la cabane à hot-dogs, pas loin. Il y avait là un groupe de jeunes à peu près de mon âge, je me suis attardé. J'ai commencé à leur parler mais ils étaient très excités, ils se dépêchaient pour aller au Rio : un film de Tarzan. Ils voulaient m'emmener ; j'ai dit merci.

Comme je m'apprêtais à partir, Blanchette est arrivé dans sa camionnette, il venait acheter des hot-dogs. Quand il m'a aperçu, il m'a offert d'aller manger chez lui. J'ai d'abord hésité, puis je me suis dit pourquoi pas. Il habite un peu en dehors de la ville une belle maison, bien arrangée mais pas extravagante. Il m'a présenté sa femme et ses trois enfants, ils ont été très gentils avec moi. Il y avait là aussi Gobeil, l'adjoint du maire, et trois autres gars, des employés de Blanchette. Ils ont beaucoup parlé de Sept-Îles, du gouvernement, de l'économie (surtout des barrages, de l'emploi, des chemins). C'était intéressant.

Ils ont discuté aussi de la question de la Réserve. J'ai vu qu'ils connaissent pas mal le dossier, ils tiennent des propos plutôt mesurés. C'est vrai qu'il y a là un problème et que la solution n'est pas simple. En gros, ils disent que chacun devra faire des compromis. Moi, j'écoutais surtout ; je ne voulais pas faire mon Jos Connaissant (en plus, devant des étrangers, je bégaie comme une corneille, c'est encore plus gênant).

À un moment donné, l'un des gars s'est approché de moi et s'est présenté. C'était le comptable de Blanchette. Un dénommé Bélanger, une trentaine d'années à peu près. Il m'a dit qu'il venait lui aussi de Lévis, d'une famille du Bas-de-la-Côte. Je n'en revenais pas. Lui, je n'en avais jamais entendu parler, il a quitté la ville très jeune. Mais sa famille est bien connue dans notre quartier. Nous avons jasé du Bas-de-la-Côte, pas besoin de dire (le Bowling Alley's, le ski-bottines, le restaurant de la gare…). On peut dire qu'il s'est sorti du trou, celui-là, il est parti de rien. Mais ça n'a pas été facile, c'est ce qu'il m'a expliqué. Sept-Îles, pour des gens comme lui et pour tous les Canadiens français en fait, ça représente une chance qui n'existe plus dans les régions « d'en bas », comme il dit. Ça m'a fait réfléchir. Plus j'en apprends sur le conflit de la Réserve, plus il me paraît compliqué.

P.-S. : Au sujet du Déluge, j'ai interrogé une couple de vieux ; ils m'ont tous deux raconté la même chose. Dans des temps anciens, un immense lac avait débordé, très loin sur leurs Territoires, mais un dieu (« Messou » ?) s'est arrangé pour remodeler le relief de la Terre et les Indiens ont été épargnés (j'avais donc raison… ?).

29 juin (avant de me coucher)

Il faisait très beau aujourd'hui, j'avais le goût de pique-niquer. Ça ne m'est pas arrivé souvent dans ma vie. Je me suis rappelé, il y a très longtemps, mon père nous avait emmenés, toute la famille, un dimanche après la messe. Ma mère était contente, elle s'était levée de bonne heure pour tout préparer. Mon père était déjà un peu saoul quand est venu le temps de partir. On s'est arrêtés à une vingtaine de milles de Lévis vers Montmagny, le long de la voie ferrée. Il y avait deux grands étangs pas loin ; les automobiles passaient à vingt pas sur la grande route.

On était contents quand même. Il y avait plein de crapauds, nous en avons capturé quelques-uns. Plus tard, je suis monté jusqu'au bord de la route avec mon frère Fernand. Il ventait un peu, mais un vent d'été ; ça sentait le foin et l'asphalte chauffée, on entendait un tracteur qui manœuvrait pas loin derrière un boisé. C'était la première fois que je me trouvais près d'une grande route. J'ai regardé longtemps passer les voitures, j'essayais d'imaginer leur destination. Parfois, elles portaient des licences des États. On voyait qu'il y avait plein de gaieté là-dedans ; des enfants souriaient dans les vitres et nous envoyaient la main. Fernand, lui, leur faisait des gestes grossiers. Après, il imitait le bruit des voitures quand elles s'approchaient puis s'éloignaient. Puis maman nous a crié, elle avait tout installé.

Nous avions commencé à manger quand le train s'est pointé. Le vacarme, c'était pas encore trop pire, le tremblement de terre non plus, mais après que l'engin a passé, les étincelles et les crachats de charbon ont commencé à nous tomber dessus. Sur la nourriture aussi, et sur la belle nappe de maman qui était bien découragée. Papa, lui, ne s'est même pas réveillé, il cuvait sa bière.

Plus tard, mon petit frère Jérémie s'est perdu dans le bois ; nous avons mis vingt minutes à le retrouver. Après, le temps s'est gâté, il s'est mis à pleuvoir. Nous avons ramassé nos affaires à la course et fourré tout ça pêle-mêle dans le coffre de la voiture avec les crapauds que nous avions attrapés et nous sommes repartis, tout mouillés. Personne ne parlait. Maman avait la tête appuyée contre la vitre, les yeux fermés. Je l'observais, j'étais sûr qu'elle ne dormait pas. C'est la seule sortie dont je me souvienne avec mon père ; je veux dire, des sorties de plaisir, là.

Mais aujourd'hui, il faisait vraiment beau et j'avais le goût d'en profiter. Je suis allé à Sept-Îles pour acheter des provisions : du pain, du fromage, des gâteaux, du Coke ; je me suis même arrêté à la cabane à hot-dogs pour prendre des frites. Puis je me suis rendu chez les Napish et j'ai invité Sara à venir pique-niquer au bord de la mer. Avec tout ce que je trimbalais, j'aurais été mal pris si elle avait refusé. Elle a dû le comprendre, elle a accepté de m'accompagner. J'étais fou de joie. Je lui ai donné les fleurs sauvages que j'avais cueillies pour elle en revenant de la ville. Elle était très surprise, émue aussi, ça se voyait ; c'était la première fois qu'on lui offrait des fleurs. C'est ce qu'elle m'a dit.

Quand nous sommes arrivés sur la rive, il y avait déjà un peu de monde ; des enfants qui jouaient, des adultes qui pêchaient. Nous nous sommes installés en retrait, à l'ombre d'un buisson. J'ai étendu une toile puis, en mangeant, je lui ai parlé de Lévis, du traversier, de Québec, du Carnaval, de mon année à l'Université — tout pêle-mêle, j'étais énervé. Elle m'écoutait sérieusement. Après, nous avons feuilleté mon atlas. Je lui ai montré les pays d'Europe, la France, l'Italie, tout ça. Je me suis risqué à lui dire qu'un jour, peut-être, nous pourrions les visiter tous les deux. Elle a baissé les yeux. Tout de suite, j'ai regretté ; je me suis dit : tu vas trop vite, là.

Nous avons fini les frites puis nous sommes allés marcher sur la grève, vers la Pointe-de-Sable. Des jeunes couraient, d'autres se baignaient tout habillés (c'est l'habitude ici, on dirait). J'avais arrêté de parler, je regardais distraitement le large ; un voilier se dirigeait vers l'île d'Anticosti. Tout à coup, la hanche de Sara a effleuré la mienne. Je me suis senti tout drôle, c'était la première fois que je lui touchais — je veux dire sérieusement, pas des niaiseries comme l'autre jour au Rio. C'était comme si elle s'était blottie contre moi, j'étais tout excité. Je me remettais à peine de mon émotion quand j'ai senti qu'elle me prenait la main. Elle n'a rien dit, ne m'a même pas regardé, nous avons continué à marcher. Moi, je n'ai rien dit non plus, j'avais trop peur qu'elle disparaisse comme dans mes rêves, ou que Johnny Weissmuller nous tombe dessus. Je suis resté un long moment sans respirer.

Elle a la peau douce, douce, toute chaude, et de longs doigts fins, très fins. J'aurais bien marché comme ça jusqu'au Labrador.

Un peu plus loin, elle a bifurqué vers la mer, elle voulait se baigner. Je suis entré dans l'eau le premier, en la tenant toujours par la main. Nous étions tout habillés, nous avons fait comme les autres. L'eau était glaciale, des giclées d'écume nous fouettaient le visage. Une fois enfoncé jusqu'à la taille, j'ai dû m'arrêter. Je suffoquais et mes mains commençaient à bleuir. Mais Sara a continué. C'est seulement quand elle a été immergée jusqu'au cou qu'elle s'est arrêtée. Elle m'a regardé en souriant, puis elle est revenue vers moi. Sa robe collait à son corps ; je voyais ses hanches, son ventre, ses seins qui ondulaient sous ses pas. Le cœur me sautait dans la poitrine.

Nous avons encore marché sur la rive, elle s'est collée à moi, je lui ai passé un bras autour de la taille. Je tremblais, c'est elle qui m'a réchauffé. Elle sentait la mer et le vent. Elle ne disait rien, moi non plus. J'étais heureux, j'en avais les larmes aux yeux, j'ai dû les fermer. Elle m'a demandé : « C'est le sel ? » J'ai dit non. J'ai gardé ça pour moi mais je pensais : ce serait plutôt le ciel…

Parvenus au buisson, nous nous sommes étendus sur la couverture. Les jeunes s'étaient éloignés. Elle est venue tout près de moi. J'avais ses seins contre ma poitrine et son ventre collé au mien. J'ai appuyé très fort sur son corps, je le sentais qui frémissait. Moi aussi, je frémissais ; j'avais peine à respirer, j'avais les lèvres toutes sèches. Et tout à coup, je n'ai pas pu me retenir, je me suis soulagé contre elle. J'avais honte, j'ai fermé les yeux ; mais quand je les ai ouverts, elle souriait. Alors, nous nous sommes embrassés et nous sommes restés longtemps comme ça, allongés. Son visage était appuyé contre le mien, je pense qu'elle s'est endormie. J'écoutais sa respiration, c'était doux comme le bruit de la mer quand elle ronronne et se laisse caresser par le jour (en tout cas, quelque chose comme ça). La plage était vide lorsque nous nous sommes relevés. Le vent était encore chaud, le soir tombait au-dessus de Clarke City.

C'est le plus beau jour de ma vie.

30 juin (après dîner)

Je suis resté à la maison cet avant-midi. Je n'ai pas arrêté de penser à Sara, j'ai rêvé d'elle toute la nuit. Tout me paraît si doux, je souris tout le temps. Grand-Père a deviné, je pense; il sourit lui aussi. Moi qui broie toujours du vide, là, je pense que je déborde.

(Soir)

Je suis allé faire une entrevue cet après-midi; on m'a encore raconté des choses tragiques à propos des Territoires, des personnes qui y décédaient, des corps qu'on y inhumait; j'en ai parlé à Grand-Père. Il m'a expliqué que bien des accidents sont arrivés le long de la Sainte-Marguerite et de la Moisie; les familles passaient par là pour monter à leurs terrains de chasse. Mais elles ne pouvaient pas toujours redescendre leurs morts, alors il y a des sépultures un peu partout et même des petits cimetières (il dit des « tukmekset ») avec des enclos pour empêcher les bêtes de profaner les corps. Il se rappelle que quand il montait à la chasse, tout jeune, ses parents semblaient connaître toutes les places et la famille s'y arrêtait pour prier.

Il m'a reparlé des famines, comment ça se passait une fois que toutes les caches de nourriture avaient été vidées. Même s'il y avait très peu à manger, c'est toujours l'homme qui mangeait le plus. Le gibier (des fois rien qu'une hermine ou un écureuil) était mis à bouillir dans l'eau et la femme ne consommait que le bouillon, les enfants aussi. L'homme, lui, mangeait la viande; comme il devait chasser de plus en plus loin, il lui fallait des forces. Mais quand il y avait des pertes de vie, c'est ordinairement lui qui mourait en premier, parce qu'il était épuisé. Ensuite, si on ne trouvait toujours pas de nourriture, s'il n'y avait pas de secours, c'étaient les enfants, puis la femme, presque toujours dans cet ordre. Grand-Père dit avoir vu tout cela; c'est ce que les Aînés lui ont raconté aussi.

Cet après-midi, en entrevue, une femme m'a parlé d'un de ses enfants qui avait failli mourir parce qu'il avait très soif et avait mangé beaucoup de neige. Quand ils veulent se désaltérer sur les

Territoires, les Indiens n'absorbent jamais de neige, ils craignent d'attraper « un coup de froid » ; ils font plutôt chauffer de l'eau et boivent du thé. Son mari, un homme au visage (et à la voix) très grave, m'a beaucoup parlé de la chasse aussi (mais sans jamais faire aucun geste, c'est encore plus expressif, on dirait). Au moment où je m'en allais, il m'a dit : « Les Territoires, je pourrais t'en parler pendant des mois, des années ; je n'ai rien oublié ; on n'a rien oublié. » J'étais un peu intimidé ; j'ai dit que je reviendrais.

(Avant de me coucher)

N'ai rien fait ce soir, n'avais pas le goût de travailler. J'ai brassé un peu dans mes timbres, puis j'ai essayé de lire. Mais je n'arrivais pas à me concentrer. Je suis trop bouleversé par tout ce qu'on me raconte ici (toutes ces choses tragiques, ces histoires de survie, de mort sur les Territoires). Et c'est dit avec une telle vérité, avec des mots tout simples, sans fard. Les vieilles personnes surtout m'impressionnent.

Et je pense toujours à Sara, ma belle Sara : Sara mon amour... (ça me fait tellement drôle d'écrire ça !). Je pense souvent à Piétachu aussi. Toujours pas de nouvelles de celui-là (et de sa femme non plus). Je l'imagine seul là-bas, au fin fond des Territoires, dressé sur le « toit du monde » à interpeller les Esprits, à guetter la terre et le ciel...

JUILLET

1er juillet (matin)

Les récits de chasse me perturbent. Maintenant, j'ai l'impression qu'il vente dans mon sommeil. Cette nuit, il faisait tempête, je croyais entendre ma couverture qui claquait au vent. En me réveillant, j'ai quasiment eu le réflexe de déblayer la neige autour de mon sofa… Il me faudrait des raquettes peut-être ?

(Fin d'après-midi)

Les habitants de la ville n'ont pas de chance (la fanfare non plus) : il y a eu de gros orages tout l'après-midi et les fêtes du 1er juillet ont dû être annulées, comme celles de la Saint-Jean la semaine dernière. Il y a une justice, on dirait.

(Avant de me coucher)

Ce soir, en entrevue, encore une histoire d'horreur. Ou même deux… Je suis entré dans le pire taudis de la Réserve, je crois bien, et suis tombé sur deux sœurs assez âgées, l'une veuve (Pâquerette Uapistan) et l'autre célibataire (Anne-Marie). Je n'ai eu à poser que deux ou trois questions et elles se sont mises à me raconter leur vie, presque sans interruption, parfois toutes les deux en même temps. Elles sont maigrichonnes et toutes ratatinées, même si elles ont à peine soixante ans. Et elles sont complètement édentées, avec le menton qui leur remonte presque sous le nez quand elles ferment la bouche. En plus, elles sont habillées comme deux quêteuses, ce qui n'arrange rien.

Pâquerette, la plus vieille, que j'interrogeais sur sa généalogie, a commencé par dire qu'elle était tannée de la vie et priait tous les jours pour mourir. J'ai tout de suite compris que je pouvais ranger mon crayon. Quand elle n'avait que quatorze ans, son père lui a présenté un parti dont elle n'a pas voulu parce que sa famille avait perdu son terrain de chasse et que le garçon n'avait pas d'emploi. Humiliée, la famille du gars s'est fâchée et des jeunesses sont venues battre son père. Puis, le père lui-même s'est fâché et a battu Pâquerette, qui a décidé de s'enfuir (j'espère ne pas me tromper, je raconte de mémoire).

Après avoir brassé un bout de temps du côté de Mingan, elle est allée vivre à Baie-Comeau avec un Blanc qu'elle n'aimait pas mais qui l'a entretenue pendant plusieurs années, tout en lui faisant six enfants. Il lui interdisait de voir des Indiens et la battait quand elle désobéissait. Elle n'a pour ainsi dire jamais revu sa famille et en a été très malheureuse, au point de faire plusieurs dépressions (c'est mon diagnostic). De temps en temps, elle était conduite à Saint-Michel-Archange, près de Québec, et internée avec les fous. Aujourd'hui, elle est toujours malade et ses enfants l'ont abandonnée.

L'histoire d'Anne-Marie est différente, mais pas plus gaie. Elle a réussi à s'instruire (9e année) et est allée vivre à Québec où elle a trouvé un emploi comme secrétaire. Toute la famille était bien fière de sa réussite. Son patron, qui l'appréciait beaucoup lui aussi, lui faisait faire « des petits extras » et, quand elle est devenue enceinte, il l'a congédiée en lui donnant un peu d'argent. Recueillie par les Sœurs, elle a accouché à la Crèche. Puis, à l'âge de trois mois, son bébé est mort et elle en a fait, elle aussi, quelques dépressions nerveuses qui l'ont conduite à Saint-Michel-Archange. Apparemment, les deux sœurs y ont séjourné en même temps à une couple de reprises. Ensuite, Anne-Marie a mené une vie dévoyée (elle n'a pas donné trop de détails là-dessus) et elle est devenue la honte de sa famille, qui l'a rejetée.

Durant l'entrevue, il m'est arrivé une chose terrible. C'est épouvantable à dire mais tant de misère, tout à coup, c'était trop pour moi. J'en aurai honte toute ma vie : au lieu de pleurnicher comme c'est plutôt ma réaction dans ces cas-là, il m'a pris comme un fou rire. Un vrai. Plus c'était triste, plus j'avais de la difficulté à me retenir. Je me sentais coupable, j'avais du remords, ma réaction m'horrifiait, et j'avais encore plus envie de rire — surtout quand la deuxième s'est mise à raconter à son tour ses dépressions puis ses séjours à l'asile. J'avais beau me pincer au sang, me mordre la langue, rien à faire.

Il faut dire aussi qu'il y avait quelque chose de mortuaire dans cette maison-là. Elles avaient allumé une petite bougie qui faisait danser des ombres sur leur visage, on aurait dit deux revenantes. En plus, le vent se lamentait à travers les fentes dans les murs et, quand il reprenait son souffle, on entendait les chiens qui hurlaient comme des loups. Il ne manquait plus que des chauves-souris au plafond. Finalement, j'ai quand même pu éviter le pire ; aussitôt que j'ai eu ma chance, j'ai coupé court à l'entrevue et me suis poussé.

Puis, une fois dehors, plus rien. Plus de fou rire, seulement la vision tragique de ces deux femmes malingres, à la dérive, toutes brisées par la vie. La vie qui continue à s'acharner sur elles, juste pour étirer leur calvaire.

En revenant à la maison, j'ai raconté mon entrevue à Grand-Père. Il m'a demandé : « Elles ne t'ont pas parlé du pensionnat ? » Et il m'a raconté. À l'âge de cinq ou six ans, elles ont été envoyées à Fort George où on ne sait pas trop ce qui est arrivé, mais quand elles sont revenues à Uashat, elles étaient toutes mêlées, méconnaissables.

2 juillet (avant-midi)

J'ai reçu une lettre de Marise; elle s'est défâchée. Elle me vante les îles de la Madeleine, me décrit longuement « les plages dorées » du Bassin (qu'est-ce que c'est, le Bassin?), ses longues promenades « dans le vent », ses magnifiques repas au restaurant, les « rencontres intéressantes » qu'elle fait.

Niaiseuse. Je ne lui ai même pas répondu.

(Après-midi)

J'arrive de faire une entrevue dans une petite maison pourrie. Elle est habitée par un jeune couple qui m'a bien reçu. L'intérieur, tout en carton, est à peine meublé; le plancher est troué à quelques endroits, il n'y a rien sur les murs. Le mari ne travaille pas.

Dès que la femme s'est assise, deux petites filles pâlottes sont sorties d'une chambre et sont venues s'asseoir sur elle. Elle me les a présentées, des jumelles. Elles n'ont pas cessé de me regarder de travers pendant que je parlais avec leur père. C'était peut-être la première fois qu'elles voyaient un Blanc (pas chanceuses : un roux). J'ai essayé un peu de les amadouer, sans succès; elles n'avaient pas le cœur à rire. Moi non plus, à vrai dire. Je les regardais et je pensais à mes petites sœurs jumelles. J'avais hâte d'en finir avec l'entrevue, j'avais l'esprit ailleurs.

Elles n'ont pas eu de chance, elles non plus, Julie et Juliette. D'abord, avec des noms pareils, franchement (une idée de mon père encore). En plus, c'est tout de suite après leur naissance qu'il a décidé de décamper; un premier mai. Ça fait une belle arrivée dans le monde, ça. Je suppose qu'il ne voulait pas gâcher sa vie, mon père; ça fait qu'il a gâché la nôtre. Chaque année, le jour de leur anniversaire de naissance nous rappelle ce mauvais souvenir. Pas surprenant que mes sœurs, elles trouvent que les anniversaires, c'est pas toujours fête.

Je pensais à tout cela en rentrant à la maison. Je me suis installé, j'ai écrit aux jumelles. Je leur ai raconté l'histoire du gars très fâché qui était venu me demander de rédiger une lettre, les deux paires de jambes du bonhomme Timish, mon excursion aux cochons, les patentes à Malek, d'autres affaires. J'ai pensé que ça les ferait rire un peu.

(Soir)

Je viens de faire une entrevue chez un couple déprimé, l'homme surtout. Il m'a parlé de la vie que les Indiens menaient avant : ils étaient libres, tranquilles, n'avaient pas peur des Blancs, n'en voyaient jamais sur les Territoires. Il m'a dit aussi que c'était dur de vivre seuls aussi loin, dix ou onze mois par année, sans aide, sans secours ; mais ils étaient heureux (« on n'avait personne sur le dos »).

Après coup, l'entrevue m'a fait penser à autre chose. Je me rappelais ce que mon professeur m'a fait lire sur les Indiens avant mon départ et je me disais que, finalement, ils ne sont peut-être pas aussi communautaires qu'on le dit. Quand ils étaient sur les Territoires (c'est-à-dire presque toute l'année), ils vivaient en petits groupes familiaux, très isolés. Ils apprenaient à se débrouiller tout seuls. On pourrait aussi bien parler d'individualisme, non ? Me voilà encore mêlé.

Depuis deux jours, il n'arrête pas de pleuvoir sur Uashat. Les petits travaux qui ont été faits dans les rues seraient tous à recommencer. Les gens restent enfermés chez eux à parler de la pluie et du mauvais temps. Les chiens dorment blottis sous les galeries (là où il y en a). C'est humide et froid dans notre maison, surtout la nuit.

Je pense toujours à Sara. Je m'ennuie d'elle. Suis allé chez les Napish, elle n'était pas là.

Je suis retourné souper à Sept-Îles hier, cette fois au restaurant Le Nordique (c'est original comme nom…). J'ai invité Grand-Père, mais il n'était pas intéressé. Il avait préparé une espèce de potée mastiqueuse, jaunasse; j'étais d'autant plus content d'aller au restaurant.

Je mangeais mon pâté chinois en lisant *L'Avenir* quand cinq gars sont venus s'asseoir à une table près de la mienne. Ils ont commandé puis ont commencé à jaser. C'étaient des employés de l'Iron Ore, ils sortaient de leur travail. Deux d'entre eux font le ménage des wagons de passagers sur la ligne Sept-Îles/Schefferville. Je peux dire que j'en ai entendu des sucrées.

D'après eux, les wagons occupés par les Indiens sont dix fois plus sales que les autres (« des vrais soues à cochons »), au point qu'il n'y a plus un Blanc qui veut voyager avec eux. Il y a maintenant ce qu'ils appellent des wagons de Sauvages et des wagons de Blancs. Je ne crois pas utile de rapporter tout ce qu'ils ont raconté. Mais ils paraissaient bien sûrs de leur affaire. Ils ne croient pas à la possibilité de « civiliser » les Indiens (« un Sauvage, ça se désensauvage pas »).

Un autre gars est employé à l'entretien de la voie ferrée et il a travaillé à sa construction comme dynamiteur. Il a raconté à ce sujet plusieurs histoires qui ont bien fait rire les autres. Il y en a une surtout que j'ai retenue. Un été, il était tenté depuis quelques jours avec d'autres ouvriers à « l'engueulement » d'une rivière et un ours les achalait. Alors, il a décidé de lui régler son compte. Il a tué une perdrix et lui a bourré le ventre de ratelle (de la dynamite, à ce que j'ai compris). Il a ensuite disposé l'appât là où l'intrus avait l'habitude d'apparaître. Et l'affaire a marché : l'ours a avalé la perdrix d'un coup de gueule et a explosé. Toute la tablée a ri pendant cinq minutes.

J'ai songé à ce pauvre Grand-Père. Heureusement qu'il était resté à la maison.

(Après souper)

J'ai pu faire trois entrevues aujourd'hui. C'est clair, il y a deux clans dans Uashat, les Bellefleur et les Basile. Ça remonte à la création de la Réserve et même avant. Les premiers habitent surtout les maisons, les autres sont regroupés du côté des tentes. Ils se disputent la direction du Conseil qu'ils occupent à tour de rôle, à intervalles plus ou moins longs. Le clan qui est au pouvoir ne fait pas de cadeaux à l'autre — c'est le cas de le dire. Et à l'église, j'ai remarqué, les Basile se tiennent d'un côté, les Bellefleur de l'autre.

(Avant de me coucher)

Grand-Père voulait parler. Il a évoqué une époque très lointaine où les Territoires des Montagnais étaient peuplés de cannibales qui mangeaient les Indiens. Puis des héros sont venus et les ont libérés en tuant tous les cannibales (il a d'abord dit : « en les mangeant », mais c'était pour rire). Il dit aussi que d'autres cannibales vont peut-être venir un jour ; sauf que les héros, on ne peut pas savoir. Alors, il faut bien disposer les Esprits, c'est pour cela qu'il joue du tambour.

Il est resté pensif pendant un moment puis, malicieux, il a ajouté : « À moins que les cannibales reviennent pour manger les Blancs ? »

J'ai continué à l'interroger, à le presser de questions. À la fin, il était très fatigué, il s'endormait, il a dû aller se coucher. Moi, je l'aurais bien écouté toute la nuit.

4 juillet (après-midi)

Grande nouvelle dans Uashat : Colette Charlish a décidé d'ouvrir une épicerie-restaurant comme elle en a vu à Sept-Îles. Depuis deux jours, elle passait dans les rues de la Réserve pour s'annoncer (« tout est dans la publicité », nous a-t-elle expliqué en passant chez nous). Elle a inauguré son commerce hier, je suis allé voir tout à l'heure.

Elle vit dans une bicoque de trois pièces dont l'une a été réaménagée, si on peut dire. Une table sert de comptoir. Colette y trône de toute sa personne devant une petite boîte en carton dans laquelle elle a déposé des pièces de monnaie (surtout des noires). Dans un coin de son « établissement », elle a disposé des échantillons de « handicrafts » (de sa confection, je crois). Au mur du fond sont disposés sur deux tablettes trois ou quatre paquets de cigarettes avec des cartons d'allumettes, quelques barres de chocolat, des suçons, des lunes de miel, des sacs de patates chips Dulac et une demi-caisse de Coke. Il y a aussi des boîtes de viande en conserve.

Quand je suis passé, cinq ou six Indiens étaient là, très attentifs, à écouter la patronne vanter son entreprise. Elle ne cesse de répéter : « Faut faire comme les Blancs, l'avenir est dans la finance. » Elle dit aussi qu'il faut avoir « le sens des affaires ». Je pense qu'elle ne comprend pas un mot à ce qu'elle dit, la réunion de la Chambre de commerce lui a un peu tourné la tête. Elle pointe du doigt ses deux tablettes et commente son « inventaire ». En fait, je dirais qu'elle a simplement déplacé son garde-manger, Colette. Mais les Indiens semblaient impressionnés. Il faut dire qu'elle leur en mettait plein la vue ; elle prépare, dit-elle, une grande vente. C'est pour cette raison peut-être que personne n'achetait quoi que ce soit — l'affaire commençait mal. J'étais un peu gêné ; j'ai pris une Palo-Mine pour moi et des lunes de miel pour Grand-Père.

(Avant de me coucher)

Je suis allé manger un hot-dog à Sept-Îles ce soir (des fois, pour me dégacer, je prends congé de la banique et des potées de Grand-Père). Quand je suis revenu vers la Réserve, j'ai rencontré Sara qui en sortait. Elle a paru surprise, mal à l'aise même. Je ne l'ai pas trouvée bien jasante. Elle était apprêtée — ou plutôt attriquée — comme je ne l'avais jamais vue : une blouse et un pantalon très cintrés, des grandes boucles d'oreilles, du rouge à lèvres jusqu'au nez. Elle s'est éloignée rapidement. Je me demande ce qu'elle allait faire à Sept-Îles à cette heure-là.

5 juillet (avant-midi)

Je suis sorti faire une course ce matin et, à mon retour, je me suis plongé dans mes Cahiers. Grand-Père varnoussait, mais je le trouvais bien silencieux. Puis j'ai découvert qu'il avait dans la bouche les cinq lunes de miel achetées chez Colette. Il me regardait avec de grands yeux angoissés. Je me suis efforcé de rire le moins possible devant toutes ses grimaces et ses contorsions. On aurait dit qu'il s'était pris une grosse bouchée de goudron (chez nous, on disait du « caltor », c'est encore plus collant). Plus tard, il m'a dit qu'il avait cru mourir, que c'était pire qu'une livre de gomme de sapin. Je crois qu'il a avalé les deux dernières dents qui lui restaient. À l'avenir, je vais m'en tenir aux sucres à la crème de madame Gertrude.

(Souper)

Cet après-midi, je faisais une entrevue avec une femme quand le mari est entré dans la maison avec un de ses fils. Ils rapportaient trois vieux pneus et quelques vêtements déchirés qui puaient le moisi et la fumée. Ils venaient du dépotoir de Sept-Îles. J'ai appris que c'est un lieu assez fréquenté par les Indiens qui en ramènent toutes sortes de choses. Ils y vont plutôt le soir parce que, le jour, les policiers les en chassent. La Ville a passé un règlement récemment pour interdire cela ; c'est à cause des risques de maladie. Mais les Indiens, ça ne paraît pas trop les déranger. Ils sont tellement pauvres que, pour eux, ce genre d'hygiène fait partie du luxe.

(Fin de soirée)

Après souper, je suis allé chez les Napish, j'ai jasé un peu. Sara n'était toujours pas là, je suis reparti assez vite. J'avais le goût de la voir — je veux dire, encore plus que d'habitude. Je l'ai cherchée dans les environs, au bingo ; finalement je suis allé en ville, au Trappeur d'abord, puis au Castor. C'est là que je l'ai trouvée. Elle était avec deux Indiennes que je connais. Je me suis assis avec elles, leur ai payé une bière et m'en suis commandé une à moi aussi (une grosse, je ne voulais pas avoir l'air feluette).

Il régnait un tel vacarme dans le bar qu'il n'y avait pas moyen de se parler. Mais les filles avaient l'air de se comprendre. Je ne sais pas ce qu'elles se disaient ; j'avais l'impression qu'elles s'échangeaient des petits messages à mon insu. Je faisais mine de rien. Elles ont fini leur bière, je leur en ai commandé d'autres, avec une grosse pour moi (je n'avais même pas fini ma première ; je déteste la bière, ça me rend malade).

La veillée n'a pas été longue. J'avais bu trop vite et le mal de cœur m'a pris ; j'ai été obligé de m'en aller. Je n'étais pas fier, j'ai marché tout croche vers la sortie, blanc comme un drap. Je suppose que les filles ont bu ma deuxième bière. Va falloir que je trouve un autre moyen d'impressionner Sara.

C'est tout de même surprenant, des filles comme ça dans les bars. Les policiers ferment les yeux, on se croirait dans le Far West. Je n'en reviens pas. Je me dis que les parents s'en doutent sûrement, mais personne n'aborde ce sujet en ma présence ; alors, je n'ose pas. Quant à savoir d'où vient leur argent…

6 juillet (après souper)

Aujourd'hui, crise ; n'ai pas pu sortir de la journée. Le temps est long. Grand-Père est parti tôt ce matin, j'étais encore couché. Il se fait tard et il n'est pas encore revenu, je m'inquiète un peu. Je trouve les soirées bien ennuyantes quand il n'est pas là ; j'ai besoin d'entendre ses histoires. Quand il raconte, il prend une drôle de voix, un peu fêlée, au rythme cassé (on dirait qu'elle oscille et fait des ombres comme la flamme de la bougie). Quand il est vraiment plongé dans son récit, sa tête s'incline, son débit s'adoucit. Tout cela s'accorde avec son visage tout ridé, ses joues creuses, ses longs bras maigres et surtout ses yeux plissés qui ont toujours l'air de regarder plus loin.

Je me demande si je serai comme lui quand je serai vieux, à toujours parler de ce qui n'existe plus, à se détacher de ce qui vient. C'est comme vivre à reculons.

(Avant de me coucher)

Grand-Père est revenu, je suis content. Il est dehors avec son tambour. Ça sent mauvais dans la Réserve et les chiens aboient, mais ça ne le dérange pas. Il est assis, la tête inclinée sur la poitrine, le tambour sur ses genoux. Il y a comme un rayon de lune qui allume ses longs cheveux noirs, tout lisses, presque huilés, on dirait. Son monologue plaintif, ses rythmes lents dans la nuit, sa voix haut perchée, tout cela me fait une étrange impression.

Après qu'il est allé se coucher, je me suis remis dans *Bonheur d'occasion,* mais j'ai vite laissé tomber. C'est bien étrange, il y a comme un ressort en moi qui s'est cassé. Je me suis dit que j'aurais peut-être plus de chance avec Camus. J'ai ouvert *L'Étranger,* me suis arrêté après dix pages. Pareil. J'ai bien du remords, je me surprends et me déçois, mais je n'y arrive plus. Je suis peut-être en train de m'ensauvager pour de bon?

Note : À quelques reprises au cours des derniers jours, j'ai interrogé mes informateurs sur le mystérieux Piétachu. Je ne sais pas ce qui se passe ; cela les met mal à l'aise, ils refusent d'en parler.

7 juillet (avant souper)

Ma mère aura quarante-trois ans la semaine prochaine (elle en avait vingt-quatre à ma naissance). Je lui ai écrit ce matin pour lui exprimer tout ce que je n'aurais pas osé lui dire de vive voix. C'est curieux comme la distance et l'absence peuvent rapprocher. Je lui ai même dit que je l'aimais… C'était la première fois, je pense bien; ma main tremblait. Je lui ai dit aussi à quel point j'appréciais tout ce qu'elle a fait pour moi, pour nous autres, que je savais tous les sacrifices qu'elle a dû s'imposer pour m'envoyer au Collège puis à l'Université, que je pensais beaucoup à elle depuis mon départ, tout ça.

Je n'oublierai jamais la fois où je lui ai appris que j'allais m'inscrire en sociologie; j'y repense souvent. Elle n'a rien dit, mais j'ai bien vu qu'elle était déçue — pas pour elle, pour moi. Elle aurait souhaité que je devienne un vrai « professionnel », que je ne souffre plus d'insécurité, que je ne mène pas la même vie qu'elle, que mes enfants grandissent plus heureux que nous autres. En plus, il faut dire que, parmi tous les finissants du Collège cette année-là, il n'y a que moi qui suis allé en sociologie. À Québec, les sciences sociales n'ont pas très bonne réputation (il suffit de lire *L'Action catholique*…). Les professeurs passent pour des athées, des critiqueux, des « mange-Duplessis », des communistes même (les étudiants, c'est encore pire : il y a des mères « de bonne famille » qui interdisent à leurs filles de fréquenter le Quartier latin!).

Ma mère n'a rien dit de tout cela, mais quand même. J'ai eu de la peine, c'est sûr. Le bonheur, c'est vrai que chez nous on ne l'a pas vu souvent. Mais comment pouvais-je lui expliquer que c'est à cause de ça justement, à cause de tout ce qu'on a vécu dans le Bas-de-la-Côte que j'ai senti le besoin d'étudier les sciences sociales? C'est naïf, je sais bien. La sociologie, même après un an, je ne sais toujours pas ce que c'est (la société « globale »? les « patterns de conduite »? les « faits sociaux totaux »? la « folk society »?).

Devenir un professionnel comme le notaire Duval, le père de Marise, j'en serais incapable, j'aurais le sentiment de tromper, de trahir quelque chose. C'est dur à expliquer, mais c'est comme ça.

En vieillissant, il me revient toutes sortes de souvenirs de ma mère, des petites choses qui m'avaient paru insignifiantes jusqu'ici. Par exemple, le soir, elle envoyait mes frères et sœurs au lit et moi, l'aîné, elle me laissait veiller un peu avec elle. Je pense qu'elle voulait me faire plaisir, bien sûr, mais c'était aussi pour se sentir moins seule, je le vois bien maintenant. Elle ne disait rien, me regardait faire mes devoirs, jouer aux cartes ou m'amuser avec le chien — un petit bâtard tout croche qui s'était retrouvé chez nous et n'avait plus voulu en repartir, on se demande bien pourquoi (personne ne l'a jamais réclamé non plus, fallait voir l'air qu'il avait).

Dans ces moments-là, ma mère ouvrait la radio et, tout en continuant à coudre, elle écoutait la musique. Quand elle connaissait la mélodie, je me rappelle, elle chantonnait d'une voix très douce, très chaude, qui jurait avec son apparence. La fatigue, les ennuis, les privations, les insomnies avaient prématurément durci ses traits en les creusant. J'étais toujours surpris de la douceur de sa voix, comme si c'était une autre personne, celle que peut-être elle aurait voulu être. C'est à peu près tout ce qui lui restait de ses rêves de jeune fille, de ses désirs de bonheur. Oui, on peut le dire comme ça : la voix de ses anciens rêves. On ne l'entendait pas souvent celle-là.

Depuis ce temps, la musique pour moi, c'est ça : une soirée d'hiver dans notre espèce de taudis mal éclairé, ma mère qui fredonne doucement en cousant, le vent glacial qui souffle dans les fenêtres, le frimas qui s'épaissit sur les pentures de la porte, mais plein de chaleur, plein de lumière au cœur.

Quand finalement je montais me coucher, je savais qu'elle continuait à travailler et je ne m'endormais jamais avant d'avoir entendu ses pas vers sa chambre (en attendant, je comptais les trains du Canadien National qui passaient tout près, le long du fleuve (pas pour m'endormir mais pour me tenir éveillé). C'est pour cela que le matin je me réveillais souvent en retard pour l'école.

Ma mère… Je n'ai pas encore vingt ans et déjà j'en parle quasiment au passé. Il me semble que, d'ici, je la vois mieux, telle qu'elle est. J'aimerais bien qu'un jour la vie se montre plus douce avec elle. Pour qu'on entende plus souvent sa petite voix.

C'est un peu tout ça que j'ai essayé de lui dire dans ma lettre. Elle va être surprise. Dans ma famille, on s'aime mais on se le dit pas. C'est des mots qui sont doux mais nous autres, on dirait que ça nous écorche par en dedans.

(Avant de me coucher)

Je pense avoir écrit l'autre jour que j'évite d'évoquer le nom de mon père. En fait, sa signature, je l'ai en pleine face : je suis aussi roux que lui.

8 juillet (avant souper)

J'ai été témoin d'une bien triste scène cet après-midi. Je faisais une entrevue dans une grosse famille (des Nabess) et tout allait bien quand, tout à coup, la porte s'est ouverte et deux adolescents sont entrés. C'étaient un fils et une fille de la maison qui arrivaient de Fort George, presque en haut de la baie d'Hudson ; ils viennent de terminer leurs études au pensionnat de l'endroit. La famille ne les avait pas revus depuis un an, on devine les effusions. Ils ont étendu leurs diplômes sur la table de la cuisine où tout le monde s'est regroupé pour les examiner longuement. J'aurais peut-être dû partir discrètement, mais je me suis rangé pour observer.

Il m'a semblé après un moment que les deux arrivants parlaient un drôle de montagnais (je suis maintenant assez familier avec la musique de cette langue que les Indiens ont l'habitude de parler entre eux). Mais j'ai réalisé un peu plus tard que, en fait, ils s'adressaient à leurs parents en anglais ; c'est la langue qui leur a été enseignée là-bas. Comme ils ont fréquenté ce pensionnat depuis l'âge de cinq ou six ans, ils ont fini par oublier leur langue maternelle (dont l'usage est interdit par l'institution). Passées les premières émotions, un grand malaise s'est installé dans la maison ; les deux jeunes ne pouvaient tout simplement pas converser avec leurs père et mère. Personne d'autre ne connaissant l'anglais dans la famille, j'ai dû m'improviser interprète en me servant du peu que j'ai appris au Collège — c'est dire que la conversation n'est pas allée bien loin. Nous avons pu échanger quand même, et c'est comme cela que j'ai appris leur histoire.

Je jonglais à tout cela quand je suis revenu chez Grand-Père. C'est bien étrange de perdre ses racines aussi brutalement (c'est peut-être ça les « patterns » ?). Qu'est-ce qu'ils vont devenir, ces deux-là ? Je comprends pourquoi les Oblats ont décidé d'ouvrir un pensionnat à Malioténam.

12 juillet (avant-midi)

Après tout ce temps, je n'y croyais plus, mais l'excursion sur les Territoires s'est finalement organisée. J'avais hâte de découvrir la vraie patrie des Indiens, j'étais curieux de les voir sur leur terrain (en plus, je ne connais rien à la forêt). Nous étions sept : Réal Napish, deux de ses garçons, ses deux frères et un cousin venu de Betsiamites ; c'est lui qui fournissait la voiture, une grosse Dodge 1945 jaune et brun. Nous emportions pas mal de matériel (une tente, des couvertures, des cannes à pêche, des fusils, tout ça — quelques caisses de bière aussi), mais très peu de nourriture ; on m'a expliqué qu'il serait facile de nous approvisionner là-bas en petit gibier et en poisson. Et puis nous ne partions que pour trois jours. Quand même, la Dodge était chargée comme un chameau, avec une grande bâche sur le toit.

Je dis : excursion aux Territoires, il faut s'entendre. Il n'était pas question de se rendre jusqu'aux anciens terrains familiaux, là où se faisaient les grandes chasses au caribou, mais seulement de visiter de vieux lieux de tentement, des portages. Tout de même, on me disait qu'en empruntant les chemins de chantier, il était possible de monter assez loin en automobile. Je me suis assis sur la banquette arrière tout contre la vitre ; je ne voulais rien manquer.

Nous avons pris un chemin de la compagnie Clarke (celui de l'excursion aux cochons…) jusqu'au camp de l'« éleveur ». En passant, j'ai revu les enfants, toujours aussi crottés, au milieu des poules, des chiens qui jappaient, tout le bazar (j'ai remarqué que la porte des bécosses avait été arrachée). La camionnette n'y était pas et nous avons continué. Un peu plus loin, nous avons bifurqué sur un autre chemin, très étroit, où il fallait rouler bien lentement. À un moment, nous nous sommes aperçus que la bâche avait glissé du toit ; il a fallu reculer de peine et de misère sur un bon demi-mille avant de la récupérer. Plus loin, nous avons longé un lac jusqu'à son extrémité et Réal Napish, assis à l'avant, s'est tourné vers moi pour m'indiquer le début d'un ancien portage sur notre gauche. Tout excité, j'ai aussitôt demandé qu'on s'arrête et je suis allé reconnaître les lieux. Je n'ai rien vu, mais Napish, qui m'avait suivi, m'a montré une petite ouverture dans le bois. C'était spongieux, savaneux ; j'y ai fait quelques pas et me suis recueilli.

C'était très émouvant. Je pensais aux récits de Grand-Père, à toutes ces légendes, tous ces drames aussi : mon premier contact avec les Territoires ! J'ai fait remarquer à Réal que le sentier n'était pas très dégagé, sans doute parce qu'il avait été abandonné depuis longtemps (?). Il m'a répondu que c'était plutôt le contraire, qu'il avait été ouvert assez récemment, de son temps à lui en fait ; les Indiens n'avaient pas eu le temps de le battre comme il faut. J'étais un peu déçu. Je suis retourné à l'auto. J'avais les deux pieds trempés ; dans l'heure qui a suivi, les éternuements ont commencé.

Nous avons roulé pendant une heure encore, presque au pas d'un cheval. Le chemin serpentait parmi des talles de sapins maigrichons, il était de plus en plus mauvais. De longs moments, les branches frottaient vivement contre les flancs de la voiture (bonjour la peinture!). À tout bout de champ, à notre approche, deux ou trois perdrix décampaient. Nous sommes enfin arrivés à un grand lac ceinturé de montagnes très escarpées et décharnées. La Dodge s'est arrêtée, c'est là que nous avons tenté. Nous étions à peu près au mille 80.

Pendant qu'ils dressaient la tente, je ne sais pas ce qui est arrivé, un frère de Réal s'est disputé pas mal fort avec le cousin (Jean-Marie) qui a menacé de nous ramener tout de suite à Sept-Îles. Les autres sont intervenus puis ça s'est calmé. Plus tard, les deux garçons de Réal sont partis en canot sur le lac jusqu'à l'embouchure d'une petite rivière et ont posé un filet. Le soir tombait et il commençait à faire froid — les moustiques se tenaient tranquilles. Un frère de Réal a fait du feu pendant que l'autre préparait des tranches de pain avec de la graisse. Moi, j'ai fait le thé. Pendant tout ce temps-là, je posais des tas de questions; c'est surtout Réal et Jean-Marie qui répondaient. Les gars ont bu pas mal de bière, puis tout le monde s'est couché. Je n'ai pas dormi beaucoup à cause du froid.

J'ai repensé à ce que j'avais appris durant la soirée: les hommes qui portageaient jusqu'à trois cents livres (des fois plus) sur de longues distances; la manière dont les chasseurs communiquaient en disposant des branches sur la neige ou en traçant avec un couteau des signes sur des écorces de bouleaux; comment les Indiens s'orientaient dans le bois en suivant les traces des bêtes; et comment, quand ils rencontraient des gros animaux en colère, il fallait les regarder droit dans les yeux pour les intimider; et encore bien d'autres choses étranges, assez surprenantes, dont personne ne se souviendra plus peut-être dans deux ou trois générations.

Le lendemain, avant de déjeuner, je suis allé avec Réal relever le filet, mais il n'y avait rien dedans, il avait été mal installé. Réal était fâché contre ses garçons. Il a retendu le filet et nous sommes revenus vers le tentement. Il ramait derrière et moi devant. À un moment, je me suis retourné et l'ai aperçu qui buvait à l'aide de son aviron ; il l'avait soulevé à bout de bras et le tenait de façon à ce que l'eau s'écoule jusqu'à son extrémité placée au-dessus de sa bouche. J'ai trouvé que c'était ingénieux ; il m'a dit que tous les vieux Indiens faisaient ça.

La journée était très chaude. Nous sommes revenus au campement ; tous les moustiques de la Côte-Nord s'y étaient donné rendez-vous. J'ai dû me munir de trois ou quatre petites branches que j'agitais continuellement. Nous avons mangé un peu (la bière a continué à couler). Plus tard, je suis reparti en canot avec Adhémar, le deuxième frère de Réal. Nous sommes montés dans une autre rivière jusqu'à une cascade. Et là j'ai pu voir un vrai portage, très ancien, abandonné ; il longeait le rapide. Adhémar m'a expliqué qu'anciennement les hommes le remontaient souvent en canot au moyen de perches qu'ils enfonçaient dans l'eau pour s'appuyer. Il avait souvent vu son père et ses oncles faire cela. Lui-même, étant jeune, s'y était essayé. J'ai marché avec lui dans le portage jusqu'en haut du rapide. Il a cherché un moment puis il m'a montré tout un bouquet de vieilles perches desséchées, plantées au bord de la rivière. Elles y ont été laissées par les derniers chasseurs qui sont passés. Aujourd'hui, l'ouverture des chemins de chantier a rendu ces passages inutiles. Et de toute façon, elle a aussi repoussé le gibier plus loin vers le nord, alors il n'y a plus d'Indiens qui y viennent. C'est ce qu'Adhémar m'a dit.

J'ai tenu à parcourir une autre fois le sentier, lentement, en m'arrêtant plusieurs fois. Adhémar me suivait, il était silencieux lui aussi ; nous pensions la même chose peut-être. Nous sommes rentrés au campement vers la fin de l'après-midi. Tous les autres se trouvaient là à prendre de la bière. Ils étaient assez éméchés. Je suis reparti aussitôt en canot pour aller relever le filet. J'en ai retiré cinq truites grises. Mais j'ai eu beaucoup de misère en revenant. Le vent s'était levé et je n'arrivais pas à orienter la pince du canot. J'ai même pensé l'abandonner sur la rive et terminer le trajet à pied tellement j'étais fatigué. Il faisait noir quand je suis arrivé à la tente. La fête continuait, personne n'avait allumé le feu. J'ai mangé deux tranches de pain avec de la graisse et me suis couché.

J'ai dû dormir deux ou trois heures. Le froid m'a réveillé, je n'ai pas pu me rendormir. Je suis sorti. Les hommes avaient refait du feu. Deux ou trois d'entre eux s'étaient endormis, les autres continuaient de boire. Je me suis enveloppé dans une couverture et me suis assis près d'eux. Ils n'étaient pas très jasants. Le soleil se levait au moment où ils se sont finalement couchés. J'ai pu redormir un peu. Quand ils se sont levés plus tard dans la journée, ils étaient presque tous malades ; Jean-Marie surtout n'en finissait plus de vomir. Moi, je tombais de faiblesse. J'ai remangé du pain graissé. Puis un fils de Réal m'a emmené à la tête du lac pour prendre d'autres truites. Mais nous avons ramé pour rien. Après une heure d'efforts, il s'est aperçu qu'il avait oublié les appâts. Nous sommes rentrés. Son frère a bien vu que je commençais à être marabout. Il m'a offert de retourner à la pêche avec lui, j'ai décliné.

Au début de la soirée, ils ont rallumé le feu et commencé à faire cuire les truites. Mais un orage est tombé et il a fallu s'abriter sous la tente ; les poissons sont restés dehors. À l'intérieur, tout était mouillé. Les maringouins nous avaient suivis, j'ai préféré retourner sous la pluie. Les hommes ont recommencé à boire de la bière ; j'ai fini par en prendre deux ou trois, moi aussi, j'étais un peu écœuré. L'orage était passé mais il continuait à pleuvoir. J'ai remangé du pain graissé, je n'aurais pas dû ; j'ai été malade. Les deux frères de Réal ont été malades eux aussi ; c'était la deuxième fois dans la journée. Puis je me rappelle que la tente s'est mise à couler de partout.

Vers quatre heures du matin, nous sommes remontés dans la

Dodge et nous avons sacré le camp en laissant tout derrière : la tente, le canot, le filet, tout ça. Réal a dit qu'il reviendrait pour tout ramasser. Le petit chemin était détrempé. L'auto glissait et il fallait descendre à tout moment pour la pousser sous la pluie. J'étais tellement gelé que j'en claquais des dents. Une fois sur le « grand chemin », comme ils disent, Jean-Marie a ouvert la chaufferette pour chasser l'humidité. Nous étions collés les uns contre les autres, tout mouillés, et il s'est mis à faire très chaud.

C'est là que j'ai eu ma crise. Une tannante. J'ai fait toute une arrivée chez Grand-Père.

(Fin d'après-midi)

Depuis quelques jours, de grosses chaleurs nous sont tombées dessus, toute la vie est au ralenti. C'est une température inhabituelle pour la région, tout le monde est bien surpris.

Et parlant de surprise, Colette vient d'en causer une autre. J'étais sûr que son épicerie-restaurant fermerait une fois qu'elle aurait elle-même consommé son « inventaire ». C'était compter sans son esprit inventif, son « sens des affaires ». Elle est parvenue à se procurer à Sept-Îles une vieille table de billard qu'elle a fait installer avant-hier dans une pièce adjacente à son premier commerce (elle mange et dort désormais dans la troisième pièce). L'affaire est un très gros succès. Les jeunes font la queue, quelques adultes s'y mettent aussi, un tournoi est annoncé pour la semaine prochaine. Colette ne se fournit plus de Cokes ni de patates chips ; elle a ajouté à son « inventaire » des petits gâteaux, des crème-soda et de la liqueur aux fraises.

Et tout le monde paraît content. Les parents ne s'inquiètent plus de ce que font leurs jeunes, le Père observe avec soulagement qu'ils sont moins tentés d'aller « courir » à Sept-Îles et les garçons ont désormais un lieu où rencontrer les filles. Quant à Colette, elle engrange les profits et dit mijoter d'autres « développements ». Le « progrès moderne » vient de débarquer à Uashat.

(Fin de soirée)

(Lu dans *L'Avenir*) À Sept-Îles, par contre, c'est une cinquantaine de « bommes » qui viennent d'arriver en provenance des chantiers de La Tuque et des environs. Des moyens brasseux à ce qu'il paraît (des « roffes'n toffes », comme on dit chez nous dans le Bas-de-la-Côte). Ils ont envahi tous les trous de la ville et en prennent le contrôle. Les policiers s'agitent et le curé est aux abois. Pourtant, il en a déjà plein les bras, d'après le journal, avec la crise qui secoue la chorale des hommes qui est aux prises avec un gros problème de recrutement. Des femmes se sont proposées, mais il les a éconduites : pas « d'éléments féminins » dans sa chorale ! Les Dames de sainte Anne sont sur un pied de guerre, les membres de la Ligue du Sacré-Cœur aussi. Ils cherchent désespérément des recrues. Les « bommes » de La Tuque peut-être ?

Je me remets lentement de mon « excursion » aux Territoires. Grand-Père voulait parler après souper, mais je n'allais pas bien ; la tête voulait me sauter. À un moment donné, j'ai dû l'interrompre au milieu d'un long récit et me mettre au lit, je n'en pouvais plus. J'ai vu que je lui faisais de la peine ; il a cru à un caprice. Alors, j'ai eu de la peine moi aussi, j'avais le cœur gros. C'est parfois comme ça, nous deux.

Je vois bien que je me suis attaché à lui. Je pense de plus en plus à la fin de mon stage ; la séparation ne sera pas facile. Encore une affaire !

13 juillet (midi)

Les vieux que j'interroge sur les Territoires prennent un air grave, presque solennel. L'autre jour, il y en a un qui s'est fait donner un coup de peigne par sa femme avant de prendre la parole (c'est du sérieux, les Territoires). Et cet après-midi, une femme très âgée, Bibiane Courtois (c'est la « doyenne » de la Réserve, comme on dit ici) a même tenu à passer son chapelet à son cou avant de répondre à mes questions. Du coup, je faisais attention à ce que je disais ; je parlais quasiment comme une religieuse.

(Fin d'après-midi)

La nouvelle était sur la première page de *L'Avenir* hier. Trois Indiens auraient malmené un Blanc qui en avait pris à ses aises avec une fille de la Réserve. J'ai mes doutes, ce n'est pas leur manière. Ici à Uashat, pas un mot de cette affaire. Tout de même, ça me donne à réfléchir ; je vais être prudent avec Sara.

(Avant de me coucher)

Sara, justement. Ce soir après souper, je marchais sur la rue Brochu et je l'ai aperçue qui s'en venait de l'autre côté avec quatre ou cinq garçons et d'autres filles. Elle portait une jupe et une blouse très amples dans lesquelles le vent se prenait. Elle ne me regardait pas mais, parvenue à ma hauteur, elle a subitement relevé sa jupe pour me montrer ses cuisses. Puis elle a traversé la rue à la course et est venue se coller à moi. J'étais décontenancé, assez fâché aussi, j'ai voulu la repousser. Mais elle m'a serré encore plus fort et s'est mise à se trémousser contre moi pendant que les autres riaient. Alors, elle a éclaté de rire et a couru rejoindre ses amis. C'était comme si elle avait fait une gageure. Je suis resté planté là comme un niaiseux.

C'est la deuxième fois qu'elle me fait une chose pareille. Je suis très déçu et très malheureux. Je me demande pourquoi elle me fait souffrir comme ça. Je vais me retrouver à Saint-Michel-Archange si ça continue. Je n'arrive pas à la comprendre ; elle a deux personnalités (si c'est pas plus), selon qu'elle est avec ses « amis » ou seule avec moi.

14 juillet (avant-midi)

Il fait encore très chaud, les vieux n'ont jamais vu ça sur la Côte. Vers le nord aussi, c'est la sécheresse. Les gens craignent des incendies de forêt.

(Avant souper)

Colère dans la Réserve. Deux frères de Léo Saint-Onge ont été arrêtés au dépotoir où ils ramassaient de vieux vêtements. Ils ont tenté de se sauver, les policiers les ont rattrapés. Ils pourront sortir de prison mais devront payer une amende. Ils sont sans argent évidemment.

J'en aurais long à dire sur la pauvreté à Uashat. Les maisons, par exemple, ça fait dur. Des familles entassées, des murs pas isolés contre le froid, des planchers pourris, des toits qui coulent, tout ça. Pire que dans mon quartier à Lévis, je dirais. Ils n'ont que de petits poêles à bois pour se chauffer ; je sais d'expérience à quoi ça doit ressembler l'hiver là-dedans. Une femme m'a dit, la semaine dernière : « C'est rien que des vieilles cabanes défoncées ici, tu peux écrire ça. » Il y fait toujours sombre ; la plupart s'éclairent à la chandelle, quelques-uns seulement ont des lampes (ils craignent le feu, ils ont bien raison). La nourriture aussi, c'est insensé. Quand ils reçoivent leur allocation mensuelle du gouvernement (c'est nouveau, seulement depuis sept ou huit ans, je pense), plusieurs se précipitent à Sept-Îles et vident les épiceries. Quinze jours après, ils ont presque tout mangé. On me parle aussi de quelques familles qui ne se nourrissent que de pommes de terre depuis l'hiver.

À propos de l'allocation, il faut dire qu'une partie s'en va maintenant chez Colette. Les jeunes surtout gaspillent sans bon sens. Les parents pourraient les contrôler, mais c'est rare qu'ils vont dire non à leurs enfants ; ce n'est pas dans leur habitude non plus de les disputer. Sans le billard et les friandises, les familles se porteraient mieux, il me semble.

Ça y est, je parle comme le Père Guinard maintenant.

(Soir)

À propos de mon excursion en forêt avec les Napish, je n'avais pas dit toute la vérité à Grand-Père. J'ai longuement hésité et, tout à l'heure, je n'ai pu m'empêcher, je lui ai tout raconté : la boisson, le filet mal posé, les disputes, le niaisage, en fait tout le fiasco. Je n'aurais pas dû ; ça lui a fait de la peine, il était gêné. Il a voulu m'expliquer. Les Napish étaient de bons chasseurs avant et ils ne buvaient pas. Comme la plupart des autres, ils ne se sont pas remis de la perte de leurs terrains de chasse et la vie dans la Réserve les rabaisse. Ils ont perdu la « gouverne » de leur vie, leurs enfants les inquiètent et ils craignent le Blanc (ça revient souvent dans mes entrevues : la peur du Blanc). Grand-Père est humilié du désordre, de l'anarchie qui règne chez les siens. Et quand ils retournent pour quelques jours en forêt, comme les Napish l'ont fait avec moi, c'est encore plus dur ; ils revivent tout ce qu'ils ont perdu, ils se croient indignes de leurs aînés, ils en reviennent diminués. Pour achever l'affaire, plusieurs se sentent coupables de ne pas avoir transmis les vieilles traditions à leurs enfants. Comme si c'était de leur faute.

À propos des changements de prénoms, j'ai continué à interroger autour de moi. Les prêtres ne sont pas seuls en cause. Parfois, les Indiens eux-mêmes refusent de transmettre leur nom à leurs enfants. Ils disent qu'ils ne veulent pas leur nuire dans la vie, que de cette façon ils attireront peut-être moins l'attention parmi les Blancs quand ils seront grands. C'est encore plus triste, quand on y pense.

Note : Les jumelles m'ont écrit quelques mots pour me remercier de ma lettre. Pas une faute de français (je les tanne assez avec ça !).

15 juillet (soir)

Sept-Îles, c'est une drôle de petite ville. Les habitants, les échevins, les commerçants, le curé, ils sont tous certains qu'elle va devenir une sorte de métropole, la capitale de l'immense région qui va se déployer entre la baie d'Hudson et la Côte. En fait, ils en sont si convaincus qu'ils se comportent déjà comme s'ils vivaient dans une grande ville. C'est vraiment amusant de lire *L'Avenir*. Voilà une toute petite ville de cinq mille habitants et le Conseil parle déjà de la diviser en « faubourgs », de créer deux ou trois parcs, d'ériger quelques monuments à la mémoire des fondateurs, de remplacer la clinique Saint-Joseph par un hôpital régional, de se donner des armoiries (et de les reproduire sur la façade de l'hôtel de ville). À Québec aussi, les dirigeants ont des gros projets (comme à Montréal), mais ils ne partent pas de zéro en tout cas. Je pensais aux théories de Talcott Parsons et d'autres sociologues américains dont monsieur Falardeau nous parle dans ses cours (un peu trop d'ailleurs, à mon goût). S'ils étaient ici, ils verraient que leur « modernisation » c'est de la petite bière.

L'autre jour, j'ai lu dans le journal un article qui parlait du « centre-ville » et des « banlieues » ; faut pas être timide ! (D'un autre côté, voilà au moins des Canadiens français qui marchent debout, faut leur donner ça.) Le directeur du journal pense même que la population atteindra un million d'ici peu, que Sept-Îles sera la « Reine du Nord ». Il rêve à de grandes usines, une sidérurgie, une fonderie d'aluminium, un chantier de construction navale aussi. Tout cela grâce aux capitaux américains ! La feuille ne s'appelle pas *L'Avenir* pour rien. On comprend aussi que les Indiens embarrassent ; ils jurent un peu dans le décor. Disons que, comme « banlieue » d'une métropole, on a vu mieux.

Les notables sont très fiers. Ils mettent beaucoup d'argent dans la fanfare qui défile à tout bout de champ ; une fête n'attend pas l'autre. Le journal parle régulièrement des grandes cérémonies des années passées, surtout le tricentenaire de la première messe célébrée sur l'emplacement de la ville. En 1952, le Conseil a souligné en grande pompe aussi le couronnement d'Élisabeth II (elle a dû être contente, la reine !). La plupart des notables assistent aux séances du Conseil en se tenant le corps droit comme des marguilliers à la grand-messe. Même les simples contribuables, c'est tout juste s'ils ne s'endimanchent pas quand ils vont à l'hôtel de ville pour payer leur électricité.

Il faut dire que le pays ne leur ménage pas les honneurs. Seulement depuis deux ans, la ville a reçu la visite du lieutenant-gouverneur, du premier ministre Duplessis et d'un ministre fédéral (Lesage, je pense). Il paraît que le maire Morgan veut inviter le prince de Galles lors de sa prochaine visite au pays (pourquoi pas le pape tant qu'à y être?).

Ça surprend quand même parce que, quand on se promène dans les « banlieues », on ne pense pas tout de suite au prince de Galles. Par certains côtés, la ville ressemble à un ancien poste de traite où tout ce qui règne, c'est la loi du plus fort. Je ne parlerai pas de l'Auberge des Grèves ou du Manoir, qui ne reçoivent que des « distingués visiteurs », mais quand on a vu la clientèle du Trappeur, du Petit Castor, du Portage ou du Royal (et il y en a d'autres, pas piqués des vers non plus, comme le Central, le Santerre ou le Soriento où je n'ose même pas mettre les pieds), on se dit que les seigneurs se tiennent bien proches du peuple… Et c'est sans parler des bagarres qui font rage tous les samedis soir dans les ruelles derrière les tavernes. C'est surprenant, le paquet de gars chauds qui peuvent se ramasser là. On m'a parlé aussi de deux petites maisons « spécialisées » qui, sans relever précisément des services municipaux, n'en desservent pas moins un certain nombre de contribuables…

Sept-Îles, c'est peut-être une « petite ville dynamique en pleine croissance », comme le dit souvent *L'Avenir,* mais c'est aussi un ramassis de trimpes qui ont perdu leur scapulaire depuis longtemps : je parle des débardeurs, des matelots, des trappeurs pas bien bien scrupuleux, des contrebandiers, des coureurs de chantiers, puis de bien d'autres wabôs, des aventuriers de toutes sortes qui ont abouti là par des chemins pas mal entortillés, tous des paroissiens qui seraient bien embêtés de retrouver leur église, comme on disait des courailleux qui se ramassaient anciennement au quai de Lévis.

Ces chrétiens-là ne tiennent pas les Indiens en haute estime. Quand ils peuvent en agrafer un par le collet, on se demande s'ils ne vont pas le scalper. Les policiers voient tout ça, mais ils ne sont pas sévères. Il faut dire que plusieurs d'entre eux ont fait leurs classes sur ce terrain-là.

Il arrive des choses drôles aussi. Juste avant mon arrivée en avril, un journal de New York a envoyé ici un reporter qui a fouiné pendant quatre ou cinq jours. Il a ensuite publié quelques articles qui, au goût des notables, insistaient un peu trop sur la vie des « banlieues » et pas assez sur le « centre-ville ». Il était fait mention de maisons de prostitution desservies par un « réseau » de taxis (je ne crois pas en avoir compté plus que trois ou quatre depuis mon arrivée…) et d'un problème de maladies vénériennes (les matelots y seraient pour beaucoup). Le Conseil municipal n'a pas aimé. Il a aussitôt passé une résolution indignée demandant à *L'Avenir* d'intervenir pour sauver l'honneur de Sept-Îles, ce que le journal a fait avec beaucoup de zèle (j'ai retrouvé les articles à l'hôtel de ville, c'est assez coloré).

Je ne sais pas ce qu'il faut penser de tout cela. C'est sûr que je suis en faveur du progrès ; la société moderne, c'est pas seulement pour les étrangers. Et ce que font les dirigeants et la population de la ville, c'est ce que tout le Québec devrait faire au fond (je veux dire, voilà quand même des gens qui se grouillent, qui se débrouillent). Mais, en fin de compte, ce sont surtout les Américains qui en profitent, il me semble. On dirait que nous autres, même quand on veut se tenir debout, on est toujours à genoux devant quelqu'un. Quant aux Indiens, où est-ce qu'ils se placent là-dedans ?

Plus j'avance, moins je trouve que la réalité ressemble à ce que j'apprends dans mes cours et mes livres de sociologie. C'est un peu inquiétant, non ? En plus, comme je l'ai déjà écrit, je ne suis même pas sûr de tout comprendre. Le « structuro-fonctionnalisme », par exemple, ça me passe un peu par-dessus la tête, les « ideal-typus » aussi, sans parler des « trois âges » d'Auguste Comte. Y aurait pas des théories qui parleraient des choses concrètes comme le chômage, les ouvriers, les patrons et la domination qu'ils exercent, leur complicité avec les politiciens, pourquoi le monde ordinaire se laisse faire, comment ça marche tout ça ?

16 juillet (fin d'après-midi)

C'est dimanche et il a fait encore une chaleur de plomb dans la Réserve aujourd'hui. C'est surprenant. Avec le Golfe, cette grosse masse d'eau froide tout près, on devrait avoir un peu de fraîcheur ; mais non. En plus, j'ai eu des étourdissements et n'avais pas le cœur à l'ouvrage. J'ai traîné tout l'avant-midi dans la maison. Grand-Père était déjà parti quand je me suis levé.

J'ai fini par sortir, j'ai marché dans Uashat sans aller nulle part (mais en évitant la rue Grégoire, je suis fâché contre Sara depuis l'incident de la rue Brochu il y a trois jours). Je n'ai vu personne, pas un visiteur, pas un flâneur, rien ; même les chiens étaient invisibles. Je ne sais pas où tout le monde était passé. Ils sont comme cela parfois les Indiens, ils disparaissent, on dirait — comme le gibier. Le remords m'a pris, j'ai pensé frapper à une porte, faire une entrevue au moins, mais je n'en ai pas eu le courage. Je suis quand même ici depuis trois mois, c'est long. Je suis un peu triste.

Je me connais. Quand il fait ce temps-là l'été, c'est toujours la même chose ; je m'imagine que la vie est remplie de plaisirs là où je ne suis pas. Je voudrais être partout où il y a de la vie, du soleil. Est-ce que je suis tout seul comme ça ? J'ai l'impression que tous les jeunes de mon âge sont dans des chalets ou des lacs en train de se baigner. C'est terrible comme ça nous a manqué, nous autres à la maison. Quand j'étais plus jeune, il y avait une famille dans notre quartier (des Savard de la rue Commerciale) qui partait tous les dimanches pour le chalet. Ils attachaient une remorque à leur voiture et y chargeaient une chaloupe avec des cannes à pêche, des glacières, des flottes, des tripes (en français?) de camion. Des fois, nous étions une douzaine d'enfants enguenillés à assister, l'œil mauvais, à ce cérémonial qui nous fendait le cœur. Il y avait deux filles de notre âge aussi qui nous énervaient pas mal, surtout les journées très chaudes (comme aujourd'hui) où elles avaient déjà enfilé leur petit maillot rose à pois bleus. Martine et Marie-Ève, je me souviendrai toujours de leur nom.

Après leur départ, mon frère Fernand et moi, nous étions toujours les derniers à quitter. Debout sur le trottoir, nous attendions que l'auto s'engage dans la côte Fréchette et disparaisse vers la rue Déziel. Batince qu'on aurait aimé ça sauter dans la remorque! Moi, je revenais à la maison tout à l'envers; Fernand, lui, il restait là, enragé. Il s'est jamais défâché, je pense.

Il faut que je sois honnête, j'ai quand même été invité une fois dans un chalet. En fait, c'est mon parrain, avec sa famille, qui avait été invité par un de ses amis et il avait eu l'idée de m'emmener (j'étais content, c'était pas un gros faiseux de cadeau, mon parrain — un Moisan). C'était il y a cinq ou six ans, une journée presque aussi chaude qu'aujourd'hui; j'étais tout excité, je n'avais jamais vu le lac Mégantic. J'imaginais des centaines de chalets de millionnaires, des manoirs quasiment, avec d'immenses yachts un peu partout, plein d'îles aussi (avec des trésors?). J'avais hâte. Mais en arrivant, j'ai vu que tout le monde était dans l'eau, à nager (plusieurs, tout bronzés, étaient beaucoup plus jeunes que moi). Il y en avait même qui plongeaient tête première du haut d'un hangar à bateaux. Moi, je ne m'étais jamais enfoncé la tête sous l'eau, je ne savais même pas faire la planche. J'étais assez gêné, merci, avec mes culottes longues puis ma chemise neuve. Je me tenais loin du lac, je faisais semblant de m'intéresser aux arbres, aux oiseaux, même aux maringouins. Les gens du chalet m'ont crié de venir me baigner, j'ai dit que je n'avais pas de costume de bain. Ils ont voulu m'en prêter un, j'ai répliqué que j'avais la grippe. Ils sont revenus à la charge en m'assurant que l'eau était chaude. Là, j'ai décidé de régler mon problème : je leur ai dit que je faisais des boutons. Comme j'avais déjà des picots… Cette fois, ils m'ont laissé tranquille. Maudits achalants.

Je pensais à tout ça cet après-midi. J'ai décidé de me secouer, j'ai marché jusqu'au port où je suis arrivé tout en sueur (je me serais bien baigné…). Il ne se passait pas grand-chose là non plus ; je me suis assis sur une pile de madriers. Un paquebot passait au large. Il était tout blanc, très beau avec ses ponts, ses cheminées ; je me disais qu'il devait transporter une bien grosse cargaison de bonheur. Puis j'ai pensé aux passagers qui apercevaient la grande baie de Sept-Îles sous le soleil. Ils la découvraient peut-être enveloppée de mystère, auréolée elle aussi de je ne sais quoi. Cette pensée m'a réconforté. Je regardais les bâtisses de tôle de l'Iron Ore, les gréements à gauche et à droite. Et je me disais que les distances sont trompeuses, on les remplit de ce qu'on veut. Avec les souvenirs, c'est peut-être pareil ?

Il y avait un petit caboteur qui chargeait. J'ai parlé un peu avec les matelots ; ils appareillaient pour les îles de la Madeleine. Du coup, j'ai pensé à Marise. C'est curieux, elle ne me manque pas vraiment, sa famille non plus (en voilà d'autres qui ne m'ont jamais emmené à leur chalet).

J'ai relu ce que je viens d'écrire. Si maman voyait ça, elle ne serait pas fière de moi. Je sais ce qu'elle dirait : « Ça va faire le memérage, c'est pas comme ça que je vous ai élevés, arrête de t'écouter, dans la vie c'est : fouette puis marche. » C'est comme si je l'entendais. Bon. Elle a raison au fond, je pense que je vais fouetter un peu ; je vais tâcher de faire une entrevue dans la soirée.

J'ai toujours eu de la misère avec les dimanches. Quand il pleut, c'est moins pire.

(Soir)

Je me rends compte que l'été, pour moi, c'est pas vraiment une saison. Les chaleurs de juin, de juillet, c'est plutôt une bouffée de mauvais souvenirs, comme un rappel de tout ce que mon enfance aurait pu être : des jeux, de la gaieté, de l'insouciance, avec des odeurs de foin, des fraîcheurs de sous-bois, des soirées douces. J'ai l'impression que chez nous, l'enfance, la vraie, ça durait pas plus que quatre ou cinq ans. Après, on était encore petits, mais pas par en dedans.

J'ai quand même fait une entrevue après souper.

17 juillet (fin de soirée)

Colette vient encore de frapper un grand coup : elle a fait l'acquisition d'un juke-box ! Elle l'a installé dans la troisième pièce de sa maison et le fait fonctionner au moyen d'une petite génératrice. Elle-même habite maintenant la résidence de ses voisins qu'elle loue pour une bouchée de pain (ils ont déménagé à Schefferville il y a deux ans, leur maison est abandonnée). Encore une fois, le succès est foudroyant. Le répertoire des disques est pour l'instant limité : cinq ou six « reels » grincheux, deux ou trois valses qui s'enlisent dans leurs sillons (des vieux airs qu'on n'entend même plus au restaurant de la gare à Lévis), mais elle promet de l'étendre bien vite. Le soir, on dirait que tous les jeunes de la Réserve sont là. Quelques-uns s'essaient à danser, maladroitement. Colette a annoncé qu'un « professionnel » viendrait bientôt donner des cours...

L'épicerie-restaurant marche maintenant si fort qu'elle a lâché les « handicrafts » pour ouvrir d'autres « lignes » ; elle offre désormais tout un assortiment de gommes à mâcher, de peignes, de miroirs, avec deux ou trois pots de Brillantine, même de la cire à chaussure (là, elle est un peu en avance sur la Réserve, je trouve). Et pas plus tard qu'hier, un autre signe de prospérité est apparu : la porte de l'établissement est désormais surmontée d'une affiche — un bout de planche sur lequel on peut lire : « L'Oiseau moqueur » (c'est le titre du « reel » le plus populaire auprès des jeunes).

Colette est en train de chambarder la vie de Uashat. Cette fois, cependant, je sais que le Père n'est pas content du tout. La danse le dérange et il voudrait imposer des heures de fermeture. Il en a parlé à Colette, mais elle se montre très libérale : tout pour le profit (le sens des affaires…). J'arrive à l'instant de L'Oiseau, j'ai joué trois parties de billard contre deux Indiens (les ai toutes perdues ; j'étais un peu humilié, mais j'ai pu maîtriser mon « petit caractère »).

J'oubliais : toujours à propos de L'Oiseau, Colette a dû embaucher une assistante (Cynthia). Bien en chair comme sa patronne, elle va et vient dans l'établissement avec ses arguments de vente (dans son cas : grosses fesses, grosse poitrine).

Pour le reste, il fait toujours une chaleur écrasante, c'est dur de dormir la nuit. Les Indiens sont inquiets, ils ne parlent que des incendies.

Note : Je le vois bien, les Territoires m'ont tellement tourné la tête que mes romans ne me disent vraiment plus rien. C'est effrayant. L'abbé Tardif serait bien découragé de moi ! J'ai beau me faire des reproches, rien à faire. Depuis une semaine, je me suis imposé un gros effort et j'ai relu *Maria Chapdelaine*. Misère. Mon problème est encore plus grave que je pensais. J'ai dû me pousser pour le terminer. Rien à faire, la magie n'agit plus. Il faut dire que c'est tout de même un drôle de roman. J'ai un grand-oncle qui nous a souvent parlé de la manufacture de pulpe de Péribonka où il a travaillé du temps de Louis Hémon. Ce qui me surprend, c'est qu'elle n'est même pas mentionnée dans le livre (il n'y en a que pour les souches et les mouches). En plus, d'après ce que mon oncle disait, les gens brassaient pas mal fort dans ce village-là (un peu comme à Sept-Îles aujourd'hui, je suppose). Mais si on en croit Hémon, ils avaient presque tous les fesses serrées comme des Dames de Sainte-Anne. Pas un mot des guedounes et des trimpes. Il me semble pourtant que les Français, c'est pas du monde scrupuleux ?

Parlant de Louis Hémon, mon oncle disait aussi que c'était

un très gros mangeur de grenouilles (ou plutôt : de pattes de grenouille ?). Il payait les enfants du village pour l'approvisionner (il paraît qu'il ne reste plus une grenouille aujourd'hui au lac Saint-Jean…). Il avait le bec fin, levait le nez sur les pâtés à la viande, les tourtières. Ça lui aurait peut-être défrisé les humeurs ?

18 juillet (avant souper)

Très bonne entrevue cet après-midi, rue de la Réserve (je m'améliore encore). Mais, en règle générale, je m'aperçois que les Indiens ne sont pas de gros parleurs, souvent il faut que j'insiste. Alors ils racontent, mais après, ils sont un peu gênés, on dirait. Ils ont beaucoup de pudeur. Un long silence au milieu d'une conversation, ça ne les dérange pas ; je pense qu'ils aiment mieux réfléchir que parler (après tout, c'est aussi bien que l'inverse…). Une autre chose, c'est qu'ils n'aiment pas non plus se faire interroger trop directement ; il vaut mieux prendre des détours, ça va plus vite.

Je dis que je m'améliore, mais je ne suis quand même pas au bout de mes peines. Je me suis arrêté à une autre maison en revenant, on m'avait parlé d'un vieillard étonnant qui parle plusieurs langues. J'ai commencé à l'interroger ; il m'a répondu (en français) qu'il ne parlait pas cette langue. Je me suis essayé en anglais, il m'a encore répondu (en anglais) qu'il ne connaissait pas cette langue. Il me restait le montagnais, le russe, le huron… j'ai laissé faire.

(En me couchant)

Ce soir, je revenais du presbytère, il faisait chaud, j'avais soif. En passant devant L'Oiseau moqueur, j'ai décidé d'entrer boire un Coke. C'était plein de monde, comme tous les soirs quasiment. C'est à peine si j'ai pris trois gorgées. J'ai aperçu Sara à l'autre bout de la salle avec le gros Boutonnu et quelques autres. Je pense qu'elle avait pris de la boisson, elle faisait des niaiseries, n'était pas du tout comme d'habitude. Je ne suis même pas certain qu'elle m'ait vu. Je n'ai pas pris de chance, j'ai sacré mon camp. Je suis bien triste dans ce temps-là.

19 juillet (après-midi)

Grand-Père a appris qu'il y a eu une rencontre confidentielle au début de la semaine entre le Conseil de ville et le Conseil de bande. En mettant bout à bout ce que *L'Avenir* en a dit et ce que la rumeur a colporté dans la Réserve, il est évident que ça a chauffé. La réunion semble avoir été organisée par le maire. Ce qui en ressort, c'est que le Chef Bellefleur a affirmé fortement que les Montagnais ne renonceront jamais à leurs traditions, que si c'est le prix à payer pour suivre « le progrès », les Indiens choisiront plutôt de vivre à part, même dans la misère.

Les réactions sont très variées à Uashat. Plusieurs appuient le Chef. Ils assurent que ce genre d'intégration à la société des Blancs, c'est la fin des Indiens, et ils s'opposent au déménagement. D'autres, par contre, sont très fâchés contre Bellefleur ; ils estiment qu'il paralyse la communauté, que les Indiens doivent renoncer à vivre comme avant, qu'il compromet l'avenir des jeunes. Quelques-uns jugent aussi qu'il s'est montré trop tranchant, qu'il aurait dû laisser des portes ouvertes, voir venir. J'ai de la difficulté à y voir clair ; il faut que je réfléchisse.

Les choses ne vont pas mal pour tout le monde cependant. *L'Avenir* de cette semaine consacre une demi-page à « l'entreprise florissante » de Colette, sous un titre qui se veut amusant (« Du portage au partage : une Indienne dans la business »). Moi, je ne vois pas beaucoup le « partage » là-dedans ; quand je pense à la boisson qui circule de plus en plus librement à L'Oiseau et à la façon assez cavalière dont Colette mène son affaire, j'aurais plutôt vu : « De la raquette au racket ». Mais bon. Il y a une photo qui montre la patronne souriante, appuyée contre sa table de billard, avec Cynthia et ses nichons bien en vue à l'arrière-plan (elle est présentée comme une « associée »). Toujours le progrès...

D'ailleurs, Colette vient d'enrichir sa collection de disques. L'un d'entre eux fait fureur ; c'est un morceau de piano : *Crazy Otto*. Je l'entends tous les soirs en me couchant. Gratis.

(Fin de soirée)

Qu'est-ce que ça puait ce soir dans la Réserve ! Je pense que le camion des vidanges n'est pas venu depuis quinze jours. Avec les chaleurs qu'il fait en plus. Plusieurs pensent que la Ville le fait exprès.

Au sujet de la peur des Blancs : je l'ai dit, c'est un sujet qui revient souvent dans mes entrevues. On me parle des policiers (harcèlement), des dirigeants de la Ville et des compagnies (mauvaise foi), des représentants du gouvernement (arrogance), de la façon dont les enfants sont traités à l'école (rejet). Et sur les Territoires, c'est la surveillance constante des gardes-chasse ; il y a toujours des hydravions aussi (« avant, on était libres »).

Note : Au sujet de *Crazy Otto*, je ne devrais pas me plaindre, au fond. À la maison, nous avons eu un vieux gramophone pendant quelque temps mais avec un seul disque : des chansons de Noël. Un cadeau de la marraine de Fernand, au jour de l'An. Le disque, finalement, nous l'avons fait jouer pendant deux ans, été comme hiver, jusqu'à ce qu'il soit usé à la corde (c'est arrivé en même temps que l'appareil, ils sont tous les deux allés à la poubelle le même jour). Il n'y a pas si longtemps, il m'arrivait encore de fredonner à tout moment *Minuit, Chrétiens*, même en plein juillet (quand c'est beau, c'est beau tout le temps...). Une voisine m'a même appris à danser le cha-cha-cha sur *Çà, bergers* (pour la polka puis le « folkstrott », on a laissé faire).

20 juillet (après dîner)

Cet avant-midi, comme ça, j'ai eu l'idée d'aller aux « petits fruits » (c'est l'expression ici) avec Sara. Je me suis rendu chez elle et elle a tout de suite accepté. Finalement, c'est elle qui m'a guidé vers l'est de la Réserve, derrière le Vieux Poste, et nous avons recueilli ce qu'elle appelle des « crottes de corneilles » (j'ai tout de suite pensé à la mouffette de Grand-Père, le mois dernier, et me suis dit : ça ne commence pas bien). Mais c'est bon, ça ressemble à des bleuets, en plus noir et plus juteux. Nous avons mangé pratiquement toute notre ramasse. Après, Sara a trouvé des « shikouteus » (des senelles ?) ; mais là, je ne me suis pas aventuré, je l'ai laissée faire. Il faisait beau, elle était de bonne humeur (je n'ose pas dire « fine »), c'était plaisant.

À un moment, j'en ai eu assez de la cueillette, j'aurais bien passé à autre chose. C'était compter sans Sara. Je m'étais tourné vers elle, j'allais mettre mes mains sur ses hanches. Comme si elle avait deviné mes pensées, tout à coup, elle a sonné la fin de la récréation, disant que Gabrielle l'attendait. Et elle s'est sauvée en courant. Je suis resté planté là, au milieu des « crottes ».

(Soir)

L'« entreprise » de Colette est certainement florissante ; l'affluence augmente, le commerce prend de l'expansion et la patronne parle d'embaucher une deuxième « associée ». Mais elle fait aussi de plus en plus de mécontents : L'Oiseau chante trop fort à leur goût. Trop fort et trop tard. Les voisins surtout ne trouvent plus le sommeil (*Crazy Otto* peut tourner jusqu'à vingt fois dans la soirée). Les parents n'aiment pas non plus que leurs jeunes dansent et veillent jusqu'aux petites heures. Et la boisson a commencé à y circuler.

Le Père s'en est mêlé. Il est intervenu en chaire et a de nouveau convoqué Colette au presbytère. Mais elle reste inflexible.

Elle dit qu'elle dirige une « bizenesse », pas un pensionnat. Et puis elle crée de l'emploi…

(En me couchant)

J'écrivais avant-hier qu'il faut faire bien des détours en interrogeant les Indiens ; j'en ai parlé avec Gabrielle cet après-midi. Elle a ri, puis m'a dit : « La rivière aussi, elle fait des détours ; j'ai jamais entendu dire que ça la retardait. »

Je suis maintenant assez familier avec Gabrielle ; je l'interroge très librement, tous les petits sujets y passent. Les grands aussi. Avant souper, j'étais seul avec elle, je lui ai demandé quel était le plus beau souvenir de sa vie. Elle m'a dit : « Quand j'étais dans le bois avec les miens ; nous étions tranquilles, tous ensemble. »

21 juillet (soir)

On dirait que les choses bougent dans toutes les directions à Uashat (même si elles n'avancent pas beaucoup, il me semble). J'avais l'impression de comprendre un peu le conflit du déménagement, de démêler les partis, les motifs, tout ça. Je me moque un peu des gens de Sept-Îles, mais il faut leur donner ce qu'ils ont, quand même. C'est vrai, toutes les sociétés changent, on n'y peut rien ; d'après monsieur Falardeau, ce serait même une loi universelle. Je suppose que les Indiens n'y échappent pas. Mais, à partir de là, tout s'embrouille.

Par exemple, ceux qui vivent dans des maisons sont en général opposés à Malioténam. Jusqu'ici, je considérais que c'était des traditionalistes. Pourtant, un grand nombre parmi ceux-là travaillent à Sept-Îles, parlent bien le français, et quelques-uns sont assez instruits. Et puis ils ne vont presque plus à la chasse. Par contre, ceux qui campent près du tas d'ordures (et dont certains ne parlent que le montagnais) ont hâte de déménager. Or, on m'a toujours donné à comprendre qu'ils préféraient vivre dans des tentes afin de rester plus près de la nature, pour imiter les Anciens. Et là-bas à Malioté-nam, ils logeront dans des maisons. C'est compliqué, non ?

Je commence à penser qu'il y a autre chose. Au fond, l'opposition entre le parti des Maisons et celui des Tentes (je vais les appeler comme ça), c'est peut-être simplement un conflit entre des pauvres et des plus pauvres encore. Ou bien : entre des gens qui ont un peu de pouvoir et d'autres qui n'en ont pas du tout (ou encore mieux : entre ceux qui se donnent l'illusion de contrôler quelque chose au Conseil de bande et ceux qui savent ne rien contrôler). Autrement dit, c'est surtout par dépit, pour faire un pied de nez aux Maisons que les Tentes déménagent. C'est mon idée, de plus en plus.

J'oubliais une autre affaire : le conflit entre les Basile et les Bellefleur. Mais là, je ne sais pas trop comment ça se raccorde avec le reste. Au fond, c'est peut-être une très vieille chicane de clans (comme on voit en anthropologie) qui n'a rien à voir avec les problèmes actuels de la Réserve ?

22 juillet (avant-midi)

Je l'avais entendu dire, que Sara commettait des excès, même Gabrielle y a déjà fait allusion devant moi. Mais il n'y a pas plus aveugle qu'une personne qui ne veut pas voir. Finalement, la vérité, je l'ai attrapée en pleine face hier soir.

J'avais refait les pansements de Grand-Père et il s'était couché de bonne heure. Moi, je ne m'endormais pas à cause de la chaleur ; j'ai décidé d'aller en ville, je suis arrêté prendre un Coke au Trappeur. En arrivant là, je n'ai vu personne que je connaissais. J'ai bu rapidement ma liqueur et me suis dirigé vers la sortie. En passant devant les toilettes, j'ai entendu quelqu'un qui râlait. J'ai fait ni un ni deux, j'y suis entré. Sara était là qui divaguait, complètement saoule, écrasée dans un coin. Personne ne s'occupait d'elle. C'est à peine si elle m'a reconnu. Là, j'ai eu une peine terrible, vraiment.

J'ai forcé comme un diable pour la sortir de là (les waiteurs ne s'en sont pas mêlés — une Sauvagesse !). Je l'ai assise un moment sur le bord de la rue, puis nous avons pris le chemin de la Réserve, de peine et de misère. Par moments, je devais quasiment la porter ; l'instant d'après, elle marchait toute raide, le regard fixe, comme si elle était tirée par une corde. Un peu avant d'arriver à Uashat, nous nous sommes assis, j'étais fatigué ; elle s'est laissée choir contre mon épaule, un bras autour de mon cou. Elle sentait mauvais. Je l'ai relevée et nous sommes parvenus à la Réserve. J'ai voulu la faire entrer chez nous pour qu'elle achève de se dégriser, elle m'a dit qu'elle n'en avait pas besoin. Alors, je l'ai accompagnée chez elle. La nuit était avancée, mais il y avait encore des Indiens qui veillaient dehors autour des feux. Ils nous regardaient passer, c'était très gênant. Heureusement, tout le monde dormait chez les Napish. Sara est rentrée sans même me saluer.

Mais où est-ce qu'elles prennent donc leur argent, elle et d'autres filles de Uashat ? Je ne peux m'empêcher de penser à ces histoires de matelots qui achètent des femmes. Ça me rend fou.

J'ai bien réfléchi, je vais être très patient. C'est évident qu'elle a besoin d'aide. Avec le temps, ça va s'arranger, elle va retrouver ses sens. Elle n'a pas eu de chance, voilà tout. Et peut-être qu'elle n'a jamais été vraiment aimée, qu'elle n'arrive pas à y croire ?

(Avant souper)

Grand-Père vient de rentrer, tout bouleversé. Il arrive de Sept-Îles, où un hydravion a ramené des prospecteurs qui étaient allés faire des relevés très loin, à plus de six cents milles vers le nord, bien au-delà des Territoires de chasse des Montagnais. Les trois guides indiens qui les accompagnaient ont raconté à Grand-Père que, tout juste après le décollage, l'appareil a survolé un petit lac près duquel ils ont aperçu un tentement. Ils ont demandé au pilote de se poser, mais le lac n'était pas assez long. Un homme s'y trouvait qui avait allumé un feu et dépeçait un caribou. Au bruit de l'avion, il a levé la tête mais n'a fait aucun geste. Les Indiens sont très perplexes, ils n'ont jamais vu de campement montagnais dans des parages aussi éloignés. Tous ont la même pensée : Piétachu…

Grand-Père est resté longtemps silencieux, songeur ; je n'ai pas osé le déranger. Puis il s'est retiré dans sa chambre.

23 juillet (midi)

Je finissais de déjeuner ce matin quand une auto s'est arrêtée devant la maison. Je suis sorti, c'était Gobeil, le fonctionnaire municipal. Il voulait entrer, mais je l'ai retenu et nous avons jasé sur le bord de la rue. Il m'a expliqué qu'il venait de la part du maire (rien que ça !). D'autres Indiens de Uashat ont déménagé à Malioténam récemment, et l'ingénieur de la Ville ne veut pas qu'ils s'établissent au hasard là-bas ; il voudrait regrouper dans des sortes de quartiers les familles apparentées pour favoriser l'entraide, l'intégration, tout ça. J'ai trouvé que l'idée n'était pas mauvaise (je pensais aux Basile et aux Bellefleur…) ; je me disais : pour une fois qu'un ingénieur pense plus loin que ses tuyaux ! Mais je ne voyais pas en quoi elle me concernait. Selon Gobeil, les gens de la ville sont tout mêlés dans les relations de parenté (je les comprends) et ils voudraient éviter les frais d'une longue étude. Ils ont donc pensé à moi. Puisque je suis déjà pas mal avancé dans mon inventaire de Uashat, je n'aurais pas de misère à tirer tout cela au clair.

J'ai réfléchi, je me méfiais un peu. Gobeil s'en est aperçu et il a ajouté : « La paie va être bonne… » Du coup, je suis devenu encore plus méfiant. J'ai dit que j'allais y penser et je suis rentré.

J'en suis toujours là, j'hésite. C'est sûr que, pour ce qui est de démêler les relations de parenté, j'ai une bonne longueur d'avance. Mais je suis plutôt naïf, il faut que j'apprenne à me méfier. Je pense que je vais laisser faire. Gobeil et le maire, ils attendront. Puis leur argent, je m'en fiche.

(Soir)

Un Indien de Mingan, gardien d'écluse pour la Clarke au 65, est mort hier dans l'incendie de sa cabane. Faut pas être chanceux : vivre sur l'eau (dans l'eau quasiment) et mourir brûlé…

24 juillet (matin)

J'ai relu hier soir une bonne partie de mon Journal, je suis vraiment perturbé par l'idée des Territoires. C'est comme un grand large mystérieux que j'explore tous les soirs grâce aux histoires dont Grand-Père m'abreuve.

Hier encore, il m'a raconté ses chasses avec Piétachu (ce devait être beau de les voir aller, ces deux-là). Il me disait à quel point les Indiens étaient heureux l'hiver, à grande distance de la Côte et des Blancs, de la boisson, des policiers, des agents du gouvernement (ils disent tous cela). Toutes les rivières étaient gelées ; même s'ils avaient voulu, ils n'auraient pas pu redescendre. Mais cela ne les inquiétait pas ; ils aimaient cette captivité qui les enveloppait (et qui les protégeait, les libérait même). Ils vivaient tranquilles, entre eux, « comme sur une île ».

Je l'ai de nouveau interrogé sur Piétachu, je voulais savoir ce qu'il était dans la vie quotidienne, « dans son ordinaire ». Mais Grand-Père me dit qu'en toutes choses il était hors de l'ordinaire ! Tout de même, j'ai réussi à apprendre qu'il était très fier sur sa tenue, ne prêtait jamais ses raquettes ni son fusil, était jaloux de sa femme (et parfois aussi « de celles des autres »…). À part ça, il ne parlait pas beaucoup, bougonnait un peu, ne fumait pas, prenait une brosse par année (« mais toute une ») et n'avait besoin que d'un repas par jour (« mais tout un »). On ne lui connaît pas de parenté dans les environs (ni ailleurs, à ce qu'il semble). Au sujet de sa fierté, j'ai fini par arracher à Grand-Père qu'il portait toujours les cheveux très long pour cacher une vilaine oreille. Certains disent que c'est le résultat d'une engelure subie pendant une chasse au temps de son enfance. D'autres (dont Grand-Père) y voient plutôt le vestige d'un terrible affrontement avec une meute de loups. Comment savoir? Mais c'est sûr qu'avec Piéta-chu ça ne peut pas être juste une oreille décollée…

(Soir)

Je repense aux Territoires où, selon Grand-Père, les Indiens vivaient comme sur une île… Une île où le bonheur n'était pas toujours au rendez-vous, quand même. Dans une maison, cet après-midi, on m'a parlé de ce que les familles devaient endurer à cause des disettes. Au bout de leurs provisions, elles se résignaient parfois à manger les babiches, les peaux d'animaux qui avaient servi à faire les mitaines et même, anciennement, des lambeaux de toiles de tente (à l'époque où elles étaient faites de peaux)…

Mais ça ne fait rien, ce que les Indiens retiennent surtout, c'est qu'ils étaient libres (« on menait notre vie »).

Je suis allé marcher un peu tout à l'heure. En passant devant l'église, j'ai vu qu'il y avait de la lumière à l'intérieur et je suis entré. Une trentaine d'adultes priaient. D'autres s'attardaient devant l'autel, les statues, ou le long de la balustrade. Un homme que je ne connais pas s'est avancé dans le chœur et a fait chanter l'assemblée. Tout se déroulait dans leur langue, je ne me sentais pas vraiment concerné. J'observais distraitement les mines, les gestes du rituel; je regardais aussi, à travers les fenêtres en ogive, la nuit qui tombait sur le Golfe. Puis ça m'est venu tout d'un coup: ces voix cassées, hésitantes, maladroites qui s'élevaient dans la pénombre, chargées d'émotions, de mémoire, cet écho grinçant d'une vieille symphonie (j'exagère, là?) qui venait du fond des âges se briser contre un avenir qui se ferme… Comme une vieille vague fatiguée qui vient en mourant déposer sur le sable son restant d'écume.

Finalement, je suis sorti le dernier, tout remué.

L'abbé Tardif avait peut-être raison, après tout : est-ce vraiment ma place, les sciences sociales ? Les grandes théories, les modèles, les statistiques, c'est un peu sec, non ? Sans parler de la poésie des inventaires de parenté…

25 juillet (avant de me coucher)

Il faisait encore très chaud ce soir. Je suis retourné à L'Oiseau moqueur vers huit heures. Il y avait bien une trentaine de jeunes ; en tout cas, les trois pièces étaient pleines. Le juke-box ne dérougissait pas ; le choix de disques s'est étendu, mais *Crazy Otto* n'est pas détrônable. Il fallait faire la queue au billard, tout le monde parlait fort et fumait en même temps. En plus, ça se bousculait continuellement, je me suis fait marcher sur les pieds toute la soirée. Cynthia, la serveuse, se faufilait dans ce brouhaha avec son plateau de liqueurs au-dessus de la tête pendant que Colette, très affairée, un peu guindée aussi, officiait au bar. Car il y a maintenant un vrai bar, avec une horloge à l'effigie de Coca-Cola. Des jeunes me demandaient des cigarettes, j'ai dû en acheter un paquet ; après une heure, je les avais toutes données.

Sara était là, mais elle se comportait comme si elle ne me voyait pas. Quand j'essayais de me frayer un chemin vers elle, elle se poussait dans une autre direction avec ses amis. C'est clair qu'elle le faisait exprès.

Mon tour est venu de jouer au billard. Je me suis trouvé associé à un jeune Indien que je n'avais jamais vu et opposé à deux amis de Sara (le Gros Boutonnu et un autre). Ça commençait mal. Évidemment, je me suis énervé. Dès mon premier coup, j'ai empoché la boule. J'ai entendu des rires du côté de Sara. Après, j'ai perdu le contrôle. Une fois, j'ai voulu donner de la « retirette » et j'ai égratigné le tapis vert. Au tour suivant, j'ai frappé trop fort, et la blanche est sortie de la table comme une balle. Cynthia, qui passait par là, l'a attrapée en plein sur un nichon. Les rires se sont étendus, comme de raison. Finalement, sans le faire exprès, j'ai rentré le « nègre » et le Boutonnu s'est mis à triompher. Là, c'était trop, je me suis fâché ; j'ai garroché ma baguette sur la table et j'ai sacré mon camp sans même prendre le temps de payer. J'ai fait une vraie risée de moi.

Je suis rentré en vitesse à la maison et j'ai pris mes remèdes. Je suis enragé, humilié, jaloux, malheureux comme les pierres. En plus, je suis tellement incommodé par la fumée que je n'arrête pas de tousser. J'ai vraiment passé une belle veillée !

Pourquoi Sara se conduit-elle de cette façon ? Je suis pourtant gentil avec elle. J'ai peur de la perdre.

26 juillet (avant souper)

J'ai beaucoup repensé à la soirée d'hier au billard. J'ai terriblement honte, je n'ai pas osé sortir depuis le matin. Je suis comme ça ; des fois, je n'arrive pas à me dominer. Ma mère me l'a dit mille fois de dompter mon caractère, que ça me causerait des ennuis dans la vie. C'est devenu une blague à la maison. Mais là, ce n'est pas drôle du tout, je me sens vraiment ridicule. Je comprends Sara de s'éloigner de moi. C'est tout ce que je mérite.

Il va me falloir retourner chez Colette pour m'excuser et payer ma partie de billard (j'ai peur d'avoir déchiré le tapis). Il va y avoir du « raccommodage » à faire aussi avec Sara.

(Fin de soirée)

Grand-Père me parle des ours. Son réservoir d'anecdotes et de réflexions sur le sujet est inépuisable. Ce soir, j'ai appris que l'ours entend mieux qu'il ne voit, c'est pourquoi il est si intelligent : car on assimile mieux par l'ouïe que par l'œil… Il est également très susceptible, il faut donc se garder d'en dire du mal, même en son absence. Il n'aime pas non plus qu'on le dérange dans son sommeil ; l'été suivant, il peut se montrer très irascible. Grand-Père sait tout cela.

Il m'a aussi parlé des vents des Territoires. Celui qui rôde et balaie les vallées « en soufflant »; celui qui rage et hurle dans la nuit; celui des matins doux qui murmure dans les branchages; celui, étourdi, fainéant, qui tourbillonne et dessine des ronds sur la neige en flânant; celui de la fin du jour qui se pose à l'heure où les bêtes regagnent leur antre; ou celui des premiers jours de septembre qui pousse à la mélancolie. Et bien d'autres.

Je suis dopé par les Territoires. Par la réalité des Territoires. Car ici, encore une fois, ce sont des histoires vraies, toutes chaudes, portées par la voix de Grand-Père qui en a été le témoin et parfois l'acteur, le héros. La fiction, à côté de ça…

27 juillet (soir)

C'était une journée très spéciale à Uashat aujourd'hui, en tout cas pour un grand nombre de familles. À chaque année, le jour de la fête de sainte Anne, plusieurs Indiens vont en pèlerinage à un petit lac situé à sept ou huit milles au nord de Sept-Îles. Ils l'appellent le lac Sainte-Anne, justement. Ils y ont aménagé une sorte de sanctuaire, c'est leur réplique de Sainte-Anne-de-Beaupré. Ils ont une grande vénération pour la mère (la sœur?) de la Sainte Vierge. J'aurais pu prendre ma journée pour combler le retard que j'ai pris dans mes Cahiers, mais j'ai changé d'idée quand j'ai vu que Grand-Père se joignait à la procession (j'ai voulu l'en dissuader à cause de l'état de ses pieds mais sans succès, alors je l'ai accompagné).

Il y a eu d'abord un rassemblement vers sept heures devant l'église, environ trois cents personnes, je dirais (des gens des Tentes autant que des Maisons). J'y ai vu Gabrielle, Réal Napish et toute sa famille, sauf Sara — j'étais bien déçu mais pas vraiment surpris. Le Père a béni le groupe, puis nous nous sommes mis en marche (indisposé, Guinard n'a pu nous accompagner). Après être sortis de la Réserve par la rue Lockhead, nous avons marché vers le nord, jusqu'à la route (en fait, la seule de la région, la 15 ; elle arrive de Clarke City, traverse la ville et se rend jusqu'à la Moisie). Ensuite, nous avons tout de suite obliqué à gauche vers la Sainte-Marguerite, sur un chemin de la compagnie Clarke. Il y avait dans le groupe autant de femmes que d'hommes, quelques enfants, pas mal de vieilles personnes aussi qui avançaient lentement en récitant leur chapelet. J'ai vu parmi les « pèlerins » des estropiés, des malades (madame Gertrude allait de l'un à l'autre) et quelques infirmes que je ne connaissais pas (on me les avait cachés ?). Nous nous sommes arrêtés cinq ou six fois en cours de route pour faire se reposer les plus vieux, les éclopés. J'en ai profité pour jaser avec les Napish et d'autres familles. Un peu après onze heures, nous étions au lac. Grand-Père ne semblait pas trop mal en point, Gabrielle non plus.

Je n'étais jamais allé là, c'est une vraie curiosité. Il y a de vieilles tentes montées en permanence à une extrémité du lac, de chaque côté de ce que les Indiens appellent un reposoir. En fait, c'est un échafaudage de troncs d'arbres et de billots supportant une plate-forme composée d'une quinzaine de madriers, sur laquelle se dresse une statue décolorée censée représenter sainte Anne. En tout cas, elle a les bras ouverts et affiche ce qui a peut-être déjà été un sourire mais qui n'est plus qu'une vilaine balafre à cause des fentes dans le plâtre (ça lui donne un petit air grippette, pas très engageant). Il y a aussi, fixé au-dessus de sa tête, un écriteau sur lequel on peut encore lire (en devinant) : *Maris Stella*. J'ai pensé qu'un *Ave* manquait peut-être, mais ça ne change pas grand-chose.

Aussitôt arrivés là, les Indiens se sont regroupés devant le « reposoir » où ils se sont agenouillés (dans la vase) en marmonnant des prières. Ils sont bien restés une demi-heure comme cela, sans bouger. Je les ai trouvés terriblement catholiques, je n'en revenais pas. Même dans les grandes processions du Sacré-Cœur à Lévis, le jour de la Fête-Dieu, c'est loin de prier comme ça ; le monde jase, les gars font de l'œil aux filles, il y a même des gars chauds à la queue du défilé.

Quand les Indiens se sont relevés, un homme (celui qui animait la prière l'autre soir à l'église de Uashat) s'est juché sur l'échafaudage et a fait réciter un rosaire (pour faire changement…). Moi, je rôdais en retrait, je ne savais pas trop quoi faire. Finalement, à plusieurs reprises, ils ont prononcé à haute voix dans leur langue une formule rituelle dont je n'ai pas compris le sens mais qui était évidemment adressée à la sainte. Après, ils se sont levés et se sont tous embrassés ou serré la main, comme au jour de l'An.

La plupart des tentes avaient besoin d'être redressées ou réparées, ce à quoi les pèlerins se sont ensuite employés. Puis les plus âgés et les enfants s'y sont reposés pendant une heure ou deux. Les autres sont restés là à flâner, quelques-uns aussi ont fait le tour du lac (il y a un petit sentier); je crois que cela fait partie des dévotions pour les plus courageux. Je les ai suivis; Tshéniu marchait avec moi mais il était très recueilli, je n'ai pas pu lui dire un mot. Après, nous avons tous mangé; chacun avait apporté sa nourriture. Il y a eu encore des prières puis des chants, et un autre rosaire, tout le monde à genoux encore une fois devant l'estrade (et dans la vase).

Tout à coup, près de moi, une vieille a abaissé ses bas jusqu'aux chevilles pour exposer ses jambes à la vue de la statue. C'était horrible (là, j'ai compris pourquoi sainte Anne grimaçait). Sa peau était violacée, tout en boursouflures ensanglantées, avec de longues plaies ouvertes d'où le pus s'écoulait. Je me suis détourné. Au même moment, pas loin, j'ai entendu (sans le voir) un homme qui s'est mis à parler assez fort à la statue, sur le ton de quelqu'un qui n'est pas vraiment fâché mais qui commence à être pas mal tanné, disons. Ce n'était visiblement pas la première fois qu'il faisait le pèlerinage; il souffrait de maux dans les os et les articulations, extrêmement douloureux apparemment. À un certain moment, il criait presque, c'était très difficile à supporter. Les autres restaient silencieux, la tête baissée. Je me suis déporté un peu sur ma gauche et l'ai aperçu : un homme entre deux âges, presque aussi foncé qu'un Esquimau, le visage tordu, la poitrine creuse ; il semblait porter sur son dos toute la misère du monde.

Je le dis comme je le pense, si la bonne sainte Anne n'a rien fait pour lui ce coup-là, c'est qu'elle a le cœur solide ! Moi, je lui aurais réparé tout ça assez vite, le gars : ses os, ses articulations, puis bien d'autres choses tant qu'à y être (ses oreilles, par exemple — il en avait toute une paire !).

Vers quatre heures, tout le monde s'est mis en route vers Uashat. Cette fois, ça a été très long. Plusieurs étaient fatigués, surtout les vieux et les enfants. Quant aux estropiés et aux handicapés, ils avançaient encore moins vite qu'à l'aller ; c'est dire que, malgré toutes les prières, les miracles n'avaient pas plu sur le groupe. Il fallait s'arrêter toutes les vingt minutes. À mi-chemin, les adultes ont commencé à soutenir les plus vieux et à porter leurs enfants sur leur dos. Les Napish s'occupaient de Gabrielle ; moi, je surveillais Grand-Père, je voyais bien qu'il peinait. Je me suis approché, j'ai esquissé un geste pour l'aider, mais ce n'est pas son genre, il s'est redressé et a accéléré pour donner le change. Après un moment, il a ralenti à nouveau ; il essayait de marcher sans toucher à ses semelles, comme on disait chez nous quand nos bottines étaient devenues trop petites. Et là, la pluie s'est mise de la partie, une bonne averse assez froide qui s'est prolongée (bonne sainte Anne, décidément…).

Notre progression a encore ralenti. Personne ne se plaignait cependant. Je m'arrêtais parfois pour observer ces visages contractés, ces vieilles personnes haletantes, trébuchant dans les trous. Il y a eu quelques chutes ; une vieille dame n'a pu se relever, il a fallu improviser une sorte de brancard au moyen de branches d'arbres ficelées avec des pièces de vêtement. Avec quelques autres, on s'est relayés pour le porter jusqu'à Uashat ; j'étais content de me rendre utile. Quant à Grand-Père, je le voyais de plus en plus souffrant mais toujours aussi rebelle ; rien à faire.

Le jour a commencé à tomber, plus personne ne parlait. C'était assez impressionnant de voir aller sous la pluie ce cortège de misère étiré sur un demi-mille, qui zigzaguait le long du chemin détrempé. Plusieurs mâchouillaient encore des prières. Quand nous sommes parvenus aux abords de la Réserve, il faisait nuit noire. Presque tous ceux qui n'avaient pas pu venir nous attendaient là, le Père Guinard en tête, qui a de nouveau béni les pèlerins.

Les gens se sont regroupés et des prières, des chants se sont encore élevés vers le ciel. J'avais l'impression qu'ils retombaient aussitôt avec la pluie.

28 juillet (midi)

J'ai pris mon courage à deux mains et suis allé voir Colette tôt ce matin (je ne voulais pas lui parler devant le monde). J'ai payé ce que je lui devais et lui ai présenté mes excuses pour mon emportement avant-hier. Sur le coup, elle a été très correcte, mais ensuite elle m'a montré le tapis du billard que j'ai éraflé. Elle m'a dit que là, il y a un problème, les excuses ne suffiront pas. Elle prétend que son tapis doit être changé au complet et elle me réclame 15 dollars. Je suis horrifié.

Je suis allé en parler au Père, voir ce qu'il en pense. Ce n'était pas une bonne idée. Il m'a renvoyé durement en me disant que c'est ce qui arrive « quand on court les trous ». J'ai répliqué qu'il exagérait, que je n'avais rien fait de mal, que j'allais chez Colette surtout pour mon enquête, tout ça. Là, il s'est vraiment emporté et m'a dit que mon enquête sur la Réserve, il trouvait qu'elle commençait à se rétrécir pas mal, qu'il pourrait même me dire son prénom à mon enquête… J'ai bien compris qu'il faisait allusion à Sara et j'ai tourné les talons, assez piteux.

Finalement, me voilà dans de beaux draps. J'arrive à peine à vivre avec ma petite bourse, je ne vais quand même pas demander de l'argent à ma mère.

(Fin de soirée)

Le « progrès » vient de faire une autre victime. *Crazy Otto* joue si fort et si tard le soir que Grand-Père ne joue presque plus du tambour avant de se coucher.

29 juillet (après-midi)

Je suis vraiment dans mes petits souliers, là. J'arrive de l'hôtel de ville. J'ai voulu parler à Gobeil, l'adjoint, il était absent; on m'a fait rencontrer un conseiller, le colosse de l'Iron Ore. Je lui ai dit, piteux, que j'acceptais son offre au sujet de l'inventaire de parenté. Il était content (m'a donné une claque dans le dos). Puis il m'a fourni les détails. Je vais devoir voyager à Malioténam, une voiture de la Ville va me conduire. On va me verser mes « honoraires » à la fin du travail (c'est vrai que la paie va être bonne). Je suis sorti à reculons, j'avais peur de recevoir une autre claque.

Je suis revenu à Uashat à reculons aussi, je n'étais pas fier de moi. Ma petite scène chez Colette va me coûter cher, j'ai bien peur. Batince.

(Soir)

Je me suis informé au sujet de l'église, je comprends mieux pourquoi les Indiens y sont si attachés. On m'a raconté qu'au retour de la chasse, la plupart des familles donnaient un peu d'argent pour l'améliorer, la décorer, la meubler, ou pour acheter des vases sacrées, des statues. Plusieurs, pour honorer leurs morts, y ont dressé de petits « sanctuaires » qu'ils entretiennent (la plupart du temps, c'est seulement quelques images ou photos épinglées au mur). Ce sont les Indiens aussi qui ont payé pour la construction de l'édifice. Il a fallu bien des années, ça s'est fait morceau par morceau, « par saison ».

Après avoir effectué une entrevue au début de l'après-midi, je suis rentré avec la nausée. Grand-Père était absent, je me suis déshabillé et mis au lit. Je dormais depuis un moment quand je me suis réveillé en sursaut. J'ai ouvert les yeux et Sara était là, debout près de mon lit, immobile et… toute nue ! Du coup, j'ai mis mes lunettes, j'ai cru à une apparition. Ensuite, j'ai pensé à sa dernière visite, quand elle avait vomi partout, et la peur m'a pris. Mais là, c'était différent.

Elle avait laissé tomber ses vêtements à ses pieds et m'examinait. Moi, je promenais un regard tout excité sur tout ce qui m'était donné à voir ; c'était la première fois de ma vie que je me trouvais en présence d'une fille flambant nue (Marise, j'ai vu ses cuisses une fois quand elle mettait ses espadrilles, pas plus). Je me suis levé d'un bond (j'étais en pyjama), elle s'est aussitôt collée à moi. J'en ai perdu le souffle. J'ai eu le temps de réaliser qu'elle puait la boisson, mais après cela, j'ai perdu la carte. Je l'ai serrée très fort dans mes bras, lui ai caressé les cheveux (tellement doux, ses cheveux) puis la nuque, les épaules, le dos, et à nouveau la nuque, les cheveux… J'étais tout mêlé, je croyais devenir fou.

Pendant ce temps-là, je l'embrassais furieusement, je lui mordais la langue, les lèvres, et elle, elle me caressait un peu partout, enroulait ses longues jambes autour de mon corps. Mes lunettes avaient pris le bord. Puis j'ai senti qu'elle avait passé une main dans mon pyjama et pressait mon sexe entre ses doigts. Je n'avais jamais eu pareille érection, je voulais exploser. Je me suis baissé et je me suis mis à lui lécher le cou puis les seins — les deux en même temps quasiment. Après, j'ai continué à embrasser et à lécher en me laissant glisser le long de son ventre (très doux, là aussi), jusqu'à ce que ma langue rencontre son pubis. Là, j'ai trouvé d'autres lèvres que j'ai mordues. Tout ça comme un vrai déchaîné, en respirant à peine, à moitié étouffé, au bord de la crise d'asthme. Sara, elle, s'agitait violemment entre mes bras et râlait tout en écrasant ma tête contre son ventre.

Après, je ne sais pas ce qui m'a pris, je ne me reconnaissais plus, je l'ai projetée violemment sur le sofa et me suis jeté sur elle. Elle a ouvert les bras, les jambes, et m'a encerclé. C'est elle qui nous a unis, nous nous sommes démenés comme des malades. Une vraie danse de Saint-Guy. À un moment donné, elle hurlait et moi je ne respirais plus, je suffoquais, mais je m'en fichais. Puis, sans avertissement, brutalement, juste au moment où j'allais me rendre, elle s'est arrachée de moi et s'est mise à embrasser mon sexe. Elle m'a fini avec sa bouche. Après, elle s'est finie elle-même avec ses mains en hurlant. Elle s'est affalée sur le divan contre moi, tout en sueur, mais pas longtemps. Elle s'est vite relevée, a attrapé ses vêtements, les a à peine enfilés et, sans un mot, comme ça, a décampé. Je suis resté là, éberlué, congestionné, avec mon pyjama déchiré, à me demander ce qui venait de m'arriver. J'étais tout perdu. Un train me serait passé sur le corps que j'aurais pas été plus assommé. En même temps, je me sentais tout léger ; je n'aurais jamais cru qu'on pouvait éprouver autant de plaisir.

Après, je me suis ressaisi un peu. Je me suis aperçu que je saignais dans le dos : à force de brasser sur le vieux sofa, il y a quatre ou cinq ressorts qui se sont décrochés. Si ça continue, je vais perdre le nord, certain.

(Soir)

À propos de la « visite » de Sara cet après-midi, je repense à mon professeur qui, avant mon départ, m'encourageait à ce qu'il appelle l'« observation participante » au cours de mon enquête (ça consiste à se rapprocher le plus possible de la population étudiée…). Il va être content de moi, monsieur Laroque.

31 juillet (matin)

Je prenais l'air tout à l'heure devant la maison et Ghislaine est passée avec ses deux paniers. Elle arrivait de sa tente, près du tas d'ordures, et s'en allait prendre son poste pour la journée à l'entrée de Sept-Îles. Elle m'a adressé un grand sourire — mais elle sourit constamment. Elle m'a encore parlé de son kiosque (elle en parle toujours et en est bien fière, même s'il n'existe que dans sa tête). J'ai vu qu'il n'y avait plus que deux paires de mocassins dans l'un de ses paniers (l'autre contenait toujours le bonnet et le collier de perles) et je l'ai félicitée pour sa vente, la première à ma connaissance. Elle m'a corrigé au sujet de la troisième paire de mocassins : c'est elle qui les avait aux pieds. Je lui ai dit pour l'encourager : « C'est vendu quand même. » Elle m'a souri encore et elle est repartie.

(Soir)

Aujourd'hui, une voiture de la Ville m'a conduit à Maloténam (l'affaire de vingt minutes environ, sur un mauvais chemin avec un mauvais chauffeur). J'y ai travaillé toute la journée, c'était ma première visite. C'est bien vrai que je n'en aurai pas pour longtemps à terminer le contrat de la Ville, je connais déjà plus de la moitié des vingt-cinq ou trente familles qui y sont installées. La Réserve est bien dessinée, et même un peu trop. Il y a une seule rue, toute droite avec une vingtaine de maisonnettes à peu près terminées et autant en construction. Elles sont toutes pareilles, parfaitement alignées ; on dirait une chaîne de montage à l'arrêt. Ce sont de petites maisons blanches avec des fenêtres percées aux mêmes endroits, une petite galerie, un escalier à trois marches, la cheminée du même côté, la corde à linge aussi. Des femmes se parlaient d'une galerie à l'autre (se disaient les mêmes choses peut-être ?).

C'est propre et bien ordonné, mais terriblement terne et

déprimant. Tout le terrain est en sable (je n'ai pas vu un brin d'herbe), plat comme une patinoire, et c'est loin de tout, au milieu de nulle part — la mer est à cinq ou six milles. Les enfants s'en aperçoivent, on dirait ; ils se tiennent immobiles dans les rues, comme des piquets de clôture, et se regardent bizarrement. Je n'ai pas vu d'aqueduc ni d'égout. La seule chose remarquable, c'est le pensionnat, dont la construction est assez avancée. Ce sera un immeuble très spacieux de trois étages, en briques beiges (pour aller avec la couleur du sol et l'air du temps, je suppose). L'emplacement de la future église est déjà délimité ; pour l'instant, on dirait un grand carré de sable, mais désert. Finalement, j'étais content de revenir à Uashat.

Avant d'aller se coucher tout à l'heure, Grand-Père m'a raconté qu'il y a eu une grosse dispute au dispensaire cet après-midi. Le Chef Bellefleur et le vieux Malcom Basile (c'est le chef de son clan) s'y sont rencontrés par hasard. Bellefleur se fait accuser de favoritisme dans la gestion des affaires. Le ton a monté, l'altercation s'est poursuivie dehors, un attroupement s'est formé. Finalement, les choses ne sont pas allées plus loin. Grand-Père pense que Basile n'a pas tort même si, quand il était lui-même Chef de Uashat, il gouvernait de la même façon.

C'est dur parfois de démêler les bons des mauvais.

AOÛT

1er août (avant souper)

En mettant de l'ordre dans mes affaires tout à l'heure, je suis tombé sur la pièce de un dollar que ma mère m'a offerte en cadeau au dernier jour de l'An. Je la conserve précieusement, je ne la dépenserai jamais, c'est sûr. Je me suis rappelé que, ce matin-là, je ne sais pas ce qui m'a pris, j'ai demandé à ma mère de nous bénir. J'étais sûr qu'elle refuserait, mais elle l'a fait avec beaucoup de sérieux, d'un petit geste écourté, gêné. Je pensais que c'était terminé, mais là elle nous a surpris. Elle voulait nous dire quelque chose, nous sommes restés à genoux. C'est venu difficilement. Elle a dit, en gros, en trois mots, qu'elle s'excusait de nous avoir élevés si pauvrement, de ne pas nous avoir donné plus de bonheur. C'était terrible, ça nous a donné à chacun comme un grand coup de couteau dans le cœur. Je me demandais, avec tout ce qu'elle s'impose, comment elle pouvait parler comme ça? Même Fernand, c'était trop pour lui; il est allé se cacher dans un coin pour brailler.

Plus tard, je me suis retrouvé seul avec ma mère. J'ai pu lui adresser la parole, lui dire qu'elle se jugeait trop durement. Si elle ne nous a pas donné le bonheur, comme elle dit, elle nous en a au moins donné une bonne idée. Pas le bonheur des choses, c'est sûr, mais l'autre, celui du cœur. C'est déjà ça.

Ma mère, c'est pas quelqu'un d'ordinaire. De l'extérieur, elle ressemble parfois à la chienne à Jacques. Mais par en dedans, c'est une grande dame.

(Milieu de la nuit)

Ça y est, ils sont revenus. Depuis trois nuits, je fais le même cauchemar stupide. Je suis visité par les cannibales dont m'a parlé Grand-Père. Ils arrivent en bande et m'encerclent, je les sens qui rôdent et me pressent. Ils sont gros et gras, puent et suent. Leur bouche est démesurée et ils mordillent de longs cure-dents comme le Père Guinard. Le plus laid me renifle, il ouvre sa bouche pleine de dents et s'apprête à me croquer. Je veux hurler mais je bégaie, ou bien je n'arrive pas à émettre un son. Alors, je me recroqueville, résigné au pire. Et puis, plus rien. Ils se calment et s'éloignent. Je finis par comprendre : ils n'aiment pas les roux.

Je n'arrive pas à me rendormir, je vais aller marcher. Je crois que je ne vais pas bien.

4 août (soir)

Je savais que des gars de la Réserve m'en voulaient à cause de Sara, mais je ne me serais pas attendu à ce qu'ils aillent aussi loin. C'est arrivé avant-hier à la sortie du bingo. Il était tard et j'étais sorti parmi les derniers ; j'avais donné un coup de main pour remettre l'église en ordre. Comme la chaleur était encore écrasante, j'ai voulu prendre l'air avant de rentrer. Je pense qu'ils devaient se trouver près de la rive. Quand je me suis pointé là, ils m'ont sauté dessus, je n'ai eu le temps de rien voir. De toute façon, ça n'aurait pas changé grand-chose. Dès qu'ils m'ont assailli, heureusement, j'ai eu le réflexe d'enlever mes lunettes pour les protéger. Ils m'ont frappé un peu partout, au corps et au visage, puis ils m'ont laissé là. Plus tard, des voisins m'ont entendu crier et sont venus. J'ai dû être conduit à la clinique de Sept-Îles où je suis resté presque deux jours. Madame Gertrude est venue me voir, Guinard aussi. Grand-Père, lui, ne m'a presque pas quitté.

Finalement, je saignais beaucoup mais je n'avais pas de blessure sérieuse ; seulement des plaies, des enflures. C'était douloureux, par exemple, et j'ai encore très mal, surtout à la tête. Je marche tout de travers, j'ai les yeux pochés, le visage gonflé, je ressemble à une citrouille (en plus rouge). Mais je suis content d'avoir sauvé mes lunettes ; je pense pouvoir me remettre au travail d'ici une couple de jours. Grand-Père prend soin de moi comme si j'étais son petit enfant. Il m'a interrogé sur mes agresseurs, je lui ai dit que je n'avais pas vu leurs visages. C'est la vérité, mais je me doute bien de qui il s'agit.

Je me demande comment je vais faire pour rencontrer Sara maintenant. Déjà que je ne suis pas bien faraud de nature…

5 août (matin)

Il y a beaucoup d'activité dans la Réserve, et beaucoup d'émotion aussi : la construction de la salle communautaire a débuté. C'est un vieux projet qui se réalise enfin. Les Indiens aiment bien leur église, mais elle est depuis longtemps trop petite pour accueillir la foule des bingos, des assemblées spéciales ou des jours de fête. La bâtisse, assez rudimentaire d'après ce qu'on m'en a dit, sera située à proximité de l'église et du presbytère. La direction des travaux a été confiée à un contremaître de Sept-Îles, mais, pour le reste, toute la main-d'œuvre est montagnaise. Les familles sont contentes, elles vont gagner un peu d'argent. On vient seulement de tirer les lignes pour les fondations, et déjà, hier soir, il y avait beaucoup de monde sur les lieux pour constater l'état des travaux. J'ai vu plusieurs mains s'agiter dans les airs : chacun dessinait le profil du futur édifice et l'expliquait à son voisin.

Moi, je me tenais à l'écart ; je ne voulais pas qu'on m'interroge sur mes yeux au beurre noir. De toute façon, c'était inutile, tout le monde sait bien ce qui est arrivé.

Je dis que les familles sont contentes du projet ; en réalité, pas tout à fait. D'abord, celles qui n'y ont pas trouvé d'emploi (du côté des Tentes surtout) ont déjà commencé à bouder ; elles disent que c'est de l'argent gaspillé, que l'église suffisait. Des gens (appartenant pour la plupart aux mêmes familles) soutiennent aussi que cette construction vient à contretemps, que si la Réserve est déplacée à Malioténam, il faudra déménager également la nouvelle salle ou même la démolir ; alors pourquoi ne pas attendre ? Ils n'ont pas tout à fait tort.

(Avant souper)

La nouvelle vient tout juste de courir dans Uashat : un premier feu de forêt s'est déclaré dans les hauteurs de la rivière Manicouagan. Les vieux n'ont pas souvenir de pareille sécheresse ; ils se tiennent dehors et surveillent le vent.

6 août (matin)

Gabrielle m'avait invité à veiller hier. J'ai beaucoup hésité avant d'y aller (depuis que je me suis fait battre, je ne sors plus le soir). En plus, je me méfiais de la réaction de Sara. Puis j'étais assez gêné à cause de la visite qu'elle m'a faite l'autre jour à la maison. Elle est fine, Gabrielle, on dirait qu'elle devine tout. Elle pensait peut-être que Sara y serait, ce qui aurait facilité les choses au fond, mais elle était sortie. Gabrielle s'est aperçue de ma déception et elle a cherché à me remonter le moral, j'ai bien vu. Nous avons joué aux cartes avec Réal et une autre de ses filles (Yvette). Puis nous avons parlé des choses de la Réserve ; il y avait du Coke et des chips (L'Oiseau moqueur encore). Tshéniu est venu se joindre à nous. Il nous a parlé de sa jeunesse, de ses amours, de toutes les blondes qu'il ne s'est pas faites ; il est assez drôle.

Plus tard est arrivé un jeune Indien que je n'avais jamais vu, Archibald MacKenzie. C'est un grand sec, tout plié, qui promène un air de chien battu, on dirait qu'il essaie de se rapetisser. Quand on connaît son histoire, on comprend. Il sort de prison, de Bordeaux. Il venait saluer Gabrielle qui se trouve à être sa tante par alliance. Une affaire de vol, il a passé trois ans là-bas. Il nous a raconté des histoires d'horreur, comment il était maltraité par les gardiens et, plus encore, par les autres prisonniers, et tout ce qu'il devait faire pour qu'on le laisse tranquille. Des sévices sexuels aussi (c'est ce que j'ai compris).

Après son départ, nous avons continué à jaser de choses et d'autres. Réal Napish m'a demandé à quoi ça servait une assurance (il pose ce genre de questions parfois, même quand il est à jeun). Je lui ai dit ce que c'était, du moins ce que j'en sais. J'étirais la conversation, j'espérais que Sara apparaisse. Vers onze heures, il a bien fallu que je m'en aille. Réal ronflait sur sa chaise et Gabrielle cognait des clous.

(Avant souper)

Cet après-midi, au cours d'une entrevue avec une femme, une image m'a frappé. Un vieillard qui se tenait à l'écart posait en silence des babiches sur une raquette. Il travaillait lentement en s'arrêtant souvent. Il fermait alors les yeux longuement (je ne sais pas s'il rêvait ou somnolait) puis se remettait au travail. Je le regardais faire à la dérobée, de petits gestes précis, pas pressés, réfléchis, qu'il semblait avoir répétés mille fois au cours de sa vie et qu'il reproduisait seulement pour la forme, je l'ai bien vu : de temps à autre, il défaisait ce qu'il venait de tisser. D'ailleurs, j'ai cherché l'autre raquette et ne l'ai pas vue. Ça m'a impressionné, ces vieux gestes qui remontaient comme ça à la surface de sa vie. Comme des coquilles vides.

En revenant, je regardais autour de moi. Je me disais que Uashat, finalement, c'est peut-être un peu la même chose : une grosse coquille qui se vide, à la dérive ?

7 août (avant-midi)

Je suis allé faire une entrevue chez un ancien chasseur, un Siméon. En l'écoutant, j'ai constaté que plusieurs vieillards, quand ils se réfèrent au passé, prennent comme point de repère le moment de l'introduction du pain dans le régime alimentaire des Indiens (avant l'arrivée des Blancs, ils n'en mangeaient pas). Ils disent, par exemple : telle chose, c'est arrivé avant ou bien après la farine. À propos du pain aussi, s'ils venaient à en manquer, ils disent qu'ils avaient « la faim du Blanc ». Pour eux, les Blancs, c'étaient « les hommes de la farine ». J'avais envie d'ajouter : et de bien d'autres choses aussi…

Mon vieil informateur de ce matin s'exprimait d'une façon assez colorée. Il est aveugle, ou presque, et il m'a raconté son histoire, qui est assez compliquée. Pour résumer, il a perdu un œil il y a plusieurs années dans un accident et, avec l'âge, il est en train de perdre l'autre. Il a conclu en disant : « Ça fait que je vois pas d'un œil pis je vois pus de l'autre. »

(Après dîner)

J'arrive de la plage, je suis allé me mettre les pieds dans l'eau ; il fait tellement chaud. Le Golfe était de plomb et j'avais l'impression que le ciel était vissé par-dessus. En passant devant l'église, je me suis arrêté pour jaser avec la trentaine d'Indiens qui flânent tout le jour autour du chantier de la salle communautaire. La charpente est dressée. Deux fils du Chef venaient d'en descendre. Ils étaient fiers comme Artaban, marchaient comme Johnny Weissmuller.

(Fin d'après-midi)

Je suis allé à la Cascade tout à l'heure et je revenais vers la maison avec les chaudières quand j'ai aperçu Sara qui s'enfuyait au bout de la rue. Je me suis approché et j'ai découvert mes timbres dispersés dans la vase. J'ai retrouvé plus loin l'album, ouvert dans le fossé. Les pages avaient été arrachées. Je voyais encore quelques pièces emportées par le vent. Je n'ai même pas essayé de courir après, j'ai pénétré en vitesse dans la maison : le timbre du mont Palomar que j'avais collé au-dessus de mon lit avait disparu lui aussi.

Je suis dévasté, n'arrive pas à comprendre. Pourquoi ce besoin de me faire mal ? On dirait qu'elle a perdu son âme et essaie de me voler la mienne. Elle a l'air d'un ange, mais c'est un ange qui ne vient pas du ciel. Et moi, je suis tellement maladroit. Je ne sais pas trop comment il faut faire avec les filles. J'aimerais bien l'aider, mais comment m'y prendre ?

8 août (après-midi)

Après la messe, je me suis rendu chez le Père. Même sujet : ses missions (et toujours son cure-dent, mais un neuf…). Cette fois, j'ai voulu qu'il me parle de ses voyages au loin vers le nord. Il ne s'est pas fait prier. En fait, j'aurais voulu lui parler de Sara, ça m'aurait fait du bien, mais je n'ai pas osé.

Il est revenu sur ses « cometiks » : ses longues courses dans les tempêtes même la nuit, l'intelligence des chiens, leur sens de l'équité, leur besoin d'affection, leur jalousie aussi, et le courage, la générosité du chien de tête… Finalement, il ne leur manque que la parole (les Indiens les appellent justement « atoums » : des êtres qui possèdent toutes les qualités sauf la faculté de parler).

J'ai dû pousser le Père vers un autre sujet. Il a enchaîné avec ses interminables chevauchées en forêt, dont l'une l'a conduit très loin vers le nord, jusqu'à Winnaukupau, à plus de cinq cents milles de Mingan. C'était en juillet. Avec ses deux guides indiens, ils franchissaient trente milles par jour au gré de longs portages épuisants, se nourrissaient de la pêche du matin et du soir, ramaient des journées entières dans le vent et les averses. Quand il faisait beau, les moustiques les dévoraient, ils se couchaient le soir avec le visage et le cou ensanglantés. Les Indiens ne se plaignaient jamais ; ils se repéraient de mémoire ou s'en remettaient aux pistes des caribous dont ils retrouvaient toujours la trace — Guinard en était fasciné.

Il a continué son récit et, durant les deux heures qui ont suivi, j'ai vu défiler toute une parade de noms mystérieux, évocateurs : les îles de Mai, la pointe aux Esquimaux, la Baie blanche, le cap de Neuve France... Je suis revenu tout rêveur. Je n'ai même pas essayé de situer les lieux sur la carte ; j'aurais eu peur de les briser.

10 août (soir)

J'avais un peu les bleus après souper et je suis passé voir madame Gertrude au dispensaire. Je ne craignais pas de la déranger, sa porte est ouverte jour et nuit. Je me suis trouvé une chaise dans son local (toujours aussi encombré). Elle m'a servi des sucres à la crème ; déjà, j'allais mieux. C'est une personne courageuse qui affiche toujours de la gaieté, elle me donne de la force.

J'en ai profité pour l'interroger sur le genre de soins qu'elle doit prodiguer dans la Réserve. Les accouchements l'occupent beaucoup (fécondité très élevée). Elle m'a parlé des enfants mal nourris, des problèmes de boisson, des accidents de chasse, des violences familiales aussi (mais sur ce sujet, elle est restée évasive). Elle pense que les femmes éprouvent des difficultés de toutes sortes mais refusent de s'en ouvrir ; elles ne viennent pas souvent la consulter. C'est surtout la tuberculose qui l'inquiète ; les Indiens en meurent fréquemment. Le problème, c'est qu'ils n'aiment pas se faire vacciner.

Je l'observais en l'écoutant : ses bottillons noirs fatigués, mal lacés, sa robe désajustée sous une longue veste de laine (qui ne se referme plus sur sa bedaine), ses cheveux blancs un peu jaunis, ramassés dans un chignon, ses petits yeux vifs, perçants, son visage rougeaud, joufflu, sur lequel les rides ne trouvent pas de prise (j'ai noté aussi qu'elle porte un petit crucifix en guise de pendentif, comme les religieuses). Elle ne pense qu'à ses malades, ne semble pas se demander qui va prendre soin d'elle quand elle ne pourra plus prendre soin des autres.

Elle s'est assombrie tout à coup. Elle est revenue sur les

accouchements et m'a raconté qu'un jour elle a été appelée dans une maison où une femme en couches était « dans les grosses douleurs » depuis vingt-quatre heures ; elle n'arrivait pas à expulser le bébé. Gertrude a essayé de l'aider mais une hémorragie s'est déclarée. Plus tard, le médecin est venu de Sept-Îles. Quand il s'est présenté, Gertrude, aux abois, s'activait encore auprès de la femme, mais il était trop tard : il y avait du sang partout, la mère était morte, le bébé aussi. Gertrude en a pleuré pendant deux jours ; elle est encore tourmentée par ce souvenir.

Elle est restée un moment pensive, un peu gênée de m'avoir raconté cette histoire, je pense. Puis elle a dit en souriant : « Bon, tu peux rester si tu veux, les bonbons sont là ; moi, j'ai à faire. » Je me suis pris trois ou quatre sucres et je suis parti. Une fois dehors, j'ai fait quelques pas puis me suis retourné. Je l'ai aperçue à travers la fenêtre, à la lueur d'une bougie ; elle s'affairait dans un coin devant une pile de serviettes. J'ai marché un peu et me suis retourné encore ; cette fois il y avait une Indienne avec un enfant qui arrivaient à sa porte.

(Avant de me coucher)

Je me méfie. Après ce qui vient d'arriver avec mes timbres, je crains pour mon Journal. Maintenant, je le cache sous mon sofa.

Je suis bien triste à cause de Sara. Ça me rend bourrasseux. Le temps ne passe pas vite.

11 août (après-midi)

Les Napish m'ont fait un gros cadeau aujourd'hui, et un vrai, car je n'avais rien fait pour le mériter. Quand je suis passé chez eux ce midi (Sara était encore partie en ville…), Gabrielle m'a donné une belle veste en peau de caribou et une paire de mocassins. J'étais très touché. Elle me les a fait essayer ; ça me va plutôt bien. Si ça continue, je vais peut-être devenir un vrai Sauvage — un

Sauvage français, si on veut (j'ai toujours mes picots qui vont me trahir un peu).

J'ai montré mon cadeau à Grand-Père puis je l'ai enveloppé soigneusement. Je n'ai pas l'intention de le porter, je ne veux pas le salir.

Sara en ville. Dans ces cas-là, je ne pose surtout pas de questions, j'ai trop peur des réponses.

(Soir)

J'étais allé marcher sur la rive. En revenant, j'ai vu qu'il y avait encore de la lumière au presbytère, je me suis arrêté pour saluer le Père. Je l'ai relancé sur ses voyages, mais il n'était pas dans les mêmes dispositions que la dernière fois. Il est revenu sur son odyssée à Winnaukupau. Cette fois, « ses » Indiens étaient pas mal moins héroïques. Il en avait surtout contre l'un des deux guides, un scrofuleux dont le cou et la tête étaient recouverts d'une épaisse couche de gale qu'il grattait constamment de ses doigts. C'est celui-là qui préparait les repas.

12 août (matin)

C'est bien étrange de voir comment les jeunes Indiennes se comportent lorsqu'elles sortent de Uashat. Quand je vais au Trappeur ou au Castor, je ne les reconnais plus. Autant elles sont retirées, renfrognées, quand elles sont dans leurs familles, autant elles sont excitées, tout épivardées quand elles se retrouvent entourées de jeunes Blancs. C'est tout juste si elles ne leur font pas des avances, c'en est indécent. Ils incarnent tout ce que la Réserve ne peut leur offrir : l'argent, les « gâteries », la vie « moderne ».

Ce n'est pas surprenant ; pas besoin d'être un grand spécialiste, là. Du moment que les Territoires disparaissent, comment continuer l'ancienne vie des Sauvages ? En fait d'avenir, les jeunes

Indiens ne représentent pas grand-chose pour les filles, c'est sûr. Les gars de Sept-Îles ne sont pas fous, ils en profitent. Ils leur font miroiter n'importe quoi, elles ne demandent pas mieux que de les croire. Une fois qu'ils en ont obtenu ce qu'ils voulaient, ils les laissent tomber. Certaines le paient cher. Madame Gertrude n'a pas voulu m'en parler l'autre jour, mais je sais que l'an dernier, trois Indiennes de Uashat ont accouché à la Crèche à Québec. L'une d'elles n'est pas revenue (c'est Gabrielle qui me l'a dit).

Les bars de Sept-Îles, c'est un peu les nouveaux Territoires de chasse, si on veut. Mais là, ce sont les Sauvages qui servent de gibier.

(Soir)

Le Père Guinard n'est pas content, il vient d'annuler les fêtes de l'Assomption célébrées habituellement le 15 août. Les divisions dans la Réserve l'attristent, le comportement des jeunes aussi (il les trouve « dévergondés »). Il n'a pas le cœur à la fête. Les Indiens non plus, je pense.

Des prospecteurs qui travaillaient sur les Territoires sont redescendus à Sept-Îles. Le feu prend de l'ampleur en haut de la Manicouagan. C'est la sécheresse partout.

13 août (après-midi)

Ce midi, à la table, j'ai interrogé Grand-Père sur sa famille (il n'en parle jamais). J'ai vu qu'il hésitait, je l'ai relancé. Il a fini par me dire qu'il était veuf et j'ai vu une contraction dans son visage. J'ai tout de suite regretté d'avoir insisté.

Il s'est tout de même livré un peu. Il a trois enfants, ils vivent à Montréal et à Ottawa, ont de bons emplois. Deux fils travaillent pour une grande compagnie, une fille enseigne « au collège ». Comme ils sont tous très occupés, ils ne viennent pas souvent le voir ; seulement à Noël. Mais ils lui écrivent régulièrement.

Après, Grand-Père a parlé d'autre chose. Il m'a semblé qu'il avait hâte de changer de sujet. Ou bien ils sont ingrats, gênés de la condition de leur père, ou bien il y a autre chose. De toute façon, je suis perplexe : trois enfants instruits, tous parmi les Blancs ? Il y a quelque chose qui cloche, là.

(Soir)

Je m'ennuie de Lévis, de son quai, de ses côtes, du brassage de la Davie, des flâneux de la Traverse, de l'Escalier rouge, de la fanfare de la Terrasse. De Québec aussi, surtout la promenade du Château et les plaines d'Abraham ; c'est plaisant l'été. Et les touristes, c'est amusant. Je me souviens d'une Américaine que j'avais guidée il y a deux ou trois ans. Je m'en souviens bien, elle était presque aussi rousse que moi (et elle m'avait donné une piastre).

Après le repas ce soir, j'ai vu une assiette en bois dans l'armoire de la cuisine ; j'ai tout de suite pensé aux Industries Baribeau à Lévis, qui fabriquaient toute une ribambelle de contenants en bois pour la maison : des plats à pain, à soupe, à salade, à fruits, à tout ce qu'on voudra. Monsieur Baribeau, c'était un homme généreux, il en distribuait à la douzaine dans toutes les familles du Bas-de-la-Côte à Noël et à Pâques. Il y en a encore des piles dans les placards, on ne sait plus quoi en faire. Maman en avait un assortiment dans lequel elle mettait ses boutons, ses chiffons, ses rouleaux de fil. Fernand et moi, avec les autres gars de la rue, on utilisait parfois les plus gros comme boucliers dans nos « guerres mondiales », ou encore pour glisser l'hiver dans la côte Labadie. Chez nos voisins, il y en a même un, énorme, qui a servi longtemps de couvercle à poubelle. Ce n'était pas très respectueux pour monsieur Baribeau.

À propos de la côte Labadie, c'est comme ça que Fernand s'est cassé un poignet ; il s'était fabriqué une sorte de casse-cul avec une grande assiette. Maman n'avait pas d'argent pour payer l'hôpital, c'est le curé qui nous a aidés. Quelques semaines plus tard, comme j'arrivais avec mon frère au restaurant de la gare, un soûlon nous a traités de Moisan-la-Couraille (le surnom de notre père dans le quartier…). Fernand s'est fâché, lui a sauté dessus et s'est recassé le poignet. C'est toujours comme ça avec Fernand ; quand la misère le lâche, c'est lui qui la rattrape.

Il est malin, mon frère, j'en sais quelque chose. À l'époque où je faisais des trésors, j'ai eu l'idée d'enfouir pour cinq ans derrière la maison nos « choses précieuses », mais sans le dire à mes frères et sœurs. J'avais volé à chacun un objet, un jouet. Fernand, je lui avais pris ses écouteurs (il n'avait pas de radio, il les utilisait pour jouer au pilote d'avion — un avion de guerre). Ça avait causé un gros traumatisme dans la maison ; moi, je faisais l'hypocrite (j'avais moi-même « perdu » le rouleau à pâte de ma mère qui me servait de télescope…). Le problème, c'est que le petit hangar et la corde de bois qui devaient me servir de repères ont disparu entre-temps ; je n'ai jamais retrouvé le trésor. C'est à force de me voir creuser des trous dans la cour que Fernand a deviné. Heureusement que je cours plus vite que lui, sinon, ce jour-là, j'en aurais mangé toute une !

14 août (fin de soirée)

Je suis retourné à L'Oiseau moqueur. Colette a installé des ampoules de couleur au plafond et, à l'entrée, juste au-dessus de la porte, un jeu de lumières de Noël. De toute beauté !

Je ne suis pas resté longtemps. Après mon coup de fou du mois dernier, je suis assez échaudé (Colette m'a encore reparlé de son tapis abîmé…). J'étais soulagé de constater que Sara n'y était pas. De toute façon, il y avait tellement de fumée que, après vingt minutes, j'étouffais. Et puis je me fais sans cesse demander de l'argent ou des cigarettes, c'est achalant.

Je suis tout de même resté assez longtemps pour voir circuler des bouteilles de bière dans des sacs de papier. Colette étend son rayon d'action ; elle a la conscience plus large aussi, je trouve. À l'intérieur de la bâtisse, les jeunes se contentent de plaisanter, de danser. Mais à l'extérieur c'est pas mal différent, je suis resté assez surpris. Disons que j'ai vu des choses qui seraient sûrement censurées au cinéma de Sept-Îles.

En rentrant chez moi, je me suis rappelé ce qu'une dame m'a raconté l'autre jour en entrevue. Lorsqu'elle était jeune, les parents disaient aux adolescentes d'éviter les garçons ; sinon, quand elles seraient grandes, les seins leur descendraient jusqu'aux genoux. Je repensais aux filles que j'ai vues tout à l'heure ; je me disais que ça va leur pousser jusqu'à terre, certain.

Aujourd'hui, c'est le neuvième soir de suite que je me mets au lit sur les rythmes enlevants de *Crazy Otto*…

15 août (avant de me coucher)

Il m'a semblé que Grand-Père était un peu triste ce soir — je veux dire plus qu'à l'ordinaire, car il est d'un naturel plutôt renfrogné, il y a souvent un voile dans ses yeux. Nous avons eu de grosses chaleurs durant la journée et, après souper, une petite fraîcheur s'est installée. Je lui ai refait ses pansements puis nous sommes sortis et nous nous sommes assis sur le perron de la porte.

Nous regardions le soleil qui se couchait. Il m'a reparlé des Territoires, de ses chasses avec Piétachu (il y revient souvent), de la vie fatigante qu'il menait avec sa famille à la chasse, des longs déplacements qu'il faisait en silence avec les siens derrière et lui devant à battre la marche, comment il s'orientait à travers les interminables enfilades de lacs et de rivières. Il m'a parlé du caribou aussi, de l'étrange expression qu'il prend quand il brame et s'énerve à l'approche du chasseur. Il a de nouveau raconté les quatorze bêtes qu'il a déjà abattues en une seule journée avec Piétachu (il me semble que c'était douze la dernière fois). Il s'est rappelé sa mère, son enfance, les souvenirs qu'il garde des longues journées de tempête, du vent qui fouettait la toile des tentes à demi submergées, de la fin du jour sur les forêts enneigées. Le dégel des rivières aussi, et la lumière chaude, presque caressante en avril, quand l'hiver tournait au printemps. Et la première fois qu'il a vu, qu'il a vraiment vu la mer. C'était à Mingan. Il a cru qu'elle était plus élevée que la terre, qu'elle allait s'y déverser peut-être, et il se demandait bien ce qui la retenait… « Mashkatas ! »

Je ne l'avais pas interrogé, mais je me gardais bien de l'interrompre. Durant de longs moments, il restait silencieux. Je devinais ses pensées, ce sont toujours les mêmes, presque dans le même ordre : les canots, les caches de nourriture, les toiles de tente que les Indiens ont abandonnées sur leurs anciens terrains de chasse et qui sont en train de pourrir, les bouquets de perches plantées en haut des rapides, la disparition des vieux portages, tous ces restes d'un passé qui s'effrite. Je connais ses histoires par cœur maintenant. C'est sa voix qui fait la différence. Sa voix, puis son visage ; ils sont aussi fatigués, aussi brisés l'un que l'autre.

Nous étions toujours assis sur le perron, à regarder le soir qui tombait sur Uashat, les étoiles qui s'allumaient sur le Golfe. La vie de la Réserve s'était arrêtée. Un chien jappait de temps en temps, des crapauds s'agitaient du côté de la Cascade. Tout à coup, Grand-Père a pointé le doigt vers les nuages qu'embrasait le soleil couchant : « C'est de ce côté-là, m'a-t-il dit, que Jeanne d'Arc a été brûlée. » J'ai laissé passer, il a des réflexions comme ça parfois (la semaine dernière, il m'a montré différents endroits de l'horizon où seraient nés le soleil et la lune, la neige et la pluie, le jour et la nuit…).

Plus tard, il a enchaîné avec des contes que son père ou sa mère avait dû lui réciter dans le temps : un lointain ancêtre, grand chasseur, qui avait réussi à prendre la lune au collet puis l'avait libérée pour qu'elle continue à sourire aux enfants ; ou cette petite fille qui était si jolie, si charmeuse que là où elle posait le regard, tout fleurissait ; et l'inconséquent, l'étourdi Carcajou, toujours, qui pourchassait les étoiles avec son arc-en-ciel. Il m'a parlé aussi de son ami, le vieux Koutshi, mort depuis longtemps, l'un des derniers vrais shamans à faire la tente tremblante (« kushapatshekan », ou quelque chose comme ça ; d'après ce qu'on m'a dit, cela ressemble à la tente suante).

Je l'écoutais distraitement, je me laissais bercer par ses mots, je rêvais avec lui. Il en revenait aux Territoires, évoquait un endroit « très très éloigné » qui est le point le plus élevé, le toit de la Terre en fait, là où les eaux coulent de ce côté-ci vers le Golfe, et de l'autre vers une véritable mer de glace que personne, bien sûr, n'a jamais traversée (d'autres vieux Indiens m'en ont déjà parlé, c'est une image qui semble importante pour eux). Grand-Père m'a raconté que deux hommes (un Indien et un Blanc — une sorte de géant) s'y étaient rendus un jour, qu'ils y avaient vu une chute quasiment aussi haute que les nuages et dont la fumée faisait « comme des flammes de neige » (c'est ce qu'il a dit) ; mais seul le Blanc en était revenu, et plus mort que vif. Puis, tout bas, il a évoqué ce lieu du ciel où, au milieu du jour, le soleil de l'aube croise celui du soir et de leur union naît le jour suivant (il ne l'a pas dit tout à fait dans ces mots-là, mais ça revient au même). C'est bien pensé, je trouve.

L'image m'a frappé aussi parce que, l'automne dernier, dans un livre sur la religion des Indiens aztèques, j'ai lu que, d'après leurs grands prêtres, les êtres humains seraient nés d'une collision entre la Terre et le soleil. C'est surprenant, non ?

Puis Grand-Père a évoqué (avec force Mashkatas !) la fois où son propre grand-père avait vu un immense troupeau de caribous, encore plus nombreux que les épines d'un sapin, se jeter dans la rivière Kania à cause d'un piège que le vilain Atshen leur avait tendu — à moins que ce ne soit les… (ici il a prononcé un long mot indien, un mot à rallonge que je n'ai pas compris, mais la première partie sonnait comme « natouapouanuatt »). Puis il m'a fait remarquer que ces caribous n'avaient sûrement pas un bon chef, autrement ils auraient su déjouer le piège (chez les animaux aussi, m'a-t-il dit, un bon « capitaine », c'est important).

Il m'a fait remarquer que, maintenant, le ciel est toujours nuageux, toujours embrouillé vers le nord, alors que de son temps, il était toujours clair. Et il m'a expliqué que, même ici, le soleil va éclater un de ces jours parce que Carcajou, qui s'en sert comme d'un tambour, en joue bien trop fort ; c'est lui qu'on a encore entendu l'autre nuit quand il a tonné sur la Côte.

Plus tard encore, il m'a raconté comment les saisons ont débuté et comment elles finiront, ce qui selon lui ne saurait tarder. Le Golfe va se vider aussi, car il y a un trou au fond ; pour l'instant, un rocher l'obstrue, mais pour combien de temps ? Là, tout de même, j'ai regimbé ; ça devenait lugubre à la fin. Je ne sais pas ce qu'il a, Grand-Père, il me semble qu'il est de plus en plus sombre depuis quelque temps.

Je suppose que la génératrice de L'Oiseau moqueur était en panne, *Crazy Otto* faisait relâche. Grand-Père est allé chercher son tambour et s'est mis à jouer et à chanter, pas fort, d'une voix chevrotante, qui se brisait par moments. Une petite voix, un peu comme celle de ma mère, mais celle-là, je crois qu'il n'y avait plus rien dedans depuis longtemps. C'était très impressionnant ; je suis resté près de lui, ça n'a pas semblé le déranger. La nuit était douce, elle mêlait les formes, les sons, les odeurs. J'avais le cœur pesant, je songeais très fort à Grand-Père, j'essayais de comprendre ce que signifiait cette longue confession.

16 août (matin)

L'échange que j'ai eu hier avec Grand-Père m'a bouleversé. Là, je pense que je prends vraiment conscience de la vie des Territoires, de tout ce qu'elle signifie pour les Indiens. Je comprends mieux aussi les sentiments que leur inspire le déclin de cette ancienne vie. Je n'avais jamais imaginé qu'il y avait, si loin dans le Nord (et en même temps si près de nous, quand on y pense) une vie aussi intense, aussi pleine. Une vraie patrie, en fait, toute chaude, mais qui se refroidit. Désormais, quand j'entendrai parler des « vieux pays », je ne penserai pas seulement à l'Europe ; je vais penser d'abord à ceux qui sont là derrière (tous ces romans qu'on nous donnait à lire à l'école et au Collège, pourquoi ne parlaient-ils jamais de ces pays-là ?).

Je suis devenu très sensible à ces grands espaces, à tous ces souvenirs qui n'auront pas de suite. Est-ce possible, vraiment, toutes ces existences, toutes ces belles histoires qui vont rester figées — comme les vieilles perches abandonnées en haut des rapides ? Je pense aux jeunes Indiens, je me demande comment on peut entrer dans la vie quand il n'y a plus de chemins devant, seulement des traces en train de s'effacer derrière ?

Je me relis et devine que, si monsieur Laroque me lisait, il ne serait pas fier de moi. Il dirait que je me laisse gagner par mon sujet, que je deviens partial. C'est vrai. Pis ?

17 août (avant-midi)

J'observe Grand-Père, il est bourré de manies. Certaines me font sourire, d'autres moins. Par exemple, il s'inquiéterait de l'issue de la journée s'il ne jouait pas du tambour tôt le matin. C'est plus amusant quand je le surprends à priser en cachette ou quand il essaie de chasser des maringouins dans la maison. Il a une mauvaise vue (c'est le cas de plusieurs vieillards dans la Réserve, à cause des hivers passés dans la fumée des tentes), mais il est orgueilleux et cherche à simuler. Je regarde ailleurs, ne veux pas le froisser.

Souvent aussi, quand il rentre en fin d'après-midi, il me raconte sa journée dans la forêt, ses longues marches, le gros gibier qu'il aurait pu tuer s'il avait cru pouvoir le rapporter, et bien des aventures qui lui sont arrivées. Là encore, je joue le jeu, mais maintenant je sais qu'en fait il ne s'éloigne pas beaucoup de la Réserve. Je l'ai aperçu quelques fois, il flâne juste à l'orée du bois, là où il y a un peu de lièvre. C'est important pour lui, il se souvient.

(Soir)

D'autres rapports nous sont parvenus au sujet de l'incendie de la Manicouagan. Il a plu mais le feu n'a fait que ralentir. Il a maintenant repris de plus belle. Les familles qui se préparaient à monter aux Territoires vont retarder leur départ.

18 août (soir)

J'ai passé la journée à dresser un premier bilan de mes entrevues et inventaires. J'ai aussi retranscrit pas mal de notes dans mes Cahiers (j'en suis à mon quatrième). Finalement, c'est platte à faire mais c'est plus riche que je croyais. Le problème, c'est que je n'arrive pas encore à démêler tous les liens de parenté. Il y a tout de même des questions que je ne peux pas poser. Par exemple, je vois bien que quelques personnes sont accotées, que cinq ou six enfants sont probablement illégitimes, mais comment en être certain? J'ai demandé au Père, il est devenu tout rouge et a avalé sa chique; c'est pire que le secret de Fatima, on dirait. Un autre problème, c'est que je me limite aux maisons, je n'ai pas grand-chose sur les familles des Tentes. Je sais que monsieur Laroque va encore gronder, mais maintenant il est trop tard. En plus, il y en a plusieurs qui me regardent vraiment de travers parmi ces gens-là.

Bien des choses m'étonnent dans tout ce que j'ai appris jusqu'ici. J'ai sous les yeux mes notes sur le statut des femmes indiennes. La loi est vraiment étrange sur ce sujet. D'après ce qu'on me dit, si un Indien épouse une Blanche, elle peut s'établir dans la Réserve et elle sera traitée comme une Indienne, ses enfants aussi. Mais si une Indienne épouse un Blanc, elle doit s'exiler et n'est même plus considérée comme Indienne; ses enfants ne le seront jamais non plus. Ce qui fait que, dans certaines familles, des hommes indiens ont des sœurs qui ne le sont pas… ou qui ne le sont plus (à vérifier à mon retour à Québec).

À part ça, je n'ai pas de problème avec les familles des Maisons, je suis plutôt bien reçu partout. L'ennui, c'est que j'en reviens toujours en toussant ; ils fument presque tous sans arrêt, les hommes, les femmes (la pipe surtout), les jeunes aussi. C'est à croire que les Indiens, il leur faut tout le temps de la boucane.

Je n'ai pas vu Sara depuis une éternité. On dirait qu'elle se cache.

19 août (avant-midi)

C'est étrange le rapport que les Indiens entretiennent avec les chiens (il doit bien y en avoir une centaine ici). On dirait qu'ils n'y sont pas attachés. Ils n'en parlent pas, ne les admettent pas dans les maisons, les caressent rarement. Mais je découvre que c'est une fausse impression. Ils leur accordent beaucoup de liberté — comme aux enfants — et les laissent courir partout dans la Réserve, mais ce n'est pas de l'indifférence. On m'a parlé de disputes entre voisins parce que l'un avait rudoyé le chien de l'autre. L'hiver sur les Territoires aussi, on dirait qu'ils ne leur témoignaient pas beaucoup d'attention car, dans leurs récits, il en est rarement question. Encore là, c'est trompeur. Le soir, par exemple, ils veillaient à disposer des branches d'épinette sur la neige pour les protéger contre l'humidité. Et ils étaient très attentifs à bien les nourrir.

Je dirais que chez eux, il en est un peu des chiens comme du reste : l'attachement est là mais il ne se montre pas beaucoup (je m'exprime comme un vrai sociologue, j'espère que je ne suis pas dans les patates).

(Midi)

Correction. Ce que j'ai écrit tout à l'heure à propos des chiens est vrai, mais pour les adultes seulement. Les enfants, au contraire, s'amusent beaucoup avec eux, surtout avec les chiots. Les petites filles les emmaillotent, les cajolent et les transportent dans des « papuss ».

(Fin de soirée)

Je suis passé à L'Oiseau, y ai vu Sara, j'étais content (je lui ai pardonné pour mes timbres). Mais je n'ai pu lui dire que quelques mots, je l'ai trouvée fuyante. Colette avait annoncé un concours de danse indienne (l'affiche disait « makusham »). La place était bondée. Trois jeunes jouaient du tambour (pas trop mal), les autres tournaient en rond en faisant une steppette tous les deux pas, ponctuée d'un petit cri. C'est surtout le rythme qui importe, je les ai trouvés très doués. Mais personne n'arrivait à la cheville de Sara. Je ne me tannais pas de la regarder, elle était magnifique : gracieuse, racée, insouciante, avec ses cheveux qui volaient sur ses épaules, son nez dans le vent, ses hanches qui se balançaient (ses fesses aussi…). Et fallait voir la steppette ! C'est elle qui a gagné. Évidemment.

Note : *Crazy Otto* a définitivement pris congé ; Colette a renouvelé sa collection de disques. Bon débarras.

20 août (matin)

Je l'ai déjà dit mais je n'en reviens pas, il y a des filles qui prennent un coup fort, c'est surprenant. C'est surtout au Trappeur que je les vois. Ce sont toujours les mêmes, elles sont cinq ou six à se saouler littéralement, avec une bande de garçons qui en font autant. Je ne les nommerai pas, mais je peux mentionner le nom de Rosa, car elle, elle ne s'en cache pas, elle se saoule même sur la Réserve (sur la plage ou dans le Vieux Poste).

Je l'ai rencontrée hier sur la rive. Je la connais assez, je la croise souvent dans Uashat ou à Sept-Îles. Elle était sobre et j'ai eu une conversation bizarre avec elle. À un moment donné, je lui demandais ce qu'elle comptait faire plus tard, elle m'a répondu que « plus tard », c'est trop loin pour elle, que l'instant d'aujourd'hui, c'est déjà bien assez et que, de toute façon, elle ne tient pas vraiment à ce que « ça dure ». Je lui ai dit qu'elle pouvait partir de la Réserve si elle était si malheureuse. Elle a ri : « Partir où ? Avec la boisson, je pars quand je veux. Tu te compliques la vie, P'tit Blanc » (c'est comme cela qu'elle m'appelle ; c'est mieux que Peau-Rouge, en tout cas). Disons qu'en fait de « projet d'avenir », comme disaient les prêtres au Collège, on a déjà vu mieux.

J'ai fait un cauchemar cette nuit ; Sara m'est apparue sous les traits de Rosa (pas besoin d'être psychiatre, là !).

(Soir)

Sur un registre plus gai : grâce à un prêt consenti par la Banque provinciale de Sept-Îles, Colette vient de faire l'achat d'une Chevrolet blanche (modèle 1944…). Pour l'instant, le bolide ne circule pas beaucoup, Colette ne sait pas conduire. C'est Malek qui est son professeur. Ça fait jaser un peu dans la Réserve ; l'entrepreneur a la réputation d'être… entreprenant.

21 août (avant-midi)

C'est toujours un objet de surprise pour moi, malgré toutes les difficultés qui les accablent, les Indiens restent assez rieurs. Hier, un Ancien m'a raconté la fois où (c'était il y a une vingtaine d'années d'après ce que j'ai compris) les membres du Conseil de bande s'étaient rendus à Québec en délégation. C'était pour présenter au gouvernement une pétition dénonçant la vente des grandes rivières à saumons aux Américains. Les journaux de Québec en avaient parlé et la population était très curieuse de voir de « vrais » Sauvages (à la différence des Hurons de L'Ancienne-Lorette jugés trop métissés, trop « blanchis », comme j'ai déjà entendu).

Quand les représentants de Uashat ont débarqué à la gare du Palais, il y avait plein de journalistes et de curieux sur le quai. Le gouvernement a logé les visiteurs à l'hôtel Clarendon et, chaque fois qu'ils sortaient pour prendre l'air sur la Grande-Allée, les passants s'arrêtaient pour les observer. Les Indiens, qui découvraient les trottoirs, marchaient un peu comme dans le bois et faisaient de longs pas en levant le pied, ce qui amusait beaucoup les citadins. En voyant ça, les Indiens ont décidé de leur en donner pour leur argent. Ils se sont mis à faire les fous, à allonger le pas en levant le pied encore plus haut, à heurter les piétons, à traverser la rue inopinément, à paralyser la circulation, tout ça. Les Blancs n'émettaient aucune protestation, se montraient bien tolérants. Ils s'étonnaient seulement de les trouver aussi gais…

(Fin de soirée)

Cet après-midi, je suis allé à Sept-Îles et me suis arrêté au kiosque à hot-dogs pour m'acheter des frites. J'ai remarqué qu'il y a maintenant de la musique : *Crazy Otto*… Colette a bradé ses vieilleries.

J'ai passé la soirée à réviser mon Journal (toujours mes fautes de français). J'ai aussi fait pas mal d'ajouts ici et là. C'est devenu une habitude maintenant : des impressions, des souvenirs qui me reviennent après coup, des détails qui m'avaient paru insignifiants sur le moment et dont je vois plus tard le sens (disons en tout cas : un sens). J'y mets de plus en plus de temps. Mes inventaires ont pris beaucoup de retard. Tant pis.

Il faudrait aussi que je me mette à la préparation de mes examens, mais je n'en ai pas le cœur. C'est trop loin de moi, tout ça. J'ai l'impression que je vis ici sur une autre planète, dans un autre âge (lequel ?).

22 août (avant-midi)

Les petits enfants sont partout dans la Réserve. Ils courent sur la plage, parlent avec les chiens, s'amusent et rient de rien. Ils sont souvent très beaux. J'aime bien quand, à mon approche, ils arrêtent un instant leurs jeux pour m'examiner. Ils ont tous le même geste pour repousser de la main les cheveux fous qui leur obstruent la vue. Ils me regardent alors avec de grands yeux curieux, étonnés, surtout ceux qui en sont encore à découvrir le Blanc. Ils sont si candides et si pleins d'assurance que c'est moi qui me sens différent et un peu intimidé. Je me dis que jadis, c'est ce regard-là qui devait se transmettre chez l'adulte pour en faire l'homme fier et droit que j'ai déjà vu sur de vieilles photos. Aujourd'hui, on dirait que leur regard s'éteint ou se brouille vers l'adolescence, que l'enfant crochit à mesure qu'il grandit (j'exagère?).

Souvent, ils se font des panaches avec des branches et jouent à la chasse au caribou. Ils sont tous « capitaines » (ils se prennent pour Piétachu, je pense). D'autres fois, quand ils jugent que le vent est bon, ils vont rêver dans le ruisseau qui traverse la Réserve. Quelques-uns portent des casquettes bizarres, penchées sur l'oreille. Tout le jour, ils pataugent dans le petit cours d'eau, ils y harponnent la baleine et le marsouin; ils y naviguent au long cours sur quelques planches de bois. Le soir, au moment où ils vont se quitter, je les aperçois qui se partagent leurs prises : deux ou trois truites, des menés, des grenouilles, un vieux mocassin.

Quelques-uns se sont mis à me fréquenter. Ils m'apprennent des mots de leur langue, ceux qu'ils savent en tout cas et qui suffisent à notre amitié. Je leur achète des bourzailles à Sept-Îles, je leur donne des sucres à la crème de madame Gertrude et parfois quelques sous. Ils étaient quatre ou cinq ce matin à flâner près de la maison. Je suis sorti et leur ai montré des images de mon atlas. Ils promenaient, hésitants, le doigt sur les pages du livre; je leur ai indiqué l'endroit où ils habitent, ils s'en émerveillaient, comme s'ils faisaient un long voyage.

Ils m'interrogent constamment : d'où je viens ? de quoi je vis ? pourquoi je suis là ? Je leur fais des réponses qui me paraissent simples mais qui les dépassent, je le vois bien. C'est à cause de la différence d'âge ; quelques millénaires nous séparent.

23 août (matin)

Grand-Père s'est fait plaisir hier. Un voisin est venu lui porter une brassée d'os de caribou. Il s'est installé derrière la maison avec un pilon, près d'une grosse pierre plate, et il a entrepris de broyer tous ces os pour en retirer la moelle et la graisse. Il en a eu pour une bonne partie de l'après-midi. Par moment, il entonnait ses longues incantations, puis il s'arrêtait, y allait un peu du tambour, revenait à son pilon et à son couteau croche. À la fin, il s'est retrouvé avec toute une bouillie (l'« écume ») qui ne me disait pas grand-chose, franchement.

Il a fait un feu derrière la maison et a laissé mijoter sa bouillie pendant une couple d'heures en y ajoutant des poignées d'herbes. Et puis, tout fier, il a servi. Moi, je me connais. Je rôdais autour du feu en me rongeant les ongles, je n'avais pas hâte de passer à table. J'ai failli prétexter un malaise — je n'en étais pas loin, d'ailleurs. Finalement, miracle : c'était délicieux et je me suis exclamé.

Grand-Père ne me croyait pas, il pensait que je voulais lui faire plaisir. Alors, j'ai renouvelé mes compliments et, comme d'habitude, j'ai dû exagérer. Je l'ai regretté. Pour débuter, il m'avait servi à peu près une demi-tonne de sa potée ; j'ai réussi à passer à travers, de peine et de misère. Mais je me sentais gonflé comme l'oncle Albanel, j'avais peur d'exploser. Quand je lui ai dit que c'était vraiment très bon, il était tellement content que, du coup, il m'a donné tout ce qui restait — une autre demi-tonne. Là, je me suis dit, il y va un peu fort. Je regardais mon assiette, désespéré. J'ai voulu lui en redonner un peu, mais il a protesté vivement : « T'inquiète pas, je vais nous en refaire demain… »

Je suis devenu vert. J'ai dû m'exécuter, misérablement, sous le regard attendri de Grand-Père. Et comme de raison, après m'être couché, j'ai été malade. Mais malade… Pauvre Grand-Père, il a dû passer une bonne partie de la nuit debout, à récupérer son « écume ». Moi, je ne sais pas ce que j'ai, quand je veux faire plaisir, ça finit toujours mal.

(Soir)

Parlant de ce qui finit mal, Malek a eu l'idée de faire une randonnée avec Colette, pour « décrasser » la vieille Chevrolet. Apparemment, ils sont montés jusqu'au 40. Je ne sais pas exactement ce qu'ils ont « décrassé », mais une fois rendus là ils n'ont pas pu en revenir. La remorqueuse est arrivée cet après-midi avec la grosse « blanche ». Il paraît que la facture est salée.

Mauvaises nouvelles encore au sujet des feux. Ils s'étendent maintenant vers Schefferville.

24 août (avant-midi)

J'ai assisté à une scène vraiment pénible hier soir à L'Oiseau moqueur. Il était assez tard, j'ai eu l'idée d'aller marcher vers la rive. Il faisait gros vent, mais un vent chaud et très sec. C'était marée haute et d'énormes vagues venaient se défaire sous mes pieds ; ça faisait comme un camion de roches qui se décharge d'un coup sec. Au large, la crête des vagues s'allumait puis s'éteignait sous la lune. Je surveillais au loin les phares de deux ou trois bateaux. Je suis resté là un bon bout de temps sans penser à rien (ça m'a fait du bien).

En revenant, j'ai vu un attroupement devant L'Oiseau. En fait, c'était plutôt la cohue. Des gens se bousculaient, se tiraient par les cheveux ; d'autres pleuraient, tout le monde criait. J'apercevais Colette et Cynthia qui s'agitaient au milieu de tout cela, soufflant comme des taureaux. D'abord, je n'ai rien compris à ce qui se passait, puis j'ai réalisé que c'étaient des parents qui étaient venus chercher leurs enfants et essayaient de les sortir de la bâtisse. Il y avait là, entre autres, une dizaine de garçons et filles pas mal éméchés qui se débattaient comme des diables en hurlant des bêtises à tout va. Une femme, entre autres, s'est fait (faite ?) brasser pas mal fort.

J'ai regardé comme il faut, j'étais content de ne pas apercevoir Sara. Ça a duré assez longtemps, c'était tannant à voir. Finalement, quelques parents sont repartis avec leurs jeunes, d'autres s'en sont retournés seuls. Je suis resté un moment, à distance ; c'était bien triste.

J'ai mis un bout de temps à m'endormir. Ce sont les mères surtout qui m'ont bouleversé, l'expression sur leur visage. Je ne connaissais pas ces gens-là. Je me suis informé aujourd'hui, ce sont des gens du clan Basile. Ils appartiennent à six ou sept familles qui habitent ensemble dans un îlot de tentes. On me dit qu'une jeune fille s'est suicidée là, ce printemps ; sa mère a retrouvé son corps un matin près du tas d'ordures.

Ces désordres chez les jeunes (à L'Oiseau, dans les bars de Sept-Îles, sur la plage aussi), c'est dur à expliquer. Il y a cependant une chose que j'ai remarquée. Dans certaines familles que je visite, les enfants (sauf les plus jeunes) parlent à peine à leurs parents. J'ai mon idée là-dessus. Quand le père ne chasse plus, il n'a pas grand-chose à enseigner à ses enfants et les jeunes le voient bien. Les Territoires, ça ne leur dit plus rien, alors ils se tournent vers la vie des Blancs. Mais là, ça ne va pas mieux : ils ne sont pas préparés et pas bien acceptés non plus — je l'ai bien vu quand j'ai visité l'école de Sept-Îles.

Ils se retrouvent entre deux murs : un qui s'écroule derrière, l'autre qui s'élève devant (je sais, j'exagère un peu, mais pas tant que ça).

Justement, les familles que j'ai vues hier à L'Oiseau, elles ont perdu leurs terrains de chasse depuis plusieurs années ; ils étaient situés là où la Clarke a fait ses premières coupes de bois.

Personne n'a pensé à leur verser une indemnité. Ça fait que les reportages de *L'Avenir* sur les merveilles de l'industrie moderne, c'est pas vraiment pour eux autres. Les gens des Tentes, je pense qu'ils ont leur idée sur le progrès.

(Soir)

Un autre incendie de forêt s'est déclaré sur les hauteurs de la Moisie. Le danger se rapproche.

25 août (en me couchant)

Je suis passé chez les Napish après souper ; Sara était déjà partie. Elle est souvent sortie. Je ne sais pas où elle va et les Napish ne le savent pas toujours non plus. Elle peut disparaître pendant cinq ou six jours, des fois. Il y a un bout de temps maintenant que je lui ai parlé, c'est dur pour moi.

En sortant, j'ai aperçu Gabrielle qui prenait la fraîche dehors. Elle m'a lancé : « Il faut que je te parle. » Elle paraissait très sérieuse, je suis devenu nerveux. J'avais bien raison. Elle m'a dit que Sara s'amuse de moi, qu'elle ne m'aime pas vraiment. Elle m'a dit aussi qu'elle ne comprend pas son comportement, pourquoi elle est aussi méchante avec moi (et avec d'autres aussi, même avec Gabrielle parfois). Selon elle, je dois mettre fin à cette comédie — ce n'est pas le mot qu'elle a employé, mais c'est bien ce qu'elle voulait dire.

Du coup, j'ai failli tomber par terre. Puis là, j'ai piqué une crise, une vraie : je lui ai hurlé que ce n'était pas vrai, qu'elle me contait des menteries, qu'ils étaient tous contre moi, tout ça. Je lui ai quasiment dit des bêtises, pauvre Gabrielle. J'ai complètement perdu la carte.

Grand-Père est couché depuis longtemps mais je ne m'endors pas. Je sens que je vais passer une nuit blanche. Je suis tout à l'envers ; le cœur me débat.

J'ai pensé toute la nuit à ce que m'a dit Gabrielle. Je regrette ma réaction mais je n'y peux rien, c'est comme si ma vie était en miettes. J'ai du mal à respirer. J'ai traîné autour de la maison tout l'avant-midi, je n'avais pas le cœur à l'ouvrage, comme de raison. Grand-Père a bien vu que ça n'allait pas ; il me regardait, impuissant, avec ses grands yeux tristes.

En fin d'après-midi, j'ai voulu le laisser tranquille un peu, je suis allé flâner sur la plage. Il ventait fort, le sable m'entrait dans les yeux et dans la bouche, je m'en fichais. Tout à coup, j'ai vu Sara qui approchait. Elle s'est dirigée vers moi, elle voulait me parler. L'entretien a été court. Elle s'est avancée, la tête basse, comme une enfant en punition. Elle m'a dit qu'elle ne m'aimait pas, qu'elle s'excusait. Puis elle a détalé. J'ai bien compris que c'est Gabrielle qui l'envoyait.

J'étais figé, dévasté ; je n'avais même pas la force de faire une autre crise. Je me suis laissé tomber sur le sable, presque sans connaissance. Je suis resté là longtemps, j'avais plus le goût de rien. Quand je me suis relevé, il faisait presque noir. Je suis retourné à la maison en chialant ; des bouts, je voyais même pas où je mettais les pieds. À un moment donné, je me suis aperçu que deux grands chiens maigres me suivaient, la mine basse. Je les ai chassés, ils sont revenus. Ils avaient tout compris, on dirait. Nous faisions un drôle de cortège.

Ma mère me l'a toujours dit, je suis terriblement naïf et ça me joue des tours. C'est bien ce qui m'arrive, là. Normalement, j'aurais dû sentir depuis longtemps que Sara ne faisait que s'amuser de moi. Mais je me disais : c'est la différence des cultures, elle est déstabilisée à cause de son enfance ; avec le temps, tout va s'arranger… Je m'en étais pourtant fait une règle en venant ici : me méfier de ma naïveté. Je me retrouve encore dans le pétrin. Un gros.

La différence des cultures… ouais ! Il y a des jours où la

sociologie, je la donnerais pour pas cher, comme on dit chez nous.

27 août (après-midi)

La nuit dernière, j'ai encore perdu la tête, il n'y a pas d'autres mots. Il est grand temps que je sorte d'ici, je pense. Je m'étais couché vers minuit, je n'arrivais pas à dormir à cause de ce qui était arrivé (et à cause de la chaleur aussi). J'étais malheureux comme les pierres, je me retenais de pleurer. Et je pensais très fort à Sara. Je ne pouvais pas me résigner à l'idée que c'était fini, ça me faisait trop mal.

Alors j'ai été pris comme d'un coup de fou. Je me suis levé, j'ai enfilé mon pantalon et je suis parti comme ça à l'épouvante, nu-pieds, presque rien sur le dos, en pleine nuit. Et j'ai couru jusque dans sa rue. La poitrine voulait m'éclater quand je me suis arrêté devant sa fenêtre. Toutes les maisons étaient plongées dans le noir, il y avait juste un croissant de lune au-dessus du Golfe. Là, je n'ai même pas réfléchi, je me suis mis à crier comme un désâmé. Je l'appelais de toutes mes forces. Rien ne bougeait. J'ai crié encore plus fort. J'étouffais, je lui disais toutes sortes de choses, que je l'aimais, que je mourrais sans elle, tout ça. C'était pas très original, je sais bien. Il y a seulement les chiens qui m'ont répondu.

Autour, des fenêtres se sont ouvertes, des silhouettes sont apparues, des gens que je connais qui m'observaient en silence. Je pense qu'ils étaient gênés pour moi. Quand je les regardais, ils détournaient la tête. Et il ne se passait toujours rien chez Sara.

À un moment donné, j'ai senti quelqu'un derrière moi ; j'ai arrêté de crier. C'était Grand-Père. Il m'a pris doucement par le bras et m'a ramené à la maison. Je me suis couché comme ça, aussi gêné que malheureux.

Ça me fait mal, c'est terrible comme ça me fait mal. J'irais me réfugier dans le ventre de ma mère si je pouvais.

Je me suis levé hier matin de peine et de misère, j'avais toussé toute la nuit, presque pas dormi ; la pensée de Sara me dévorait. Et j'ai été incapable de faire quoi que ce soit par la suite. Encore une journée perdue. J'ai pensé écrire à ma mère, tout lui raconter, ça m'aurait fait du bien ; mais elle aurait été tellement malheureuse, j'ai laissé faire.

Je suis sorti pour marcher un peu autour de la maison. Uashat m'a parue tout engourdie, perdue dans la grisaille, aussi mal fichue que moi. Je suis rentré après cinq minutes.

L'image de Sara ne me quitte pas. Je l'aime. Je l'aime et j'ai mal ; c'est comme si j'avais un grand clou planté dans le cœur. Je n'aurais jamais pensé qu'une chose aussi belle, aussi douce, puisse faire aussi mal ; jusqu'à en donner le goût de mourir. Je la vois partout, je lui parle tout le temps, je veux la toucher ; mais elle reste froide, elle ne répond pas ; elle regarde ailleurs puis s'éloigne. Je n'arrête pas de crier par en dedans. Si ça continue, je pense que je vais mourir (je l'ai déjà écrit, ça fait rien).

Je me suis étendu après souper, mort de fatigue, et j'ai pu fermer l'œil pendant deux ou trois heures. J'ai fait un cauchemar terrible : Sara me regardait, indifférente, tout en s'enfonçant lentement dans un marais ; et moi, hurlant, j'assistais impuissant à sa disparition. J'ai dû lâcher un cri, je pense, parce que Grand-Père était penché sur moi quand je me suis réveillé. Là, j'ai encore été pris de folie, je suis sorti de la maison et j'ai couru chez elle. Il y avait encore de la lumière à l'intérieur. Je me suis posté en retrait et j'ai attendu, je ne voulais pas recommencer ma scène d'avant-hier. Au bout d'une heure environ, on a soufflé les bougies et toute la maison a été plongée dans le noir ; personne n'était sorti.

Je me suis rendu à L'Oiseau, pas de Sara. J'ai cru qu'elle était à Sept-Îles et j'y suis allé. Il était onze heures environ quand j'y suis arrivé, tout essoufflé. Je suis passé au Trappeur puis au

Castor et ensuite au Portage, rien. Alors, j'ai pensé au pire, j'ai couru littéralement à l'autre extrémité de la ville, là où se trouvent les deux maisons de pension fréquentées par les matelots. J'ai attendu un bout de temps derrière un arbre et me suis trouvé ridicule ; je suis retourné au Trappeur, au Portage, puis encore au Trappeur, jusqu'à la fermeture.

Je ne me résignais pas ; plus le temps passait, plus j'étais agité. J'étais incapable de m'arrêter à l'idée que Sara était simplement chez elle en train de dormir. Je suis repassé aux maisons de pension ; là non plus, il n'y avait plus de lumière. Alors, j'ai repris le chemin de la Réserve. Il faisait froid, il s'est mis à pleuvoir. J'entendais des bruits dans la forêt, j'avais peur. J'essayais de forcer le pas mais j'étais à bout de forces. En entrant dans Uashat, j'ai encore fait un détour jusqu'à L'Oiseau ; pour rien, bien sûr.

Quand je suis arrivé à la maison vers la fin de la nuit, j'étais plus mort que vif. Grand-Père était là à m'attendre, assis sur mon sofa, les traits tirés. Il s'est levé, s'est approché et, sans dire un mot, m'a pressé contre lui. J'ai appuyé ma tête sur son épaule et me suis mis à chialer comme un enfant. C'était ça ou la crise d'asthme. On dirait qu'il devine tout ; il ne serait pas un peu shaman par hasard ?

Si tu l'es, Grand-Père, tu pourrais pas dire un mot pour moi à tes amis, à tes Esprits ? Ça va pas bien, là.

30 août (après-midi)

N'ai trouvé le sommeil qu'à l'aube, me suis réveillé peu après. Grosse crise d'asthme depuis ce matin ; tremblements, fièvre. Grand-Père à mes côtés, très inquiet. N'ai pu m'alimenter, n'arrive pas à me calmer ; le cœur veut me sortir de la poitrine. Je m'ennuie de Sara. De l'ombre de Sara. Présentement, je suis devant la fenêtre qui donne sur le bois ; il fait beau, c'est plein de vie dehors, ça fait encore plus mal. Par moments, il me prend des vraies rages d'elle, j'en ai presque mal aux dents.

(Avant de me coucher)

Crise encore ce soir. Toujours incapable de manger (je n'ai pas hâte de me peser, je dois ressembler à un fantôme). Je pense toujours à Sara. Dès que j'entends un bruit, je pense que c'est elle. Mais ce n'est jamais elle. Tout à l'heure, j'ai prononcé son nom deux ou trois fois. Je suis en train de perdre la boule. J'essaie d'imaginer ce qu'elle fait, ce qu'elle dit, à qui… Et toutes ces heures qu'elle me vole…

Sara, je vois bien ce qu'elle représente pour moi; c'est toute la vie, tout le bonheur que je n'ai pas connu. Pourquoi je pourrais pas être heureux moi aussi, comme tout le monde? Quand on est du Bas-de-la-Côte, c'est pour tout le temps? On pourrait pas faire des bouts sur le planche, des fois? Faut toujours que ça monte, nous autres? On est condamnés au Bas-de-la-Vie, c'est ça? Maudite marde.

Des fois, c'est curieux, on dirait que ce qui fait le plus mal, ce sont les petites choses, des souvenirs de rien qui me reviennent : sa façon d'incliner la tête quand elle parle (et de la relever quand elle sourit), le pli de sa bouche quand elle fait la moue, et ses longs cils, ses doigts fins, sa voix un peu traînante aussi. Il me semble qu'il y a toujours de la musique dans sa voix, du soleil au fond de ses yeux, un peu de vent dans ses cheveux… Bon, faut que je m'arrête, là.

31 août (avant-midi)

La nuit me fait peur. Je repousse le moment d'éteindre les bougies — j'en fais brûler trois ou quatre à la fois. Dès que je ferme l'œil, je suis assailli par une armée de démons qui m'effrayent. Je sors de mon cauchemar en sursaut, haletant, tout en sueur, en poussant de petits cris qui réveillent Grand-Père. Il se lève, se penche sur le sofa, passe sa longue main osseuse sur mon front. J'essaie de le rassurer, lui dis de ne pas s'inquiéter. Il a bien de la peine. Ça me gêne de l'embêter avec mes affaires.

(Avant souper)

Je ne vais pas bien du tout. Je souffre de tous mes maux en même temps : étourdissements, nausées, saignements de nez, tout ça. J'ai eu plusieurs petites crises aussi. Mais je ne songe pas à rentrer à Lévis. Pas dans cet état, maman en mourrait.

Je fais depuis deux nuits un rêve stupide. J'entre dans la vie par une petite porte surmontée d'une ampoule flageolante. Une main chaude tient la mienne. Plus loin, je m'aperçois qu'elle se refroidit puis me lâche. Je veux la rattraper, elle se désiste ; j'insiste, elle me frappe. Je décide de revenir sur mes pas, de sortir de la vie, mais ne retrouve plus l'issue ; l'ampoule s'est éteinte. Je frappe à une autre porte qui s'ouvre, je m'avance, elle donne sur le vide. Je me réveille en sursaut, haletant, épuisé.

La vie, ma vie, c'est des étés que j'ai pas eus, du soleil que j'ai pas vu, plein d'affaires que j'ai même pas goûtées. C'est comme une grosse dent qui me fait mal ; je voudrais qu'on me l'arrache.

Grand-Père s'occupe de moi, il ne sait pas quoi faire pour me soulager. Il me fait manger de drôles de plantes qu'il va cueillir dans le bois (ça ressemble à des vesses-de-loup mouillées), il me fait boire des tisanes de pissenlit séché (qui goûtent le vieux caoutchouc), il me prépare des recettes de sa mère (pour survivre à ce régime-là, il fallait que ses enfants aient le corps solide) ; il va me rachever si ça continue. Mais il est si gentil, il est quasiment aussi malheureux que moi.

Gabrielle aussi, elle est gentille. Elle est venue me voir quatre ou cinq fois, m'a apporté des « graines rouges » et des bleuets qu'elle a cueillis, m'a parlé doucement. Elle va revenir demain. Grand-Père avait l'air content. Hier, il lui fait un peu de façon, on dirait. Après qu'elle a été partie, je lui ai dit : vieil hypocrite ! Il a souri.

(Soir)

Grand-Père essaie de me divertir ; il me parle de Piétachu, revient sur tout ce qui leur est arrivé à tous les deux. Il me rapporte les dernières rumeurs (dont certaines me semblent assez folles) : l'Indien serait venu de nuit à Uashat pour voir sa femme et serait reparti avant l'aube dans son canot; des aviateurs de la base militaire de Goose Bay dans le Grand Nord auraient retrouvé son corps et refuseraient de le rendre; il préparerait très secrètement une vaste offensive pour que les siens récupèrent leurs Territoires... Pauvre Grand-Père, il ne sait plus quoi penser. Moi non plus.

SEPTEMBRE

1er septembre (matin)

Grand-Père essaie encore de me consoler. En déjeunant tout à l'heure, il n'a pas arrêté de me parler des ours. De ses ours. À un moment donné, il m'a expliqué qu'ils tombent en amour eux aussi. Là, je lui ai dit qu'il lançait le bouchon un peu loin ; mais j'aurais dû attendre la suite. C'est l'histoire d'un ours qui s'était amouraché d'un caribou un peu écervelé. Évidemment, ça n'a pas marché. Ils se disputaient continuellement, chacun prétendant être l'ancêtre des Indiens. En plus, l'ours n'aimait pas vivre en troupeau et levait le nez sur les lichens dont l'autre raffolait. L'hiver, le caribou voulait trotter, alors l'ours manquait de sommeil, ce qui le rendait marabout durant tout l'été. Ils ont dû se séparer. Sur le coup, l'ours a eu bien de la peine, mais après il n'a rien regretté, comme de raison.

Je pense que Grand-Père a inventé l'histoire, j'ai bien compris ce qu'il voulait dire. Il parle souvent comme ça, en paraboles.

Plus tard, il a encore parlé des Territoires. À la fin, il a dit : « Tu sais, au fond, y a rien qui meurt. » Mais j'ai trouvé qu'il n'avait pas l'air très convaincu.

(Soir)

Ce matin, je me sentais un peu mieux. Je me suis dit qu'il fallait me remettre au travail, tant bien que mal. J'ai interviewé cet après-midi un vieux chasseur qui a déjà été Chef de bande à Uashat. Il n'avait plus une dent et prononçait assez mal; j'ai dû me faire aider par une de ses filles qui vit avec lui. Je n'ai pas appris grand-chose dans l'ensemble (le vieux était intéressant, mais je commence à être pas mal informé). Et puis je n'avais pas vraiment le cœur à la conversation.

Il y a cependant une phrase que j'ai notée. C'était vers la fin de l'entrevue, il a dit : « Tu sais, notre passé depuis l'arrivée des Blancs, c'est une grande misère. Puis notre présent, comme tu peux le voir, il est bien décourageant. » Et, il a ajouté, apparemment très sérieux : « Heureusement, on n'a pas beaucoup d'avenir… » Moi, sans trop réfléchir, j'avais commencé à rire un peu; je me suis arrêté sec. Ils sont comme ça; mine de rien, sur le ton de la blague, ils disent des choses terribles au fond.

Je les trouve bien mal pris. Dommage que Piétachu ne soit pas là pour les aider. Au fait, qu'est-ce qu'il attend, celui-là ?

2 septembre (soir)

Cet après-midi, j'ai reçu une lettre de ma mère m'apprenant que Fernand, mon frère, a encore doublé sa dixième année à l'école des Frères maristes. C'est curieux, je pensais déjà à lui parce que ce sera sa fête la semaine prochaine. Maman est bien découragée. Doubler, c'est assez fréquent dans notre quartier, sauf que lui, c'est la troisième fois d'affilée. Les Frères sont bien patients mais ils ont décidé de ne pas le reprendre cet automne. Ma mère me dit qu'elle en a parlé au curé de notre paroisse, l'abbé Rochette, qui est assez embêté, lui aussi. Parce que Fernand, ce n'est pas le genre servant de messe. C'est exactement ça, le problème : mon frère, il ne veut servir personne.

C'est un rebelle. À l'âge de dix ans, il se sauvait de temps en temps sur le traversier. Un jour, le bateau avait été emporté par les glaces du fleuve jusqu'à Beaupré quasiment; Fernand n'était rentré qu'au matin, ma mère était morte d'inquiétude. À treize ans, il se débrouillait pour entrer en cachette au cinéma Bienville, sur la rue Fraser.

J'ai un autre souvenir de lui à ces années-là. Nous n'avions jamais rien pour jouer à la maison, il fallait se débrouiller. Mais lui, il avait toujours des idées. Un jour, un petit gars du coin est passé devant chez nous avec une « exprèsse » toute neuve (le mot français ?) ; il venait de la recevoir pour sa fête. Je m'en souviens comme si c'était hier : un beau petit chariot rouge avec les roues vertes et le guidon bleu. Ça se donnait en cadeau aux enfants, les mères s'en servaient aussi pour aller faire leur marché à l'épicerie, chez Côté. Le petit gars justement, c'était le fils de l'épicier, le « riche » du quartier sur la rue Commerciale.

Fernand lui a proposé de faire un jeu avec son exprèsse : le saut de la mort. Il a confectionné un tremplin au milieu de la rue avec des bouts de planche que nous allions ramasser le soir dans la cour à bois chez Baribeau. Il a fait asseoir le petit Côté sur son exprèsse et l'a poussé à toute vitesse sur le tremplin. Le résultat a été spectaculaire ; le véhicule a levé vraiment très haut avec son passager. Une vingtaine d'enfants s'étaient regroupés pour voir ce saut de la mort, ils ont tous fait oohhh ! en même temps. Mais le gars puis son exprèsse, ils ont fini par redescendre ; ils sont allés retomber assez loin dans le gravier.

Côté n'en menait pas large (et son exprèsse neuve encore moins). Il a mis longtemps à se relever. Plus tard, il a pu retourner chez lui en boitant et en pleurant, emportant dans ses bras ce qui restait de son cadeau. Fernand était déjà passé à autre chose. Maman était furieuse, elle lui a fait sauter deux repas. Plus tard, elle est allée s'excuser à l'épicerie ; il a refusé de la suivre.

Il a fait comme notre saule pleureur, Fernand, il a poussé de travers. Une petite fugue par-ci, un petit vol par-là. Il a toujours été très différent de moi. Je m'en suis aperçu la première fois que mon père a voulu s'en prendre à ma mère. Fernand était tout jeune à l'époque ; il s'est fâché noir et s'est jeté sur mon père en le grafignant et en hurlant. Moi, j'ai choisi de faire une crise d'asthme. On pourrait dire que notre avenir à tous les deux était pas mal résumé, là. Moi, ça m'a conduit à l'Université, je voulais comprendre (!). Lui, ça l'a poussé dans la délinquance, il voulait se venger. Il y a des jours où je me demande lequel a pris le bon chemin.

Je m'inquiète de mon frère, de ce qu'il va devenir. Il est malin, parfois violent; il ne plie jamais, il ne craint rien ni personne (pour ça, je l'envie). J'ai peur que la vie le brise — ou que lui-même brise la sienne. C'est dommage, c'est un grand garçon intelligent, bien bâti, plein d'allure, les yeux francs, tout ça (il n'a rien de mon père, lui). Souvent, je me dis : Fernand, ce sera policier ou criminel. Mais parfois aussi je me dis que, comme je le connais, il est bien capable de rater son coup aux deux places.

Fernand, il aurait peut-être dû faire comme moi. Le rêve, des fois, c'est pas si mauvais.

3 septembre (matin)

Habituellement, les conversations avec Grand-Père me font du bien, mais depuis quelque temps je le trouve carrément déprimant et il m'agace un peu. Hier, par exemple, il m'a décrit la fin des vieux ours en forêt, c'était triste à mourir : comment ils perdent des forces et se nourrissent de moins en moins (ce qui les affaiblit encore plus); les endroits où ils se retirent quand ils sentent que la mort est proche; les jours pénibles qui s'écoulent dans l'isolement, l'abandon; les loups, les autres rapaces qui les encerclent, attendant le moment d'attaquer; et les plus lâches qui n'attendent même pas qu'ils soient morts pour commencer à les déchiqueter (il n'y a que les caribous apparemment qui les respectent jusqu'à la fin).

C'était atroce; je ne sais pas pourquoi il me raconte tout cela.

(Soir)

Sara. Juste le fait d'écrire son nom m'écorche. À toute heure du jour, je me surprends à me demander ce qu'elle fait, où elle se trouve, comment elle est habillée. Je ne me résigne pas à l'idée que tout est fini. Elle ignorait sans doute à quel point je l'aime ; elle a dû penser que j'étais comme ses amis. Elle va réfléchir, c'est sûr. Et elle va comprendre son erreur. Finalement, je me dis que les choses vont peut-être s'arranger, il faut que je sois patient.

Les enfants me distraient. J'en croise toute la journée dans la Réserve. Souvent, je m'arrête un moment, me mêle à leur jeu. Je m'en suis fait des amis, leur douceur me fait du bien.

Il paraît que les incendies ont progressé partout sur la Manicouagan, sur la Moisie et aux alentours. Quelques familles de chasseurs sont parties quand même hier pour la saison.

4 septembre (matin)

Je ne suis pas un compagnon très gai pour ce pauvre Grand-Père, j'ai comme une grande mélancolie qui m'engourdit. Je me chagrine de tout, même les petits ennuis des autres me bouleversent.

J'ai peur de la mort. J'ai peur de la vie aussi (ça va bien !).

(Après souper)

Je me suis « fouetté » (en repensant à ma mère…) et j'ai pu compléter le relevé des données sur la population. C'est la partie de mon travail qui me déplaisait le plus. Mais ce n'est pas inutile. Le nombre des habitants s'accroît rapidement dans l'ensemble de la bande (Malioténam inclus) : six cents il y a quatorze ans, d'après le recensement, et neuf cents aujourd'hui, si j'ai bien compté, en tenant compte des familles qui sont parties pour Schefferville.

Pour ce qui est de la répartition entre Uashat et Malioténam, c'est dur à dire à cause des transferts continuels de la vieille Réserve à la nouvelle. Mais je dirais qu'il reste présentement autour de sept cents Indiens à Uashat, peut-être un peu moins. D'après mes calculs aussi, il y aurait sept ou huit personnes par famille en moyenne. Une autre chose qui frappe, c'est la forte proportion des jeunes (deux tiers de la population, à peu près). C'est étrange tout de même, le contraste entre cette démographie vigoureuse et la société qui se défait.

Ce que ça veut dire pour l'avenir, je serais bien embêté de le dire. De toute façon, dans le moment, je n'ai pas exactement le cœur à la démographie; faudra demander à monsieur Laroque.

(Fin de soirée)

Je reprends courage, on dirait; je me remets à espérer un peu. En attendant, mon travail me distrait. Et Grand-Père se montre toujours aussi prévenant avec moi. Je n'ai pas eu de saignements ni de palpitations hier. Seulement des nausées.

5 septembre (avant-midi)

Les vents ont soufflé très fort vers le sud, et l'incendie de la Moisie a gagné beaucoup de terrain en direction du Golfe. Les vieux de Uashat sont très inquiets.

(Fin d'après-midi)

J'ai dû me reposer une couple d'heures cet avant-midi, mais après dîner j'ai fait une entrevue intéressante avec un membre du Conseil de bande (Bastien Nissipi). Il m'a expliqué que Michel Bellefleur est un homme honnête et dévoué, servi par un bon jugement. Selon lui, c'est un bon Chef pour la communauté. Mais il a son orgueil et essaie de dissimuler le fait que c'est l'agent des Affaires indiennes, ici à Sept-Îles, qui prend toutes les décisions. L'agent procède en douceur, en essayant d'éviter les provocations inutiles, mais dès qu'une résolution du Conseil ne lui convient pas, personne n'en entend plus parler. Par contre, si elle lui convient, il s'empresse d'y donner suite et s'arrange pour que tout le monde le sache. Selon Nissipi, les Indiens de Uashat se font duper, et Bellefleur, sans le vouloir évidemment, se trouve à y contribuer un peu.

Il ajoute que le Chef ne sait pas lire, ce que peu de gens savent. Il ne veut pas le montrer, ce ne serait pas dans son intérêt et c'est un homme orgueilleux. Sauf que les fonctionnaires le savent et ils en profitent pour le rouler de temps à autre. Quand il est en réunion à Sept-Îles ou à Ottawa, mine de rien, ils lui soumettent des documents qu'ils lui font signer ; il est trop gêné pour s'informer du contenu.

Nissipi a l'air pas mal sûr de lui. C'est tout de même étrange, cette histoire.

(Avant de me coucher)

Pendant que je travaillais ce soir, Grand-Père a passé son temps à fouiner dans mon atlas. Je me suis amusé à le guetter, il était très concentré. Mais il n'a posé aucune question. J'ai laissé faire.

6 septembre (après-midi)

J'ai terminé le contrat de la Ville. Je n'ai pas eu beaucoup de travail à faire (je suis allé trois ou quatre fois seulement à Malioténam avec la voiture de la Ville), j'avais déjà établi presque toutes les souches familiales ici à Uashat. Je n'ai pas eu de misère non plus à aborder les gens ; l'adjoint du maire et les siens étaient passés avant moi. Je suis allé remettre mon rapport ce matin. Un commis m'a conduit au bureau du maire (pour m'impressionner sûrement, je m'attendais à traiter avec Gobeil). Il en a eu pour dix minutes quasiment à me dire à quel point mon travail était précieux, tout ça. C'était assez exagéré, je me suis dit qu'un peu plus et il faisait venir le photographe de *L'Avenir*. Il m'a tout de même passé son message : l'avenir des Indiens est à Malioténam, pas à Uashat. Selon lui, je me laisserais influencer par quelques entêtés qui se sont trompés de siècle.

Après m'avoir serré la main une dernière fois, il m'a envoyé voir une employée à l'étage au-dessus. C'est à elle que j'ai confié mon document. En retour, elle m'a donné une enveloppe que j'ai glissée dans ma poche. Je me suis retiré sans un mot. Le plus drôle, c'est qu'en sortant de son bureau, je me suis trompé de direction, si bien que j'ai été obligé de revenir sur mes pas. En repassant devant l'employée, je l'ai aperçue qui lançait mon rapport sur une pile de vieux dossiers disposés à même le sol. Le message était assez clair, il me semble.

Une fois dehors, j'ai marché quelques minutes et alors seulement j'ai ouvert l'enveloppe : elle contenait cent cinquante dollars, presque autant que ma bourse de stage ; je n'en revenais pas. Je voulais bien me faire acheter, mais pas à ce point-là. Je suis retourné à l'hôtel de ville, j'ai frappé au bureau du maire, n'ai pas eu de réponse. Alors, je suis monté chez l'employée et j'ai déposé cinquante dollars sur son bureau, encore une fois sans dire un mot (elle doit trouver que je ne suis pas parlant). En tout cas, elle a ouvert de grands yeux et n'a rien trouvé à dire elle non plus. J'ai tourné les talons, assez fier de moi.

En arrivant à Uashat, je me suis tout de suite rendu chez Colette et lui ai donné ses quinze dollars. J'étais vraiment soulagé. J'ai pu voir cependant que le tapis de son billard n'a pas été changé, elle l'a seulement fait recoudre. Là, j'étais moins content et je le lui ai dit assez fort. Mais elle n'en démord pas, elle prétend que sa table a perdu de la valeur. J'ai sacré mon camp en claquant la porte. Si c'est ça « le sens des affaires »…

7 septembre (avant-midi)

Je n'arrête pas de penser à Sara. J'ai encore mal dormi cette nuit et, dès la première lueur de l'aube, j'étais levé. J'ai fait attention de ne pas réveiller Grand-Père en sortant et me suis dirigé vers le Golfe. Je n'ai vu personne dans la Réserve. Il faisait déjà chaud et humide, le temps était couvert, mais il y avait dans l'air quelque chose de léger, de fragile. Je respirais très lentement, j'avais l'impression de marcher sur du verre. La mer était basse, sans vagues ; on aurait dit que le Golfe s'étirait dans son lit. Même le jour semblait hésiter à se lever. C'est bien comme cela que je me sentais moi aussi ; comme en suspens, pas pressé de me remettre en marche.

(Avant de me coucher)

Grand-Père aime toujours jaser durant la soirée. Parfois, je voudrais brasser dans mes Cahiers ou mon Journal, mais finalement, je me laisse toujours captiver par ce qu'il raconte. Hier, il m'a encore abreuvé d'histoires de chasse. Toutes sortes de choses qui lui sont arrivées à lui et à sa famille (et à Piétachu, bien sûr). Il a encore fait revivre les jours et les nuits passés à poursuivre des caribous, les soirées de tempête dans la tente à se blottir en silence autour du feu, les matinées ensoleillées au printemps qui annonçaient le retour vers la Côte. Il n'y avait rien de nouveau, je l'ai déjà écrit, mais c'est la voix de Grand-Père qui fait la différence : une voix usée, traînante, comme le pas d'un vieux chasseur fatigué — et qui s'écarte un peu de son portage parfois. Je sens maintenant qu'il y a une histoire derrière ses histoires (je me comprends).

Tout de même, j'ai pu apprendre de petites choses, surtout des trucs de chasseurs. C'est surprenant la ruse des Indiens, celle des bêtes aussi. Par exemple, dans une harde, il faut abattre d'abord le caribou le plus âgé, mais les jeunes le savent et le protègent. Pour les perdrix, il faut viser la plus farouche en premier, les autres ne bougeront pas. Pour les canards, on doit viser le plus gros, les plus petits voudront revenir pour manger son cadavre…

Je suis hanté par la fin des Territoires. La nuit dernière, dans mon sommeil, j'ai entrevu de vieux Indiens au visage sombre, défait, qui dérivaient en silence dans leurs embarcations. Je les ai longtemps suivis le long de petites rivières tristes dans un décor de forêt dénudée. Et j'ai remarqué, dressé parmi eux, un grand chasseur très noble, taciturne, l'œil grave… Piétashu ?

8 septembre (après dîner)

En déjeunant ce matin, je repensais aux Territoires, aux rêves extravagants que je fais (à en perdre le sommeil…), et je me rappelais les histoires d'alpinisme dont je me gavais quand j'étais jeune. Pour moi, c'est un peu le même univers : des lieux lointains, inaccessibles, presque sacrés, semés d'exploits et de drames, parcourus par des géants. La différence, c'est que les Territoires se vident, leur passé et leur présent se meurent.

(Après souper)

La construction de la salle communautaire est terminée (il ne reste que la peinture à faire). Les travaux ont été menés rondement grâce à la vigilance du contremaître et au dévouement des Indiens. Il est vrai que c'est une bâtisse très modeste, à un seul étage et sans sous-sol, en planches brutes et en madriers. Pour l'instant, elle n'est même pas meublée. Mais elle suscite beaucoup de curiosité et d'émotion, autant chez ses dénigreurs que chez ses partisans.

Elle a été inaugurée cet après-midi dans une cérémonie très sobre (personne ne veut attiser l'animosité dans la communauté). Le Chef a dit quelques mots, puis le Père a procédé à la bénédiction. Des familles ont préféré rester chez elles. Tout s'est bien passé finalement ; plusieurs ont poussé un soupir de soulagement.

Colette était contente elle aussi, elle a offert de « prendre à contrat » l'organisation des bingos. S'ils la laissent faire celle-là, elle va finir curé puis vicaire (c'est un de mes oncles qui dit cela à propos des « grands talents » qui veulent tout mener). D'ailleurs, elle est de plus en plus populaire ; pour quelques sous, les jeunes se font promener à toute heure du jour dans la Réserve à bord de sa Chevrolet.

(Fin de soirée)

Grand-Père s'est encore plongé une grosse heure dans mon atlas. J'étais content, je lui ai demandé ce qui l'intéressait. Il a hésité puis il m'a parlé des océans bleus, des montagnes vertes, des pays rouges ou jaunes (il préfère les jaunes). Je n'ai pas insisté, j'ai compris qu'il ne sait pas lire ; il regarde seulement les images.

Et tout à coup, je me suis interrogé sur les lettres qu'il dit recevoir de ses enfants…

9 septembre (après-midi)

Gabrielle est revenue hier avec une grosse nouvelle (et même deux) : Sara est enceinte et le père est inconnu (pour le moment du moins). En fait, la famille pense que c'est l'un des « amis » avec lesquels elle trafiquait mais on ne sait pas qui exactement, ce qui en dit long sur ses manières (c'est le gros Boutonnu peut-être ? Juste à y penser, je tombe en faiblesse). Gabrielle m'a dit qu'elle ne va pas bien du tout, qu'elle fait pitié, tout ça. On comprend. Moi, sur le coup, j'ai eu une drôle de réaction ; en fait, je n'en ai eu aucune. C'est parce que c'était trop gros pour moi, tout simplement. Je suis comme ça.

Les Napish en ont parlé avec le Père ; ils voudraient envoyer

Sara accoucher à la Crèche à Québec, mais ils n'ont pas d'argent. Ils sont bien découragés. Gabrielle aussi était très abattue. En entendant ça, je n'ai pas eu besoin de réfléchir longtemps, j'ai dit tout de suite que je paierais et que je m'occuperais de faire les arrangements avec Québec. Gabrielle ne voulait pas me croire, elle n'en revenait pas, elle en avait les larmes aux yeux. J'étais content de la soulager ; j'étais content surtout de prendre soin de Sara.

J'ai fait mes calculs après. En fait, je pense qu'il n'y aura que les transports à payer, avec un peu de linge, je suppose. Il me reste 85 dollars du contrat de la Ville ; si ce n'est pas suffisant, je prendrai une partie de ma bourse de stage (il me manquera un peu d'argent pour mon année à l'Université mais tant pis, je trouverai bien un moyen). J'ai télégraphié tout à l'heure au curé Rochette à Lévis pour lui expliquer l'affaire, prendre des informations, lui demander de faire les démarches auprès de la Crèche. Il connaît bien ce genre de problème ; ça s'est présenté plus d'une fois dans le quartier où j'habite (la paroisse Sainte-Jeanne-d'Arc, avec ses taudis, ses pauvres, ses voyous, c'est pas la crème du diocèse). Mais je l'ai bien averti de ne pas dire un mot de cette histoire à ma mère.

Nous avons du temps devant nous, Sara serait enceinte de moins de deux mois apparemment. Si tout va comme prévu, elle sera donc à Québec l'hiver prochain. Je pourrai lui rendre visite, m'occuper d'elle. Je me sens revivre tout à coup. Je vais peut-être aller la voir ce soir.

(Avant de me coucher)

Je suis passé chez les Napish après souper ; j'ai été accueilli comme un sauveur, tout le monde me remerciait, ils sont tous très gentils. Réal en pleurait quasiment, ça m'a beaucoup ému. Puis ils m'ont invité à aller voir Sara. Elle était seule dans sa chambre. Au début, ça été dur, mais pas autant que je craignais.

Je l'ai trouvée changée, assagie, je dirais ; plus réfléchie, plus calme aussi. Nous avons parlé un peu. Elle savait au sujet de la Crèche, de ma décision. À un moment donné, elle est venue s'asseoir près de moi et m'a remercié pour ce que je faisais. Puis elle a voulu qu'on aille marcher dehors. La soirée était douce, avec un petit vent qui venait du large. Elle s'est excusée pour « toutes les bêtises » qu'elle m'a faites ; je lui ai dit que c'était oublié. Nous nous sommes arrêtés près d'un hangar et elle m'a embrassé sur la bouche, mais pas comme elle le faisait avant ; cette fois, elle l'a fait avec beaucoup de douceur, très sérieusement. Après je l'ai regardée, je me méfiais ; mais elle ne riait pas du tout.

Nous avons continué de parler. Je lui ai dit que je pourrais lui rendre visite tous les jours à Québec, que je pourrais la sortir aussi. Elle a paru rassurée. Puis je lui ai demandé si je pouvais recommencer à la voir. Elle a dit oui et m'a embrassé une autre fois.

En revenant à la maison, je ne touchais pas le sol. J'ai bien fait de patienter ; je le savais que tout s'arrangerait.

10 septembre (fin d'après-midi)

J'ai reçu un long télégramme du curé Rochette ; ce sera un peu plus compliqué que je croyais pour la Crèche. Et surtout plus cher. Plus compliqué parce qu'il me faut une autorisation pour agir comme je le fais (il y aura un tas de formalités, des papiers à signer avec le gouvernement, ça risque d'être long). Le curé ajoute, comme ça, que ce serait plus facile si j'étais le père ou si je voulais me déclarer comme étant le père… Je suis bien d'accord, je n'ai pas de problème avec ça.

Pour ce qui est de l'argent, d'après les informations qu'il me donne, il semble bien que tout ce que je comptais mettre de côté va y passer. C'est assez embêtant, mais je n'ai pas le choix maintenant que je me suis engagé. J'ai retélégraphié à monsieur Rochette pour lui dire tout ça. Je suis passé chez les Napish cet après-midi pour les informer que j'avais reçu une réponse de

Québec, qu'il y avait quelques problèmes mais que tout se passerait bien. Ils étaient contents.

J'ai pu reparler à Sara ; elle a été très aimable.

(Fin de soirée)

Je me suis installé sur mon divan pour travailler après souper. Grand-Père était assis près de la fenêtre qui donne sur le Golfe ; il jonglait, le regard perdu au large. Il avait l'air abattu. J'ai continué à rédiger tout en le surveillant du coin de l'œil. Il était toujours aussi retranché, c'était triste à voir. À un moment, je lui ai dit : « Grand-Père, parle-moi des Territoires, de Piétachu, raconte-moi les ours, les caribous. » Il m'a regardé longuement, est venu me rejoindre et a commencé. Mais il était hésitant, n'achevait pas ses phrases, laissait ses gestes en suspens. Et tout à coup, il a dit : « Pas ce soir. » Là-dessus, il s'est levé et a gagné sa chambre.

J'étais très surpris ; il ne va pas bien. Il est peut-être arrivé quelque chose avec ses enfants ? Mais à ma connaissance, il n'a reçu aucune lettre (et n'en a pas écrit non plus, ça j'en suis sûr). En tout cas, avec les « biens » qu'il va laisser à sa mort, ce n'est sûrement pas une chicane d'héritage !

11 septembre (en me couchant)

Je redoutais cette échéance depuis longtemps, mais ce soir j'ai dû m'exécuter. Après lui avoir refait ses pansements, j'ai fini par confirmer à Grand-Père que je m'en irai à la fin du mois. J'ai dû m'y reprendre à trois ou quatre fois, les mots me restaient pris dans la gorge. Après, je suis demeuré un long moment sans pouvoir parler. Lui aussi. Il était affaissé, hébété même ; ses mains tremblaient. Sa réaction m'a surpris. Je lisais dans ses yeux une profonde déception en même temps qu'un reproche : je l'abandonnais, je le trahissais. Il me regardait bizarrement, comme s'il ne croyait plus à mon amitié. Il a fini par articuler : « Tu pars vraiment, pour de bon ? T'es pas bien ici ? Tu veux pas rester avec moi ? » J'ai fait signe que oui, que non ; j'étais confus. Comment pouvais-je lui expliquer ? Je n'y voyais pas bien clair moi-même et j'avais honte. Moi aussi, j'avais le sentiment de le tromper.

Il est resté encore un bout de temps effondré, la tête inclinée. Il faisait peine à voir. Puis nous avons eu ce terrible échange que je reproduis tout de suite de mémoire avant de me mettre au lit (Grand-Père est dans sa chambre en ce moment).

Il a commencé comme ceci :

— D'abord que tu t'en vas, il faut que je te dise des choses.

Il a fait une pause. J'essayais d'imaginer de quoi il s'agissait. Il avait l'air si malheureux. Il a repris, lentement, comme si chaque mot lui faisait mal :

— Tu sais, Piétachu ?

— Oui…

— Il n'existe pas, je l'ai inventé.

Les bras m'en sont tombés, j'ai dû m'asseoir. Il a continué :

— Je l'ai inventé, comme tout le reste. Je n'ai jamais chassé moi-même, je ne pouvais pas suivre les autres à cause de mes pieds. L'histoire de ma blessure à la chasse aux caribous, ce n'est pas vrai non plus. J'étais un enfant maladroit, distrait. Un jour, j'avais dix ou douze ans, mon père m'a emmené en forêt pour me montrer à tendre des pièges à renards. Et le premier piège qu'il a installé, j'ai marché dedans. Mon père m'a vite ramené à la tente, on a sauvé mes pieds de justesse. J'ai de la misère à me déplacer depuis ce temps.

Il a dû voir mon trouble, il s'est encore arrêté un moment, a esquissé un petit geste de la main. Mais il ne me regardait plus :

— Toute ma vie, sur les Territoires, j'ai souffert de voir partir les hommes le matin alors que moi, je devais rester derrière avec les enfants et les femmes. Mes trois enfants n'existent pas non plus. En fait, je ne me suis jamais marié ; qui aurait voulu d'un Indien qui ne pouvait pas chasser, qui arrivait à peine à marcher en forêt ?

279

Je ne pouvais plus le regarder moi non plus. J'étais terrassé, terriblement déçu. Déçu pour lui, déçu pour moi. Je ne voulais pas aggraver son malaise, j'essayais de dissimuler mes sentiments, mais je n'arrivais pas à dire un mot. Il n'en avait pas terminé :

— Ne m'en veux pas trop. Je t'ai menti, mais c'est à moi surtout que j'ai fait mal. J'aurais tout donné pour être un Piétachu. Toute ma vie, j'ai chassé dans ma tête. J'ai vécu des souvenirs que j'inventais. Pas par malhonnêteté ; j'aurais tant voulu imiter mes parents, mes grands-parents, tous ces ancêtres dont on n'arrêtait pas de me parler et que j'admirais tant. J'aurais tellement voulu continuer leur règne et toute cette vie des Territoires que j'ai connue à ma façon. Je ne me suis pas résigné à en être privé, je ne me suis pas résigné non plus à la voir mourir. J'ai voulu la vivre, la continuer à travers mes inventions ; c'est tout ce que je pouvais faire. Mais même ça maintenant, je n'y arrive plus. J'étais tellement content de te raconter mes histoires ; grâce à toi, elles prenaient vie. Tu y croyais et du coup elles étaient vraies. Tu es le seul qui m'aies jamais écouté. Maintenant, tu t'en vas. Tout est fini.

Il y aurait eu tant à dire, mais je ne trouvais toujours pas les mots. J'étais débordé par l'ampleur de ce qui arrivait, trop de choses en même temps. Toute une partie de mon univers s'écroulait : les échos, les héros, la magie des Territoires, l'ombre de Piétachu, le merveilleux et le mystère qui auréolaient le personnage de Grand-Père... Il a fini par se retourner et nous sommes restés un moment face à face. J'ai pu articuler :

— Je ne t'en veux pas, Grand-Père, voyons.

Et tout de suite, j'ai regretté. Bien sûr que je ne lui en voulais pas. Nous n'en étions plus là. En fait, j'aurais voulu le prendre dans mes bras, tenir sa vieille tête contre ma poitrine. J'aurais voulu le réconforter, le réchauffer ; j'aurais voulu surtout lui dire qu'il ne m'avait pas trompé, qu'à travers ses rêves il m'avait communiqué une belle et grande vérité : ce que disaient à mes yeux toutes ses inventions, c'étaient la détresse qui le consumait et son désir de persister, sa façon de résister, avec les moyens qu'il avait. J'avais le cœur serré. Tout à coup, je lui ai dit :

— Tu es plus grand que Piétachu…

Je crois qu'il a souri un peu. Mais comme il avait vieilli tout à coup ! Il s'est levé avec peine, il m'a passé la main dans les cheveux, doucement, comme il l'a fait si souvent quand je n'allais pas bien, puis il a murmuré « Pardonne-moi », et il s'est retiré dans sa chambre.

12 septembre (vers le milieu de la nuit)

Après que je me suis couché, Grand-Père est sorti de la maison et a joué longtemps du tambour ; j'ai été surpris, il ne joue pratiquement plus le soir à cause de L'Oiseau. Plus tard, il y est allé de ses longues incantations, plus appuyées que d'habitude, m'a-t-il semblé. Puis il est resté longtemps silencieux. J'ai pensé me relever et le rejoindre, mais je n'ai pas voulu le troubler davantage. Il vient tout juste de rentrer, à pas feutrés ; il est dans son lit maintenant. Je crois que ses aveux l'ont beaucoup bouleversé lui aussi. Moi, je n'arrive pas à fermer l'œil. Je voudrais exprimer tous les sentiments qui me bousculent, mais je n'y arrive pas, j'ai le cœur trop lourd et tout me semble confus.

(Soir)

J'ai fini par m'endormir vers la fin de la nuit, mais j'ai été réveillé très tôt ce matin par un choc violent contre le mur de la cuisine. J'ai sauté en bas de mon sofa, le jour se levait à peine. J'ai regardé du côté de la chambre de Grand-Père, la porte était entrouverte. Il y avait une corde (des lanières de toile de tente) qui partait de la poignée, montait jusqu'en haut et disparaissait de l'autre côté. Je me suis précipité dans la chambre et je l'ai vu, là, suspendu par le cou.

Son corps était secoué de spasmes, ses yeux (implorants, douloureux) étaient restés ouverts. Je l'ai tout de suite empoigné à la hauteur des cuisses et j'ai réussi à le soulever un peu. Sa tête est retombée sur son épaule, puis les spasmes ont cessé. Je l'ai soutenu encore longtemps, aussi longtemps que j'ai pu, jusqu'à épuisement. J'ai réalisé seulement à ce moment que je criais comme un forcené, mais personne ne m'entendait. Mes épaules me faisaient mal, mes jambes tremblaient, j'étouffais. Je me disais que, tant que je le soutenais, il continuait peut-être à vivre. Je ne sais pas combien de temps cela a duré. Je continuais à hurler, je toussais, je pleurais.

Puis j'ai été pris d'étourdissements, de maux de cœur ; je ne voyais plus clair. Et j'ai cédé. Son corps a craqué, très fort. Je me souviens que sa tête est descendue à ma hauteur, ses yeux étaient toujours ouverts. Il y avait comme une grande douleur dedans. Et je me suis évanoui.

Quand j'ai repris conscience, je me suis traîné chez un voisin et c'est lui qui a appelé du secours. Deux policiers sont arrivés, madame Gertrude, le Père, une ambulance aussi. J'ai répondu à quelques questions puis ils l'ont emporté. Ensuite, plusieurs Indiens sont venus, dont Sara. Mais j'étais incapable de soutenir une conversation.

En ce moment, je suis assis à la table de la cuisine. Les Napish viennent de repartir, ils m'ont laissé de la nourriture mais je n'ai pas faim. Ils m'ont offert d'aller passer la nuit chez eux, j'ai refusé. Je veux rester ici en sa compagnie, seul avec ce qui reste de lui : le souvenir de ses dernières paroles, de sa présence, le dessin de son visage défait, de ses longues mains osseuses, toutes sèches, et ses affaires — bien peu de choses en fait. Je suis retourné dans sa chambre, j'ai revu ses vêtements troués, ses grattoirs, ses raquettes, des griffes d'ours bien alignées sur le rebord de la fenêtre (il disait qu'elles lui donnaient la force de l'animal). Son tambour aussi, et son couteau croche ; je l'ai pris, l'ai glissé dans ma poche.

Le jour est tombé. Je n'ai pas le goût d'allumer une bougie, je ne veux pas brouiller les ombres qu'il a laissées derrière. Je me le représente tel que je l'ai découvert ce matin et je n'ai pas peur. Je revois encore sa tête couchée sur son épaule, la contraction qui traversait son visage, ses bras squelettiques et son regard que je n'arrivais pas à capter parce qu'il regardait déjà ailleurs, très très loin. Car Grand-Père appartient aux Esprits maintenant, il partage enfin leur compagnie et celle des Anciens. Celle des ours aussi, avec qui il peut désormais converser à son goût. Et il marche, il marche sans cesse, à grands pas ; il court aussi, il enjambe les lacs et les plaines enneigées, il fait de longues chevauchées au-delà des Territoires, il poursuit mille caribous, il est grand capitaine de chasse. Il a délaissé son tambour, il vole avec les outardes, il sourit. On l'appelle Piétachu, c'est son nom.

Cependant, je sens qu'une partie de lui est ici, tout près de moi. Elle y restera toujours.

Je sais aussi que quelque chose de très précieux, d'irremplaçable s'est effacé avec lui. C'est sûr qu'il n'était pas le dernier des Mohicans, Grand-Père. Il n'était pas un grand chasseur mais, à sa manière, il était le dernier d'une race. Après lui, il ne s'en trouvera plus pour rêver et raconter la vie des siens comme il le faisait. Je veux dire, les rêver pour vrai. Il était comme un dernier témoin, survivant d'une époque qu'il savait si bien décrire, même s'il l'avait vécue surtout dans sa tête. Je suis content qu'il m'ait transmis son rêve ; c'est ce que je sais de plus beau, de plus grand, de plus vrai. Je m'estime chanceux d'avoir pu le côtoyer. Mais lui, je trouve qu'il aurait mérité mieux que moi : quelqu'un de plus solide, de mieux formé, un savant ou bien un écrivain qui aurait su mettre en valeur ses paroles. En tout cas, plus qu'un étudiant un peu mêlé qui s'énerve de rien, se mêle de tout et, finalement, ne comprend pas grand-chose.

Je viens de me mettre à genoux, pour la première fois depuis longtemps, et j'ai répété dix fois, vingt fois dans le noir : Grand-Père qui êtes aux cieux, Grand-Père qui êtes aux cieux…

14 septembre (matin)

Il a été inhumé hier, sans service religieux (Guinard était absent — convoqué par l'évêque à Haute-Rive ; il le bénira à son retour). Mais de nombreux Indiens sont venus. Il y a eu des chants, des prières, du tambour. Des vieux ont déposé sur sa tombe des feuilles de tabac, du thé, un vieux fusil au canon défoncé. Il pleuvait, c'était triste. La grande vie des Territoires, c'est fini, tout le monde le sait. Mais, hier, c'est un peu l'idée, le rêve des Territoires qu'on a enterré.

Réal Napish se tenait à mes côtés. Je lui ai demandé pourquoi lui et les autres ne m'ont pas dit la vérité au sujet de Piétachu et du reste. Il m'a expliqué que tout le monde savait et laissait faire, par respect pour Grand-Père, c'étaient ses lubies. Et puis personne ne voulait me décevoir. Il a baissé la tête et a ajouté que, d'une façon, ça leur faisait du bien à eux aussi de rêver un peu.

C'est madame Gertrude qui s'est occupée du corps. Je suis content d'avoir donné ma veste de caribou et mes mocassins ; elle en a habillé Grand-Père. Ça me rapproche de lui.

(Soir)

Je ne me fais pas à l'idée qu'il ne sera plus jamais là. C'est trop gros pour moi. Je me dis que c'est impossible, qu'il va rentrer ; je vais lui refaire ses pansements, il va me parler des ours, des caribous, de leurs traces sur la neige, des routes de l'hiver, des chasseurs dans les portages, des enfants dans les tentes, du soleil au printemps, et de Piétachu ! Piétachu dressé dans la lumière de l'aube, aux aguets, à l'assaut, en secret… Sa voix ne me quitte pas, je sens sa présence partout ; je ne m'étais pas rendu compte à quel point il était entré dans ma vie.

Je suis allé le voir trois fois au cimetière aujourd'hui. Je lui ai apporté des marguerites cueillies sur mon chemin. Faute de tabac, j'ai mis dans un sac tout ce dont je me servais pour soigner ses pieds et l'ai déposé sur sa tombe. Il en aura bien besoin pour le long trajet qu'il vient d'entreprendre (comme ils disent ici). Moi, je ne sais pas exactement où ça va le conduire, mais je me dis que ça ne peut pas être loin du Paradis.

En tout cas, je ne l'imagine pas en enfer. « Mashkatas »...

15 septembre (matin)

Je me suis présenté chez les Napish hier soir et tout le monde avait la mine basse. J'ai cru que c'était à cause de Grand-Père, mais Réal m'a appris que Gabrielle a eu une crise, elle s'est effondrée en sortant de table le midi et elle est restée longtemps inconsciente. Madame Gertrude est venue et elle a tout de suite envoyé chercher le médecin de Sept-Îles ; c'est Colette qui y est allée avec sa Chevrolet. Réal n'a pas compris grand-chose à ce que le docteur a dit, sauf que c'est sérieux.

Je me suis avancé dans sa chambre pour lui dire un mot. Elle est alitée. Je ne sais pas s'ils lui ont tout dit sur sa maladie, elle ne m'a pas semblé abattue. Mais elle est bien capable de simuler pour éviter d'inquiéter les siens. En tout cas, elle a parlé de l'inhumation de Grand-Père et s'est inquiétée de la peine que j'éprouvais. Puis, comme d'habitude, elle s'est informée de mon travail, de mon asthme, de ma mère. Elle parlait avec une toute petite voix. Moi, j'essayais de répondre d'une manière dégagée, mine de rien, mais je ne suis pas sûr d'avoir réussi ; j'avais un gros motton dans la gorge. Je l'ai embrassée et me suis sauvé.

Grand-Père, et maintenant Gabrielle. Je trouve que ça fait beaucoup en même temps.

16 septembre (midi)

Bon, autre coup de théâtre aujourd'hui : j'arrive de chez les Napish, Sara n'est plus enceinte ! Décidément, on ne s'ennuie pas à Uashat. Madame Napish a fini par me faire comprendre qu'elle a avorté cette nuit (ils sont très « scrupuleux » les Indiens, encore plus que nous autres, je pense). Je n'ai pas pu lui parler, elle était au lit et dormait. J'ai écrit au curé Rochette pour lui dire de tout laisser tomber. Je lui ai expliqué que je voudrais bien être père mais il n'y a plus de bébé. Je me trouve un peu égoïste mais, pour tout dire, je suis plutôt soulagé.

Ce que je retiens surtout de cette histoire, c'est que Sara est toute transformée et que nous sommes de nouveau ensemble.

L'état de Gabrielle continue d'inquiéter. Réal, lui, a flanché ; il ne dessaoule plus ; c'est triste.

(Soir)

Je dois maintenant me faire à manger. Je vais tous les jours faire un petit marché à Sept-Îles ; pour l'instant, ça se limite à du lait, du pain, du fromage. En revenant, j'en donne la moitié à Ghislaine, toujours au poste à son « kiosque », toujours souriant aux anges. Je n'ai pas le goût à grand-chose. Les Napish m'ont gardé à souper tout à l'heure. Je suis très amaigri (il paraît que je suis transparent comme une vieille peau de tambour).

18 septembre (avant-midi)

On m'a raconté qu'au cours des derniers jours il y a eu quelques escarmouches entre des gens des Tentes et ceux des Maisons. Tshéniu et Wanish Basile se seraient accrochés assez durement, mais je n'en sais pas plus. Toujours le problème du déménagement. La situation devient très difficile, mais j'arrive encore à faire quelques entrevues.

Dès que j'ai quelques minutes, je passe chez Sara. L'atmosphère n'est pas gaie ; la maladie de Gabrielle afflige tout le monde et les péripéties de la crise pèsent là aussi. Réal ne quitte pas la bouteille. Sara et moi avons quand même plaisir à nous revoir. Son nouvel état d'esprit se maintient ; elle est toujours transformée, apaisée, c'est bien agréable. Maintenant qu'elle a failli donner la vie, elle s'en fait une autre idée, on dirait. Ça fait deux fois qu'elle me dit qu'elle a bien réfléchi, qu'elle ne veut plus vivre à Uashat, ce n'est pas bon pour elle. Elle voudrait s'éloigner, essayer autre chose.

Hier soir, je me suis risqué à lui faire part de mon idée : elle pourrait partir avec moi dans quinze jours, s'installer à Québec. Je ne lui en ai pas dit plus, je voulais voir comment elle réagissait. Elle est restée silencieuse un moment, puis elle a fait oui de la tête. Je ne me contenais plus, c'est comme si elle avait accepté de se marier avec moi.

Ce matin, pour la première fois depuis longtemps, je me suis levé sans tousser, sans nausée. En fait, j'ai encore des étourdissements, mais c'est parce que je suis trop heureux. Je n'ai pas un gros entraînement de ce côté-là.

Pauvre Grand-Père, s'il avait vécu pour voir ça, il aurait été tellement content pour moi !

Note : Quand je pense qu'il vient tout juste d'être enterré, je suis tout de même un peu gêné de nager ainsi dans le bonheur.

(Après-midi)

Je suis passé à l'Entrepôt à Sept-Îles, j'avais une lettre du professeur Laroque. Il m'explique que mon stage a assez duré, que je dois rentrer dès maintenant pour reprendre mes cours, que je dois m'occuper de ma santé, que ma famille s'inquiète, tout ça. Son ton est très insistant, je n'y comprends rien. Pourquoi ce revirement ? C'est lui-même qui m'a enjoint de rester ce printemps quand j'ai voulu abandonner…

À part ça, les trois foyers d'incendie sont toujours actifs. Celui de Schefferville semble faiblir, mais un autre s'est déclaré sur la Sainte-Marguerite. Ce n'est pas très loin d'ici. Les familles qui étaient parties pour les Territoires au début du mois ont dû rebrousser chemin ; elles sont rentrées cet avant-midi. Cette fois, les Indiens commencent vraiment à paniquer. Plusieurs parlent de prendre la mer, de fuir vers d'autres Réserves ; certains ont commencé à rassembler leurs effets. Le Père essaie de les calmer.

19 septembre (avant-midi)

Je me suis entendu avec Sara. Nous allons attendre encore un peu puis nous allons quitter Uashat ensemble et nous établir à Québec. Je vais me trouver un emploi tout en continuant mes études, ou bien les interrompre pendant un an ou deux, le temps qu'elle apprenne un métier et trouve du travail. Plus tard, si elle le veut, elle pourra retourner à l'école, obtenir un diplôme (à l'Université peut-être ?). Dans les conditions actuelles, nous avons convenu de ne pas en informer sa famille. Nous allons seulement dire qu'elle vient se promener quelques semaines avec moi.

Maintenant, il faut que j'écrive à ma mère pour la mettre au courant. Ça, c'est pas mal moins drôle. Il faudrait aussi que je me mette sérieusement à l'étude pour préparer mes examens ; ce n'est pas tellement plus drôle.

(Après-midi)

L'Avenir annonce qu'un important « traité » vient d'être signé entre le gouvernement, la Ville et la Réserve de Uashat. Tout le monde se serait entendu pour accélérer et achever le déménagement. Mais le journal ne précise pas les termes de l'entente. Et pour cause : le Chef Bellefleur et les autres membres du Conseil assurent qu'ils n'en ont jamais entendu parler. L'accord a été conclu entre les Blancs seulement… Les Indiens en ont vu de toutes les couleurs, mais là ! Même les gens des Tentes la trouvent un peu forte.

(Soir)

J'ai décidé de prendre Sara en mains, de combler le retard qu'elle a pris dans son éducation (elle a abandonné l'école en deuxième année, c'est Gabrielle qui lui a appris à lire). J'ai travaillé assez longtemps avec elle cet après-midi. La maison des Napish était tranquille, nous avons pu jaser et travailler à l'aise. Je m'arrêtais de temps à autre pour aller dire un mot à Gabrielle dans sa chambre. Sara est douée, elle apprend et comprend très vite (en fait, aussi vite que je peux lui expliquer). Le problème, c'est qu'elle est restée un peu rebelle. Autrement, elle se débrouillerait bien, en grammaire par exemple. C'est dommage. En géographie, ça s'annonce bien aussi ; elle aime les cartes, les photos. Je lui ai laissé mon atlas.

Ce n'est pas une démonstrative, j'arrive mal à lire ses pensées. Mais les heures que je viens de passer avec elle étaient si douces que j'en oublie tout le reste : le mal qu'elle m'a fait, mes ennuis de santé, le retour prochain à Lévis, la suite de mes études… et la réaction de ma mère quand elle va rencontrer sa bru !

Je ne lui ai pas encore écrit. Ou plutôt je m'y suis essayé cinq ou six fois. Je n'y arrive pas, le cœur me manque. Il faut pourtant que je m'y mette pour de bon. Si elle me voit débarquer avec Sara sans avertissement, elle va faire une syncope. Et si je dois abandonner mes études en plus…

20 septembre (après-midi)

Consternation dans la Réserve : la salle paroissiale a brûlé cette nuit ! À peu près tous les Indiens sont allés au feu. Je m'y suis rendu moi aussi, c'était impressionnant. Les flammes montaient à cent pieds au moins. Des hommes et des femmes, même des enfants, sont arrivés avec des chaudières, mais il n'y avait rien à faire. À cause de la sécheresse, tout s'est consumé très vite. Heureusement, il ne ventait pas. J'ai constaté que Uashat ne dispose d'aucun équipement contre les incendies ; ce sont les pompiers de Sept-Îles qui sont venus, mais beaucoup trop tard. Le Père a eu beau courir avec son bénitier, asperger à tout va, prier Marie-Immaculée, cela n'a rien donné (sauf que l'église et le presbytère, juste à côté, n'ont pas brûlé). J'ai vu plusieurs Indiens qui pleuraient (pas juste à cause de la boucane). Ce matin, à la place de la salle, il n'y avait plus rien qu'une étendue de cendres fumantes parsemées de bouts de madriers calcinés. C'est tout ce qui reste de dix années de bingo, de tiraillements et d'économies de bouts de chandelles.

Tout de suite, la machine à rumeurs s'est mise en marche. On cherche des coupables et on en trouve, comme de raison. Des familles sont montrées du doigt, surtout celles qui s'opposaient à la construction. La Ville de Sept-Îles aussi est accusée. Il est évident que l'événement favorise les partisans du déménagement, ça leur enlève une grosse épine du pied. Personne ne semble croire à un simple accident. Ça devient invivable ici.

Pour ajouter à tout cela, un vent du nord s'est levé tout à l'heure. Pour la première fois, la fumée des feux de forêt est parvenue jusqu'au Golfe.

(Soir)

Cet après-midi, je suis retourné chez les Napish pour travailler avec Sara. Tout le monde avait repris courage, Gabrielle avait pris du mieux. Je l'ai trouvée assise dans son lit, la tête appuyée contre un oreiller. Ce qui m'a surtout rassuré, c'est qu'elle lisait le dernier numéro de *L'Avenir* (toujours sa chronique du « Saint de la semaine »…). Je me suis dit qu'elle reprenait goût à la vie.

Mais je me méfie d'elle. Je lui ai demandé si elle allait vraiment mieux, elle m'a répondu : « Pas si pire. En tout cas, je viens de regarder la nécrologie, mon nom est pas encore là… » Je l'ai déjà écrit, je pense : ils sont presque tous comme cela, ils blaguent tout le temps, avec n'importe quoi.

Avec Sara, les choses se sont moins bien passées. Je l'ai trouvée nerveuse, absente. C'est à cause de la maladie de sa grand-mère, sans doute.

21 septembre (midi)

Autre visite chez les Napish ce matin ; Sara n'a pas voulu travailler. Gabrielle était toujours alitée, mais cette fois elle avait les cheveux défaits, les traits tirés, la peau du visage qui lui collait aux os et les yeux si tristes que je me détournais pour ne pas la voir. Je pensais à ma mère quand elle a eu sa maladie, au regard qu'elle a porté sur nous quand les ambulanciers l'ont sortie de la maison. Ils l'avaient attachée sur la civière, un masque rouge recouvrait une partie de son visage. J'étais certain que je ne la reverrais plus vivante. J'avais douze ans, jamais je n'oublierai ce regard. Ma marraine est venue vivre avec nous autres pendant un mois et nous faisait prier — tout un mois pendant lequel nous avons vécu de la charité publique. Elle nous faisait prier le soir surtout, avant de nous mettre au lit : de longues litanies adressées à la bonne sainte Anne. C'était en juillet justement. Et ma mère a guéri (j'ai su après que les médecins l'avaient pratiquement décomptée). Dans la famille, tout le monde a crié au miracle. Moi, je n'y croyais pas trop mais quand même, c'est une drôle de coïncidence, disons. Depuis ce temps-là, nous allons tous à Sainte-Anne-de-Beaupré le 26 juillet.

Je pensais à Gabrielle, je me disais un peu malgré moi : un autre miracle peut-être ?

(Souper)

J'avais mal à la tête cet après-midi et n'ai pas pu faire d'entrevue. Je fouinassais dans mes Cahiers quand j'ai aperçu par la fenêtre deux petits garçons assis, insouciants, au bord de la rue Brochu, pas très loin de notre maison. Il y en a toujours deux ou trois qui viennent flâner là depuis quelque temps. Je ne sais pas ce qui a retenu mon attention ce matin, peut-être une expression sur leur visage qui me rappelait vaguement des souvenirs de moi au même âge, quand je passais de longs moments assis sur le trottoir de bois devant chez nous à surveiller les passants dans la côte Labadie (sauf que moi, je sais exactement ce que je ressentais : je m'ennuyais à mourir).

Je me suis mis à les observer. Ils avaient l'air pensifs, ne bougeaient pas ; ils restaient là à ne rien faire. Ils semblaient méditer tranquillement. Je me disais : à quoi peuvent-ils bien songer ?

Finalement, je suis sorti pour aller leur parler ; ils ont aussitôt détalé comme deux lapins en direction des Tentes ; je ne sais pas ce qui les a effrayés. C'est étrange les enfants ; on ne sait jamais ce qu'ils ont dans la tête.

(Soirée)

Je reviens de chez Bellefleur, le Chef. Je peux continuer à occuper la maison de Grand-Père jusqu'à mon départ. Je suis bien content. Ce pauvre Grand-Père, il m'arrive de me réveiller en sursaut très tôt le matin : je crois entendre son tambour.

Le vent n'arrête pas de souffler vers la mer. On voit maintenant la lueur des flammes qui embrasent l'horizon, très loin vers le nord. C'est comme une lumière cuivrée dans la nuit.

22 septembre (après-midi)

J'ai travaillé à nouveau avec Sara cet après-midi. Elle m'a paru pas mal moins motivée. Je lui ai rappelé que c'est important, que je dois l'aider parce que, le jour où nous serons à Québec, il faudra qu'elle se débrouille (j'aimerais bien qu'elle devienne infirmière, comme madame Gertrude).

Je me laisse rêver des fois. C'est sûr qu'elle est un peu plus vieille que moi, mais elle a l'air si jeune. Je nous vois tous les deux dans une petite maison bien propre dominant le fleuve à Lévis, pas loin de chez nous (dans le Haut-de-la-Côte ?...). Nous aurions quatre ou cinq enfants (pas roux, pas tous en tout cas). Peut-être que ma mère viendrait rester avec nous autres. Je lui achèterais du beau linge, du linge de magasin, à Sara aussi (combien ça coûte une robe ?).

(Soir)

J'ai encore essayé d'écrire à ma mère au sujet de Sara. Incapable. Je m'en veux ; ce n'est pas correct. Mais je manque de courage. Je m'y mets demain, juré.

23 septembre (après-midi)

Je m'en rends bien compte, Sara n'avance pas. Ce matin, elle a ouvert mon atlas, a feuilleté les pages sur l'Europe, s'est arrêtée sur l'Italie, a regardé longuement les photos. Tout cela sans dire un mot, comme toujours. Elle a paru troublée. Et moi, aussi adroit que d'habitude, je lui ai glissé à l'oreille : « Un jour, je t'y emmènerai. » Elle s'est levée d'un coup sec et est allée s'enfermer dans sa chambre. Madame Napish m'a regardé, se demandant ce qui se passait. J'aurais bien été en peine de lui expliquer. C'est compliqué, les filles, même quand ça va bien.

J'avais apporté mon exemplaire du *Survenant*. Je lui ai tout de même laissé.

(Soir)

Je n'ai toujours pas écrit à ma mère ; j'avais peur qu'elle fasse une syncope, comme je l'ai dit. Mais finalement, c'est moi qui ai failli en faire une : j'ai reçu une lettre d'elle aujourd'hui. Elle se réjouit de mon retour prochain, elle va organiser une fête (« une belle fête »), toute la famille sera réunie (je vois ça d'ici : les sandwichs avec du pain à trois couleurs comme à Noël, les jumbos de liqueur aux fraises, aux ananas et à l'orange — les mêmes couleurs que les sandwichs…). Elle compte inviter mes amis du quartier qui prennent sans cesse des nouvelles de moi. Et Marise, qui est revenue des Îles, sera là aussi. Elle ajoute qu'elle a une petite surprise pour moi.

Une petite surprise… Attends de voir celle que je te réserve, ma pauvre mère. Il faut que je me décide à écrire la batince de lettre. J'aimerais mieux mourir.

24 septembre (midi)

Je suis retourné chez Sara ce matin. Madame Napish m'a dit qu'elle était absente (je ne sais pas si c'était vrai). Puis elle m'a entraîné dehors et m'a parlé très franchement. Elle m'a expliqué que Sara est rendue toute mêlée, qu'elle fait des scènes à propos de rien, pleure à tout bout de champ. Elle me demande de ne plus l'étourdir avec mes livres.

Ça m'a vraiment sonné. Puis j'ai réfléchi, j'ai bien peur qu'elle ait raison. J'essaie d'aider Sara et je ne réussis qu'à lui faire mal. Je sais bien que sa petite vie à Uashat, c'est pas grand-chose mais, finalement, c'est tout ce qu'elle a.

Et moi, qu'est-ce que je deviens là-dedans?

(Soir)

Le ciel de Uashat est maintenant tout couvert par la fumée des incendies. Il y a comme un voile sur la Réserve. Tout le jour, je peine à respirer.

25 septembre (avant-midi)

Il y a des mystères qui finissent par se dissiper tout de même! *L'Avenir* de ce matin publiait un communiqué de l'Iron Ore annonçant qu'elle va financer — avec la collaboration d'une grande fondation américaine — une vaste étude pour planifier le développement de Sept-Îles et de sa région. Le texte précise que l'« important contrat » a été confié à une équipe de chercheurs en sciences sociales de l'Université Laval dirigée par le professeur… Louis-Maurice Laroque! Ça ne peut pas être plus clair : comme j'ai pris le parti des opposants au déménagement, je suis devenu embarrassant pour pas mal de monde, y compris pour mon professeur qui s'inquiétait pour la subvention de son « organisme américain »… Je crois comprendre aussi que mon stage ne pèse pas lourd dans l'affaire, et moi non plus. Ça ne fait rien, je ne plierai pas.

(Midi)

Depuis quelque temps, à cause de la fumée des incendies, j'ai dû faire beaucoup d'inhalations et mes provisions de médicaments vont bientôt s'épuiser. J'ai écrit à ma mère pour qu'elle m'en expédie (toujours sans lui parler de mes plans). C'est de plus en plus énervant ici et je dors de moins en moins.

(Fin de soirée)

J'ai cessé de travailler avec Sara, comme sa mère me l'a demandé, mais elle ne me parle plus. C'est sûrement à cause de l'incident de l'atlas avant-hier. Aujourd'hui, j'ai voulu réparer ma gaffe et, sans le vouloir, j'ai encore aggravé mon cas. Encore une affaire ridicule (ça me ressemble). J'ai pensé que ce serait une bonne idée que de lui faire un cadeau. Je me suis rendu à Sept-Îles, au magasin Continental, et lui ai acheté des produits de beauté. Pas grand-chose, c'était surtout pour le geste. Il y avait un bingo ce soir et je lui ai apporté son cadeau. Elle semblait contente des cosmétiques et a eu l'idée de les essayer tout de suite. Plus tard durant la veillée, je l'ai vue sortir, derrière l'église. Après, j'ai compris qu'elle a dû essayer de se maquiller comme ça, dans le noir, derrière l'église. Quand elle est rentrée, ça a été la grosse catastrophe. Elle était barbouillée comme une guedoune, elle ressemblait à Marie Trois-Trèfles qui arpente les environs de la gare à Lévis.

Tous ceux qui l'ont vue ont éclaté de rire. Elle s'est mise à pleurer et s'est sauvée en courant. Je me demande bien comment je vais m'y prendre pour réparer ça (pas un autre cadeau, c'est sûr). Moi, je réussis vraiment bien avec les filles ; surtout quand je les aime.

Je devais aller à Sept-Îles aujourd'hui pour me (pour nous ?) trouver un bateau, mais j'ai changé d'idée. Je crois que je vais rester un peu plus longtemps que prévu. Tant pis pour ma session d'automne et mes examens — et que le diable emporte mon professeur !

27 septembre (après souper)

Sara est fâchée à cause de l'affaire du maquillage. J'ai pu enfin lui reparler en fin d'après-midi. Je revenais d'une entrevue et l'ai vue entrer chez Colette. Je l'ai attendue dehors. Quand elle est sortie une demi-heure après, je l'ai abordée, lui ai demandé pourquoi elle me fuyait, lui ai bien dit que tout cela n'était pas de ma faute, que je voulais lui faire plaisir. Elle m'a à peine écouté ; elle a juste lâché, en criant quasiment : « Arrête de me faire mal », puis elle est partie en courant.

Je ne suis pas plus avancé. Qu'est-ce qui se passe encore ?

28 septembre (avant-midi)

Léo Saint-Onge est passé tout à l'heure avec une bien triste nouvelle pour Uashat ; la Hudson's Bay a décidé de fermer son poste et de le déplacer à Malioténam. Le commis part aujourd'hui (ce petit malavenant-là, personne ne va le regretter, c'est sûr). Ça ne va pas bien pour les opposants au déménagement. En plus, des gens de Sept-Îles ont porté plainte devant le Conseil de ville ; ils disent que les Indiens salissent la plage et ils demandent que l'accès leur en soit désormais interdit.

Saint-Onge m'a raconté aussi qu'hier le Père Guinard a convoqué au presbytère le Chef Bellefleur et le vieux Malcom

Basile. Il voulait les réconcilier. Ils y sont allés tous les deux, mais ça n'a rien donné. Il paraît que le Père est bien déçu.

(Après-midi)

Je travaillais dans mes Cahiers après dîner quand mon attention a de nouveau été attirée par les enfants (ce ne sont pas toujours les mêmes) qui stationnent tous les jours pas loin de la maison. Cette fois, ils se tenaient un peu plus loin et légèrement en retrait de la rue. Je les ai observés un moment, ils se comportaient comme d'habitude ; ils étaient là à ne rien faire, à regarder passer les heures. Je suis sorti et ils ont encore une fois décampé aussitôt qu'ils m'ont vu. Là, leur comportement m'a paru étrange et je me suis mis à soupçonner quelque chose. Puis je me suis ressaisi, je ne vais tout de même pas tomber dans la paranoïa.

Avec tout ce qui se passe dans la Réserve, je suis un peu méfiant, c'est normal.

(Soir)

Avant souper, je suis allé au cimetière pour refleurir la tombe de Grand-Père. Je lui ai parlé un peu, tout bas. Je ne peux pas expliquer, je sens qu'il m'entend. Pour moi, il n'est pas vraiment mort. Cette pensée me fait du bien ; comme ça, j'ai moins mal.

29 septembre (midi)

Après la fermeture de L'Oiseau hier soir, les policiers y ont fait une descente. Colette cachait de la boisson dans une petite cave creusée dans sa chambre et se faisait approvisionner de nuit par une goélette qui dépêchait un chaland vers la Pointe-de-Sable. Ils l'ont emmenée avec sept ou huit clients. Sara a eu de la chance de ne pas se trouver là.

Les Indiens ne le diront pas, mais j'en connais plusieurs qui ne sont pas fâchés que L'Oiseau ait été mis en cage. En tout cas, moi, je ne m'ennuierai pas du juke-box. Comme c'était parti, c'est moi qu'il aurait fallu enfermer.

Sauf que, étant donné le contexte dans lequel c'est arrivé, c'est sûr que la police montée n'a pas eu de félicitations.

(Soir)

Encore une mauvaise nouvelle pour Uashat : la Ville vient d'annoncer qu'elle interrompt le service de ramassage des déchets. Une autre façon de faire pression sur les opposants, c'est clair.

Feux de forêt : la Clarke vient de fermer tous ses chantiers. Les hommes descendent d'un peu partout vers Sept-Îles. Tout le monde est sur les dents. Et personne ne comprend ce qui se passe. Des feux qui durent aussi longtemps ? Et aussi tard dans la saison ?

30 septembre (midi)

Je suis allé en ville ce matin (ça grouille de monde, là). Mes remèdes ne sont pas arrivés. Quand je suis revenu, j'ai appris une autre nouvelle qui court dans la Réserve : cette fois, le Conseil municipal a ordonné la fermeture du cimetière de Uashat. Personne ne pourra plus y être inhumé. Deux policiers ont été placés en faction à l'entrée. Les Indiens sont tristes et révoltés.

Cet avant-midi, le vent est tombé subitement et tout le monde était bien soulagé. Mais ça n'a pas duré, il s'est de nouveau levé tout à l'heure. Le couvercle s'épaissit au-dessus de Uashat, on dirait quasiment une éclipse de soleil. Plusieurs Indiens vont faire des prières à l'église.

(À l'heure du souper)

J'ai passé un vilain quart d'heure cet après-midi. Je m'étais rendu à l'église, justement, pour une assemblée convoquée par le

Conseil de bande. C'était au sujet du déménagement, toujours. Michel Bellefleur a confirmé que le Conseil de Sept-Îles vient de retirer le permis d'inhumation au cimetière. Il y a eu deux réactions, tout aussi vives, dans la salle : satisfaction chez les « déménageurs » (les Tentes) et grosse colère chez les autres. Le Chef a proposé que la communauté fasse connaître son désaccord et il va demander à l'évêché d'intervenir pour faire annuler la motion de la Ville. Cette suggestion a fait bondir quelques membres du Conseil de bande (division là aussi) et a déclenché une engueulade générale.

Là-dessus, le Père est arrivé ; je pense que quelqu'un était allé le chercher. Il a pris place dans le chœur et a voulu faire entendre raison aux deux parties. Il a expliqué que les incendies qui détruisent les Territoires et menacent Uashat sont une punition de Dieu, à cause des divisions entre les Indiens. Et là, il a pris tout le monde par surprise en s'adressant aux chefs des deux clans. Il les a invités à le rejoindre dans le chœur et à faire la paix. Bellefleur a paru hésiter. Quant à Basile, il s'est tout de suite levé de son banc, a gagné l'allée centrale et, après avoir regardé Guinard en pleine face, il a tourné les talons et s'est dirigé vers la sortie. Les injures ont repris. Je pense que le Père était bien déçu de « ses » Indiens. Moi, je m'étais placé derrière comme d'habitude et je me faisais le plus petit possible. L'assemblée s'est terminée en queue de poisson.

C'est en sortant de l'église que je me suis fait apostropher. Bastien Nissipi, le membre du Conseil que j'ai déjà interviewé, est venu me dire que je n'avais pas d'affaire à venir « écornifler » dans leurs réunions. Quelqu'un d'autre a crié qu'il m'avait assez vu « la petite face de lièvre teindue » (c'est ce qu'il a dit). Puis, le gros Malek lui-même, tout monté, est venu me mettre le doigt sous le nez en disant : « Toué, tu serais mieux de flailler, pis vite. » Deux ou trois autres m'ont lancé une bordée d'insultes. Ça a duré un petit bout de temps et j'ai commencé à avoir vraiment peur. Heureusement, d'autres Indiens sont intervenus qui ont pris mon parti, dont Tshéniu qui a dit sa façon de penser à Malek (ça lui a fermé la margoulette!). À un moment donné, j'ai pensé que la bataille prendrait pour de bon.

Une chose que j'ai retenue, c'est qu'ils ont l'air d'en savoir pas mal long sur mon compte. Par exemple, ils sont au courant de toutes les fois où je suis sorti de la Réserve pour aller à Sept-Îles depuis quelques semaines. Maintenant, je suis sûr d'avoir été espionné. Par qui? C'est dur à dire. J'ai d'abord songé à Ghislaine. De son poste à l'entrée de la ville, elle voit tous les mouvements; mais nonote comme elle est, je la crois difficilement capable d'une opération de ce genre. J'ai envisagé bien d'autres possibilités puis, finalement, j'ai trouvé : ce sont sûrement les enfants qui rôdent depuis quelque temps près de chez moi et qui ont pourtant l'air si inoffensif.

Je m'en veux terriblement de m'être laissé prendre. Je viens de relire dans ce Journal ce que j'avais écrit à leur sujet la première fois que je les ai aperçus : des moyennes niaiseries! Toujours ma naïveté. Des fois, je me comporte comme un vrai nannoune.

OCTOBRE

1er octobre (avant-midi)

Gabrielle n'allait pas bien hier soir. Je me suis levé de bonne heure ce matin et me suis aussitôt rendu chez les Napish. Comme je le craignais, son état avait empiré durant la nuit. Je me suis approché de la chambre, ils étaient cinq ou six qui priaient autour d'elle. Réal m'a fait signe d'entrer. Elle était inconsciente, avait les yeux fermés et respirait difficilement. De temps à autre, elle laissait échapper un long râle qui me fendait le cœur. Je n'en menais pas large, c'était la première fois que je voyais une mourante (je veux dire, une mort naturelle, là, pas comme Grand-Père). Parce que c'était bien évident que la fin approchait. D'autres personnes sont entrées. Réal pleurait maintenant à chaudes larmes, des enfants aussi, et d'autres adultes, des fils, des filles de Gabrielle. Sara sanglotait dans un coin, le visage enfoui dans les mains. Moi, je n'étais qu'un étranger, je n'osais pas me laisser aller ; après tout, ma peine n'était pas grand-chose à côté de la leur.

Puis c'est allé très vite. Le Père Guinard est arrivé et a administré les derniers sacrements, c'était vraiment triste. On pouvait voir qu'il avait beaucoup de chagrin lui aussi ; ces gens-là se connaissent depuis tant d'années. À un moment, Gabrielle a eu comme un sursaut et elle a ouvert les yeux une seconde. Ensuite, elle s'est affaissée et sa tête a roulé sur sa poitrine. Elle est restée comme ça, bêtement, sans aucune expression, comme si elle était morte trop vite. J'ai vu ses lèvres desséchées, légèrement contractées ; on aurait dit que des mots y restaient coincés.

Le Père a fait sortir tout le monde pour laisser reposer la morte. Mais moi, je me suis attardé. Je la regardais intensément, je ne pouvais pas imaginer que sa bouche, ses yeux ne bougeraient plus jamais, que son sourire si doux allait se défaire. Je me demandais où elle se trouvait vraiment. Je me suis avancé près du lit, l'ai embrassée sur le front ; c'était déjà tiède. Et là, c'était trop, je me suis effondré. Le Père Guinard a bien essayé de me consoler. Il est gentil.

Je suis resté encore un bout de temps chez les Napish, j'ai parlé un peu à Sara, mais je n'avais le goût de rien. Je suis rentré en coupant à travers les ruelles et me suis couché. C'est tellement brutal, ces deux morts d'affilée. Il n'y a pas grand-chose à ajouter.

Je ne vais vraiment pas bien. J'aurais besoin de me soigner, je n'ai plus de médicaments. Je ne me résigne pas à partir ; j'espère encore, vaguement, malgré tout.

2 octobre (matin)

Je m'endors rarement avant le milieu ou la fin de la nuit. Mais dès l'aube, Grand-Père continue de me tirer du lit comme il le faisait tous les matins avec son tambour. C'est immanquable maintenant, à l'heure où il avait l'habitude de jouer, je me réveille.

(Après-midi)

Tout le monde se demande où Gabrielle sera inhumée. Les deux policiers montent toujours la garde au vieux cimetière ; ils arrivent le matin et repartent le soir. Pour l'instant, Réal a décidé d'exposer le corps en plein air, derrière l'église. De cette façon, les gens peuvent le visiter plus facilement. C'est plus commode aussi à cause des visiteurs qui logent ces temps-ci chez les Napish (Gabrielle n'est pas embaumée, seulement enveloppée dans plusieurs épaisseurs de toile) et on ne sait pas combien de temps cela va durer.

Depuis hier et pendant toute la nuit, les Indiens n'ont pas cessé de défiler autour du cercueil. Quelques-uns ne l'ont pas quitté. J'y ai passé pas mal de temps moi aussi, mais par intervalles seulement. Mes remèdes ne sont toujours pas arrivés et j'ai dû aller deux fois à l'Entrepôt de Sept-Îles (hier après-midi et encore ce matin). Je suis toujours étourdi ; à tout moment, je dois revenir à la maison pour m'étendre une heure ou deux. Je vois Sara par-ci, par-là ; elle me fuit.

C'est triste des funérailles d'Indiens ; je veux dire, encore plus que les nôtres, il me semble. Je pense que c'est surtout à cause des femmes qui chantent tout le temps, des litanies qui n'en finissent plus, des mots qui ne semblent rien dire, des voix éteintes, vides. Les enfants aussi ont l'air perdu, ils regardent les adultes avec de grands yeux mouillés ; c'est dur de voir ça. J'ai noté que Réal et les siens portent de petits bracelets en peau de caribou aux poignets ou aux chevilles. Quelqu'un m'a expliqué qu'ils devront les conserver jusqu'à ce qu'ils tombent d'eux-mêmes.

Moi, le bracelet de Gabrielle, je l'ai accroché au cœur. Juste à côté du bracelet de Grand-Père. Ils ne sont pas près de tomber, je pense.

(Soir)

Quand je suis allé à Sept-Îles ce matin, j'ai appris que la Ville allait prendre des mesures d'urgence pour assurer la sécurité de la population au cas où les feux s'étendraient jusqu'à la Côte (des camions d'incendie et d'autres pompiers en renfort vont bientôt arriver par bateau). Les gens ne parlaient que de ça. Mais je n'ai rien entendu concernant la protection de Uashat.

3 octobre (midi)

Je me suis levé très tôt ce matin avec les bronches en feu, j'avais les poumons comme deux paquets de broche. Il fallait que j'aille au presbytère, j'ai mis quasiment dix minutes à faire le trajet ;

j'avais une toux sifflante, je m'arrêtais tous les vingt pas. Le Père m'a appris que les Napish se sont finalement décidés : l'enterrement aura lieu cette nuit dans le cimetière de Uashat, malgré l'interdiction de la Ville. J'ai pu marcher un peu dans la Réserve ; il y avait beaucoup d'énervement. Les deux policiers montaient la garde au cimetière. Derrière l'église, les veilleurs ne chantaient plus et se parlaient à voix basse. Les Indiens étaient plus rares dans les ruelles et ils marchaient plus vite que d'habitude. J'ai remarqué aussi que toutes les portes des maisons étaient closes. Je suis rentré pour m'étendre un peu.

(Soir)

Je suis allé chercher un peu d'eau à la Cascade ; j'en bois le moins possible. La dernière rumeur veut que des gens de la ville l'aient empoisonnée.

Aux environs de trois heures cet après-midi, je suis retourné à Sept-Îles pour mes remèdes. La fumée des incendies s'était encore épaissie, j'étouffais. J'ai marché un quart d'heure, de peine et de misère. Puis j'ai dû m'asseoir longtemps sur l'accotement pour reprendre mon souffle. J'avais des étourdissements. J'ai marché encore un bout et j'ai dû m'arrêter à nouveau. J'ai cru que je ne pourrais plus me relever. Après vingt minutes, un policier est passé en voiture et m'a aperçu. Il m'a offert de monter, j'ai accepté. En entrant dans Sept-Îles, j'ai envoyé la main à Ghislaine (elle m'a retourné le salut, toujours aussi souriante). Le policier allait à l'hôtel de ville, je n'ai eu qu'à traverser la rue pour me rendre à l'Entrepôt. Il y avait trois jeunes Indiens qui passaient devant, des anciens amis de Sara. Ils paraissaient éméchés, j'ai pensé qu'ils arrivaient du Trappeur ou du Castor. Ils m'ont regardé de travers, je les ai ignorés.

J'ai monté l'escalier menant au bureau du commis et j'ai dû m'arrêter encore tellement j'étais oppressé. Mais une bonne nouvelle m'attendait : mes remèdes étaient arrivés. Je me suis fait tout de suite quelques inhalations et me suis senti mieux. J'ai pu retourner à Uashat sans trop de mal. Sur mon chemin, j'ai rencontré les deux agents qui revenaient du cimetière et rentraient à Sept-Îles. C'était déjà l'heure du souper, mais je n'avais pas faim. La chaleur était suffocante, les chiens hurlaient. J'ai bu une tasse de thé, me suis soigné à nouveau et me suis couché.

5 octobre (soir)

J'ai très peu dormi après m'être mis au lit avant-hier, juste le temps de faire un cauchemar. Le firmament était chargé de tisons, d'étincelles, et il s'agitait violemment en se contractant, jusqu'à ce qu'il se referme sur moi. J'avais l'impression d'étouffer à l'intérieur d'un poumon crevé rempli de bronches tordues. Je me suis réveillé en criant, juste au moment où j'allais être broyé.

Je me suis levé, j'ai quitté la maison un peu avant une heure du matin. Il faisait très noir ; pas de lune, pas d'étoiles, rien. Seulement une lueur de braise vers le nord. Je me suis dirigé vers l'arrière de l'église où étaient rassemblés les Napish avec des parents et d'autres Indiens. Le cercueil de Gabrielle était entouré de torches. Je me suis approché de Réal. Il était content de me voir, m'a donné l'accolade (il était sobre). Puis j'ai salué sa femme, Marie-Anne, et Léo Saint-Onge et tous ceux que je connaissais. Sara est arrivée et est allée rejoindre son cousin Tshéniu. J'ai cherché des yeux le Père, ne l'ai pas trouvé. J'ai aperçu de la lumière dans le presbytère, je m'y suis rendu. Guinard se tenait debout près d'une fenêtre et surveillait la scène. Il paraissait inquiet. Il m'a expliqué qu'il ne sortirait pas pour l'enterrement, il ne voulait pas provoquer « les autorités ». Je suis allé retrouver les autres. Ils récitaient une dernière prière pour Gabrielle.

Un cortège s'est formé et s'est mis en marche en silence. Moi, je m'étais placé derrière, un peu à distance, comme d'habitude. J'étais très impressionné : ce petit cercueil bringuebalant dans la nuit, la flamme des torches que le vent agitait doucement, et tous ces visages graves, muets, très dignes. J'avais beaucoup de peine, je n'arrêtais pas de penser à Gabrielle (et à Grand-Père). Le cortège a pénétré dans le cimetière et s'est arrêté presque aussitôt. Des hommes achevaient de creuser la fosse. D'où j'étais, je pouvais entendre leur souffle et la terre qui retombait de chaque côté du trou. Plus tard, le bruit des pelles s'est tu, d'autres hommes se sont emparés de la morte et l'ont déposée lentement dans la fosse.

C'est à ce moment que les policiers sont arrivés, à toute vitesse. Ils étaient une quinzaine, dans un camion. Ils sont descendus en criant et en agitant des lampes de poche et ils ont repoussé durement les Indiens. Moi, comme plusieurs, je me suis mis à courir en me retournant de temps à autre. J'ai pu voir que les policiers avaient pris possession du cercueil et le hissaient dans la boîte du camion. Je me suis poussé vers la maison et me suis caché dans la chambre de Grand-Père.

Plus tard, j'ai entendu le camion qui roulait vers la sortie de la Réserve. Je me suis couché, mais n'ai pas dormi. Au petit matin, j'ai fait une grosse crise qui m'a tenu au lit presque toute la journée.

6 octobre (avant-midi)

Hier soir, j'ai pu me lever et manger un peu. Vers neuf heures, je suis sorti et me suis rendu chez les Napish. Je suis entré sans frapper, comme je le fais tout le temps, mais le frère de Réal était là, très fâché, qui m'a repoussé et m'a fermé la porte au nez. J'étais abasourdi. Après un moment, j'ai ouvert encore. Cette fois, c'est Tshéniu qui m'a mis dehors en me traitant de traître, d'hypocrite. Je l'ai retenu, lui ai demandé de m'expliquer, ce qu'il a fait en hurlant à travers une autre volée d'injures. C'est complètement fou, ils m'accusent de les avoir vendus aux policiers, prétendent avoir des témoins, disent que mon séjour dans la Réserve, c'était seulement pour espionner les Indiens, tout ça. Je lui ai juré qu'il n'y avait rien de vrai là-dedans, il n'a même pas voulu m'écouter. J'ai demandé à parler à Sara, il m'a dit sèchement : « Tu peux l'oublier, celle-là. » Là-dessus, il est rentré et a claqué la porte.

Je me suis dirigé vers le presbytère, découragé. Le Père savait. Il m'a fait asseoir et m'a tout raconté. Les amis de Sara disent qu'ils m'ont surpris hier après-midi à l'hôtel de ville. Ghislaine elle-même a confirmé m'avoir aperçu dans la voiture d'un policier. En plus, des gens m'ont vu quitter le cimetière en courant l'autre nuit. J'écoutais toutes ces horreurs, je n'en revenais pas. Le Père m'a dit aussi que Réal Napish se trouve maintenant en prison. Je suis rentré chez moi dévasté, j'ai passé une nuit d'enfer. Je suis dans de beaux draps et me fais bien des reproches ; en même temps, je ne vois pas ce que j'ai fait de mal.

Ce matin en me levant, j'ai trouvé, jetés devant ma porte, les cahiers de Sara et mon atlas avec les pages déchirées. Et un peu plus loin, dans la rigole qui longe la rue, mon exemplaire du *Survenant* (c'est vrai que ce n'était pas le meilleur choix…).

Tout est bien fini maintenant.

(Après-midi)

Madame Gertrude m'a fait une peine terrible ; je suis revenu du dispensaire en pleurant quasiment. Elle pense elle aussi que je n'ai pas été honnête avec les Indiens. Elle m'a dit des choses qui m'ont détruit. À un moment, elle m'a lancé que je m'étais comporté comme un vendu. J'ai juré que ce n'était pas vrai. Alors, elle a dit, avec une ironie méchante : « Si tu t'es pas vendu, tu t'es laissé acheter, c'est pas mieux. »

J'essaie de la comprendre, je me dis qu'elle a donné une grande partie de sa vie au service des Indiens, qu'elle a beaucoup de peine. Mais ça ne lui donne pas le droit d'être injuste.

7 octobre (avant-midi)

Madame Gertrude vient d'être expulsée de la Réserve. Les policiers sont venus ce matin, ils ont fermé le dispensaire et ils sont repartis avec elle. J'étais dehors quand leur voiture est passée devant la maison. Je l'ai aperçue, assise derrière. Je l'ai saluée de la main. Elle ne m'a pas répondu.

Tout à l'heure, j'ai feuilleté les pages de mon Journal, juste pour voir (il me semble que tellement de choses se sont passées depuis mon arrivée). Je devais le rédiger comme si je m'adressais à un étranger. En relisant certains passages, j'ai eu l'impression que c'est un étranger aussi qui l'a écrit.

Je suis tombé sur ma liste de résolutions. Il n'y en a pratiquement pas une que j'ai tenue ; je suis assez découragé de moi. Entre autres, pour ce qui est de ne pas montrer de préférences, disons que je suis assez loin du compte. Et puis je le vois bien, j'ai fait une grosse erreur en omettant de visiter les Tentes ; j'étais intimidé, je n'ai pas osé.

Je m'étais mis en garde contre les filles aussi.

(Après-midi)

Ça pue dans la Réserve et on étouffe. Toutes sortes de rumeurs courent sur l'avenir de Uashat. Les Indiens sont à bout de nerfs. Le Père a dit une messe spéciale cet après-midi pour que cessent les feux de forêt. Il paraît que, du côté des Tentes, un ancien shaman vient d'annoncer la fin du monde. Quand je vois l'état de délabrement de Uashat, je me demande s'il n'est pas un peu en retard.

(Soir)

C'est invivable. Selon *L'Avenir*, le gouvernement va bientôt cesser de payer les allocations aux familles récalcitrantes. J'arrive de

Sept-Îles où j'ai entendu dire que, prenant prétexte des incendies, les policiers s'apprêtent à venir vider la Réserve ; ensuite, des bulldozers vont tout raser. Des gens croient savoir aussi qu'un détachement de l'armée a débarqué au port, que des soldats se cachent déjà aux abords de Uashat…

Je ne sais pas trop ce qu'il faut penser de ces ouï-dire (j'évite de me promener dans la Réserve depuis l'affaire du cimetière) ; je suis de plus en plus tendu. Mes étourdissements m'ont repris et j'ai des saignements de nez.

8 octobre (midi)

La situation continue de se détériorer. Le camion de la Ville n'est plus venu ramasser les ordures depuis longtemps ; ça sent le diable ici. Et en allant à Sept-Îles ce matin, j'ai vu que des policiers avaient pris place à l'entrée de Uashat. Ils interpellent tous les Indiens qui passent. Une famille revenait de la ville avec un sac d'épicerie, ils l'ont saisi. La nuit dernière et celle d'avant, des policiers sont venus frapper aux portes d'une vingtaine de maisons, juste pour énerver les occupants.

En plus, il semble que ce soit maintenant officiel : le Conseil de Sept-Îles va entreprendre des démarches pour faire supprimer la Réserve. C'est ce que j'ai lu dans *L'Avenir*. Le journal rapporte aussi que plusieurs familles sont parties pour Malioténam ces derniers temps ou s'apprêtent à le faire. C'est l'effet visé par les adversaires de Uashat.

Toujours sans nouvelles de Sara. Mais je n'en attends plus vraiment. Il va falloir me résigner à partir comme ça.

(Soir)

Le Chef est passé me voir, il arrivait de la ville où il a rencontré l'agent des Affaires indiennes. On lui a assuré que je n'étais pour rien dans tout ce qui est arrivé. Il m'a dit de ne pas m'en faire, qu'il verrait à rétablir ma réputation dans la Réserve. J'étais content (je n'ai pas pu m'empêcher de repenser aussitôt à Sara).

Il est resté un moment pour jaser. Il y a une bonne et une mauvaise nouvelle pour les « résistants ». Bellefleur a écrit à l'évêque. Il lui a demandé d'intervenir auprès des membres du Conseil de ville afin qu'ils suspendent les mesures prises récemment concernant le cimetière, les ordures, les contrôles à l'entrée de la Réserve, tout ça. Il paraît confiant.

Par contre, la rumeur veut que l'Iron Ore et la Clarke révisent le statut de leurs employés indiens de façon à pénaliser ceux de Uashat. Les salariés résidant à Malioténam seraient intégrés au personnel des deux compagnies, sur le même pied que les Blancs (au lieu d'être sous-payés, exclus du syndicat et privés d'avancement comme c'est le cas présentement). Mais les postes dits « irréguliers » (hors syndicat) seraient éliminés. Les employés qui habitent la vieille Réserve sont évidemment visés ici. Pour l'instant, ce n'est qu'une rumeur, mais on ne sait jamais. Le Chef me dit que les familles de Uashat sont encore plus énervées aujourd'hui.

Comme par hasard, les déménagements à Malioténam s'accélèrent. Les familles sont plus déchirées que jamais. Le feu couve partout, c'est le cas de le dire.

9 octobre (midi)

Depuis hier, j'ai recommencé (bien timidement) à sortir dans la Réserve. On me regarde de travers, mais je crois que ça va aller. Colette est revenue dans sa maison, je suis allé lui parler. Elle n'en mène pas large. L'Oiseau a été vidé, il ne reste que l'affiche au-dessus de la porte.

(Soir)

La bombe a éclaté cet après-midi : Monseigneur Latulipe, dont relève la mission de Uashat, ordonne la fermeture de la paroisse (et donc de l'église) et il relève le Père de ses fonctions. Tout l'ameublement ainsi que les objets du culte (vases sacrés, etc.) seront récupérés et transportés dans la nouvelle église de Malioténam, maintenant en construction. À partir d'aujourd'hui, aucune cérémonie religieuse ne sera célébrée à Uashat et les sacrements n'y seront plus administrés non plus. C'est ce que le Père Guinard vient de communiquer aux Indiens estomaqués au cours d'une assemblée à l'église. Il a lu la lettre de l'évêque. Dans le dernier paragraphe, il était dit que les opposants seraient excommuniés s'ils ne pliaient pas. Je me trouvais là, derrière, j'ai pu voir la réaction des Indiens. Ça fend le cœur. Le Père les a bénis une dernière fois puis il est allé se réfugier dans le presbytère dont il a barré les portes. Personne n'a pu lui parler.

Les Indiens sont restés figés, à se regarder. Ils étaient sidérés. Ils espéraient tant de l'évêque.

10 octobre (avant-midi)

Ghislaine a été violée cette nuit, apparemment par des matelots qui l'ont séquestrée hier soir dans un ancien camp de bûcherons, pas loin de la ville. Ils ont déjà repris la mer. Elle a été retrouvée à l'aube à l'emplacement de son « kiosque ». Elle était nue, en état de choc, et elle divaguait. Un avion du gouvernement va la conduire à Québec; je me doute bien où elle va finir. On dirait que tout se défait ici.

Cette affaire m'a bouleversé. En allant à la ville ce matin, je me suis arrêté devant son « kiosque ». Ses « handicrafts » étaient encore là, éparpillés dans le fossé. J'ai ramassé les mocassins. Je pense que Ghislaine, elle ne sourira plus beaucoup maintenant.

(Fin d'après-midi)

Je suis allé voir le Père, il a été correct avec moi (il m'a serré la main). Nous avons parlé un peu de Ghislaine, il était bien affligé.

Mais il a d'autres soucis. Hier, il a confessé et donné la communion en cachette dans le presbytère. Quelqu'un l'a dénoncé et, cette fois, l'évêque l'expulse carrément de la Réserve. Il m'a montré le télégramme, ses mains tremblaient. On lui donne vingt-quatre heures pour quitter les lieux. Il m'a dit qu'on ne le sortirait de Uashat que par la force (« je n'abandonnerai jamais les Indiens » — j'ai noté, il n'a pas dit « mes » Indiens...). Il m'a appris aussi que l'évêque a écrit à Réal Napish pour lui annoncer qu'il était excommunié (à cause de son « acte de révolte contre l'Église »). Il paraît que le déménagement s'inscrit dans « la volonté de Dieu et de la Providence ». Le Père n'en a pas l'air si certain. Moi non plus. Monseigneur s'est plutôt agenouillé devant la volonté de l'Iron Ore.

Il ne reste maintenant que quarante ou cinquante familles dans Uashat ; ce sont les plus résolues. Je crois que les déménagements sont terminés maintenant. Les choses vont se gâter, c'est sûr.

(Soir)

Des camions d'incendie ont été livrés au port de Sept-Îles ; des équipes de sapeurs de l'armée sont arrivées aussi. Des exercices ont commencé, il y a eu des assemblées publiques. Ici à Uashat : toujours rien.

À propos des feux encore, les dieux des Territoires seraient très en colère, à ce qu'on dit ici. En colère contre l'Homme blanc. Ce ne sont pas les cannibales dont me parlait Grand-Père, mais ça ne vaut guère mieux, je trouve.

11 octobre (avant-midi)

Je n'y croyais pas, mais deux policiers sont venus chercher le Père. Ils sont arrivés très tôt ce matin, croyant passer inaperçus. Ils sont mal tombés, il y avait une quinzaine d'Indiens au presbytère qui recevaient la communion. L'arrivée de la police a créé tout un émoi. D'après ce qu'on m'a raconté, les Indiens étaient furieux et voulaient même s'interposer, mais le Père les a calmés. Il les a bénis une dernière fois puis il est monté dans la voiture.

Je regretterai longtemps de ne pas avoir été là pour le saluer une dernière fois. C'est vraiment quelqu'un de bien cet homme-là ; sévère, trop malin, un peu dépassé sur les bords, mais profondément honnête et généreux. Et prêt à tous les sacrifices pour « ses » Indiens. Je ne l'approuvais pas toujours, mais je m'étais attaché à lui.

Ma peine n'est rien à côté de celle des Montagnais. En fait, ils éprouvent autant de colère que de chagrin. La colère, ça va leur passer, ce n'est pas vraiment leur manière et ils n'en sont pas à leur premier affront ; mais le chagrin…

(Fin d'après-midi)

Le Chef a appris que Monseigneur Latulipe a décidé de faire démolir l'église. Le bois sera vendu au profit de la nouvelle paroisse de Malioténam.

Vous n'y allez pas un peu fort, là, Monseigneur ?

12 octobre (avant-midi)

Un agent de la police montée est passé me voir tout à l'heure. Il m'a expliqué que « des événements » se préparent dans la Réserve, qu'il me faudra avoir quitté les lieux au plus vite. Je n'ai pas vraiment été surpris, je craignais quelque chose du genre. Mais j'espérais toujours ; c'est plus fort que moi.

(Après-midi)

Des Indiens se sont présentés à l'église de Sept-Îles pour assister à la messe. Ils étaient attendus, apparemment. Des gardes les ont repoussés. Ordre de l'évêque, dit-on. Désormais, c'est Malioténam ou rien du tout.

(Soir)

J'ai cherché Sara en fin d'après-midi et l'ai trouvée qui marchait près du Golfe. Je croyais qu'elle se sauverait, mais j'ai pu l'approcher. Je lui ai appris que j'étais expulsé. Sa réaction m'a déçu, elle ne semble pas se rendre compte de ce que cela signifie. J'ai essayé de la sonder, de savoir où nous en étions avec notre « plan ». J'aurais voulu lui parler plus longuement, mais elle a répondu à sa manière : elle est partie brusquement.

13 octobre (après souper)

L'action n'a pas manqué aujourd'hui à Uashat. D'abord, deux camions et plusieurs hommes sont arrivés cet avant-midi et ont stationné devant la porte de l'église. Ils venaient prendre possession des meubles et de tout le reste. Le mot a vite fait le tour de la Réserve et, un quart d'heure plus tard, près d'une centaine d'Indiens étaient là, surtout des hommes (mais pas uniquement). Les déménageurs avaient déjà eu le temps de grimper sur le toit de l'église et en avaient descendu la cloche qu'ils ont chargée dans un camion. Puis un homme s'est emparé d'une statue de sainte Anne, mais deux vieilles Indiennes s'y sont accrochées en criant qu'elle leur appartenait, que leurs familles l'avaient offerte à l'Église. Pendant ce temps, trois autres « déménageurs » se dirigeaient vers le tabernacle pour emporter les vases sacrés ; sept ou huit Montagnais les ont forcés à rebrousser chemin. Finalement, ils n'ont pas insisté ; ils sont remontés dans leurs camions et ont quitté la place.

Ils sont revenus cet après-midi escortés de plusieurs policiers. Mais les Indiens avaient prévu le coup. Ils montaient la garde près de l'église et, quand ils ont vu venir les véhicules, ils ont formé une haie devant la porte. Pendant quelques minutes, j'ai bien cru qu'il y aurait un affrontement. Mais, surpris par la réaction des Indiens, les policiers hésitaient. Au fond, ils n'étaient pas préparés à ça. Au bout d'un moment, ils ont battu en retraite et se sont regroupés près de la rive. Puis deux d'entre eux sont partis dans une voiture vers la ville ; vraisemblablement pour faire rapport et prendre des ordres.

Pendant ce temps, le Chef Bellefleur et les Indiens ne sont pas restés inactifs. Ils ont barricadé la porte de l'église et une cinquantaine d'entre eux (presque autant de femmes que d'hommes cette fois) se sont enfermés à l'intérieur avec des provisions. J'ai été surpris de voir que Colette était du nombre. Même quelques Indiens des Tentes se sont joints aux autres.

Il n'y a pas d'autre mot : le siège de Uashat a commencé. Je pense à ce que j'ai écrit avant-hier au sujet de la colère chez les Indiens ; je me suis peut-être trompé encore une fois. Décidément !

(Avant de me coucher)

J'ai passé toute la soirée à relire des pages de mon Journal, surtout celles où j'essaie d'expliquer ce qui se passe à Uashat, le comportement des Indiens, leurs réactions, leur mentalité, tout ça. Je m'aperçois qu'en fait, je n'ai pas compris grand-chose. Mes commentaires me paraissent superficiels, prétentieux, contradictoires. Je pense tout simplement que c'est trop compliqué pour moi ; j'aurais dû me mêler de mes affaires.

Finalement, les seuls passages qui me semblent vrais, c'est quand je parle de moi et de ma famille. Mais je n'étais pas venu pour ça. Je suis assez découragé. Avec ce que j'avais appris dans mes cours et toutes mes lectures, je pensais me démêler, en apprendre aux Indiens quasiment. Espèce de naïf. Naïf puis niaiseux !

14 octobre (midi)

Bien des familles n'ont plus rien à manger, elles quêtent dans la Réserve. Les Indiens partagent le peu qu'ils ont. Que va-t-il leur arriver ?

(Souper)

Je suis allé au port cet après-midi. J'ai repéré le bateau sur lequel je dois m'embarquer demain. Je me suis arrêté à l'Entrepôt où on m'a remis trois lettres de ma mère — elle est mortellement inquiète de mon silence. Puis je suis revenu à la maison et j'ai ramassé mes affaires. En ce moment, je suis assis à la table de la cuisine et je regarde par la fenêtre le jour qui tombe. Je pense très fort à Grand-Père et à Gabrielle. Mes dernières heures à Uashat.

Pas de nouvelles de Sara.

(Fin de soirée)

Je suis sorti tout à l'heure, je voulais revoir la Réserve. Je me suis dirigé lentement vers l'église, mais je suis resté à l'écart. L'édifice était toujours barricadé, une trentaine d'Indiens, très calmes, très recueillis aussi, montaient la garde à l'entrée. Des bougies scintillaient dans les vitraux. J'ai jeté un coup d'œil sur le clocher vide, à demi éventré. Le siège continuait — mais pour combien de temps ? Je pensais au Père, me demandais où il pouvait bien se trouver en ce moment. Je pensais aussi à Grand-Père et à Gabrielle. Je me disais, c'est aussi bien qu'ils ne soient plus là.

Puis je suis allé marcher le long de la rive, jusqu'à la Pointe-de-Sable. La nuit était claire sur le Golfe. En revenant, je suis passé près du Vieux Poste. Là, j'ai entendu des voix. Je me suis approché, il y avait de la lumière à l'intérieur. J'ai regardé par la fenêtre et, tout à coup, je l'ai aperçue. Sara.

J'ai sursauté. Quatre garçons étaient là aussi, ses amis. Elle était étendue sur une couverture, avait enlevé ses vêtements. Le Boutonnu était agenouillé entre ses jambes. Un autre lui caressait les seins. Ils ont continué comme s'ils ne m'avaient pas vu. Les deux autres garçons riaient, attendant leur tour peut-être.

Je suis resté là, figé. Puis elle a regardé dans ma direction. Je ne suis pas sûr qu'elle m'ait aperçu, mais à ce regard froid, détaché, qui n'exprimait ni plaisir ni regret, j'ai enfin compris ce que j'aurais dû voir depuis longtemps. Subitement, je mesurais tout ce qui nous séparait. Un mur de silence, de distance, contre lequel mes mots se brisaient. Mes mots et tout le reste. Avant de m'éloigner, je crois que je lui ai souri, en guise d'adieu. Moins pour elle que pour moi. En fait, c'est seulement ma bouche qui a souri. Elle fixait toujours la fenêtre, sans me voir peut-être, avec ses yeux vides de fauve égarée.

C'est la dernière image que j'ai emportée d'elle.

15 octobre (fin de soirée, quelque part au large des Escoumins ou de Tadoussac)

Ce matin, très tôt, je suis allé au cimetière pour saluer Grand-Père, une dernière fois. Je suis resté longtemps près de lui. Puis je me suis rendu au port avec ma valise et mon sac à dos. Je n'en menais pas large. J'ai regardé vers le nord ; les Territoires se dérobaient derrière d'épais nuages mêlés de fumée qui roulaient vers le Golfe. Je respirais avec peine. Un petit caboteur (le *Pierre-Tremblay*) était à quai, complétant son chargement. Un vent léger tourbillonnait, comme s'il ne savait où aller. J'observais distraitement la marée chargée de débris et les longues vagues noires qui venaient mourir contre la coque du bateau. Quelques goélands s'agitaient au large.

Plus tard, j'ai franchi la passerelle, sans me retourner, et me suis tout de suite engouffré dans le petit escalier menant aux cabines. Quand j'en suis remonté au milieu de l'après-midi, deux ou trois passagers grelottaient sur le pont. Nous naviguions au large, la température avait baissé. J'ai risqué un coup d'œil vers l'arrière. Uashat et ses îles avaient disparu à l'horizon. Je me suis dit : pour toujours.

J'ai pensé à ma mère et me suis rappelé que c'était mon anniversaire. Vingt ans. Je me suis avancé vers la proue. Un mur de brume se dressait devant. Une petite pluie mouillait le vent.

J'étais aveuglé par les embruns qui me fouettaient le visage; dans ma tête aussi, tout s'embrouillait. Je me suis laissé choir sur un rouleau de cordage, m'abandonnant au roulis du navire. Je retournais entre mes doigts le couteau croche de Grand-Père, je ressassais mon séjour à Uashat. J'essayais de refouler les pensées, les visages, les sentiments tout mêlés qui m'étreignaient. J'avais le cœur en miettes et je m'en voulais; j'aurais dû me méfier… « Mashkatas ».

Qu'est-ce que je vais faire de ma vie maintenant?

Postface

Chargé de superviser son stage, je m'attendais à ce que Florent me donne régulièrement des nouvelles ; il en a décidé autrement (il est vrai que j'aurais dû moi aussi lui écrire plus souvent mais j'avais trop à faire). Finalement, il est revenu à Lévis vers le milieu d'octobre 1954 dans un état qui a beaucoup inquiété les siens. Je l'ai rencontré brièvement à ce moment et l'ai trouvé très tendu, très renfermé. Il faisait des crises (toujours ses problèmes d'asthme) et a dû être hospitalisé. Il a revu son amie de Montmagny puis a rompu avec elle. Il a aussi repris ses cours à l'Université à la fin de novembre mais les a abandonnés peu après. Il a ensuite occupé dans la Basse-Ville de Québec, pendant deux ou trois mois, de petits emplois qu'il délaissait après quelque temps. Il habitait alors une chambre, rue Saint-Joseph, et donnait de temps à autre des nouvelles à sa mère. Puis, dans le courant du mois de mars, il a annoncé qu'il partait pour Montréal, après quoi on a perdu sa trace. Sa famille est sans nouvelles depuis près de deux ans maintenant.

En mai 1955, sa mère m'a téléphoné et je lui ai rendu visite à Lévis. C'est elle qui m'a raconté ce qui était arrivé ; elle pensait que j'avais peut-être des informations qui pourraient aider à retrouver Florent. Mais je n'avais eu aucun contact avec lui depuis l'abandon de ses cours. Au cours de ma visite, madame Moisan m'a montré le manuscrit du journal de son fils et a bien voulu me le prêter. Revenu chez moi, j'ai commencé à le feuilleter puis je l'ai lu d'une traite. J'ai pensé tout de suite qu'il devait être publié. La mère de Florent m'y a autorisé, pensant que ce serait comme un dernier appel lancé au disparu.

J'en viens à la partie la plus pénible de cette note. Il n'aura pas échappé au lecteur que Florent a des mots assez durs à mon endroit. Je lui donne entièrement raison. Je me tiens en effet responsable de ce gâchis et me reprocherai toujours l'inconscience avec laquelle je l'ai poussé dans cette aventure en dépit de son jeune âge, de ses problèmes de santé et de son émotivité. Je le confesse, il entrait dans mes motifs beaucoup d'ambition personnelle. Je suis évidemment conscient du tort que j'inflige à ma réputation en décidant de publier ce texte, mais ce tort n'est en rien comparable à celui que j'ai causé à Florent. Je lui en demande sincèrement pardon (où qu'il soit…).

Enfin, je tiens à rendre hommage à madame Moisan dont la générosité, le courage et la dignité, dans son extrême accablement, m'ont beaucoup touché.

Louis-Maurice Laroque, prof., janvier 1957

- 2008-09 influenza epidemiology, CDC)

3:15: BREAK

3:30: Influenza
- Influenza antiviral medications – Discussion
- Novel influenza A (H1N1) vaccine developm (BARDA); Baylor, (FDA); Lambert, (NIH); Go
- Review of existing vaccine prioritization guid

5:30: PUBLIC COMMENT

5:45: ADJOURN

Playa Punta Negra

Buses @

Aguacate Street &

Venustiano Carranza

Table des matières

Imprimé sur du papier 100 % postconsommation,
traité sans chlore, certifié ÉcoLogo
et fabriqué dans une usine fonctionnant au biogaz.

MISE EN PAGES ET TYPOGRAPHIE :
LES ÉDITIONS DU BORÉAL

ACHEVÉ D'IMPRIMER EN MAI 2009
SUR LES PRESSES DE L'IMPRIMERIE GAGNÉ
À LOUISEVILLE (QUÉBEC).